도산 안창호의 딸 안수산 이야기

버드나무 그늘 아래

존 차 지음 | 문형렬 옮김

문학세계사

옮긴이 · 문형렬
경북 고령에서 태어나
영남대학교 사회학과와 동대학원 철학과를 졸업했다.
《매일신문》 신춘문예 동화(1975), 《조선일보》 신춘문예 시(1982),
《매일신문》 신춘문예 소설(1982), 《조선일보》 신춘문예 소설(1984)이
당선되어 문단에 나왔다.
시집으로 『꿈에 보는 폭설』, 소설집으로 『언제나 갈 수 있는 곳』
『슬픔의 마술사』, 장편소설로 『바다로 가는 자전거』
『아득한 사랑』『눈먼 사랑』『태양의 나라』『연적』 등 다수가 있다.

버드나무 그늘 아래
존 차 지음

•

초판 1쇄 발행일   2003년 10월 1일
2판 1쇄 발행일   2012년 9월 25일

•

옮긴이 · 문형렬
펴낸이 · 김종해
펴낸곳 · 문학세계사

•

주소 · 서울시 마포구 신수로 59-1 (121-110)
전화 · 702-1800, 702-7031~3
팩시밀리 · 702-0084
mail@msp21.co.kr | www.msp21.co.kr
www.ozclub.co.kr(오즈의 마법사)
출판등록 · 제21-108호(1979.5.16)

•

값 11,000원

ISBN 978-89-7075-551-9   03840

WILLOW TREE SHADE :

The Susan Ahn Cuddy Story

by
JOHN CHA

지은이 · 존 차

존 차(John Cha)는 1945년 용정에서 태어나 1961년 경기고를 중퇴하고
미국으로 건너가 Marquette 대학 토목과를 졸업했다.
미국, 중동, 북해 등 해양 시설 건축 엔지니어로 근무하면서
영문 집필, 영문 잡지 · 출판사업 등 활발한 저술활동을 했다.
1990년 문예진흥원 번역상(한영) 수상. Korea Times 번역상(한영) 수상.
현재 캘리포니아에서 저술활동을 하며 살고 있다.

AHN SUSAN

1916년경, 조선에서 가져온 엿을 쥐고 있는 수산.
"어린 내 얼굴과 손에는 온통 끈적끈적한 엿물로 얼룩져 있었다고
사람들이 오랫동안 이야기해 주곤 했어요."

위 : 미국에서 활동하던 동지, 친지들과 함께 사냥을 한 후 휴식을 취하고 있는
도산 안창호. 오른쪽에서 두번째, 컵을 들고 있는 사람.
아래 : 망우리 안창호 묘소에 헌화하는 수산의 어머니 이혜련 여사(1962년).

옆 : 10대 시절 수산의 모습.
아버지가 심은 버드나무
아래서 막내 필영이와 함께.

아래 : 1943년 해군 소위 시절의 안수산. 미국 해군 역사상 최초의 여성 포격술
장교로서 태평양 전쟁 기간 전투기의 전술 교사로 근무(좌).
이후 해군 특수부대 대위, NSA(미국 국가안전보장국) 정보 분석가로 활동(우).

버드나무 그늘 아래

□ 차례

머리말 11

1. 어린 수산의 가족 19

2. 도산 선생 24

3. 어머니 이혜련 43

4. 감옥 속의 아버지 68

5. 웨이브 부대 89

6. 신병 훈련소 104

7. 링크 모의비행 훈련기 교관 113

8. 비행사격 교관 140

9. 해군 소위 안수산 155

10. 귀향 169

11. 포격술 장교 189

12. 대일전승 기념일   213

13. NAVCOM(미 해군 통신본부)   218

14. 암호전문가 안수산 대위   225

15. 알링턴 홀, 그리고 결혼   249

16. 아내, 어머니 모습의 수산   266

17. 레스토랑 문게이트(Moongate)   281

18. 망우리에서 도산공원까지   294

19. 독립기념관   304

20. 작별   322

21. 에필로그   326

□참고문헌   337

□옮긴이의 말   344

버드나무 그늘 아래
— 안수산에게 바침

문 형 렬

버드나무 그늘 아래
아버지가 매어주신 그네에 앉아서
아득히 서서
집으로 돌아오시는 아버지,
해일을 헤치고 등대처럼
가슴 속으로 달음박질치는 꿈을 꾸었네
뒤뜰 연꽃은 지고 피고 또 떨어졌지만
떠나지 못하는 연꽃 향기처럼
귀 속에는 아버지 목소리가
산골 물소리처럼 울려 퍼졌네
수산, 연약한 나무에는 자꾸 오르지 말아라
연못에는 아직 연꽃이 남아 있느냐?
아버지는 꿈속에서만 돌아오시고
버드나무 그늘 아래 기다리던 소녀는
어느새 호호백발이 되고 말았지만,
버드나무 그늘 아래,
언제나 열한 살 꿈꾸는 눈빛으로
아버지를 기다리면
살아온 날들은 살아가야 할 날들 속에 있고
살아야 할 날들은
살아온 날들 한가운데 있으니
기다리는
나의 기쁨과 슬픔, 그 수는 같았네

머리말

『ㅂ드나무 그늘 아래』의 기획은 로스앤젤레스 3·1절 기념 여성협회
의 저안으로 시작되었다. 협회에서는 당시 협회장이었던 안수산 여사의
짤막한 전기를 써주기를 바랐다. 나에게 이 일을 하도록 추천한 사람은
협회 장년부의 일원이었던 그레이스 주(김자혜)였다. 그분은 그 단체가
해마다 후원하는 〈미주 나라 사랑 글짓기 대회〉(영어와 한글을 병용하는 에
세이 경연대회)에 나를 심사위원의 한 사람으로 뽑았었다. 나는 주여사의
부탁을 거절할 수 있는 입장이 아니었다. 80대의 그분은 서예와 한국화
를 창작하는 미술가였으며, 내가 너무도 존경해 왔던 작가 주요섭의 아
내였다. 그래서 나는 7년 동안 그 경연대회어 가기 위해 샌프란시스코
에서 로스앤젤레스까지 기꺼이 차를 돌았다.

주여사와 그 경연대회에 모여드는 백 명 남짓의 젊은이들을 만나는
것은 너무도 즐거운 일이었다. 내가 안수산 여사를 만난 것은 이 경연대
회에서였다. 그리고 그 후 로스앤젤레스의 한미 박물관에서 후원하는
한 행사에서 다시 잠깐 만났다.

인상에서 우리는 흥미로운 사람들을 만난다. 정확한 이유를 알 수는
없지만 그들은 우리 내면에 있는 뭔가를 일깨운다. 내 인생의 가치를 부
여할 수가 있다면, 안수산 여사와의 만남은 내 인생의 가치를 당장에 두

배로 높여준 그런 경험들 가운데 하나였다. 그분은 나로 하여금 미소를 짓게 만들었다. 그 미소는 사진사가 사진을 찍을 때 요구하는 것처럼 강요된 것이 아니라, 내가 과거에 어떤 사람이었는지를 알고 싶어함으로써 저절로 떠오르게 하는 그런 미소였다. 그것은 안수산 여사의 끝없이 번져가는 열정 때문이었다. 수산은 내 아이들, 아내, 부모님들, 형제자매, 그리고 내가 어디에 살았으며, 어떤 음식을 좋아하는지 등등 모든 것을 알고 싶어 했다. 수산의 열린 마음과 순수한 호기심은 그녀가 83살의 고매한 노인이 아니라 흔히 젊은이라고 여길 그런 성격을 언제 어디서나 지니고 있다는 것을 느끼게 했다.

수산에게 전기에 관한 계획을 끄집어내자 이렇게 말했다.

"나는 그 사람들이 왜 나에 대한 책을 내려고 하는지 이유를 모르겠어. 내가 한 일이라곤 해군과 관계된 것뿐인데."

그렇게 해서 나는 '30쪽 분량의 간략한 팸플릿'을 만들기 시작했다. 그런데 시간이 지남에 따라 수산은 나를 주위의 사람들에게 "나의 전기 작가야"라고 소개했고, 나는 이 작업이 상당히 긴 여정이 될 것이라는 걸 느꼈다. 지난 5년은 참으로 즐거웠다. 우리는\ 서로 매일 전화를 했다. 수산은 캘리포니아 노트리지Northridge에 있는 단층집에 내 방을 별도로 마련해 주었고, 우리는 쏟아지는 잠을 쫓으며 새벽녘까지 이야기하곤 했다.

우리는 거의 그녀의 아버지, 도산 안창호에 대해서 이야기했다. 수산은 자신에 대해 이야기하기보다는 주로 아버지에 대해 말했다. 따라서 나는 그녀의 아버지로부터 그녀 자신의 이야기를 이끌어내야 하는 과제를 안게 되었다. 마침내 나는 그녀가 자신의 거의 모든 인생에서 아버지와 관련된 이야기를 해왔으며, 내게 다른 어떤 이야기도 하지 않으리라는 것을 깨달았다. 내가 조금이라도 수산에게서 그녀 자신의 삶에 대한 이야기를 얻어내려면 도산에 대해 더 많은 것을 알 필요가 있었다. 나는 수산의 삶을 기록하기 위해 도산 선생의 생애를 향한 여행을 떠나야만 했다.

도산 안창호는 참으로 많은 일을 한 사람이었다. 그는 연설가였고, 교육자였으며, 철학자이자 노동자였다. 정치가였고, 여행가였으며, 활동가이자 조직가였다. 시인이자 출판인이었으며, 조정자였고, 개혁가였다. 사업가이자 사회운동가였으며, 대국자이자 작가였다. 그의 노력의 바탕에는 진실하고 성실하며 철저한 헌신이 있었다. 그것은 그가 세상을 떠난 지 65년이 지난 오늘날까지 안병욱, 김형석, 윤병석 등을 비롯한 저명한 학자들에 의해 출판되고 있는 도산 선생에 관한 방대한 양의 책으로부터도 잘 알 수 있다. 나의 이 탐구 여행은 나를 이광수, 차이석, 주요한, 그리고 장리욱과 같은 도산과 동시대 사람들에게로 데려다 주었다. 나의 이 추적은 또한 태평양 이편에서는 아서 가드너, 그리고 훨씬 최근의 사람인 로버트 김과 재클린 박과 같은 사람들에게로 이끌어 갔다. 이들은 영어로 도산 선생의 주요한 업적들을 출판해 왔으며, 또 다른 사람들에 의해 더 많은 출판물들이 이어질 것으로 확신한다.

그러면서 나는 수산이 왜 그녀의 아버지에 대해 끊임없이 이야기하는지 이해하게 되었다. 이로써 내가 도산에 대해 언급하지 않고서는 그녀에 대한 글을 쓸 수 없다는 사실이 명백해졌다. 수산은 그녀가 11살이던 해인 1926년 아버지가 집을 떠난 이후로 아버지가 왜 떠났는지에 대한 모든 것을 알고 싶어 했다. 어머니 이혜련 여사는 수산에게 아버지가 그녀만의 아버지가 아니라, 모든 한국인의 아버지라고 말해 주었지만, 이 말은 어린 수산에게는 설명이라기보다는 차라리 풀기 어려운 수수께끼였다. 세월이 가면서 수산은 아버지라는 사람에 대해, 그리고 그가 하는 일에 대해 조금씩 이해하게 되었다. 부모들이 왜 미국에 오게 되었는지, 왜 일제에게 대한제국이라는 나라를 잃게 되었는지, 그리고 독립운동이 무엇인지 등등에 대해서 말이다. 이제 수산은 사람들에게 기회가 있을 때마다, 그녀의 아버지는 위대한 사람이었을지 모르지만 아버지로서는 "좀 아쉬운 점이 있었다"고 웃으면서 말한다.

"1920년대 후반, 미국인들은 찰스턴에 빠져 있었으나 우리는 대한제 국의 독립을 소원하고 생각하며 자랐다." 1930년대의 미국 대공황을 겪 으며 경험했던 고통스러운 기억은 수산의 인생과 그 주변의 모든 것에 깊이 자리하고 있었다.

"나는 사회생활에서 아주 활동적이었지요. ……한때 나는 신한국 신 문의 영문판 발행인이었어요. 그리고 국제적인 협회인 YWCA를 후원 했지요. 에스더 바트렛Esther Bartlet과 노라 박의 지도로 우리는 이화 클럽으로 알려진 여성 예비단을 조직했어요. 단원들 중 몇몇 어거니들 은 한국에서 이화여자대학교에 다녔었어요. 당시 우리는 한국과의 일체 감을 갖기 위해 열심히 노력했지요. 왜냐하면 일본에 점령당한 그후로 우리는 나라를 갖지 못했으니까. 우리 단원들 중에 이런 이름들이 떠오 르는군요. 로제타 윤, 블랜스 한Blanche Hahn, 루실 김(지금은 김숙자로 알려져 있다), 위니프레드 리Winifred Lee, 로즈 권Rose Kwan, 글로리 아 박, 메리 윤, 엘리너 김. 우리는 한국인이고자 열심히 애썼고, 모두 훌륭한 어머니, 선생님, 사회 운동가, 그리고 여성 사업가가 된 것진 미 국의 한국인이었어요. 이들 중 몇몇은 이미 이 세상 사람이 아니지요. 이제 남은 사람들도 많지 않아요."

수산의 아버지는 한국이 아직도 일본의 지배하에 있던 1938년에 세 상을 떠났다. 그때는 일본이 중국에까지 침략의 손을 뻗치고 있었기 때 문에 한국의 독립은 멀고 아득한 것처럼 보였다.

2차 세계대전이 일어나자 수산은 "일본에 맞섰던 아버지의 싸움을 이 어가기" 위해서 미 해군에 입대했다. 그녀는 이 말을 로스앤젤리스에서 부터 애틀랜타에 이르는 수많은 기자들에게 말했다. 그녀는 해군 비행 사들에게 공중전 전략을 가르치는 포격술 장교였다. 얼마 후 전쟁이 끝나고 도산이 그렇게 소원했던 대한민국의 독립이 이루어졌다. 워싱턴 D.C.에 근무하는 그녀의 해군 동료들이 승리를 축하하는 동안 수산은 잠을 자기 위해 집으로 돌아왔다. ……아버지를 위한 그녀의 임무가 비로소 이루어졌기 때문이었다.

전쟁이 끝난 후, 그녀는 NSA(미국 국가안전보장국)의 비밀정보 분석가로 활동했다. 그것은 아버지의 첫사랑이었던 대한민국이 냉전의 열기 속에서 그 싸움의 한가운데 있었기 때문이었다. 아버지가 무덤 속에서 수산에게 임무를 넘겨주는 것 같았다. 수산은 한국전쟁에서 아버지의 동포들이 서로를 죽일 때 아버지의 아픔을 느꼈다.

수산은 3백 명 정도의 구 소련 전문연구원들과 전문가들을 지휘하는 CREF(NSA의 중앙 통제국)의 부서장으로서 일을 계속해 나갔다. 이 일을 하는 몇년 동안 수산에게 한국은 아버지가 사랑했던 것 이상으로 중요한 어떤 존재였다.

수산이 NSA를 퇴직하고 캘리포니아 파노라마 시에서 여동생 수라, 오빠 필립, 막내 랄프(필영)와 함께 문게이트Moongate라는 레스토랑을 경영할 때까지는 한국과 거의 공식적인 관계가 없었다. 문게이트에서 일하는 동안 수산은 어머니가 오랫동안 간직해오던 약 2,500항목의 아버지 문서들을 분류했다. 수산의 가족은 한국의 역사가들이 기뻐할 이 문서들과 유품들을 독립기념관에 기증했다. 값으로 따질 수 없는 귀중한 이 선물을 기증하고 나자 도산 선생의 가족들은, 마치 한국인들이 그들의 아버지를 공유했던 것처럼 이 문서와 유품들 또한 모든 한국인들의 것이었다는 사실을 느끼게 되었다. 그래서 그들은 어떤 보상을 요구한다는 것은 생각조차 할 수 없었다. 저 놀라운 도산 가족들의 핏줄 속에는 조국에 대한 사랑이 아로새겨져 있다는 것을 나는 조금도 의심하지 않는다.

나는 수산이 행복했던 날들뿐만 아니라 슬픈 날들까지 함께 이야기하

며 나누어주었던 것에 대해 머리 숙여 감사의 마음을 전하고 싶다 그녀
가 누구인지, 역사 속에서 그녀가 담당했던 역할들이 무엇이었는지 조
금씩 알아가면서 우리 자신이 누구이며, 어떤 사람인지를 훨씬 더 잘 이
해할 수 있게 되었다. 88살의 수산은 그 삶 속에 끊임없는 호기심과 놀
라운 솔직함, 그리고 조국의 독립에 대한 굳건한 믿음을 담고 있어 마치
한 폭의 아름다운 그림 같다. 그것이 내가 이 전기에서 그려내고자 애쓴
것이다. 이 소박한 이야기에서 그녀가 원했던 것처럼 참되게, 자세하게
그녀가 지닌 고요하고 웅혼한 정신과 그 느낌이 전달될 수 있기를 나는
바랄 뿐이다.

2003년, 존 차

버드나무 그늘 아래

1

어린 수산의 가족

태양은 영원히 혼자서 폭발하고 으르렁거리며 불타오른다. 우리는 수백만 마일 떨어진 곳에서 그 햇빛을 보며 느낀다. 날씨는 따뜻하고 화창했다. 1919년 로스앤젤레스의 날씨는 특히 그랬다.

수산은 태양을 사랑했다. 이 네 살짜리 꼬마의 마음 속에서 태양은 아침이 되면 나왔다가 밤이 되어 자러 갈 때까지 하늘 길을 따라 기어오르고 또 기어오르는 것이었다.

수산은 아침이 될 때까지 기다릴 수 없었다. 그녀에게 있어 아침은 오빠들처럼 학교에 가는 날이 하루씩 가까워지는 것을 의미했다.

수산은 어머니에게 묻고 또 물었다.

"나는 언제 학교 가요?"

"곧."

어머니의 대답은 언제나 한결같았다.

수산은 어머니를 조르는 것보다 더 좋은 일을 알아냈다. 어머니는 허튼소리를 하는 사람이 아니었기 때문에 수산은 자신이 곧 학교에 가게 되리라는 것을 알았다. 그래서 그녀는 뒤뜰에서 야구를 한다든지, 아니면 빅토리아풍의 집에 담장 대신 빙 둘러친 나무에 기어오르는 것과 같은 그녀만의 놀이에 몰두했다.

일요일은 한 주일 중 최고의 날이었다. 그녀는 아빠, 엄마, 필립, 필선, 그리고 어린 여동생 수라까지 온 가족이 함께 올리브가에 있는 교회에 가는 것을 무척이나 좋아했다. 지금은 도로시 챈들러 음악관이 자리하고 있는 106 피구로아 거리Figueroa의 집에서 언제나 함께 걸어갔다. 올리브가의 교회에 나 있는 꽃거리 언덕을 내려갈 때면 수산은 누구보다 앞서 내달리는 것을 좋아했다. 그럴 때면 교회에 갈 때만 입는 드레스와 나비 리본은 나풀거렸고, 가죽 끈으로 묶은 까맣고 반짝이는 메리 제인 신발은 인도 위를 가볍게 치며 지나갔다. 그때 울리는 메아리는 너무도 유쾌했다. 그녀는 깡충거리며 뛰어가 한 블록쯤 앞서서는 다른 사람들이 따라잡을 때까지 기다렸다.

수산은 항상 그들의 시야 속에 머물러 있었다. 자유분방하고 대담했지만 그 반짝이는 눈은 무슨 꾸중을 듣지나 않을까 해서 아버지와 어머니의 눈치를 살폈다. 아버지나 어머니 누구도 수산을 훈계하려 하지는 않았다. 그럴 때면 수산은 마치 하늘을 날 것 같은 기분이 되었다.

"아버지는 나를 가두려 하거나 그 비슷한 어떤 일도 하려 하지 않으셨어요."

수산은 80년이나 지난 지금에 와서도 그때의 일을 기억하며, 아버지에 대한 고마움과 그리움에 잠기곤 했다.

1919년 3월의 새날이 밝았다. 그때의 수산은 3월이며 1919년이라는 것이 무엇인지를 알지 못했다. 다만 화창한 날씨라는 것을 느꼈을 뿐이었다. 그날 평소보다 훨씬 많은 사람들이 집에 다녀갔다.

어린 시절 수산의 형제들.
앞줄 수라(사라)와 수산, 뒷줄 필립과 필선(1922년경).

아버지의 얼굴은 평소보다 심각해보였고, 어머니 또한 그랬다. 무슨 일인가 일어난 것이다. 어른들은 집에 모여 나직한 목소리로 이야기를 나누었다. 그날따라 어른들은 수산을 찰싹 때리거나 웃기거나 짓궂게 놀리며 "우리 예쁜 수산" 하는 말도 전혀 하지 않았다.

아버지는 몇 주 후에 떠났다. 정거장에서 수산은 아버지를 빙 둘러싸고 있는 어른들을 알아보았다. 회합이나 소풍 때 집으로 왔던 그 아저씨, 아주머니들이 아버지를 "도산"이라 불렀다. 거대한 증기기관차가 쇳소리를 내며 기적을 울리고 연기를 가득 뿜어내자 아버지는 기차에 올라 층계의 난간을 잡고 손을 흔들었다.

수산은 아버지를 향해 손을 흔들고 또 흔들었다. 아직도 수산은 뺨에 생생하게 남아 있는 아버지의 흩날리던 콧수염이며, "수산"[1] 하고 부르던 부드러운 목소리를 잊지 못한다.

---

1) "수"는 자수(刺繡)의 수를, 그리고 "산"은 뫼(山)를 뜻한다. 그래서 수산이란 이름은 수놓은 산이라는 뜻이다.

도산의 사랑하는 딸 수산에게[2]

一   산옹이 이동산에
     정셔를 매엿든것
     품속의 어린수산
     련당의 적은 부용

二   마즈막 왓다갈졔
     산옹은 흰머리오
     수산이 다방머리
     부용은 그졋헤셔

三   대뎐의 혈창풍우
     동산도 쓸쓸하야
     부용은 업건만은
     수산이 부용갓다

四   원대로 내강산에
     이부용 옴겨다가
     군자화 꽃이피고
     열매를 맷게되면

---

2) 흥사단의 창립위원이기도 한 홍언(洪焉)의 시. 시인 홍언의 유해는 대전 국립
   묘지에 안장되어 있다.
   시 속의 동산은 캘리포니아 로스앤젤레스의 106 피구로아 가에 있는 빅토리아
   풍의 집 부근에 있다.

1918년 흥사단과 함께 한 수산. 앞줄 왼쪽이 수산이며 오른쪽에서 세 번째 앉은 사람이 도산.
"나는 그 이유를 모르지만, 항상 이런 사진 속에 내가 끼어 있어요."

2
도산 선생

수산의 네번째 생일이 한 달 반쯤 지난 1919년 3월 1일, 로스앤젤레스로부터 수천 마일이 떨어진 조선에서는 모든 사람들이 맨손으로 잔혹한 일본제국에 대항해서 일어섰다. 그때 어린 수산은 몰랐지만 3·1운동은 이후 수산의 전생애를 통해 울려퍼질 엄청난 폭발이었다.

봄이 오는 3월의 조선 하늘로 9년째로 접어드는 일본의 식민지 통치에 저항하는 대한민국의 독립선언 함성이 울려퍼졌다. 서울의 파고다 공원은 한반도의 2천만 민족이 거대한 함성으로 조선의 주권 반환을 요구하는 3·1운동의 진원지였다. 사람들은 독립선언서를 낭독하고 그 선언서를 작성한 33인에게 갈채를 보냈다. 그들이 자유를 선언하고 그들의 땅으로부터 일본을 축출하고자 하는 열망을 공표했을 때, 사람들은 "만세", "대한이여, 영원하라!"라고 목청껏 외쳤다.

이 선언은 그러나 그리 오래 지속되지 못했다. 일본 군대는 비무장의 군중을 잔혹하게 짓밟았고, 독립 만세 소리는 피로 얼룩진 폭압으로 바뀌었다. 일본의 학살자들은 사망 7,500명, 부상 16,000명, 투옥 46,000명이라고 발표했다.

절박한 전보가 피구로아 106번지로 날아들었다. 그곳은 망명중인 수천 명 한국인들의 모임의 중심지이자 수산의 집이기도 했다. 어머니는 아버지가 조국을 위해 긴 여행을 떠날 때가 되었다는 것을 알았다.

사람들은 수산의 아버지를 "안선성", "안창호", "선생님", 또는 "도산 선생"이라고 불렀다. 선생님이란 호칭은 학식이 높은 사람, 지도자, 높은 도덕적 품위를 갖춘 사람, 또는 사람들로부터 존경을 받는 사람에게 제한적으로 쓰인다. 도산과 그의 지지자는 우선 샌프란시스코를 향해 떠났다. 그곳에는 대한인국민회(KNA)의 본부가 있었다. 독립운동을 돕기 위해서 그는 자신이 세운 대한인국민회의 의장으로서 멕시코와 쿠바뿐만 아니라 샌프란시스코, 리들리, 다이뉴바, 스톡턴, 델라노, 그리고 새크라멘토에 있는 한인 단체에도 조국을 위해 나설 것을 호소했다. 농장 노동자, 철도 노동자, 포도 따는 이, 쌀 농사꾼, 밀감 따는 사람, 날품팔이 노동자, 요리사, 접시닦이, 가정부, 침모, 하녀, 그리고 그들의 아이들은 5센트 백동전, 10센트 은화, 25센트, 50센트, 1달러 금화들을 그들의 모국이자 고향인 잃어버린 나라를 위해 기꺼이 내놓았다.

사람들은 도산의 연설을 듣기 위해 모여들었다. 도산이 멀고 먼 고향에 있는 그들의 아버지와 어머니, 할아버지와 할머니, 손자들, 형제자매들의 자유를 말할 때 그들은 환호했다. 도산이 학살과 고문, 약탈을 일삼는 일본의 잔인한 행위를 이야기할 때 사람들은 분노에 찬 눈물을 흘렸다. 도산이 일본의 침략에 나라를 빼앗길 수밖에 없었던 대한제국의 나약하고 부패한 왕국에 대해 비통해 할 때 사람들은 흐느꼈다. 그들 자신뿐만 아니라 아이들을 위해서도 배움이 중요하며, 지식은 강한 힘을 갖는다고 그가 역설하자 모두들 가슴속에서 뜨겁게 타오르는 불길을 느꼈다.

"우리가 이곳에서 오렌지를 딸 때 우리의 조국을 위해 오렌지를 따는 것입니다. 우리가 변기를 청소할 때도 우리는 나라를 위해 변기를 청소하는 것입니다!"

사람들은 도산이 리버사이드에 있는 농장에서 오렌지를 땄고, 샌프란시스코에서 변기를 청소했다는 것을 알고 있었다. 그 이야기는 이러했다. 젊은 시절 샌프란시스코에서 도산은 그의 고용주가 이를 닦기에는 불가능할 정도로 굽어서 변기 한쪽 구석에 버린 낡은 칫솔을 이용해서 변기를 닦았다. 도산의 고용주는 얼룩 하나 없는 변기를 보고 깊은 감명을 받았다. 지금까지 어느 누구도 도산만큼 깨끗하게 변기를 청소한 사람이 없었기 때문이었다. 그날 이후로 미국의 고용주는 한국의 노동자들을 달리 보게 되었다. 도산이 연설하는 동안 사람들은 그를 신뢰했고, 새로운 임시정부를 지원해야 한다는 그의 외침에 고개를 끄덕이며 동의했다. 그들은 어렵게 번 돈을 아낌없이 내놓았고, 심지어 더 많은 돈을 기부하겠다는 약속까지 했다. 1919년 5월, 기부금은 모두 25,000달러가 되었고, 이 돈은 중국 상하이에 있는 임시정부를 출범시키는 종자돈이 되었다.

도산이 대중 연설을 처음 한 것은 열아홉 살 때이던 1897년이었다. 당시 조선 왕조 아래에서는 대중 연설이 극히 드물었다. 안창호는 시원스럽고도 우레와 같은 목소리로 대중들을 반갑게 맞아들였다.

"오늘 이 자리에서 고종 폐하의 탄신일을 우리 백성들이 경축하게 되었으니 이것은 참으로 드문 일이요, 군민동락君民同樂의 날입니다. 즉, 임금과 백성이 다함께 즐기는 날이니, 이보다 더 쾌快한 날이 어디 있겠습니까? 첫번째 쾌한 일이오. 다음에 관찰사 이하 여러 사람이 이 자리에 나와서 우리와 함께 축하하니 관민동락官民同樂이 아니고 무엇입니까? 이것이 두번째 쾌한 일이오. 또 남녀노소 할 것 없이 이곳에 모두 모여서 만민동락萬民同樂하니 이것 또한 쾌한 일입니다. 그래서 이것이 오늘 쾌재정의 삼쾌三快올시다."

이렇게 해서 그의 유명한 "쾌재정 연설"이 시작되었다.

그는 젊고 미남이었으며, 무엇보다 위엄이 있어 보였다. 그래서 그가 연설을 계속하자 청중들은 완전히 빠져들었다.

"그러나 이 모든 기쁨에도 불구하고, 우리에게 기쁨을 가져다주지 못하는 몇 가지 일에 대해 말하지 않을 수 없습니다."

도산은 주먹을 불끈 쥐고 사자후를 토하기 시작했다.

"충군애국忠君愛國이 백성의 의무라면 보국안민輔國安民은 관원의 책임이거늘, 지금 조정의 대신들이 국가의 주권을 세우지 못하여 외국의 걸시를 받게 되었습니다. 방백·수령이란 탐관오리들은 민정을 돌아보는 대신에 토색討索만 일삼고 연락宴樂만 즐기는 것이 지금의 현실입니다. 연광정에서 음악 소리가 날리는 때, 막서리 속에서는 한숨소리가 깊어지고, 부벽루에서 노래 소리가 높을 때 민간사회에서는 원망 소리가 높아지는 것을 듣게 됩니다."

도산은 근대화된 정치와 대중 교육의 필요성을 역설하는 개혁의 말들로 청중들의 마음을 사로잡았다. 청중 속에는 안창호의 어머니 황몽운 여사도 있었다. 아들의 연설을 듣기 위해 평양으로 온 것이었다. 청중 속의 누군가가 그녀를 알아보았다. 그러자 곧 많은 사람들이 그녀를 둘러싸고 축하의 말을 건넸다.

"당신은 보물과 같은 아들을 두셨소."

"당신은 위대한 영웅과 같은 아들을 두셨구려."

안창호는 오랫동안 사람들의 가슴속에 아로새겨질 연설을 했다. 어느 누구도 감히 말할 수 없었던 시기에 그들의 마음을 대변해준 그의 연설에 사람들은 위안과 기쁨을 느꼈다. 사람들은 몇년 동안 그 연설을 기억했고, 가슴속을 관통했던 강렬한 충격을 쉽게 잊지 못했다. 그런 능숙한 연설이 당시에는 너무도 드물었기 때문에 소문은 급속히 펴져나갔다.

안창호는 이제 특별한 젊은이가 되었다. 막강한 힘을 지닌 관리이면서도 안창호로부터 맹렬한 비판을 받은 사람들은 한 시간 이상이나 침묵한 채 어색하게 자리에 앉아 있었다. 그날은 고종 황제의 탄신일인 7월 25일이었다. 평양의 관찰사, 지방대 대장 등 관리들이 그 자리에 나와 있었다.

젊은 창호의 가슴속에 타오르던 불길은 소년 시절 평양의 거리에서 청일전쟁을 목격하면서부터 시작되었다. 그는 청나라군과 일본군이 서로에게 총을 쏘며 죽이는 것을 보았다. 그에게 맨 먼저 떠오른 의문은 '저들이 왜 우리 땅에서 싸우는 것일까?' 하는 것이었다. 여태까지 다른 나라의 군대들이 그의 나라에서 싸우는 것이 허용된 적이 없었다. 안창호는 자신의 나라가 외국군대를 물리칠 힘을 상실했다는 것을 곧 알게 되었다. 청나라는 1894년과 1895년 사이에 벌어졌던 청일전쟁에서 패배했다. 일본의 무기는 너무나 강했고 현대화되어 있었다. 제국주의에 광신적으로 매달려 있는 일본의 군대를 청나라가 상대하기에는 역부족이었다.

향교의 훈장이었던 이석관은 일찍이 젊은 안창호에게서 깊은 인상을 받았다. 그에게는 이혜련이라는 딸이 있었다. 딸이 13살이 넘어서자 그는 주위에서 사윗감을 찾기 시작했다. 그리고 창호가 딸의 가장 훌륭한 배필이라고 결정했다.

마을에서 존경을 받고 있었던 훈장은 혜련을 대신해서 안씨 집안에 청혼을 했다. 창호의 어머니와 할아버지, 그리고 형 치호는 신중히 생각한 끝에 창호를 대신해 그 청혼을 받아들였다. 그 당시 창호는 서울에 있는 학교를 다니느라 멀리 떨어져 있었다. 창호는 언더우드 목사의 학교에서 2년의 공부를 마치고서 서울에서 집으로 돌아올 때까지 그 약혼에 대해 아무것도 모르고 있었다. 그는 처음에는 그 혼약에 반대하고, 그 문제에 대해 아무런 말도 하지 않았다. 당시에는 보편화되어 있던 이런 혼인의 풍속이 자신의 철학적 신념과 일치하는지를 알 수 없었기 때문이었다. 결국 그는 혼약을 받아들였고, 약혼 기간이 시작되었다.

"아버지는 아주 미남이었단다."

어머니는 자주 수산에게 말했다.

"그래서 마을의 모든 처녀들이 아버지가 지나가면 고개를 아버지 쪽으로 돌렸지. 그런데 물이 가득한 항아리를 머리에 이고 가던 한 처녀가 그것을 잊고 고개를 너무 빨리 돌리는 바람에 항아리가 땅에 떨어져 산산조각이 나고 말았어. 너희 아버지는 그만큼 미남이었단다."

혜련은 창호에게서, 전설적인 웅변술을 지닌 친절하고도 잘생긴 남자이자 남녀 할 것 없이 모두 교육을 받아야 한다는 철저한 신념을 가진 위인의 모습을 보았다. 그는 혜련이 서울에서 학업을 계속해야 한다고 강하게 주장했다. 혜련 아버지의 허락으로 창호는 그녀와 자신의 여동생 신호를 서울에 있는 정신 여학교에 데리고 갔다.

"그는 비록 내가 사윗감으로 점찍기는 했다만, 결코 돈을 잘 벌지는 못할 것이다."

아버지의 이런 염려에도 불구하고 혜련은 미래의 남편인 그에게 깊은 사랑을 느꼈다.

안창호가 23살, 이혜련이 18살이 될 때쯤 창호는 학업을 마치기 위해 미국으로 가기를 원했다. 그는 항상 그랬던 것처럼, 보통의 남자들이 다섯 살 아래인 사람에게 하는 말투가 아닌 정중한 말씨로 혜련에게 청혼을 했다.

"제가 미국에서 돌아오면 결혼하도록 합시다."

혜련은 그에게 얼마나 오랫동안 기다려야 하는지 물었다.

그가 대답했다.

"10년, 아니면 그 이상."

그녀는 주저없이 말했다.

"안 돼요. 저도 당신과 함께 가겠어요!"

그것에 대해 두 사람은 아무런 이견이 없었다. 1902년 가을, 그들은 태평양을 건너갈 계획을 세웠다.

안창호의 은사였던 밀러(Reverend Miller) 목사는 미국으로 가겠다는 그들의 계획을 반겼다. 그러면서 미혼의 남녀가 함께 여행을 하게 되면 상당한 소문이 일어날 것이라고 결혼을 권했다. 창호와 혜련은 밀러 목사의 주례로 서울의 세브란스 병원에서 결혼식을 올렸다. 다음날 그들은 인천에서 배를 타고 일본으로 건너갔다. 거기에서 그들은 미국 선적의 몽골리아(SS Mongolia)호에 올라 하와이를 향해 떠났다. 그들은 밴쿠버와 시애틀을 거쳐 샌프란시스코까지 갈 작정이었다. 기선이 하와이로 다가가자, 그는 수평선 위로 솟아오른 섬, 멀리서 희미하게 보이는 자연의 걸작품을 바라보았다.

24살의 자유 투사는 그때, 자신이 일제에 의해 야기된 대한제국이라는 혼란의 바다 위에 우뚝 서야 한다고 결심했다. 그는 스스로에게 "도산(섬 위에 솟은 산)"이라는 아호를 부여했다.

그들은 안창호 51번, 안창호 부인 52번이라는 미국의 비자를 받아 미국땅에 상륙한 최초의 한국인 부부였다. 이 신혼부부는 죽어가는 나라를 재건하는 데 도움을 줄 미국의 교육체계를 배워서 고국으로 돌아가리라는 숭고한 희망을 안고, 1902년 10월 14일 샌프란시스코에 도착했다.

청나라와의 전쟁에서 승리한 일본은 여러 가지 이권을 손에 넣었다. 그 중의 하나가 전통적으로 한국의 상전 노릇을 했던 청나라가 독립된 대한제국을 승인하게 하는 것이었다. 이것은 일본이 대한제국의 일에 대해 자유롭게 간섭하는 길을 확실히 터놓는 것이었다. 일본제국주의의 음모를 깨닫지 못한 무능한 대한제국의 관료들과 임금은 일본의 상인과 군대가 한반도에 상주하는 것을 허락했다. 일본의 은행들은 순진한 농부와 지주들에게 땅을 담보로 돈을 빌려주고는 대출금을 갚을 수 없을 때 바로 땅을 처분하는 방식으로 약탈에 가까운 돈벌이에 나섰다. 일본은 중국 국경으로 군대를 수송하고, 전쟁에 필수적인 요소인 황금과 텅스텐 등의 광석을 채굴하고 이를 운반하기 위해 철도를 건설했다. 한반도의 누구도 일본이 러시아와의 전쟁을 벌이려 하고 있다는 것을 생각하지 못했다.

도산과 혜련이 미국에 온 지 2년이 지난 1904년, 러일전쟁이 일어났다. 일본이 그 전쟁에서 승리함으로써 세계의 강대국으로 승인받게 되었다. 1905년 뉴햄프셔의 포츠머스 회의에서 루스벨트는 일본의 17개 요구조항을 승인했다. 그 조항들 중의 하나가 대한제국이 일본제국의 보호국이 된다는 것이었다. 대한제국의 어느 누구도 이 조약에 대해 알지 못했다. 그리고 이 조약이 나라 전체와 2천만 민족의 운명을 결정한다는 사실도 깨닫지 못했다.

세계의 거의 모든 사람들이 이 조약에 대해 알지 못했을 뿐만 아니라, 다른 나라들은 관심조차 두지 않았다. 그때 대한제국은 작고 힘없는 왕국에 불과했다. 도산은 대한제국의 모든 사람들이 그 이름 없는 지위를 바꾸는 데 각자 의무와 역할을 지녀야 한다고 믿었다. 도산은 캘리포니아의 리버사이드 농장에서 오렌지를 딸 때 최고의 오렌지 따는 사람이 되도록 애썼으며, 다른 한국인 노동자들에게도 그렇게 하도록 가르쳤다. 그런 식으로 각 개인은 대한제국에 대한 세계의 인식을 바꿀 수 있고, 그 결과로 미래를 바꾸어놓을 수도 있다고 그는 말했다. 그는 또한 한국의 희망이 젊은이들의 손에 달려 있다는 것을 강하게 느끼고서 1907년 2월 아내 이혜련과 2살 된 아들 필립을 남겨놓고 조선의 젊은이들과 함께 일하기 위해서 모국으로 돌아갔다. 어머니의 회갑연에 참석하고 싶다는 또다른 이유도 있었다.

도산은 전국을 순회하면서 학생들과 젊은 사람들에게 연설을 했다. 그는 청춘남녀들에게 교육의 중요성과 나라 사랑, 동포에 대한 사랑을 역설했다. 도산이 가는 곳마다 그의 연설을 듣기 위해 사람들이 모여들었고, 그중에는 특히 청년들이 많았다. 젊은이들은 일본의 침략에 대해 가슴 가득 분노를 품고 있었다. 대한제국 조정이 일본 앞잡이들과 맺은 이른바 "을사오조약"으로 일본은 사법, 행정, 외교, 운송, 일상적인 상거래와 같은 지배할 수 있는 모든 직무들을 차지했다. 일본은 한반도의 초대 통감으로 이토 히로부미를 임명했다. 그는 대한제국을 병탄하기 위한 기초작업을 수행하기 시작했다.

1907년 세계 평화회의가 네덜란드의 헤이그에서 열렸다. 고종 황제는 대한제국에 대한 지지를 끌어모으기 위해 그 회의에 밀사를 파견했다. 일본은 그 사실을 알고는 즉각 고종 황제에게 을사오조약을 어겼다고 항의했다. 그들은 고종 황제가 일본에 가서 일본 천황 메이지 구스히토에게 사죄할 것을 요구했다. 백성들은 임금이 일본에 사과하러 간다는 소문을 듣고 거의 폭동에 가까운 소요를 일으켰다. 도산의 동지들은 고종 황제의 굴욕적인 일본 방문에 항의하기 위해 서울로 모여들었다. 도산은 세브란스 병원 가까이에 있는 그의 사무실에서 동지들을 만났다. 그들은 마지막 한 사람까지 일본과 맞서 싸워야 한다고 주장했다. 그러나 도산은 억제되지 못한 분노의 위험성과 막강한 일본의 군사력을 지적했다. 사실 완전 무장한 일본의 2만이 넘는 병력 수에 비해, 한국의 군대는 약 2천 명에 불과했다. 군사적 무력으로 맞선다면 대량학살로 끝날 것이 뻔했다.

일본이 대한제국과 합병하기 위해 쓴 마지막 전술은 대한제국 군대의 무장을 해제시키는 것이었다. 대한제국의 군대는 왕궁과 왕의 보호를 주요 기능으로 하는 빈약한 장비를 갖춘 수천 명의 보병들로만 이루어져 있었다. 일본은 폭동 상황에 이를 것을 염려한 나머지 임금의 일본 방문을 취소했다. 일본과 그 앞잡이들은 고종 황제의 일본 방문을 대신해서 1907년 8월 1일 사실상 군대를 해산한다는 비밀협약을 맺었다. 이것은 이른바 "정미칠조약"이었다. 군대가 해산되자 일본은 고종 황제를 권좌에서 물러나게 했다.

1907년 7월 31일 밤, 모든 대한제국의 군대는 무기를 넘겨주도록 명령을 받았다. 비록 항의를 하기는 했지만 대부분의 군인들은 그 명령에 복종했다. 종로 거리에는 비탄에 잠긴 군인들이 방향을 잃은 채 비틀거리며 남대문 쪽으로 걸어가고 있었다. 그중 얼마는 통곡을 했고, 또 얼마는 눈물을 떨구며 걸어갔다. 아무도 그런 군인들 가까이 갈 수 없었다. 무장한 일본 군인들은 길을 따라 한국 군인들을 호송해 갔다. 누구든 한국 군인들에게 접근한다면 그들의 총이 불을 뿜을 태세였다.

무장이 해제된 한국 군인들은 수천 명의 일본군에 둘러싸여 훈련장으로 모여들었다. 그들에게는 20원에서 30원 정도의 돈이 지급되었고, 그리고는 해산되었다. 1만여 명의 사람들이 이 광경을 지켜보았다. 연병장에 모인 사람들 중에 울지 않는 사람은 아무도 없었다.

그러나 모든 군대가 무기를 넘겨준 것은 아니었다. 서대문 지역을 담당하고 있던 지휘장교 박성환은 서대문 수비대들의 무기를 넘겨주기를 거부했다. 부하들도 무기를 반납하기를 거부했지만, 그는 부하들을 대량학살로 몰아넣을 수가 없었다. 그는 자신의 부대원들을 모아놓고 말했다.

"우리나라의 군대는 우리보다 강한 일본의 압력으로 해산되었다. 그래서 나라 자체가 위험에 직면해 있다. 군인은 나라를 보호해야 할 의무를 지니고 있기 때문에 나는 무기를 넘겨주지 않았다. 그러나 만약 내가 여러분들을 일본에 맞서게 한다면 나라에는 아무런 도움도 되지 못하고 다만 여러분의 생명을 희생시킬 뿐이다. 나는 여러분들을 볼 면목이 없다. 그러므로 나는 나의 마지막 총으로 나라에 목숨을 바치고자 한다. 여러분은 자신의 목숨으로 나라를 위해 해야 할 바를 하기 바란다."

그는 자신의 머리를 향해 권총을 발사했다. 그는 그 자리에서 쓰러졌다. 그의 부하들은 말없이 탄약고로 향했다. 그들은 그들의 총에 탄약을 장전했다. 그리고는 벽 뒤에 기대거나 마룻바닥 밑으로 기어들어가 기다렸다. 말을 탄 장군이 이끄는 일본군들이 왔다. 한국 군인들은 동시에 일본군을 향해 총을 발사했다. 발사는 계속되었다. 약 2백 명의 일본군 사상자가 생겼다. 그러자 일본의 지원군이 왔고, 그들은 연병장을 에워 쌌다. 오래지 않아 한국군의 화약은 바닥이 났고, 군인들은 담을 넘거나 서울의 거리로 흩어지기 시작했다. 그들 중 대부분은 달아나는 도중에 사살되었다. 나머지 군인들은 대로나 골목길에서 살해되었다. 촌성은 온 거리에 울려퍼졌다. 세브란스 병원의 의사들과 홍성 의과대학 학생 들은 적십자 완장을 두르고 부상자들을 도우러 달려나왔다. 도산은 이 골목 저 골목을 뛰어다니며 부상자들을 두 개의 바퀴가 달린 수레에다 싣고서 병원으로 옮기는 의과대학생들 사이에 섞여 있었다. 도산과 그 의 동지들은 밤새 부상병들을 치료하는 한편, 수레에 실린 부상병들을 총을 쏘며 살해하려는 일본군들로부터 숨기려고 애썼다.

남아 있던 군대마저도 해산되자 일본의 약탈은 더욱 공공연히 가행되 었다. 이토 히로부미의 지시로 더 많은 일본군이 들어왔고, 더 많은 일 본 상인들이 뒤따랐다. 그들은 순박한 한국인들로부터 더 많은 땅과 역 사적 유물들을 손쉽게 헐값으로 사들였다. 이 일은 도산에게 큰 다음의 상처를 입혔다.

"이것은 우리나라에 대한 약탈입니다."

도산은 전국을 돌며 울부짖듯 연설을 했다.

"다른 무엇보다 우리는 일본인들에게 우리의 땅을 팔아서는 아니 됩 니다. 왜냐하면 우리의 땅은 우리의 영혼이며…… 땅을 판다는 것은 우 리 자신을 먹여 살릴 넓적다리 살을 베어내는 것과 같기 때문입니다."

도산은 이런 약탈의 와중에도 많은 사람들의 도움으로 계속해서 학교 를 세워나갔다. 도산과 그의 동지들은 젊은이들을 교육시키는 것이 미 래를 위한 유일한 희망이라고 굳게 믿었다. 동시에 도산은 모든 외국의 이권으로부터 독립해서 자율을 성취할 목적으로 조직된 비밀 조직인 '새로운 백성들의 모임' 이라는 뜻의 '신민회' 와 같은 단체를 구성했다.

이러한 일들로 해서 일본인들은 금방 도산과 일본에 반대하는 그의 연설, 그리고 저술들에 주목하게 되었다. 한 일본의 작가는 『서울의 청년 정치가』라는 제목의 책을 쓰고, 일본 경찰의 요주의 인물이었던 이승만과 이갑의 프로필과 함께 도산의 활동을 기술했다.

이토 히로부미도 마침내 도산의 소문을 듣게 되었다. 1907년 말, 이토는 도산과의 회담을 요청했다. 그러나 도산은 거절했다. 이토는 계속해서 제안을 해왔고, 도산은 끝내 그와의 만남에 동의했다. 회합이 있던 날 66살의 노회한 정치가 이토는 문 앞에 나와 도산을 기다렸다. 도산이 통역으로 이갑을 대동했다. 이토는 문 앞에 서서 29살의 도산을 맞이했다.

뒷날 일본의 법정에 섰을 때, 도산은 이 중요한 회합을 상기시켰다.

"이토 통감으로부터 2차의 초청이 있어 회견했다. 그 자리에서 이토 통감은 나에게 이렇게 말했다. '그대의 연설은 이 연설집(일본인이 수집한 것)을 보아 잘 알고 있다. 그대는 열렬한 애국자이며, 내가 비록 일본인이지만 그대가 조선을 사랑하는 애국열은 충분히 알고 있다. 나는 일본 메이지 유신 공로자의 한 사람으로서 조선도 훌륭한 나라로 만들려고 생각하고 있으니 흉금을 열어 놓고 말해 보자.' 그래서 내가 말했다. 만일 일본이 대한제국을 위하고 대한제국의 자주 독립을 허용한다면, 일본은 어찌하여 우리의 독립을 위해 활동하는 조선인을 가차없이 체포하여 투옥하는가? 이것이 한국을 위하는 것인가?' 이렇게 지적하자 이토는 '그것은 자기의 생각을 이해하지 못한 하부 관리들이 잘못을 저지른 것'이라고 말했다."

* * *

도산을 만난 자리에서 이토는 힐난하는 목소리로 그를 압박해 왔다.

"당신은 삼천리 방방곡곡을 돌아다니며 연설을 하는데, 그 목적이 무엇이오?"

도산은 침착하게 대답했다.

"귀하께서 50년 전에 일본에서 하신 메이지 유신을 오늘 나는 이 땅에서 하려고 하는 것이오."

이토가 말했다.

"동아시아의 국민들이 서구 열강들을 물리치기 위해서는 융화를 해야 하오, 그렇지 않소?"

도산이 대답했다.

"동아시아의 상황을 말씀드리자면, 가령 일본은 머리고, 대한제국은 목이고, 중국은 몸통이라고 가정해 봅시다. 그런데 그 머리와 목. 몸통이 서로 잘 결합되지 못하고 있습니다. 서로를 불신하고 의심하고 있기 때문이오. 지금 각 부분은 서로 떨어져 끊겨 있소."

"불신하다니, 무슨 뜻이오?"

"예를 들면, 귀하는 이동휘와 강윤희를 죄도 없이 몇 해씩 가두어두고 있소. 그들은 교육자일 뿐이오. 교육자들을 잡아다 그렇게 하니 교육까지 하지 말라는 뜻이 아니겠습니까? 그러니 한국 사람들이 의심을 하지 않을 수 있겠소이까?"

"이런 일이 있나, 나는 금시초문이오. 그것은 정말 하급관리들이 한 짓인 것 같소. 그들을 당장 풀어드리겠소."

그리고 이토는 계속해서 말했다.

"내게는 평생에 세 가지 목표가 있소. 하나는 일본을 세계의 열강들과 대적할 수 있을 만큼 강한 근대국가로 탈바꿈시키는 일이오. 그리고 둘째는 조선을 같은 수준으로 탈바꿈시키는 것이오. 마지막으로 셋째는 중국까지 같은 수준으로 탈바꿈시키는 것이오. 우리 일본에서는 목표가 거의 성취되었소. 그러나 일본 혼자만으로는 서구의 동아시아 침공을 막아 낼 수 없소. 그러니 조선과 중국도 힘에 있어서 일본과 똑같이 발전시켜야 하오. 그러기 위해서는 무엇보다 우리 모두가 서로를 도와야 하오. 이번에는 조선을 부흥시키는 데 주력하고, 다음번에는 중국에 가려 하오.”

이러면서 이토는 도산의 손을 덥석 잡고 간청했다.

“이 엄청난 사업을 경영하는 데 나와 협력하지 않겠소? 나와 함께 중국으로 갑시다. 그래서 세 나라의 정치 지도자로서 함께 동아시아의 영원한 평화를 건설합시다.”

도산이 응답했다.

“세 나라의 친밀한 관계에 관하여 말씀드리면, 동아시아의 영원한 평화를 위해 기초를 다지는 데는 나도 전적으로 동의하고 있소이다. 나는 귀하의 나라를 근대화시킨 데 있어 귀하의 성취에 경의를 표합니다. 아울러 우리 대한제국을 위한 귀하의 깊은 사려를 고맙게 여깁니다. 하지만 귀하는 한국을 돕는 가장 좋은 방법이 무엇인지 아셔야 할 것이오. 그것이 무엇인지 아십니까?”

“가장 좋은 방법이 무엇이오?”

“한국인들로 하여금 대한제국을 근대화시키게 하는 것이오이다. 귀하가 부패한 정치로부터 일본을 개혁하는 데 도움이 된 것처럼 말이오. 만약 미국이 귀하의 나라에 와서 메이지 유신을 실시했다면, 귀하께서는 가만히 앉아만 계셨을 것 같습니까? 그럴 리가 없을 뿐만 아니라, 유신은 성공하지도 못했을 것입니다.”

이토는 아무 말도 하지 않았다.

도산은 계속 말을 이어갔다.

“일본은 불행하게도 대한제국과 중국에 신뢰를 잃었소이다. 이것은 일본의 불행일 뿐만 아니라, 세 나라 모두에게 불행이오. 귀하께서는 그토록 막으려고 하시는 서구의 침공을 말씀하셨소이다. 사실 귀하는 귀하의 행동 때문에 서구로부터의 침공을 초래할 것입니다. 일본의 압박이 가해진다면 대한제국은 러시아나 미국에 도움을 청하게 될 것입니다. 그리고 주요 열강들은 대한제국의 요청에 귀를 기울일 것이오. 왜냐하면 그들은 일본이 세계 열강의 지위를 얻는 것을 달가워하지 않기 때문입니다. 그러므로 나는 일본이 동아시아 사람들의 적이 될 뿐만 아니라, 주요 강대국들의 적이 될까 염려스럽소이다. 만약 귀하께서 친구로 대한제국에 오신다면, 나는 매일 귀하를 방문하여 제가 배워야 할 선생님으로서 귀하를 모시고 존경할 것입니다. 그러나 귀하는 대한제국을 지배하기 위해 왔소이다. 그래서 나는 귀하를 방문하지 않을 것이며, 귀하와 친구가 되는 것을 피할 것이올시다. 일본은 거듭 조선의 독립을 다짐했소이다. 그리고 일본이 러시아와 중국을 상대로 전쟁을 벌인 것은 대한제국에게 독립을 주고자 한 것이라고 귀하께서 주장하셨소이다. 그러면 한국인들은 감사하게 생각해야 합니다, 그렇지 않습니까? 그러나 일본은 전쟁 후 대한제국을 강제로 점령했소. 그래서 이제 대한제국의 모든 사람들은 일본을 적으로 간주합니다. 대한제국과 일본의 관계가 이런 식으로 지속되는 한 대한제국으로부터 어떤 도움도 기대하지 마십시오. 또한 귀하께서는 중국을 돕겠다고 하셨소. 그러나 귀하께서는 대한제국의 독립을 복구시킨 뒤에야 그 생각을 시험해보셔야 할 것이올시다. 4억의 중국 사람들은 일본이 대한제국의 보호국이라고 주장하는 한 일본을 믿지 않을 것이오. 위대한 정치가이신 귀하께서 세 나라 모두의 불행을 해결해 주시기를 나는 간절히 바라는 것이올시다."

*　*　*

이 회합이 끝나자마자 이토는 이동휘를 석방하라고 명령했다. 이토는 도산을 아낌없이 칭찬했다.

"안창호는 창창한 미래를 지닌 올곧은 사람이다."

1909년 10월 29일, 이토는 중국 하얼빈에서 안중근 열사에게 암살당했다. 일본 당국은 도산과 동지들을 체포했다.

일본 경찰은 도산이 세우고 교장을 맡고 있던 대성학교를 포위하고 그를 찾았다. 도산은 어딘지도 모를 곳에서 나타나 태연히 경찰관들을 향해 걸어왔다. 그들은 그를 체포해 평양역으로 데리고 갔다. 그들은 그를 서울의 용산 감옥에 집어넣고는 매일 심문했다. 밤이면 도산의 학생들이 감옥 가까운 곳에 모여 도산이 대성학교에서 그들에게 가르쳐주었던 '애국가'를 불렀다.

동해물과 백두산이 마르고 닳도록
하느님이 보우하사 우리나라 만세.

무궁화 삼천리 화려 강산
대한 사람 대한으로 길이 보전하세.

무장한 일본 병사들과 마주하고 있었지만, 나이 어린 학생들은 밤늦도록 몇 시간 동안 차렷 자세로 서서 '올드 랭 사인Auld Lang Syne'의 가락에 맞춰 애국가를 부르고 또 불렀다. 이 애잔하면서도 격정적인 멜로디는 그들을 지켜보는 모든 사람의 가슴속에 애국심을 불러일으켰다. 아이들은 그들의 선생님으로 하여금 학생들이 거기에 있으며, 자신들이 부르는 노래를 선생님이 듣기를 바라는 마음을 알리고 싶었다. 그들은 선생님에게 용기를 주고 싶어 했다. 심문을 시작한 지 두 달 뒤, 일본 당국은 이토의 암살에 도산이 연루되었다는 어떤 증거도 찾을 수 없었다. 그래서 그들은 1909년 12월 그를 석방했다. 그러나 그 석방은 일본의 신임 총독이 새로운 내각을 구성하는 데 도산이 협력한다는 조건하에서 이루어졌다.

도산과 그의 동지들은 새로운 내각에 대해 토론을 벌였다. 한밤을 꼬박 지새운 토의 끝에 도산과 동지들은 일본의 새로운 내각 제의는 위선이라는 결론을 내렸다. 왜냐하면 내각은 일본의 완전한 약탈을 위한 도구가 될 뿐이기 때문이었다.

도산은 자신이 떠날 수밖에 없다고 생각했다. 그는 동지들에게 눈물이 가득 서린 목소리로 말했다.

"우리가 가야 할 길은 오직 한 길뿐입니다. 우리는 한 걸음 물러서서 미래를 위한 우리의 힘을 재건해야만 합니다. 나라의 상실이라는 이 비극은 우리의 힘이 부족했기 때문에 일어난 일입니다. 우리가 우리의 힘을 회복할 때만이 나라를 되찾을 수 있습니다. 여기 남은 사람들은 우리의 인적 자원을 재건하도록 끝까지 버텨내야 합니다. 그리고 그 자원을 통일시켜야 합니다. 여기에서 버텨낼 수 없는 사람은 바다를 건널 수밖에 없습니다. 그러나 우리가 다시 만날 그날까지 꼭 같은 일을 해야만 합니다."

1910년 어느 봄밤, 도산의 일행은 서해를 향해 열린 한강의 조그마한 항구 행주를 향해 비밀리에 떠났다. 그곳에서 그와 측근은 중국으로 가는 소금배에 올랐다. 그는 그의 인생에서 사랑했던 학생들, 동료, 민족, 그리고 나라까지 그 모든 것을 뒤로 한 채 떠날 수밖에 없었다. 그는 조국을 떠나며 거국가라는 시를 남겼다.

거국가去國歌

1.

간다 간다 나는 간다 너를 두고 나는 간다
잠시 뜻을 얻었노라 가불대는 이 시운이
나의 등을 내밀어서 너를 떠나가게 하니
이제부터 여러 해를 너를 보지 못할지나
그 동안에 나는 오직 너를 위해 일하리니
나 간다고 서러마라 나의 사랑 한반도야

2.

간다 간다 나는 간다 너를 두고 나는 간다
저 시운을 대적타가 열혈루 뿌리고서
네 품속에 누워자는 내형제를 다깨워서
한번 기껏 해보았으면 속이 시원하겠다만
나중 일을 생각하여 분을 참고 떠나가나
내가 가면 영갈소냐 나의 사랑 한반도야

3.

간다 간다 나는 간다 너를 두고 나는 간다
내가 너를 작별한 후 태평양과 대서양을
건널 때도 있을지며 시베리아 만주 들에
다닐 때도 있을지니 나의 몸을 부평같이
어느 곳에 가있던지 너의 생각 할 터이니
너도 나를 생각하라 나의 사랑 한반도야

4.
간다 간다 나는 간다 너를 두고 나는 간다
지금 이별할 때에는 빈 주먹을 들고 가나
후일 상봉할 때에는 기를 들고 올 터이니
눈물 흘린 이 이별이 기쁜 환영 되리로다
악폭풍우 심한 이때 부대부대 잘 있거라
훗날 다시 만나보자 나의 사랑 한반도야

3
어머니 이혜련

이혜련이 도산과 결혼한 것은 한 남자의 잘생긴 외모나 재능뿐만 아니라 그의 미래에 대한 전망까지도 선택한 것이었다. 사실 그녀의 배필로 학생들 가운데서 안창호를 고른 것은 바로 그녀의 아버지였다. 그러나 그녀 아버지의 "창호는 결코 돈을 잘 벌지 못할 것이다"라는 경고에도 불구하고 그와 결혼하기로 최종적으로 결심한 것은 바로 혜련 자신이었다. 만약 그녀가 자신이나 자녀들에게 윤택한 생활을 할 수 있게 할 재력가나 안정된 배필과 결혼할 마음이 있었다면, 현명한 선택을 하지는 못한 셈이었다. 그러나 그녀는 물질적 안락을 위해 도산과 결혼하지는 않았다. 그녀는 조국을 위해 분투하며 새로운 세계에 대해 도산이 갖고 있는 꿈을 공유하고 있었다. 이혜련 역시 혁명적인 사람이었기에 새로운 세계, 곧 식민지 전쟁에서 대영제국을 물리쳤고, 대한제국을 식민지도 차지한 일본이 배우고자 하는 미국이라는 나라에서 새로운 이념을 배운다는 것에 매력을 느꼈다.

미국의 민주주의, 미국의 정의, 그리고 평등 의식은 선한 모든 것들을 대변하는 것이었다. 그것은 도산과 혜련, 그리고 다른 한국인들을 향해 있는 빛나는 등대였다. 그녀는 미국의 민주적 방식들을 배워 고향으로 돌아가 사람들에게 가르치는 것이 자신의 운명이라고 여겼다. 도산과 마찬가지로 혜련 역시 여성들을 교육시키는 것이 조국을 되살리는 결정적인 요소라고 믿었다. 도산이 대한제국의 독립을 위해 헌신하는 동안 오랜 고통 속에서도 혜련을 지탱시켜 준 것은 바로 이 꿈이었다.

미국땅을 밟은 두번째 여성인 어린 혜련은 벽돌과 돌로 지어진 수많은 빌딩들로 들어찬 번잡한 항구도시 샌프란시스코에서 고립되었다는 느낌을 받았다. 넓고 잘 포장된 거리, 말이 끄는 것이든 아니든 환상적인 마차들, 자동차들, 그리고 활기차게 오고가는 사람들, 이 모든 것들이 이런 소외감을 느끼게 했다.

1902년, 대서양에서 태평양에 이르는 광대한 대륙을 장악하고 있던 미국의 대통령은 테오도르 루스벨트였으며, 신문 귀족들의 왕은 윌리엄 렌돌프 허스트였다. 남북전쟁 후의 미국은 산업혁명이 일어났고 철도 귀족, 목재 귀족, 황금 귀족, 석유 귀족, 철강 귀족 등등의 온갖 종류와 형태의 귀족들을 만들어냈다. 그 가운데는 샌프란시스코 출신의 실업가 레란드 스탠포드Leland Stanford와 마크 홉킨스Mark Hopkins가 있었다.

그렇게 많은 부를 소유하고 있는 사람이 있는 반면에 갓 결혼한 사람들은 돈도, 직업도, 갈 곳도 없었다. 10명 안팎의 인삼 무역업자들 중의 한 사람이 도산에게 인삼 장사를 할 기회를 주겠다고 제안했다. 도산은 그 제안을 거절했다.

"당신은 돈을 더 많이 벌기 위해 중국 인삼을 고려 인삼인 것처럼 파는 것 같습니다. 나는 그 같은 짓을 할 수 없소이다."

혜련은 도산을 잘 알기에 그의 결정에 놀라지 않았다. 그는 이익을 얻기 위해 속임수를 쓰느니 차라리 굶어 죽고자 했다. 젊은 부부는 역사이자 이민국 심사관인 드류Drew 박사의 집에 거주하며 가정을 돌보주는 일을 하기로 결정했다. 드류 박사는 도산의 인품을 한눈에 알아보았던 것이다. 그들의 시급한 문제는 해결되었다. 그들은 음식과 잠잘 곳과

일, 그리고 영어를 공부할 기회를 얻은 것이었다. 도산과 혜련은 요리도 하고 청소도 했다.

그 집은 한국의 집들과는 대조적으로 엄청나게 거대했다. 그 곳에는 값비싼 영국제와 프랑스제 가구, 크리스털 도자기, 은식기, 화려한 크리스털 램프, 진귀한 목재로 만들어진 벽장식, 천정 가에서 길게 늘어뜨려진 쇠시리, 오크 마루와 대리석 타일의 마루, 울퉁불퉁하고 뒤틀린 액자틀, 이 모든 것들은 언제나 먼지를 털고 반짝반짝 윤이 나도록 닦아 주기를 기다리고 있었다. 창문 또한 마찬가지였다. 실내 변기는 말할 필요도 없었다. 부유한 미국의 집들은 변기가 너무 많았다. 입구에 하나, 주인 방에 하나, 그리고 아이들을 위한 변기가 한두 개 더 있었다. 온가족 삼대가 집 밖에 있는 뒷간 하나를 공동으로 사용하는 한국 사람들에게는 수세식 변기는 듣도 보도 못한 것이었다. 그러나 혜련은 도산이 했던 것처럼 이 구석 저 구석에 버려져 있는 낡은 칫솔을 이용해서 그것들을 꼼꼼하게 청소했다. 만약 백인들이 한국처럼 집안에서 신발을 벗기만 한다면 마루가 훨씬 매끈할 것이며, 자신은 신발자국에 신경을 쓰지 않아도 될 텐데 하고 혜련은 생각했다. 미국인들은 균형감이 없는 것처럼 보였다. 수도를 실내에 두는 것을 보면 아주 진보되어 있는 것처럼 보이지만, 집안에서 신발을 신는 것을 보면 야만적인 것처럼 여겨졌다.

여가시간에 그들은 드류 박사의 도움으로 영어를 공부했다. 샌프란시스코에서 석 달 정도 지난 뒤, 도산은 미국 교육체계를 익히려는 계획에 따라 초등학교 1학년부터 학업을 시작했다. 그는 초등학교에 등록을 하고 1학년 어린 학생들과 함께 공부를 했다. 그는 세부적인 모든 것을 배우기 위해 매학년마다 온갖 방법을 동원해 열심히 공부하고자 했다.

어느 날 거리에서 한 가지 사건이 벌어졌다. 그 사건은 도산이 너무 중요하다고 생각한 나머지 학교에 가는 것까지도 늦어버리게 한 일이었다. 도산이 길을 걸어가다 한 떼의 군중과 마주치게 되었다. 군중 속에서 그는 소동을 벌이고 있는 두 사람의 인삼 무역상을 보게 되었다. 그들은 서로의 상투를 잡고 한국어로 큰소리로 욕을 하고 고함을 질렀고, 그곳 사람들은 재미있다는 듯 응원을 하고 있었다. 도산은 그들 사이에 끼어들었고, 성난 두 사람은 싸움을 멈추었다. 도산은 그 싸움이 서로의 장사 영역을 침범하는 것 때문에 생겨난 것이라는 사실을 알게 되었다. 도산은 상인들에게 영역 체제를 만들어주어 분쟁을 해결했다.

이 사건은 도산으로 하여금 샌프란시스코에 거주하는 한국인들의 생활을 조사하게 만드는 계기가 되었다. 그리고 그들의 일상사가 참으로 애처롭다는 것을 알게 되었다.

도산은 속으로 외쳤다.

"이것은 국가적 수치다. 미국 사람들은 우리를 미개인으로 알 것이다. 그들은 우리가 독립할 자격이 없다고 생각할 것이다!"

도산이 자신의 학업을 보류하고 동포들의 집을 청소하는 데 시간을 바치겠다고 결심하자 혜련은 당황스러웠다. 남편은 공부를 하거나 일거리를 찾는 대신에 한국인들에게 빗자루와 걸레를 쥐어주고는 자신이 먼저 청소하고, 커튼을 달고, 페인트칠을 하고, 심지어 셋집 주변에 꽃을 심기까지 하였다.

혜련은 생활을 하기 위해 돈을 벌어야 할 사람은 자신이지 남편이 아니라는 것을 비로소 깨달았다. 그녀는 아버지가 참으로 옳았다고 생각했다. 그녀는 아버지가 예전에 했던 말을 떠올렸다.

"그는 결코 돈을 벌지 못할 거야."

혜련이 요리에 재능이 있고, 훌륭한 재봉사라는 것은 참으로 다행스러운 일이었다. 가정부 생활을 한 지 세 달쯤 지난 뒤 혜련은 파인 스트리트(Pine Street)에 있는 하숙집으로 이사를 나왔다. 혜련은 다른 사람들에게 요리와 바느질, 세탁을 해주며 하숙비를 내고 먹고 입는 데 필요한 충분한 돈을 벌기 시작했다. 도산은 한인들을 위한 일을 계속했다.

한 해가 지나자 혜련의 샌프란시스코의 생활도 안정되어 갔다. 거대한 빌딩들도 더 이상 두렵지 않았다. 미국 사람들과 그들의 관습, 언어, 그 어떤 것도 이전처럼 낯설지 않았다. 그때 도산은 로스앤젤레스에서 동쪽으로 45마일쯤 떨어진 농장 지역인 리버사이드로 이사를 가자고 말했다.

"그는 언제나 한인들을 찾아다녔고, 그들과 이야기를 했어요."

혜련은 소설가이자 전기 작가인 주요한에게 말한 적이 있다.

"도산은 리버사이드에 있는 한인 지역에서 자기를 필요로 한다고 말했어요."

그녀는 이사를 가자는 도산의 생각에 반대했다. 그러나 도산은 언제나 그랬듯이 혜련을 설득하려 했다.

"샌프란시스코의 한인은 이제 모범적인 주민이 되었소. 그들은 더 이상 나를 필요로 하지 않아요."

사실 샌프란시스코의 한인들은 스스로를 성공적으로 변모시켜 나가고 있었다. 다루기 힘든 주정뱅이, 도박꾼이라는 인상은 인삼 장사꾼들에게서 사라졌다. 비록 마지못해 한 일이지만 그들은 상투까지 잘랐다. 상투는 그들의 유산이자 남성의 상징이었다. 그것은 그들에게 있어 조상이나 이름과 마찬가지로 영혼 깊숙이 묻혀 있는 신성한 것이었다. 그러나 그들은 미국에서의 새로운 삶을 다짐하는 상징으로 상투를 잘랐다. 그들은 이제 깨끗한 옷을 입는 것은 말할 것도 없고, 한국말로 음란한 이야기를 시끄럽게 떠드는 것도 그만두었다. 그들은 1903년 9월 3일 미국땅에서 최초로 조직된 한인단체인 도산의 친목회의 책임 있는 회원이 되었다. 회의는 샌프란시스코 차이나타운의 워싱턴 거리에 있는 지하 사무실에서 정기적으로 열렸다.

한인들의 생활과 행동이 갑자기 변한 것을 보고서 백인 지주들은 새로운 지도자가 한국에서 왔다고 생각했다. 그들은 도산을 만나고 싶어 했다. 그들은 단지 25살에 지나지 않는 청년을 보고 충격을 받았다. 한 지주가 도산의 손을 마주잡으며 말했다.

"당신은 위대한 인물이 될 수 있을 거요."

혜련은 남편이 이미 평범한 사람이 아니라는 것을 깨달았다. 다침내 그녀는 그가 말한 것처럼 샌프란시스코에서의 그의 일은 끝났고, 이제 캘리포니아 리버사이드로 옮겨가야 할 때가 되었다는 사실을 인정했다. 그는 가야만 하고, 그녀 또한 따라야만 한다는 것을 알았다.

도산이 리버사이드의 농장 지역으로 먼저 떠나고, 혜련은 조금 늦게 따라갔다. 리버사이드의 뜨겁고 건조한 날씨는 오렌지, 레몬, 자몽, 그리고 라임과 같은 과일이 익기에 너무도 좋았다. 이 과일들은 수확되어 미국 전역에 팔려 나갔다.

이제 로스앤젤레스는 한가한 농업 중심의 고장이 아니었다. 당시 로스앤젤레스는 신형 포드 자동차들이 북적이는 신흥도시였다. 물론 석유의 발견이나 영화산업의 출현은 지도상에 로스앤젤레스를 그려놓는 데 결정적인 역할을 했다. 로스앤젤레스는 캘리포니아주 최대 도시인 샌프란시스코를 거의 능가하고 있었으며, 1906년의 지진이 샌프란시스코를 강타한 1년 뒤에는 실제로 그렇게 되었다.

리버사이드에서 도산은 노동자로, 그리고 과일 따는 일꾼으로 일하러 다니면서 혜련이 학교에 다니고 지역의 병원에서 일할 수 있는 시간을 마련해 주었다. 도산이 보통 사람이 아니라는 것을 지역 사회에서는 곧 알게 되었다. 사람들은 충고와 도움을 받기 위해 그를 찾았다. 곧 그는 한인 노동자들의 생활을 짜임새 있게 변모시켰다. 평범하고 무관심한 노동자들을 자신의 일에 큰 자부심을 갖는 성실한 과일 관리인으로 바꾸어놓았던 것이다.

그는 노동자들에게 거듭 말했다.

"우리가 오렌지 하나를 딸 때도 우리나라의 미래가 그것에 달려 있는 것처럼 따야 합니다."

노동자들은 도산의 말을 가슴 깊이 새겨들었다. 그래서 한국인들은 농장 주인들 사이에 가장 선호하는 집단이 되었다. 한국인 노동자들은 가장 좋은 과일을 따오고, 성실하게 일했기 때문이었다.

혜련은 곧 학교를 그만두어야 했다. 그녀는 다시 풀타임으로 일하러 가야만 했다. 도산의 지지자이자 동료인 세 사람으로부터 보내오는 얼마 되지 않는 돈은 끊임없이 찾아오는 손님들의 음식과 음료수를 대접하는데 들어갔다. 일자리가 없을 때도 있었고, 그에 반해 돈은 더욱 쪼들리게 되었다. 과일농장 노동자 고용 사무실은 사사끼라는 일본인이 관리하고 있었는데, 사사끼는 언제나 일본 사람들에게 먼저 일자리를 주었다. 한인 노동자들에게 돌아갈 일자리는 갈수록 없어졌다.

어느 날, 도산과 그의 동료들은 집에 있으면서 집 주변을 청소하고, 마당 앞에 있는 정원을 손질하고 있었다. 그때 미국인 지주가 마차를 타고 가다 그들을 보았다. 그는 집 앞에서 마차를 세우고 도산과 동료들에게 물었다.

"왜 일을 하지 않습니까? 왜 어슬렁거리며 놀고 있소?"

누군가가 대답했다.

"사사끼가 일본인들에게만 일거리를 주고 우리에게는 주지 않아요."

"그럼 왜 여러분은 자신의 고용 사무실을 세우지 않는 거요?"

"사무실을 세우기 위해서는 돈이 필요한데. 우리는 그럴만한 돈이 없어요."

"얼마의 돈이 필요합니까?"

"대략 1,500달러에서 1,600달러 정도 필요합니다."

그날 밤, 그 지주는 그들 앞에 사무실을 세우는 데 필요한 1,500달러를 내어놓았다.

새로운 고용 대행사는 아주 빠르게 움직였다. 처음에는 8명의 회원으로 시작되었지만, 곧 18명으로 늘어났고, 계속해서 성장해 나갔다. 한 달만에 그들은 너무 바빠서 두번째 전화를 들여놓아야만 했다. 그들은 지주에게 곧 1,500달러의 돈을 갚았다. 이 소문이 가까운 지역에 있는 한인들 사이에 빠르게 퍼져나갔다. 그래서 더 많은 한인들이 리버사이드로 오게 되었다.

리버사이드의 한인 사회가 성장함에 따라 혜련은 도산을 점점 더 볼 수 없게 되었다. 그와 동료들은 공립협회라는 단체를 결성했다. 그 단체는 한인들이 직업이나 살 집을 구하는 것을 도와주고, 일이나 일상생활에서 필수적인 영어나 다른 기술을 배울 수 있도록 해주는 곳이었다.

약 1년 뒤, 미국의 한 목사가 도산과 그의 동료들을 저녁 식사에 초대했다. 그곳에는 많은 신도들이 대부분 참석했다. 목사는 한인 사회에 대해 이렇게 칭찬했다.

"나는 지난 한 해 동안 줄곧 한인 노동자들을 지켜보아 왔습니다. 여러분 모두가 얼마나 훌륭한지 참으로 놀랐지만 마음속으로는 즐거웠습니다. 그리고 감사하게 생각하고 있습니다. 내가 지역의 우체국에 갔었는데, 그들이 내게 말하기를 여러분들 중 많은 사람들이 정기적으로 집에 돈을 부친다고 했습니다. 은행에서는 여러분이 번 돈 대부분을 저축하고, 여러분들 중의 일부는 사업상의 거래에 수표를 사용한다고 말해 주었습니다. 차이나타운의 유흥가에서는 한 사람의 한인도 볼 수 없었습니다. 미국 사람들은 여러분으로부터 많은 것을 배울 수 있습니다. 만약 여러분들이 흡연 습관만 없앨 수 있다면 나는 훨씬 더 행복할 것입니다. 야간 학교 선생님들은 한인들이 영어에서 훌륭한 진보를 보이고 있다고 이야기합니다. 그리고 주일학교 선생님들은 여러분들이 우리 미국인들보다 성경을 더 잘 알고 있다고 말합니다."

미스터 럼지Mr. Rumsey라고 불리던 미국인 농장 주인은 목사에 이어 자신의 소견을 이렇게 말했다.

"우리 한인 형제자매의 노력에 참으로 감사합니다. 우리 회사는 올해 큰 이익을 남겼습니다. 나는 아주 고맙게 생각합니다. 이 성공은 모든 사람들에게 오렌지 하나라도 자신의 것처럼 다루라고 말한 안 선생님과 그의 말에 귀를 기울여준 모든 한인 형제자매들의 덕분이라고 생각합니다."

그리고서 모임에 참석한 미국인 부인들은 선물로 40권의 성경과 찬송가를 주었다. 도산은 일어서서 답사를 했다.

"여러분의 관대한 도움으로 우리 모두는 지난 한 해를 무사히 보낼 수 있었습니다. 우리는 오렌지를 보살피는 데 최선을 다하고자 노력하고, 또 그렇게 하고 있습니다. 우리는 느리게 일하는 경향이 있습니다. 이 점 여러분께 사과를 드립니다. 그러나 우리는 앞으로 우리의 기술을 향상시키도록 노력할 겁니다. 또 한 가지, 우리 동포들이 다른 곳에서 일하는 동안 여러분과 같은 관대한 사람들을 만날 수 있도록 여러분의 도움을 부탁드립니다."

혜련은 울었다. 그 당시 그녀는 너무도 쉽게 눈물을 흘렸다. 거리에서 한인 동포를 만나면 반가움의 눈물을 흘렸다. 눈물은 그녀의 첫번째 인사가 되었다. 사람들이 울지 말라고 하면 더 많은 눈물이 쏟아졌다. 그녀는 정말이지 그 이유를 알 수 없었다. 아마도 도산과 그의 업적으로 행복했기 때문일 것이다. 그녀는 곧 이사를 가야 할 때가 되었다는 것을 깨닫기 시작했다. 그가 리버사이드에서 하기로 계획했던 일을 이미 이루었기 때문이었다. 허물어져 가는 나라를 구하는 것은 결코 쉬운 일이 아니며, 리버사이드는 그 일을 할 수 있는 장소가 아니라는 것을 그녀는 알고 있었다.

얼마 지나지 않아 남편은 샌프란시스코에서 자신을 필요로 한다고 혜련에게 말했다. 그는 샌프란시스코에서 보다 큰 단체, 즉 동포들과 그들의 가족을 도와줄 단체인 공립협회를 조직하는 임무를 맡았다. 그 협회는 나중에 로스앤젤레스의 캘리포니아 지회로, 그리고 레드랜드, 델라노, 리버사이드, 오클랜드, 새크라멘토의 지회로 확장되었다. 그리고 더 나중에는 하와이, 멕시코, 쿠바, 만주, 시베리아, 그리고 워싱턴 D.C.의 지회로까지 넓혀졌다. 혜련은 그가 가도록 내버려 두었다. 어린 혜련은 이제 불과 20살에 지나지 않았으며, 미국땅에서 태어난 최초의 한국 아이들 중의 하나가 될 첫아이를 임신하고 있었다.

1905년 3월 29일, 로스앤젤레스의 한 교회에서 필립이 태어났다. 병원에 간다는 것은 생각조차 할 수 없는 처지였다. 산파를 부를 경제적 여유도 없었다. 혜련은 교회 친구들의 도움으로 건강한 아이를 낳을 수 있는 것만으로도 다행이라 생각했다. 만약 그녀가 한국의 집에 있었다면, 어머니와 가족들이 첫아이를 낳는 데 도움을 주었을 것이었다. 혜련은 가족들이 그리웠다. 그럼에도 불구하고 그녀는 행복했다. 혜련은 자신을 자랑스러워하고, 아들을 자랑스러워할 남편 얼굴이 너무나 보고 싶었다. 그러나 남편은 샌프란시스코에서, 지금은 일본과 그 군인들에게 침략당한 나라를 되찾기 위해 연설을 하고 나누어진 단체들을 통합시키느라 너무나 바빴다.

일본은 러시아와의 전쟁에서 승리했고, 바로 그 무렵이 필립이 태어난 때였다. 대한제국의 운명이 뉴햄프셔 포츠머스에서 테오도르 르스벨트 대통령의 중재로 강대국들 사이에서 논의되던 때였다. 그때는 대한제국과 한국인 모두에게 어려운 시기였다. 혜련이 자신의 외로움이나 찢어지게 가난한 형편을 생각하고 있을 겨를이 없었다. 그녀는 아들 필립과 함께 리버사이드로 돌아왔다. 필립은 한국어로 '필립(必立)'이라고 발음한다. '필'은 '필연적'이라는 뜻이고, '립'은 '우뚝 선다'는 뜻이다. 이 둘을 합하면 '필연적인 독립'의 뜻이 된다.

필립의 아버지는 마침내 아들을 보기 위해 집으로 왔다. 비록 공립협회를 견이어 창립하기 위해 샌프란시스코로 돌아온 잠시 동안이기는 하지만 같이다. 나라 없는 백성인 한인들은 공립협회를 환영했다. 협회가 그들을 위해 직업을 알선하고, 살 곳을 마련해주며, 아이들에게 교육의 기회를 제공해 주었기 때문이었다.

공립협회는 또한 옛 바버리Barbary 해안과 차이나타운 가까이의 938 퍼시픽 애비뉴Pacific Avenue에 위치한 본부 건물 밖에 인쇄소를 운영하고 있었다. 공립협회 신문은 한인들에게 그들이 돌아가기를 열망하는 조국에서 일어나는 사건들을 계속해서 알려주었다. 공립협회는 미국에 사는 한인들을 위한 유사 정부가 되었다. 그리고 그 회원의 수도 하와이에서 본토로 이주해 오는 사람들이 많아짐에 따라 해마다 증가했다. 공립협회 일은 도산에게 더 많은 노력과 시간을 요구했다.

혜련은 공립협회 시절에는 남편을 거의 볼 수가 없었다. 설상가상으로 그가 아들을 처음 만나러 리버사이드에 있는 동안 공립협회 건물은 1906년의 대지진으로 파괴되었다. 그 지진은 샌프란시스코를 황폐화시켰다. '황색의 위험' 이란 용어를 만들어내었던 언론인 윌리엄 랜돌프 허스트William Randolph Hearst는 당시 파리에 머무르고 있는 그의 어머니 피베Phoebe 허스트에게 이런 편지를 썼다.

"어머니께서 초라하고 퇴색한 샌프란시스코를 보게 된다면, 수천 년 전의 지구로 돌아온 것처럼 보일 것이며, 전생에서 살았던 곳을 보는 것처럼 생각될 것입니다."

대지진으로 도산은 공립협회 본부를 오클랜드로 옮겼다. 그곳은 샌프란시스코 만을 가로질러 뱃길로 40분이 걸리는 곳이었다. 1907년, 그는 마침내 조선땅을 향해 떠났다.

단기 4241(1908)년 11월 20일
나를 사랑하는 혜련에게…… 서울에서

나는 비록 자주 편지를 하지 아니하나 집안 소식을 알고져 하는 욕심이 간절하던 차에 그대의 편지를 받아 보니 커다란 위로가 되나이다. 그 동안에 그대는 몸도 괴로우려니와 마음이 편치 않고 답답 클클한 때가 많았을 터이지요. 지금 시대가 부부간 안락을 누릴 때가 못 되었으니 그대는 생각을 널리 하고 뜻을 활발히 하여 천연한 태도로 지내와 안심하고, 공연히 적은 뜻을 일지 못한다고 극탄極歎하여 몸과 마음이 고생하는 때에 오래 머물지 않기를 간절히 바라나이다. 이런 말로 권하는 것이 도리어 염치없는 듯하나 그러나 나는 결단코 방탕한 남자가 되어 집을 잊고 아니 돌아가는 자는 아니라. 세상이 다 나를 웃고 처자가 원망하더라도 나의 붙잡은 일을 차마 버릴 수 없나이다. 그런즉 나만 사랑치 않고 나라를 사랑하는 그대는 나를 나라 일 하라고 원방에 보낸 셈으로 치고 스스로 위로 받기를 원하나이다. 나의 사랑하는 필립도 잘 있으며 마음의 덕성이 자라고 품행이 아름다운지 한 번 보았으면 하는 생각이 그치지 않소이다. 내가 주관하는 평양 대성학교에 학도가 120명 가량인데 재미가 있소이다. 명년 3월에 일본에 있는 장응전 씨가 졸업하고 본국에 돌아오거든 학교 일을 맡기고 미국으로 가려 하니 명년 여름이나 가을에는 가게 될 듯하웨다. 성(형)네 집이 다 평안하고 간단한 것은 할 모양이오. 극성이는 내가 학비를 대어 주어서 측량을 졸업하였소이다. 그러나 그애는 행실이 아름답지 못하고 아직도 지각이 나타나지 아니하였소이다. 나는 지금 서울에 있는데 일간 내려갈 터이외다. 이후에 내게 편지하려거든 평양 대성학교로 편지하시오. 상수구 밖으로 하면 편지마다 먼저 떼어보는 것을 매우 좋아 아니 하나이다. 내가 항상 잠은 학교에서 자고 밥은 장대재 누이 집에서 먹나이다. 학교 집은 관철부 동전 옆 언덕어 있소이다. 그대도 할 수 있는 대로 짬짬이 공부도 하였으면 좋겠스이다.

내 병은 전보다 좀 낫소이다.

안창호

혜련은 수년 동안 줄곧 리버사이드에서 하녀, 요리사, 청소부, 그리고 재봉사로 일했다. 그녀가 미국으로 건너온 도산의 동료들 — 몇몇은 공부를 하기 위해, 또 대한제국을 위한 임무를 띠었거나 일본의 압제를 피해서 온 사람들 — 을 돕고 있는 동안에도 한국에 있는 도산에게 돈까지 보내주만 했다.

한국의 동료들은 그들의 생각으로는 고매한 정치가이자 지도자이며, 선생인 도산과 결혼한 사람에게는 적절한 직업이 아닌 가정부로서의 그녀의 능력을 무시한 채, 다만 '도산의 아내'라는 것 때문에 존경의 마음으로 혜련을 우러러보았다. 그녀의 역설적인 현실, 즉 도산의 아내가 가정부를 한다는 사실은 그녀 자신보다도 다른 사람들의 마음을 더욱 괴롭고 아프게 했다. 그녀는 결코 겉으로 불평하는 일이 없었다. 비록 짧은 영어 실력에 20대의 체구가 작은 여인에 불과하지만, 백인 고용주들은 그녀가 강철 같은 의지와 지성을 가졌다는 것 때문에 "안 여사Mrs. Ahn"라고 불렀다.

운이 좋은 날 혜련은 2달러를 벌었다. 그러나 그 돈은 호텔의 하루 숙박비에 불과했다. 고용주들이 그녀를 좋아하는 까닭은 결코 늦는 일이 없다는 것 때문이었다. 그녀는 어떤 일이든, 비록 따분한 일이라고 하더라도 열심히 아무 불평 없이 일에 달려들었고 몰두했다.

남편이 나라의 자유를 위해 일하도록 운명지어져 있었기 때문에, 혜련은 도산이 하는 운동의 지지자로서의 자신의 운명을 받아들였다. 그녀는 아이들을 먹이고, 입히고, 교육시키는 가족의 일을 돌보도록 선택된 사람이었다.

도산이 일상생활의 자질구레한 일들로부터 벗어나 자유롭게 자신의 일을 할 수 있도록 한 것은 바로 그녀였다. 도산의 이름이 실린 신문기사와 자잘한 모든 종이쪽지들을 포함해서 그의 기록인 편지, 저작, 연설문, 사진들을 모으고 간직한 것도 그녀였다. 그녀는 이 기록들이 언젠가는 중요하게 될 것이라고 생각했다. 도산의 일이 역사적 의미를 닫고 있다는 것을 그녀는 이미 알고 있었다. 6년 전 떠나올 때 작고 보잘것없는 나라였고 미국에 있는 어느 누구도 지금까지 들어보지도 못했던 나라인 대한제국을 위해 그가 역사를 만들어가고 있다고 그녀는 생각했기 때문이었다. 그 중에서도 혜련은 도산의 편지를 보물처럼 여겼다. 그것들은 그녀의 인생자취이자 미래이기 때문이었다. 그녀는 새로운 이념과 민주주의적 계몽을 추구하는 '아름다운 땅' 곧 '미국美國'이라고 부르는 이상한 나라로 사랑하는 남자를 따라왔었다.

그렇지만 남편은 이상한 외모의 사람들과 혀를 뒤틀리게 하는 이상한 언어로 가득한 미지의 땅에 그녀를 혼자 남겨두곤 했다.

"이 모든 것에는 분명 이유가 있을 거야."

혜련은 자기 자신과 주위 사람들에게 그렇게 말했다. 그녀는 한국에서 아버지가 했던 말을 떠올렸다.

"안창호는 특별한 사람이야. 이것이 내가 너를 위해 그를 선택한 이유이다."

혜련은 많은 눈물을 흘렸다. 그녀는 도산의 전기를 쓴 소설가 주요한에게 고백했다.

"당시 나는 울보였어요. 모든 일을 눈물로 풀었어요."

그녀는 도산이 집으로 온다는 편지를 받았을 때 행복해서 울었다. 그 편지는 한반도 북쪽 끝에서 그리 멀지 않은 러시아 시베리아의 던 동쪽 끝인 항구도시 블라디보스톡에서 왔다.

그는 일본이 대한제국을 합병했다는 소식을 듣고서 짤막하게 편지를 보내왔다. 1910년 8월 22일은 그의 생애에서 가장 비참한 날이었다. 그날은 그가 모든 것을 바쳐 사랑했던 조국이 일본 제국주의의 손에 넘겨진 날이었다. 그는 대한제국과 그 국민들을 남겨놓고 떠날 때 마치 처참한 죄인의 심정이었다고 말했다. 그렇지만 그는 아내와 아들이 있는 집으로 돌아오고 있었다.

그는 1911년 초 블라디보스톡을 떠나 그 해 4월, 집에 도착했다. 필립은 그때 이미 6살이 되어 있었다. 혜련은 필립의 아버지가 집에 있다는 것만으로도 행복해 했지만, 도산 자신은 집에 돌아온 것이 그 전해인 1910년 봄에 시작된 조국으로부터 망명자로서의 여행이라고 생각했다.

도산은 만주에 이상촌을 만드는 일을 하면서 '망명'의 시간을 보냈다. 그곳에는 장차 일본에 대항해서 마지막 독립전쟁을 준비하기 위해 공장과 젊은이들을 훈련시킬 학교를 세울 작정이었다. 그 일은 뜻대로 되지 않았다. 그때 한일합방이 이루어졌다. 그는 시베리아 횡단철도를 통한 지루하고도 맥빠진 여행을 시작했다. 그 길은 만주의 심장부인 하얼빈에서 당시 시베리아의 가장 큰 도시인 치타Chita를 거쳐 성 페테르부르그에서 끝났다. 6천 마일의 기차여행은 조용했고, 그가 치타에서 연설을 한 것을 제외하고는 별다른 일이 없었다. 도산이 기차여행을 하는 동안 얼마나 많이 울었는지 모른다고 그의 측근인 정용도가 말했을 때, 혜련은 가슴이 찢어질 듯 아팠다

비록 그의 첫사랑, 다시 말해서 한 국가로서 망각과 소멸의 바다 속으로 떨어질 직전에 있는 것처럼 보이는 조국이 태평양 건너 수천 마일이나 떨어져 있기는 했지만, 그녀는 그를 집에 있게 하는 것만으로도 행복했다. 적어도 그는 밤낮으로 쫓아다니는 일본의 형사들로부터 멀리 떨어져 휴식을 취할 수 있을 거라고 그녀는 생각했다. 혜련은 남편이 다시 자신의 일로 돌아가기 전까지는 캘리포니아의 좋은 날씨 속에서 규칙적인 식사를 하면서 건강을 되찾아야 한다고 생각했다.

그녀는 그로부터 여행가방을 넘겨받았다. 그 가방은 만주 동부에서부

터 러시아의 블라디보스톡으로 이어지는 여행에서부터 시작되어, 독일과 프랑스를 거쳐 런던에까지 이어졌던 여행 가방이었다. 그녀는 대서양 횡단의 기점인 스코틀랜드에서부터 뉴욕으로 이어진 승선표, 이 모든 나라들의 소인이 찍힌 여권, 뉴욕에서 샌프란시스코를 거쳐 로스앤젤레스까지의 기차표들을 모아두었다. 그 가방은 책과 서류, 그리고 기록물로 가득 차 무거웠다. 만약 그가 일본 경찰에 체포되기 전날 밤에 대성학교에서 태워버린 기록물들이 있었다면, 가방은 훨씬 더 무거웠을 것이다. 그녀는 지난 2년 반 동안 그를 휩싸고 있었던 것을 알 수 있었다. 그의 글과 계획서, 그리고 도면의 대부분은 중국과 만주에 있는 '이상촌'에 관한 것이었다. 거기에는 학교, 청년들의 훈련, 공장 건물, 정부 조직, 그리고 군대 시설물에 대한 계획들이 담겨져 있었다.

그녀는 그 가방 속에 자신이나 필립을 위한 선물이 있으리라고는 전혀 기대하지 않았다. 그러나 그는 프랑스에서 푸른 도자기 항아리 하나를 사왔다. 혜련은 서류들을 모아서 다른 자료들과 함께 보관했다. 그리고 그 후 8년 동안 아내와 어머니로서 비교적 정상적인 생활을 즐길 수 있었다.

도산이 돌아와서 대략 1년쯤 뒤 둘째아들 필선이 태어났다. 첫째딸 수산은 1915년에, 그리고 둘째딸 수라는 1917년에 태어났다.

그러나 그녀가 도산을 독차지한 것은 결코 아니었다. 도산이 도착하자마자 온갖 곳에서 그를 필요로 했다. 사람들은 조선에서 돌아가는 형세를 알고 싶어 했다. 그때까지 그들은 가끔씩 집으로 배달되는 꽃 면되지 않는 공립신문을 통해 조국에 대한 소식을 접했었다. 그러나 이 드문 소식들조차도 일본 당국에 의해 검열당한 소식들이었다. 샌프란시스코, 시카고, 멕시코, 와이오밍, 쿠바, 하와이 등 한인이 거주하는 곳이라면 어디든 도산으로부터 직접 소식을 듣고 싶어 했다.

도산은 집으로 돌아오자 여행 때문에 완전히 지쳐버렸다. 그는 휴식을 취할 시간도 그리 많지 않았다. 그러나 그는 가능한 한 집에 머물면 서 정원을 돌보았다. 그는 마당에다 타로토란, 휴시아fuschia, 늘어진 버드나무, 과꽃, 그리고 장미덩굴과 같은 식물들을 심기 좋아했다. 그는 연못을 파고 그 가에 돌을 빙 둘러 놓고는 연꽃을 심기 위해 물을 채워 넣었다. 정원을 가꾸는 것이 도산에게는 위안거리라는 것을 혜련은 알 고 있었다. 그래서 그가 하는 대로 내버려두었다. 나무, 돌, 덩굴, 관목, 꽃, 그리고 갖가지 식물 하나하나에는 도산만이 아는 이야기와 뜻이 담 겨져 있었다. 특히 언제나 집으로 돌아가고자 하는 생각을 불러일으키 는 늘어진 버드나무는 더욱 그러했다. 그는 버드나무에 물을 주면서 이 야기를 나누었다. 그는 그렇게 버드나무에 수년 동안 특별한 애정을 보 였다 도산에게 그 늘어진 버드나무는 향수와 그리움의 상징이었으나, 아이들에게 좋은 놀이터였다. 아이들은 뛰어오르기도 하고 잡아채기도 하며 놀았다. 아이들은 건들거리며 스치는 늘어진 가지들을 잡아당기며 놀기를 좋아했다. 아버지는 아이들을 위해 사시나무들을 심어주기도 했

1927년 경, 수산은 집 앞 정원에 서 있다. "이것은 현 관에서 본 전경이에요. 아버지는 현관에 서서 태평양 의 서쪽을 바라보셨지요."

다. 그는 삼각형 잎사귀로 아름답 고 짙은 그늘을 만들어주는 사시 나무가 타는 듯한 남부 캘리포니 아의 태양 아래에서 노는 아이들 에게는 더할 수 없이 좋은 피난처 라는 걸 어렵게 알아내었다.

도산은 흰 국화, 백합, 새빨간 붓꽃, 그리고 더 많은 장미 덩굴을 심었다. 그는 품위 있는 그 꿈의 동산을 자기식으로 멋지게 꾸몄 다. 그러나 혜련에게는 야채를 심 을 공간이 필요했다. 그래서 하루

는 도산이 심은 장미 옆에 옥수수를 심었는데, 그것이 그들 사이의 유일한 부부싸움의 원인이 되고 말았다. 그는 현관 앞에 세워진 거대한 태극기와 그 옆에 똑같은 크기의 미국 국기가 잘 조화를 이루는 아름답고도 평화로운 정원을 꿈꾸고 있었다. 하지만 그녀는 훨씬 실용적이었다. 그녀는 반찬거리를 원했다. 두 사람은 서로 상대에게 양보하지 않았다. 결국 그들은 정원을 꾸미는 계획을 다시 짜고, 꽃과 채소를 공평하게 심기로 합의를 보았다. 도산은 마당 왼편에 정원을 가꾸고, 혜련은 오른편에 채소를 가꾸었다. 그리고 아이들은 사시나무 아래에서 놀았다.

도산이 돌아온 뒤 혜련의 일이 두 배, 세 배로 늘어나기는 했지만, 참으로 멋진 날들이었다고 그녀는 기억했다. 그녀의 집은 그 지역 한인들의 모임의 장소였다. 그곳은 공동체의 중심이었다. 다시 말해서 나라를 잃어버린 2천 명 남짓의 한인들에게 집으로부터 멀리 떨어진 또다른 조국의 집이었던 것이다. 그들에게는 나라가 없었다. 그들은 한국의 시민도 아니었고, 그렇다고 미국의 시민도 아니었다. 혜련의 집은 나라를 찾고자 하는 한인들에게 모임의 장소가 되었다. 좋든 싫든 혜련은 자신이 자신의 가정뿐만 아니라 독립운동의 중심지를 이끌고 나가야 할 사람이라는 것을 깨닫게 되었다.

그러나 그녀는 이 역할에 대해 오히려 도산에게 감사했다. 남편은 잠재적인 지도력을 갖춘 청년들의 집단인 흥사단을 세웠다. 그리고 그는 대한인국민회(KNA)의 의장이 되었다. 이 연합은 한인들을 돕는 단체이면서 실제적인 정부의 기능을 담당하는 조직체였다.

1913년 미국 국무부는 대한인국민회를 한인들의 공식적인 대표부로 인정해서, 미국에 있는 한인들을 일본제국에 종속시켜야 된다는 일본 정부의 주장을 무시했다. 당시 국무장관이었던 윌리엄 제닝스 브라이언 William Jennings Bryan은 샌프란시스코의 이대위李大爲가 작성한 청원을 받아들였다.

ㅇ-서 가드너Arthur Gardner는 1979년 그의 박사학위 논문에서 다음
과 같이 썼다.

> 브라이언은 모든 한인에 대한 일본의 재판권을 받아들여 헤미트
> Hemet 지방에서 일어났던 사건[3]의 쟁점을 해결해야 한다는 워싱턴
> 의 일본 당국자들로부터 압력을 받고 있는 중이었다. 그러나 그는
> 한인들의 청원을 받아들였다. 그리고 1913년 7월 2일 모든 한인 담
> 당 미국 관리들에게 보낸 전보에서 그는 문제가 된 일본인과 한국
> 인 사이의 구분을 엄격히 하고, 미국에 거주하는 한국인들을 처리
> 하는 문제에 있어서는 대한인국민회와 교섭하라는 지침을 내렸다.
> 이것은 대한인국민회의의 의미 있는 승리였으며, 대부분 학생층이
> 었던 3백 명 가량의 정치적 망명자들에게 앞으로의 수년 동안 미국
> 으로의 입국을 허락하도록 했다. 그들은 대한인국민회의의 적절한
> 보증으로 국적 없는 사람들로 인정되었다.

수산은 태어나기 2년 전에 있었던 헤미트 사건에 대해서 아무것도 몰
랐다. 수산은 아버지를 집에 왔다 갔다 하는 그런 사람으로 생각했다.
그는 한 달을 집에 있으면 그 다음달은 집에 없었다. 그리고 수산이 아

---

3) 헤미트 사건: 1913년 6월 27일 레드랜드에 살고 있던 한인 11명이 헤미트 지
   방에 일하러 갔다가 백인 주민들과 일본인들에게 잘못 보여 일터에서 쫓겨난
   사건. 대한인국민회는 브라이언 국무장관에게 미국의 한인노동자들은 일본이
   대한제국을 합방하기 전에 떠나온 사람들로 합방을 인정하지 않고 있으며, 따
   라서 일본 관리들이 간섭할 수 없으므로 대한인국민회와 직접 해결하기를 바
   란다는 편지를 보냈다. 이에 대해 브라이언 장관은 7월 2일 미국에 사는 한인
   은 일본인과 구별되므로 한인에 관련되는 일은 국민회에 연락하라는 지시를
   관련기관에 내리고 대한인국민회와 직접 교섭하겠다는 회답을 보냈다. 이때
   부터 대한인국민회는 나라를 잃은 재미동포를 대변하고 그들의 권익을 위해
   정부 기관처럼 일하게 된 것이다. ─ 역자 주

는 한 그것이 아버지들의 삶의 방식이었다. 아버지가 집에 있는 동안 수산은 일요일을 고대했다. 일요일이 되면 한껏 옷을 갖추어 입고 함께 교회를 가거나 집 뒤쪽으로 소풍을 갔기 때문이었다. 그 소풍에 온 많은 사람들이 대한인국민회가 후원한 정치적 망명가라는 것을 전혀 알지 못했다. 그들은 수산에게 '도산의 딸'이라고 부르면서 항상 귀찮게 하는 인정 많은 '아저씨' '아주머니'였을 뿐이었다.

아주 오랜 뒤에 수산은 손수 대한인국민회의 모든 문서들을 분류하면서 철없이 뛰어놀던 시절 그녀 주변을 온통 어지럽게 휩싸고 돌았던 것이 무엇이었는지를 깨달았다. 미국 대통령 앞으로 보낸 대한인국민회의 문서들 가운데 하나에는 다음과 같이 적혀 있었다.

워싱턴 D.C
1919년 2월 25일

미합중국 우드로우 윌슨 대통령 각하께:

각하께 드리는 다음과 같은 진정서는 미국, 하와이, 멕시코, 중국, 러시아에 거주하는 1백5십만 한국인을 대표하는 한국국가연합의 집행회의에서 위임을 받은 것입니다.

미국, 하와이, 멕시코, 중국, 러시아의 우리 한인은 대한제국에 있는 2천만 동포의 마음의 소리를 담아 각하께 다음과 같은 사실을 밝히는 바입니다.

일본은 러일전쟁 후 대한제국과의 조약의무를 직접적으로 위반하면서까지 대한제국을 자신의 보호국으로 만들었습니다. 전투에서 이기기 위해서는 후방 병력의 도움이 필요한데 이를 위해 러일전쟁의 초기에 한국이 일본과 동맹을 맺었다는 것은 외교문서에 기록된 내용입니다. 이것은 대한제국의 정치적 독립과 영토보전에 대한 명확한 보증 때문에 이루어진 것입니다. 전쟁의 전리품으로 대한제국을 점령한 것은 일본 측의 계약과 약속의 파기입니다. 대한제국의 국민이나 황제, 그리고 대신 중 어느 누구도 자신들의 나라가 보호국이 되거나 종속적으로 합병되는 것을 찬성하지 않습니다. 이것은 완전히 힘으로 정의를 짓밟은 행위로써 무력에 의해 자행된 것입니다.

일본이 대한제국을 점령한 이후 나라는 무정부상태에 빠졌고, 국민들은 의지할 곳을 잃었습니다. 천연자원들이 개발되기는 하지만, 그것은 대한제국 사람들이 아닌 일본인들의 이익을 위해서 착취되고 있습니다. 자원을 개발하는 모든 권리는 일본인들에게 빼앗겼으며, 대한제국의 기업뿐만 아니라 최하층의 국민들까지도 교묘히 방해를 받고 있습니다. 대한제국의 상인들은 일본의 상인들과 경쟁을 할 수가 없습니다. 왜냐하면 일본 상인들은 일본 정부의 일방적인 특혜를 받기 때문입니다. 일본에서는 적절한 생활을 할 수 없는 사람들을 대한제국으로 데리고 와서는, 그들을 부양하기 위해 대한제국 국민들을 희생시키고 있습니다. 그래서 대한제국 국민들은 어쩔 수 없이 농노의 신분으로 떨어지고, 경제적 압박 때문에 마지못해 일본인들에게 복종하고 있습니다.

문화와 계몽의 관점에서 볼 때 일본의 대한제국 점령은 우리 국민들에게 훨씬 더 큰 재앙을 불러왔습니다. 일본 정부는 공공의 보관소나 개인의 가정에 있는 한국의 역사적 유물과 문헌들 전부를 조직적으로 수탈하거나 태웠습니다. 지방 신문에서부터 학술적인 잡지에 이르기까지 대한제국의 모든 정기 간행물은 철저하게 검열을 받고 있습니다. 일본어를 관공서의 문서에서뿐만 아니라 학교에서까지도 공식적인 언어로 만들었습니다. 대한제국의 모든 학교에서 신도(神道 : 일본의 국교)를 제외하고 기독교를 가르치거나 대한제국의 역사, 지리, 언어를 가르치는 것을 교육법으로 금지시켰습니다. 게다가 대한제국의 모든 학교는 일본 교육자들의 감독하에 있어야 하고, 대한제국의 어린이들은 일장기에 경례를 하고 일왕의 액자에 경의를 표해야 한다고 그 법은 규정하고 있습니다. 일본 정부는 대한제국의 학생들이 학업을 마치기 위해 유럽이나 미국에 가는 것을 허락하지 않습니다. 한국인들에게는 어떤 종류의 공개적인 집회도 허락되지 않으며, 심지어 종교 의식조차도 일본 헌병들의 삼엄한 감시 속에서 행해야 합니다. 대한제국의 기독교 교회는 일본 당국의 교활한 방법으로 냉대를 받고 있습니다. 그것은 1912년의 널리 알려진 "모반 사건"에서 잘 나타나고 있습니다. 당시 천 명이 훨씬 넘는 대한제국 기독교의 지도자들이 투옥되었고, 그들의 자선 활동도 끝나게 되었습니다.

위에서 열거한 사실들은 지금까지도 여전히 대한제국 국민들을 강제적으로 복종케 하는 극악무도한 여러 비행들 중에 단지 몇 가지의 대략적인 소개에 불과합니다. 자기 정부와 정치적 독립을 열망하는 우리 대한제국의 보통 사람들은 이곳에 와서 각하께서 정의의 중재자이며, 강자이든 약자이든 누구나 동등한 권리를 갖는다는 이념의 옹호자라는 것을 알게 되었습니다. 그래서 우리의 주권국가의 운명이 평화회의에서 주요 의제로 채택되려고 하는 중대한 이 시점에서 우리가 정의를 수호하는데 도움이 되도록 각하께서 각하의 관료들을 독려해 주시기를 희망합니다.

자유를 사랑하는 2천만 동포의 이름으로 우리는 각하께서 평화회의 석상에서 우리의 자유에 대한 주장을 지지해주실 것을 간절히 청원하는 바입니다. 그렇게 되면 평화회의에 소집된 여러 동맹국들이 대한제국을 현재의 일본 지배로부터 해방시키고, 가까운 미래에 완전한 독립에 대한 명확한 보장과 함께 대한제국을 국가연맹의 위임통치 아래에 두도록 하는 그런 행동을 취할 것입니다. 이것이 성취된다면 한반도는 모든 국가에 이득이 되는 중립적 교역 지역으로 바뀌게 될 것입니다. 이것은 또한 어떤 한 국가의 확대를 막는 극동의 완충국을 탄생시켜서 동양의 평화를 유지시켜줄 것입니다.

각하께서 전쟁중에 동맹국들과 공식적으로 관련되지 않는 국민들의 운명에 관해 어떤 제안을 하는 것이 미묘한 일이라는 것을 우리도 잘 알고 있습니다. 그러나 으리 동포 수천 명은 전쟁 초기 2년 동안 러시아 전선에서 동맹국들의 주장에 찬성해서 자원병으로 싸웠습니다. 그리고 미국에 거주하는 우리 동포들은 인적 물적 양면에서 민주주의를 위해 상당한 기여를 하였습니다. 산업이나 상업, 그리고 종교적으로 대한제국은 미국에 상당한 이익이 될 것이므로 미국은 한반도에서 일어나고 있는 일에 대해 무관심할 수가 없습니다. 미국이 대한제국을 우호적으로 돕겠다고 서약한 한미조약은 대한제국의 국민에 의해 어떤 방식이나 형식으로든 결코 폐지되거나 무효화되지 않을 것입니다. 또한 한 국가의 국민으로서 대한제국 국민들은 미국과의 우정과 그 이익을 위탄되는 어떤 일도 지금까지 한 적이 없습니다.

더욱이 민족자결을 열망하는 대한제국 국민들을 돕겠다는 미국 측에 대한 도덕적 의무는 별개로 하더라도, 미국은 자신의 이익을 안전하게 하기 위해서도 일본의 극동 침탈을 방관할 수 없으며, 자유를 사랑하는 2천만 대한제국 국민들이 외국의 속박 아래에 살게 하는 한 세계는 '민주주의로 안전하게' 될 수는 없습니다. 공명정대하고도 지속적인 평화를 위해 동맹국들이 평화회의에서 식민지 문제에 대한 지도적 원리로서 받아들이는 데 동의하는 각하의 이상들 중의 하나는 '명확한 모든 국가적 열망이 궁극적인 만족과 일치

되도록 하는 것'이라는 점입니다. 이것은 대한제국 국민들의 명확한 열망을 몰아내는 것이 아니라 분명 이끌어들이는 것입니다. 각하께서 대한제국 국민들이 자유로운 인간으로서의 선천적인 권리를 회복하고, 그들이 살고 싶어 하는 정부를 수립할 수 있도록 하는 그런 행동을 취해주실 것을 우리는 진심으로 바랍니다.

삼가 글을 올립니다.

대한인국민회장 안창호

수산은 아버지의 서류들 속에서 이 편지를 발견하고서 전혀 예상치 못했던 새로운 사실을 알게 되었다. 그것은 과거에 그녀가 단지 어린 아이로서 가지는 일종의 고민으로 알고만 있던 것과 연관되는 것이었다. 그때 그녀는 잃어버린 나라를 되찾는 것은 수풀 속에서 잃어버린 야구공을 찾는 것보다 더 쉬운 일이라고 생각했었다. 이 편지가 씌여진 때 대한제국의 국민들은 독립을 선언했으며, 막강한 제국 일본에 맞서서 일어섰다. 그리고 그녀는 아직도 마음속에 생생하게 살아 있는, 귀가 잘려나간 얼굴을 찍은 무서운 사진들을 떠올렸다. 마침내 그녀는 아버지가 왜 집을 떠나야만 했는지를 이해하게 되었다.

수산은 어릴 적 기억을 떠올렸다.

"나는 이 사진들과 이것을 보았을 때의 내 느낌을 아직도 생생하게 기억하고 있어요. 일본 군인들이 조선 사람의 귀를 잘랐다는 소리를 들었어요. 우리는 나라가 없다는 소리를 몇년 동안 들었어요. 사람들이 하는 소리가 무엇인지 완전히 알기까지는 오랜 시간이 걸렸지요. 나는 일본 군인들이 우리나라에 어떤 행동을 했는지에 대해 막연한 생각을 갖고 있었어요. 우리 세대의 아이들은 떼지어 몰려다니며 마냥 행복해 했어요. 우리는 부모님들이 무슨 일을 겪고 있는지 알지 못했답니다.”

이민 온 부모들이 대한제국의 독립을 위해 일하며 살아가고 있는 동안 미국에서 태어난 아이들은 가족처럼 함께 자랐다. 그들은 함께 미국 학교에 다니고 함께 어울려 놀았다.

“우리는 하나의 크고 행복한 가족이었어요.”

수산은 그때를 회상하며 말했다.

“우리는 모두 형제자매와 같았어요. 그때가 우리 모두에게 가장 행복한 때였어요. 우리는 부모님들이 경험하고 있던 절망을 알지 못하고 자랐어요. 그러나 그들은 우리가 곧 알게 될 거라고 확신했어요. 나의 어머니는 가장 인기가 있었어요. 일요일이면 모든 사람들이 예배를 마치고 우리 집에 몰려왔어요. 어머니는 밥뿐만 아니라 김치도 충분히 마련해 두었어요. 어머니는 필립과 수라, 그리고 나를 절인 청어를 사러 유태인 식료품점에 보냈어요. 그리고 모든 사람들이 긴 피크닉 테이블에 앉아 마음껏 먹으며 즐겼지요. 남자들은 테이블 한 쪽 끝에 앉고, 여자와 아이들은 그 맞은편 끝에 앉아서 말이지요. 우리 아이들은 재빨리 점심을 먹고 나서 뒤뜰이나 집 뒤에 있는 공터에서 놀았어요. 우리는 야구를 많이 했지요. 나는 야구를 무척 좋아합니다. 아이들 중에서 필선을 제외하고는 내가 가장 나이가 많았어요. 그래서 항상 내가 하고 싶은 대로 했던 것 같아요.”

4
감옥 속의 아버지

필영이(랄프)와 함께 찍은 10대의 수산 모습.

10월 1일
나의 사랑하는 딸 수산.

네 형 맥결이(안창호의 형 치호의 딸. 수산의 사촌언니)가 나를 위하여 애도 많이 쓰고 나한테 다니기에 시간과 돈도 많이 썼다. 너가 편지로 고마운 뜻을 표하라. 9월 5일에 네가 보낸 편지를 반가히 받어서 자세히 보고 기뻐하였다. 내가 너를 품에 안어서 재워 주던 것이 어제 같은데 벌써 대학생이 되었고, 영레디Young lady가 되었구나. 수라의 토 댄스(Toe dance)를 보던 것이 어제와 같은데 지금은 중학을 마치고 대학으로 가게 되었으니 참 세월이 빨리 달아난 것을 깨닫겠다. 나의 사랑하는 딸 수산, 수라. 너희들이 공부를 잘하여 품행이 아름답고 어머님께 효성이 있고 동생들과 우애하여 항상 어머님으로 기쁘게 하니 내가 비록 옥중에 있을지라도 너희들을 생각하고 기쁨을 가진다. 네 오라버니 필립이도 대학에 다니는 것을 좋게 생각하고 필선이가 그처럼 공부에 힘쓰고 특별히 어머님을 항상 도와드린다니 참 기뻐한다. 필영이가 그같이 활발하게 장난을 잘 한다니 매우 기뻐한다. 다만 우리 집 앞 언덕 위에는 어두워서 다니지 말고 연약한 나무에는 자주 오르지 말라고 하여라. 나는 별고 없고 이왕에 한 날에 한 번씩 밖에 나가서 운동하였는데 얼마전부터 매일 오전과 오후로 두 번씩 운동하니 매우 좋으며 매 예배 6일에 유성기 소리도 듣는다. 내가 옥에서 나갈 날이 명년 11월 18일이다. 네가 사범과를 택하였으니 그중의 가정에 관한 것을 특별히 주의하여 연구하기를 바란다. 너는 대학을 마친 후에 조선에 와서 일하여야 할 터인데 조선에 개량할 것이 많은 중 가정생활의 개량이 매우 필요하다.

우리 집 언덕 길이 이전과 같으냐? 혹 고치었느냐? 연못에 연꽃이 남아 있느냐? 또 토란 나무는? 너희들이 매우 바쁘지마는 뜰을 깨끗하게 거두고 화초를 잘 길러라. 이것도 아름다움을 사랑하는 좋은 습관을 양성하는 한 과정이다.

네 아버지

수산은 얇은 쌀포대기 종이에 씌어진 아버지의 편지를 다 읽었다. 그녀는 붓으로 그어 내려진 세 장의 한글을 따라 천천히 어루만졌다. 그것은 아버지였다. 그녀는 자신의 손을 편지 위에 올려놓고는 오랫동안 그렇게 있었다. 그것은 분명 아버지의 글씨였으며, 아버지가 붓으로 내리그은 획이었다. 놀랍게도 그것은 아버지의 모습보다 더 감미로웠으며, 그래서 슬프기까지 했다.

수산은 아버지를 생각하자 미소가 떠올랐다. 그러나 떠오르는 얼굴은 한결같이 늙은 아버지의 모습이었다. 수천 마일이나 떨어져 있는 한반도의 일본 감옥에 있으면서 아버지는 로스앤젤레스에 있는 정원을 걱정하고 있었다. 아버지는 필영(랄프)에게 작은 나무에는 올라가지 말라고 말하고 싶어 했다. 아버지는 연꽃들이 어떻게 되었는지 알고 싶어 했다. 그녀는 의자에 등을 기대고 앉아 아버지의 습관을 떠올렸다. 아버지가 집에 있었던 수년 전, 그는 현관에 놓여진 흔들의자에 앉아 연꽃을 바라보며 감탄하곤 했었다. 그것이 이미 8년 전의 일이었던가……?

수산은 다시 편지를 내려다보았다. 그녀는 그중 몇 마디 말은 분명한 뜻을 알 수 없었다. 조선의 가정생활을 개량해야 한다는 것은 무엇을 뜻하는 것일까? 나중에 어머니에게 물어보아야지 하고 그녀는 혼자 중얼거렸다. 그런데 그것을 가르쳐 줄 사람은 어머니뿐만 아니었다. 달해 줄 사람은 많이 있었다. 수산에게 온 아버지의 편지는 사실 그녀만의 것이 되지 못했다. 누구든 아버지의 편지를 받을 때마다 그것을 읽으려고 많은 사람들이 주변으로 모여들었기 때문이다. 아버지의 편지를 받는 일은 결코 사적인 일이 아니었다. 도산에게서 편지가 왔다는 소식을 한인 사회 전체가 아는 데는 그리 오랜 시간이 걸리지 않는 것 같았다. 분명 흥사단의 누군가는 수산이 원하는 것 이상의 것을 그녀에게 말해줄 것이었다. 때때로 흥사단의 사람들은 인정 많은 아저씨 같았다. 그들은 아버지가 어머니와 남은 가족들을 돌봐 주리라고 믿는 사람들이었다. 그러나 그때 그들은 수산이 이해하지 못하는 것을 말해 줄 만한 시간이 없었다. 그 일은 많은 시간이 걸리는 것이었다. 흥사단 단원들은 그 편지 속에서 감추어진 의미를 찾고자 했다. 그들은 낱말들을 꿰어 맞추는 것 같았다.

그들은 이렇게 말하기 시작했다.

"너는 몰라. 그가 진정으로 하고자 하는 말은……."

"그가 진짜로 나타내고자 하는 뜻은……"

수산이 그들과 논쟁할 수는 없었다. 그들은 그녀가 한국어나 대한제국의 상황을 완전히 이해하고 있지 못하다는 것을 알고 있었다. 그녀는 그들의 말을 대한제국에 어떤 일이 있다는 정도로 받아들였다.

그러나 어머니에게는 달랐다. 어머니는 어쨌든 도산의 아내였다. 그래서 흥사단 사람들도 그녀를 가볍게 대할 수 없었다. 비록 그들이 어머니와 아버지 사이의 일들을 엿보고자 하더라도 아버지로부터 온 어머니의 편지는 어머니만의 것이었다. 어머니는 도산이 진정으로 뜻하고자 하는 바를 완전히 이해할 수 있었고, 그리고 마지막에 가서는 어머니는 그 뜻을 그들에게 말해주곤 했다. 그러나 그들은 일본 관리들이 도산이 쓴 모든 편지를 감시하고 읽기 때문에 아버지의 편지에는 자신들을 위한 암호화된 어떤 지침이 담겨 있다고 어머니와 언쟁하곤 했다.

수산은 1만 마일 밖에서 아버지가 자신의 손가락으로 만들어 놓은 편지의 주름을 따라 편지를 깨끗이 접었다. 그리고서 그녀는 편지를 다시 봉투 속에 집어넣었다. 봉투에서 그녀는 자신의 이름과 주소를 영어로 쓴 아버지의 친필을 보았다. 아버지는 참으로 깔끔한 필치를 가졌다고 그녀는 생각했다. 그녀가 졸업한 뒤 조선으로 돌아오는 것이 아버지의 바람이라 생각했다.

'아버지는 내가 그곳에서 가르치기를 원하실 거야.'

깜빡 잠이 든 그녀를 깨우기라도 하는 듯 새들이 창밖에서 짹짹 울었다. 그녀는 그날 오후 필드하키 시합이 있다는 것이 갑자기 생각났다.

"엄마가 곧 여기로 올 텐데."

수산은 혼자 중얼거렸다. 그녀는 일어나서 짧게 자른 검은 머리칼을 손으로 빗으며 뒤로 넘겼다. 그리고는 천장을 향해 두 팔을 힘껏 뻗었다. 수산은 하키 유니폼을 입었고 한 손에 가방과 하키 스틱을 쥐고 다른 손에 신발을 쥐고서 계단을 뛰어내려갔다. 그녀는 앞 현관에 나와 양말을 신으면서 피구로아 거리를 내려다보았다.

엠마는 아직 보이지 않았다. 수산은 신발을 신기 위해 의자에 앉았다.

수산은 신발 끈을 두 겹으로 단단히 조여매고는 일어섰다. 그녀는 준비
운동으로 이중뛰기를 두 번 했다. 그녀는 준비를 마쳤다. 잠시 그녀는
상대의 골대를 향해 수비선수를 헤집으며 돌진하는 자신의 모습을 마음
속으로 그려보았다. 오른쪽 왼쪽으로 재빨리 스텝을 옮겼다. 퉁! 그녀는
손목을 힘차게 획하고 휘둘렀다. 공은 펑하는 소리와 함께 네트 속으로
빨려 들어갔다. 그녀는 미소를 지었다. 그녀는 공이 네트를 때리는 소리
를 좋아했다. 그녀는 스틱을 잡고서 두 번 휘둘러보았다. 바로 그때 엠
마가 피구로아로부터 올라오는 것이 보였다.

"나는 준비가 다 됐어, 엠마."

수산은 자신의 물건들을 집어들며 소리쳤다. 수산은 수라와 필영에게
갔다 오겠다고 말하려고 둘러보았다. 그들은 보이지 않았다. 그녀는 현
관의 계단을 달려 내려갔다. 그녀는 아바카도 나무 뒤편의 왼쪽을 그리
고 휴시아 나무 곁도 살펴보았다. 그들은 거기에도 역시 없었다. 그들은
연꽃 연못 옆의 버드나무나 라일락 꽃밭 주변에도 없었다. 수산은 국화
가 줄지어 늘어선 보도를 달려 내려갔다.

아마도 그들은 뒷마당에 있을 거라고 수산은 생각했다. 어쩌면 수라
는 뒷마당에서 필영과 채소를 뜯고 있거나 사시나무 옆에서 놀고 있을
거야. 수라는 내가 토요일 오후에 시합이 있다는 것을 알고 있어. 엄마
가 집을 청소하는 것을 도우려고 내가 토요일에는 일찍 집에 오는 것도
그애는 알고 있어. 수산은 그렇게 생각했다.

수산은 엠마의 포드 차에 올라탔다. 검은 포드 차는 피구로아 1번가를
향해 언덕을 굴러 내려갔다. 두 소녀는 루스네 가족들이 경영하는 식료
품 가게가 있는 모퉁이를 바라보면서 경적을 울렸다. 아무도 가게 밖에
나와 있지 않았다. 그러나 포드 차가 1번가 꽃거리의 교차로를 통과할
때 손을 흔들었다. 루스와 그 아버지가 안에서 보고 있을 거라고 그들은
생각했다.

그리피스Griffith 공원은 20분 거리에 있었다. 토요일의 교통 체증만 없다면 전차보다 승용차로 훨씬 빨리 갈 수 있는 곳이었다. 토요일 오후는 엠마와 수산이 함께 어울려 여러 가지 일들을 할 수 있는 유일한 시간이었다. 그들은 사촌으로서 그리고 좋은 친구로서 함께 자랐다. 그리고 지금은 필드하키 팀의 동료였다. 수산은 작았지만 아주 빨랐다. 그래서 득점을 올리는 공격수로서 적격이었다. 그리고 엠마는 키가 크고 건장한 체구를 갖고 있어서 팀의 강하고 믿을 만한 수비수 역할을 맡고 있었다.

수산은 엠마에게 아버지의 편지에 대해 이야기했다.

"아버지는 어떻게 지내시지?"

엠마는 조심스럽게 물었다. 그녀의 목소리에는 친구로서 관심은 가지만 캐묻지는 않겠다는 듯 얼마간 거리를 두고 있는 게 느껴졌다.

수산은 한숨을 쉬며 말했다.

"나는 슬프면서도 동시에 화가 나. 아버지를 생각하면 슬프지만, 아버지가 거기에 간 것을 생각하면 화가 나. 첫째

피구로아 1번가의 교통 혼잡. 로스앤젤레스 시 도서관 의전관 수집품. 수산의 집은 언덕으로 나 있는 비포장길 오른쪽에 있었다. 수산은 종종 언덕을 뛰어내려와서 교차로를 가로질러 식료품 가게에서 절인 청어를 사가곤 했었다.

"루스(Ruth)의 아버지는 식료품 가게를 가지고 계셨는데 우리에게 참 잘 해주셨어요. 어머니는 항상 손님을 대접할 음식을 장만해야 했기 때문에 여러 번 돈이 떨어진 적이 있었어요. 루스의 아버지는 우리에게 외상으로 물건을 주었어요. 그분이 없었더라면 우리는 아마 굶주렸을 거예요."

수산의 센트럴 중학교 동창인 루스 힐(Ruth Hill)은 오랫동안 친구로 지냈다.

"루스는 우리 어머니를 존경했어요."

왜 아버지는 조선으로 가야만 했는가라는 것이야. 아버지는 일본 경찰들이 자신을 쫓고 있다는 것을 알고 있었어."

"왜? 내 말은 왜 일본인들이 아버지를 감옥에 가두었느냐는 뜻이야."

"그들은 허튼 죄를 꾸며냈어. 일본인들은 아버지가 어떤 폭탄테러 사건에 연루되었다고 말했어."

"폭탄테러 사건?"

"그래 윤봉길이라는 사람이 상하이에서 일왕의 생일 축하연을 열기 위해 모인 일본 관리들을 향해 폭탄을 던져 넣은 거야."

"그래서?"

"일본인들은 아버지가 그 폭탄 사건을 지시했다고 말했어."

"그 사건이 언제 있었는데?"

"아마 2년 전…… 1932년경일 거라고 생각해."

"아, 그래. 나도 그 사건에 대해 뭔가 들은 것이 생각나. 그건 한국인 복서와 세 명의 마라토너가 L.A. 올림픽에 참가하러 왔을 때쯤일 거야. 우리는 그들을 안내하고 다니며 통역을 해주었지. 그리고……"

"그들은 한국 선수가 아닌 일본 선수로 올림픽에 참가한 거야. 한국과 한국인은 존재하지 않아. 만약 다른 어떤 나라가 여기로 와서 미국을 점령해버리면 어떻게 되었을까? 그리고 자기 나라말이 아닌 다른 나라의 말을 해야 한다면 어떻겠니? 그뿐만 아니야. 너는 더 이상 너희 나라의 국기를 가질 수 없지. 그들은 너의 땅과 식량, 그리고 은행 등 모든 것을 빼앗아버리지. 만약 네가 저항한다면, 그들은 너를 감금하고, 고문하고, 죽일 거야. 거기에서는 온갖 일들이 벌어지지. 하지만 여기에서는 아무도 그것을 몰라."

수산은 흥분해서 말했다. 그녀는 계속해서 말을 했고, 엠마는 조용히 귀를 기울였다.

"나는 이런 사실을 잘 알아. 왜냐하면 이 사진들을 보았기 때문이야.

사람들의 목을 매단 이 사진들, 참수당한 사진들, 팔이 잘려나간 사람의 사진 ……"

수산은 사진들을 쭉 늘어놓았다. 엠마는 구역질을 하며 얼굴을 찡그렸다. 엠마는 수산의 이런 모습을 전에는 본 적이 없었다. 수산은 어느새 어느 먼 곳을 향해 가고 있었다. 그녀의 눈은 결연하게 곧장 앞을 향해 있었다. 엠마는 포드 차를 몰며 도심을 통과하는 동안 가만히 수산을 쳐다보았다. 수산은 운동장에서 단순히 하키 스틱을 쥐고 있는, 그리고 교실에서 수학에 달통한 그런 어여쁜 소녀와 달라보였다. 엠마는 수산이 낯설게 느껴졌다. 그녀는 수산을 행복하고 운 좋은 소녀로만 알고 있었다. 그러나 전혀 아니었다.

수산은 가라앉은 목소리로 계속해서 말했다.

"내가 가장 분명하게 기억하는 사진은 귀가 잘려나간 사람의 사진이야. 네 살 때 나는 그 사진을 보았어. 나는 결코 잊지 못할 거야."

수산이 말을 계속하는 동안 엠마는 말없이 차를 몰았다.

"그러나 아무도 그것을 믿지 않았어. 내 말은, 내가 사람들에게 아버지가 대한제국 임시 정부의 내무총장이라고 말하면, 그들은 내게 웃긴다는 표정을 지었다는 거야. 그 표정은 내게 이렇게 말하고 있었어. 너도 아는 것처럼 너의 어머니가 생계를 위해 왜 남의 집 청소와 요리를 해주어야 하지? 그러면 내가 말하지, 대한제국은 가난한 나라이고, 국민들은 상하이의 임시정부를 지원해 줄 돈이 없어, 라고 말이야. 사실 어머니는 아버지의 먹을 것과 입을 것을 위해 아버지에게 돈을 부쳐주고 있지. 전체 조직이, 우리가 익숙해져 있는 여기의 현실과는 너무도 동떨어져 있어. 어느 누구도 그걸 믿거나 관심을 보이지 않았어. 그래서 언제나 나는 이런 주제를 꺼낼 수조차 없었어.'

엠마는 여전히 아무 말도 하지 않았다. 그녀는 수산의 아버지가 오랫동안 집을 떠나 있다는 것을 알고 있었다. 엠마가 기억하는 한 수산의 아버지가 떠난 것은 그들이 11살 때였다.

　도산이 가장 최근에 집을 떠난 것은 수산의 11번째 생일날인 1월 16일이 얼마 지나지 않은 1926년 2월 어느 날이었다. 그날은 멋진 남자 장리욱이 아버지를 만나러 온 그 주 토요일이거나 아니면 그 다음주 토요일이었을 것이다. 그들은 모두 산타모니카 해변으로 나갔었다. 그리고 다음날은 윌슨 산으로 갔다.

　모래사장이 수마일이나 펼쳐진 해변에서 아이들이 오후 내내 뛰어다니며 세상 모르고 마음껏 놀고 있는 동안 도산은 몇 시간 동안 대양을 응시했다. 아이들이 가까이 와서 밀려왔다 밀려가는 파도와 술래잡기 놀이를 할 때면 이따금씩 미소를 지을 뿐 몇 시간 동안 그는 꼼짝 않고 서서 멀리 수평선을 지그시 바라보았다.

　윌슨 산꼭대기에서 아버지는 조용히 있지 않았다. 그와 장리욱은 건너편 골짜기 아래로 지는 해를 바라보며 우뚝 서서는 목청껏 애국가를 불렀다. 메아리의 울림은 살쾡이, 사슴, 메추라기, 토끼, 코요테, 독수리 등등 산속의 모든 동물들을 두려워 떨게 하는 것처럼 보였다. 아무것도 움직이지 않았다.

　장난치던 아이들도 나무줄기를 향해 돌을 던지던 놀이를 멈추그선 친숙한 '올드 랭 사인'의 멜로디에 조선말 가사를 붙인 노래를 듣기 위해 조용히 서 있었다.

　"동해물과 백두산이 마르고 닳도록……"

　아이들은 이전에도 여러 번 그 노래를 들었다. 그들은 교회의 예배시간이나 모임에서, 그리고 집에서도 그 노래를 불렀다. 그러나 그들은 그 노래를 윌슨 산꼭대기에서처럼 부르는 것을 들어본 적은 없었다. 그들의 바리톤 음성은 계곡을 가득 메우고, 그 너머로 흘러넘쳤다. 아마도 태평양을 가로질러 온 천지로 울려 퍼져나갔을 것이다. 그들은 노래를 부르고 또 불렀다. 노래가 끝나자 남자들은 울었다.

"아버지가 울고 있어, 다 울고 있어……. 아버지가 왜 우는 거지?"

아이들은 서로의 귀에 대고 속삭였다.

아버지와 어머니는 그날 이후 얼마 되지 않아 기차를 타고 떠났다. 그리고 어머니 혼자만 돌아왔다. 이전에는 아버지와 어머니가 그들만 어디론가 간 적이 결코 없었다. 두 사람만 기차를 타고 샌프란시스코라고 불리는 곳으로 갔다는 것은 참으로 이상한 일이었다. 더욱 이상한 것은 마중하러 유니온 역에 갔을 때 어머니 혼자 돌아왔다는 것이다. 그때 수산은 그 일에 대해 그렇게 심각하게 생각하지 않았다. 아버지는 언제나 말없이 왔다가 떠나가는 사람이기 때문이었다.

그러나 몇 년 후 수산은 아버지가 전혀 집에 올 수 없다는 사실을 분명히 알게 되었다. 아버지가 떠난 몇달 뒤 필영(랄프)이 태어났다. 수산은 그때 대학에 다니고 있었고, 아버지는 감옥에 있었다. 오빠 필립은 아버지가 비록 임시정부의 일을 그만둔다고 해도 대한제국의 임시정부가 있는 상하이로 돌아갔을 거라고 했다.

도산은 결사항전주의자, 공산주의 옹호자, 이승만의 추종자 등등 독립운동가들 사이의 서로 다른 모든 당파들을 결집시키는 데 필수불가결한 존재였다. 임시정부는 그 투쟁방향과 재정에 대한 내부 갈등으로 급속하게 붕괴되어 가고 있었다.

임시정부의 임시의정원 의장인 이동휘와 그 일파는 독립을 위한 가장 빠르고 확실한 길은 레닌이 이끌고 있는 새로운 러시아와 제휴하는 것이라고 생각했다. 이동휘는 모스크바로부터 자금을 구해 얻어 썼다. 임시정부 각료들과 의원들은 모스크바의 개입을 두고 격론을 벌였다.

한편 결사항전주의의 사람들은 일본에 전쟁을 선포하기로 마음을 굳혔다고 필립은 말했다. 그들은 군대의 수적 열세와 질적으로 떨어지는 훈련, 그리고 빈약한 보급품과 장비에도 불구하고 최후의 한 사람까지 싸워야 한다는 태도를 분명히 했다. 박용만과 그의 일파는 모든 재원(주로 하와이와 미국 본토의 농민들로부터 들어오는 돈)이 전쟁 수행어 바쳐져야 한다고 주장했다. 김좌진 장군은 일본군 제21사단에 맞서서 게릴라전을 성공적으로 펼쳤다. 아버지 역시 강한 군대의 가치에 믿음을 두고 있었다. 그러나 열정 하나만을 가지고 일본의 군대에 정식으로 도전하는 것은 무모한 일이며, 동포들을 대량으로 죽음으로 내몰 수는 없다고 생각했다.

아버지에게 또 다른 하나의 큰 문제는 이동휘와 이승만 사이의 차이를 조정할 길을 찾아내는 것이었다. 비록 이승만이 임시정부의 국구총리로 선출되기는 했지만 상하이에 있는 정치인들, 그중에서도 특히 이동휘에게 인기가 없었다. 이승만은 대한제국에 대한 국제적 신탁통치 협정을 제안했다. 그리고 그는 미국에 있는 동안 상하이에 있는 사람들과 상의도 없이 혼자서 이 일을 추진했다. 아버지는 이 제안에 불같이 화를 냈다. 그것은 그들이 독립된 대한제국을 위해 싸워왔던 모든 것에 어긋나는 것이었기 때문이었다. 그러나 아버지는 자신이 이승만을 그의 지위에서 즉시 몰아내고 싶어 하는 사람들부터 방어해 주어야 할 입장에 있다는 것을 알게 되었다. 아버지는 모든 사람들에게 탄핵절차를 다시 생각하고 연기시켜 달라고 부탁하고 설득했다.

아버지가 최근에 집에 왔을 때 이승만의 지지자들은 상하이에서의 반이승만적 태도에 대해 설명해 줄 것을 요구했다. 그들은 아버지가 이승만에 반대하는 활동을 했다고 믿고 있었다. 온갖 언쟁과 근거 없는 소문들이 주변을 떠돌고 있었기 때문에 아버지는 휴식을 취할 시간도 없었다. 그는 통일, 협동, 화해, 그리고 서로에 대한 사랑을 권고하는 연설을 하고 또 했다. 계속되는 연설 때문에 그는 다음 모임에 가기 전에 집에 들러 땀에 흠뻑 젖은 셔츠를 갈아입어야 했다.

약하디약한 임시정부였기에 아버지는 그것을 지키기 위해 열심히 싸웠다. 그는 결코 희망을 포기하지 않았다. 이승만을 방어해주면서 아버지는 마음속으로 한 가지 일을 생각하고 있었다. 그것은 모든 독립 운동 가들이 하나로 결집해야 한다는 것이었다.

마침내 아버지는 임시정부의 직책을 사임하고 나왔다. 그는 한 개인 으로서 국가를 위해 더 많은 일을 할 수 있다고 느꼈기 때문이었다. 개 인으로서 그는 흥사단의 일과 젊은이를 위한 지도자 훈련에 초점을 맞 추었다. 그는 또한 독립운동 기지를 마련하기 위하여 '이상촌 건설' 계 획에 집중했다. 아버지는 한국인을 위해서 그리고 한국인에 의해서 자 급하고 자치하는 지역으로 만주나 난징 지역을 개발하는 것에 오래 전 부터 마음을 두고 있었다. 그곳은 독립운동가들이 활동할 수 있는 본거 지가 될 것이라 믿고 있었다. 그는 그곳을 '이상촌'이라고 불렀고, 도시 에서 살고 일할 잠재적인 이주자들을 계속 받아들였다. 미국에 있는 한 인들은 그 생각을 환영하고, 조국에 브다 가까운 아시아로 돌아가고 싶 어 했다. 그와 동시에 그들은 미국의 대공황이 초래한 고생으로부터 벗 어나고자 했다.

도산은 비록 이상촌이라는 생각이 경쟁 관계에 있는 당파들 사이에서 많은 지지를 얻지는 못했지만 모든 독립운동가들을 설득해서 공동의 목 표로 결집시키리라 결심했다.

그대 일본은 만주와 중국을 향해 모종의 침략계획을 준비하고 실행에 옮겼다. 막강하면서도 무자비한 일본 군대는 한국뿐만 아니라 만주와 중국, 심지어 더 먼 곳까지 지배하기 위해 맹렬히 대륙을 공격했다. 일 본의 영토 확장을 멈추게 할 길은 없었다.

1932년, 일본 군대는 상하이를 침공해서 자위를 주장하면서 그곳을 점령했다. 중국 정부의 수반인 장개석은 국제연맹에 도움을 요청했다. 세계의 강대국들과 국제연맹은 중국에 대한 일본의 이유 없는 침공을 비난했지만, 그들은 자국의 경제적인 불황을 해결하는 데 골몰하고 있 어서 일본의 움직임에 대항하지 못했다.

윤봉길 의사는 일왕에게 전쟁을 선포하고 자유와 독립을 위해 싸울 것을 맹세했다. 1932년 4월 29일, 상하이 홍구공원에서 윤봉길 의사는 일왕의 생일 축하연을 위해 모인 일본 장군들과 관리들을 향해 폭탄을 집어던졌다.

그날 오후 늦게 아버지는 신문에서 폭탄사건에 대한 기사를 읽었다. 오후 4시경 아버지는 상하이의 프랑스인 거주지에 사는 이유필이라는 친구를 찾아갔다. 아버지는 그의 아들에게 5월 첫째 일요일에 있을 어린이날 행사 때 돈을 주겠다고 약속했었다.

도산이 거기에 도착했을 때 프랑스 경찰을 대동한 일본 경찰이 폭탄사건에 연루된 이유필을 체포하기 위해 그의 집에서 기다리고 있었다. 경찰은 아버지를 이유필이라고 여기고 그의 부인의 증언에도 불구하고 체포했다. 이유필의 아들이 학교에서 돌아와 아버지가 이유필이 아니라고 확인해 주었다. 하지만 일본 경찰은 더 많은 증거를 요구했고, 아버지는 집에 그를 증명해줄 서류들이 있다고 했다. 그들은 아버지의 아파트로 함께 걸어왔다. 그들은 아버지가 누구인지 알게 되었다. 그러자 일본 경찰은 그를 일본 측에 넘겨달라고 프랑스 당국자들에게 말했다. 당시 아버지는 중국 국적으로 등록되어 있었다. 그럼에도 불구하고 일본 당국자들은 자기들이 하고 싶은 대로 그를 일본 국적으로 취급하고 한국으로 데려가 "평화보존법"을 위반했다는 죄목으로 재판에 회부했다. 이 법은 일본이 독립운동과 그와 관련된 행위들을 제압하기 위해 1925년에 제정한 법이었다.

일본 법정은 아버지가 폭탄사건과 연관이 있는지를 심리조차 하지 않았다. 그들은 그를 "평화보존법"을 위반했다고 유죄를 평결하고, 그에게 징역 4년의 판결을 내렸다.

이 모든 것이 수산과 그의 친구들이 알고 자라왔던 세계와는 너무도 동뜰어진 것처럼 보였다. 그녀 아버지의 세계는 그들이 들어가려고 하는 그리피스 공원이나 오크 나무로 빙 둘러쳐진 하키장과는 백만 마일은 떨어진 것처럼 보였다.

"어머니는 우리가 아버지를 찾아가야 한다고 말했어. 아버지의 건강이 아주 좋지 않다고 하셨어. 그들이 아마도 아버지를 고문하고 망가뜨려 놓았을 거라고……."

엠마가 하키장으로 올라가는 길로 접어들 때까지 수산의 이야기는 계속되었다. 운동장이 시야에 들어오자 환호와 고함 소리가 들려왔다. 그들의 게임에 앞서 열리는 시합으로부터 들려오는 소리였다.

수산과 엠마는 차에서 내려 우울함을 멀리 날려버리려는 듯 세차게 문을 닫았다. 태양은 하늘에서 빛나고 있었다. 아버지의 우울한 세계는 사라졌다. 수산은 긴장된 시합에 임하는 하키 선수들이 하는 것처럼 몸을 굽히고 운동장 아래위를 전력으로 질주했다. 수산은 시합할 채비를 갖추었다.

어머니는 중국으로 여행할 돈이 없었다. 필립이 여행 경비를 조달해야 할 처지였다. 그녀는 어린 아이들, 수산, 수라, 그리고 특히 아버지가 한번도 보지 못한 필영이를 데려가고 싶어 했다. 도산의 건강이 나빠졌다는 소식을 듣고 그녀의 근심은 나날이 더해만 갔다.

시간은 자꾸만 흘러가고 있었다. 필립이 영화 일을 하는 덕분에 마침내 충분한 돈이 모이게 되었다. 어머니는 드디어 수산, 수라, 필영이를 데리고 아버지를 만나러 가기로 했다. 그녀는 아무도 모르게 여행준비를 했고, 필립은 1936년 8월 3일 산 페드로항을 출항하는 프레지던트 쿨리지 호에 승선할 배표 4장을 사왔다. 필립은 아버지에게 전보를 쳐여행 계획에 대한 조언을 구했다. 아버지는 전보를 받고 흥분했다. 왠지 모르게 그들이 한국에 영구히 살기 위해 오는 것만 같은 인상을 받았기 때문이었다. 아버지는 답장을 보내왔다.

로스앤젤레스 시립대학의 필드하키 팀원들과 함께 한 수산(앞줄 왼쪽에서 4번째). 수산의 사촌인 엠마는 앞줄 오른쪽 맨 끝에 있다(1935년경).
"나는 빠르고 민첩했어요. 대부분의 득점을 내가 올렸지요."

나의 사랑하는 아내 혜련

당신이 수산, 수라, 필영을 데리고 나를 찾아온다는 필립의 전보를 갑자기 받고 이것이 꿈인가 생시인가 하고 형언할 수 없는 느낌을 금할 수 없었나이다. 오랫동안 그립던 당신을 만날 것도 반가우려니와 나의 사랑하는 딸들과 어린 필영을 볼 것을 생각하고 더욱 기뻐하였나이다. 그 전보를 읽어보고 또 읽어보고 또 읽어보면서 처음에는 기뻐할 뿐이었고 얼마 후에는 당신과 아이들이 조선에 돌아온 후에 장차 어찌할고 하는 고려가 생기는데 속히 판단할 수 없는 고로 편지로 의논하여서 작정하려고 기다리라는 전보를 보내었나이다. 당신과 아이들이 조선에 들어와야 될 것으로 말하면 첫째는 수산, 수라가 조선에 와서 조선 사정을 공부하여 가지고 조선사회에 유익한 일을 하게 할 것이오, 둘째는 수산, 수라가 조선에 와서 많은 남자 중에서 배필을 선택하게 할 것이오, 셋째는 필영이

하나는 동양에서 교육을 받게 할 것이오, 넷째는 당신의 나이 점점 많아가는데 생활비가 적게 드는 조선에서 안정된 가정생활을 하다가 여년을 맞는 것이 좋을 것입니다. 이것들보다도 나와 당신이 이름은 부부라고 하나 일평생에 단란한 가정생활을 하여 보지 못하였는데 이제 늘그막에나 아이들을 데리고 한집에 모여 고락을 같이 하여보는 것이 평생에 막을 수 없는 원입니다. 내가 이따금 친구들하고 말할 때에 나는 늙어가면서는 아내가 지어주는 음식이 맛이 더 있다고 말하였거니와 과연 당신의 손으로 지어주는 밥을 먹고 싶은 생각이 간절합니다. 그런데 고려할 것은 무엇인고. 첫째는 생활문제요, 둘째는 특수한 환경문제입니다. 생활문제로 말하면 당신이 잘 아는 바 내가 직접 아무 생산하는 것이 없고 친구들의 도움으로 지나는데 내가 귀국한 후에 여러 친구들이 많이 동정하여 혹은 차표를 사서 주는데 분수맞게 2등차를 타고 평안히 다니고 혹은 여비로 용비로 두터이 주어서 매우 편하게 잘 지냅니다. 그러나 마음에는 한갓 불평을 가지게 됩니다. 이것은 내가 무엇이관대 이렇게 남들에게 이렇게 폐를 끼치는가 하고 양심의 가책을 받게 됩니다. 지금 내 일신만이 남을 의뢰하여 지내는 것도 불가한데 지금 내가 아직 자력으로 살아갈 방도를 세우지 못한 이때에 당신과 아이들이 조선에 들어오면 내 가족생활까지 남을 의뢰하게 될 터이니 이것은 감당할 수 없는 것이라 하여서 당신이 오는 것을 고려하게 됨이오, 또는 지금 필립이가 수입이 전보다 많아졌음으로 완비하고 장래 생활비까지라도 자기가 책임을 지겠다는 생각을 가지고 당신을 귀국하게 하는 듯합니다. 만일 그렇다면 필립의 부모를 위하는 성의는 고마우나 그 수입은 일시적이오 근거 있는 생산은 아니니 그것을 믿고 조선에서 살림을 차리는 것은 안전하다고 할 수 없습니다. 환경문제로 말하면 내가 이미 조선에 와 있는 바에는 다시 외국으로 나아가지 않고 조선농촌에 조용히 들어앉아서 원예, 축산, 양어 등 사업 중에서 합당한 것을 선택하여 스스로 살아갈 업을 지어 가면서 주위에 있는 농민들의 생활개선을 권장하며 청년들을 모아 직업교육이나 시키어 가면서 세월을 보낼까 하였더니 근래에 관변측으로 흘러나오는 말을 들으면 내가 그네들에게 찾아다니면서 굴복하는 태도를 가지지 아니한다는 이유로 나로 하여금 조선에서 농촌운동, 직업교육 기타 무엇이든지 일을 도모치 못하게 할 작정이라 하고 내가 출옥 이후 일년 반이나 넘도록 아무것도 아니하고 다만 정양만 하고 침묵하면서 있었건마는 그네들은 주목을 심히하여 나의 오고가는 것과 일반 행동을 조사하는 것은 물론이거니와 나를 찾아오는 사람들까지 붙들고 무례히 조사하고 강연하는 것을 금하며 환영하는 것까지 금하는 모양입니다. 내가 이러한 환경에 처하여서 무엇을 하겠다고 관변에 구구히 다니면서 아첨하는 태도는 취할 수 없고 그렇지 아니하면 아무것도 못하고 의미 없는 시간을 보낼 터이니 장차 어찌할까 하고 앞길을 결정하기 곤란합니다. 이처럼 주목을 받고 있는바 혹 특별한 경우에는 내 신세가 다시 어찌 되는지 예측하기 어렵습니다. 나의 환경이 이러하여 뜻을 결정하지 못한 이때에 당신을 들어오라고 하기가 미안합니다. 당신과 아이들을 보고 싶은 정도 간절하고 가정의 안락한 생활도 한 번 하여 보고 싶은 생각이 없지 아니하나 내 처지와 환경이 이러한 이상에 구태여 가정 안락문제는 아주 끊어 버리고 끝까지 독신생활로 몸을 그냥 가볍게 하여 가지고 형편을 좇아 이리저리 굴다가 세상을 마치는 것이 적당치 않을까 합니다. 앞으로 조선 형편을 더 살리고 하고 싶은 일 중에 더러 시험하여 소일감이나 생기고 한 가족이 살아갈 만한 안전한 사업이 준비가 된다면 그때에 서로 모이는 것이 가하거니와 오늘의 경우에 있어서는 차라리 만나고 싶은 정을 억제하는 것이 낫지 않을까 합니다. 조선 안에 있는 친구들 중에서 혹은 속히 외국으로 나아가라고도 권하고 혹은 조선에 영주하여 여생을 평안히 지내라고도 합니다. 나를 산간에서 조용히 정양하라고 두 친구가 태평동 뒤 내동(리용선 군의 고향) 위에 대보산 송태라는 산지를 샀고 몇 친구들이 적은 집 네칸 가량을 지어주는데 한 달여가 되면 다 세워질 듯합니다. 이곳은 아무 수익이 없는 곳이라 한 대한때 수양키나 하지 상주하며 살 곳은 못됩니다. 장차 농촌에 가서 무슨 생산사업이나 농촌운동을 하려면 후원할 뜻을 가지는 이도 다소에 있기는 있습니다 마는 위에 말한 바와 같이 판단되는 형편이 있어서 곤란합니다. 그러나 앞으로 금년 겨울까지는 더 지나 보라고 합니다. 다른 사정도 알려 주려하다가 편지가 너무 길어짐으로 훗번에 미루고 그만둡니다. 당신이 내 편지를 보고 다시 생각하여서 의견을 곧 알려 주시오. 당신의 편지를 본 후에 나도 더 생각하려고 합니다.

8월 7일 안창호

제2차 제3차 전보도 다 받았습니다.

아버지가 편지를 쓰기 전에 증기선 프레지던트 쿨리지 호는 로스앤젤레스 남쪽의 산 페드로 항구를 출발하여 하와이를 향해 미끄러져 나갔다. 그러나 그 배에는 수산, 수라, 필영이는 없었다. 그들이 배에 오르기로 했던 그 전날 누군가가 그 가족의 방문을 알아버렸다. 관계된 모든 사람에게 행복했던 일이 갑자기 보기 흉한 일로 바뀌고 말았다.

도산을 신뢰했던 동료들과 헌신했던 추종자들은 여행 소식을 듣고 충격을 받았다. 나라가 그 어느 때보다도 도산을 필요로 하는 이 시기에 그 가족이 어떻게 그를 방문하겠다는 생각을 할 수 있단 말인가? 일본 당국자들이 항상 그를 감시하고 있기 때문에 가족들은 그의 활동에 방해가 될 것이다. 이 방문으로 이미 그는 위축되어 있을 것이다. 가족은 책임을 느껴야 한다. 가족은 그의 지위를 손상시킬 것이다. 일본은 가족의 출현을 그들이 유용한 쪽으로 이용할 것이다. 그들은 가족을 볼모로 삼을 것이다.

장성한 필립과 필선 두 아들은 격분했다. 어떻게 감히 가족이 도산을 위험에 빠뜨린다고 그들은 말할 수 있는가?

"일본 경찰은 가족을 볼모로 이용할 거야. 너는 그들이 무슨 것을 할지 몰라. 그들이 가족들을 붙잡아 감옥에 처넣으면 어떻게 할 거야?"

"우리는 미국 시민이에요. 그들은 어머니나 여동생들, 그리고 어린 필영이를 해치지 못할 거예요."

"일본은 미국과 전쟁할 준비를 하고 있어, 너도 알잖니? 일본은 가족들을 체포하지 않을지도 몰라. 하지만 일본은 가족들을 곤경에 처하게 할 수단을 조작해낼 거야. 게다가 너의 어머니는 미국 시민이 아니야. 그들이 도산 선생에게 했던 것처럼 어머니를 일본 국적이라고 우기고 어머니를 일본법으로 다스리려 할 거야."

필립과 필선은 사악한 방법을 쓰는 일본인들에게 화가 났는지, 아니면 여행을 훼방하는 아버지의 동료들에게 화가 났는지는 확실하지 않았지만, 그들은 항의했다.

"당신들은 가지 말라고 말할 권리가 없어요. 이건 가족의 문제예요. 세상의 어느 누구도 우리에게 아버지를 만나러 가라 말라 할 수 없어요. 제 말 알아듣겠습니까? 이것은 가족의 문제입니다."

"너는 그곳에서 무슨 일이 벌어지고 있는지 아니?"

"관심 없어요. 아버지는 가족의 도움을 필요로 하고 있어요. 여동생들은 아버지를 보고 싶어 해요. 필영이도 아버지를 보고 싶어 해요. 아버지도 아직 한번도 보지 못한 아들을 보고 싶어 하세요."

"필립, 너는 영화에서 돈을 많이 벌기 때문에 세상에다 네가 가족들에게 이 일을 할 수 있다는 것을 보이고 싶은 모양이구나. 도산은 네가 스스로의 성공에 대해 좀더 겸손해지기를 바랄 거다."

"뭐라고요? 내가 이 일을 자랑하고 있다고 생각하는 겁니까? 당신은 나의 배우라는 직업을 아버지가 반대할 거라고 말했던 바로 그 사람입니다. 그런데 아버지는 배우라는 직업을 선택한 나에게 축복을 하셨습니다. 당신은 이야기를 꾸며내고 있어요. 이 길은 내가 재정능력을 보여주기 위해서 하는 일이 아닙니다."

"아무튼 가족들이 가서는 안돼."

수산과 수라는 내내 호된 시련을 주으면서도 한 마디 말도 하지 못했다. 두 소녀는 전에 볼 수 없이 고함치며 어른들과 언쟁을 벌이는 필립과 필선을 지켜보았다. 두 오빠는 조용하고 예절 바르기로 소문이 나 있었다. 어머니는 나이 든 사람과 어린 그의 아들들이 싸우는 동안 침묵을

수산(뒷줄 왼쪽 끝)은 로스앤젤레스 주니어 칼리지에서 Blazer Wearer 동아리의 기념사진을 찍기 위해 포즈를 취했다(1935년).
"Blazer Wearer는 건강, 봉사정신, 스포츠 정신, 그리고 전체적인 용모를 기준으로 선발되었지요. 단원들은 네 가지 스포츠 중에서 세 가지는 제1의 팀으로, 그리고 한 가지는 제2의 팀으로 참가해야 했어요.".

지키고 있었다. 감정들이 위험한 지경에까지 이르자 그녀는 입을 열었다. 그러자 방안에는 죽음과 같은 정적이 흘렀다.

"나는 가지 않을 거예요. 내 아들들을 이런 상태로 남겨두고 갈 수 없어요."

어머니는 냉혹하게 말했다.

그 순간 누구도 말을 꺼내지 못했다. 그것으로 언쟁은 끝이 났다. 산페드로 부두에 갈 시간에 여행가방을 찾아 배에서 내렸다.

5
웨이브 부대

남태평양 기차는 날카로운 기적을 토해냈다. 대륙횡단 열차가 갖은 힘을 다해 앞쪽으로 기울어질 때는 출발한다는 뜻이었다. 급작스런 움직임으로 수산은 등을 좌석에 부딪치고 말았다. 수산의 건너편에 앉은 젊은 여인은 수산의 무릎에 거의 부딪칠 뻔했다. 두 명의 여자가 날카롭게 소리를 지르며 신경질적으로 웃었다. 그네들은 좌석 끝에 앉아 창밖으로 몸을 기울이며 플랫폼에 모여 있는 사람들에게 작별인사를 하고 있었다.

수산은 다시 밖을 내다보았다. 필립, 필선, 수라, 그리고 필영(랄프)이가 웃고 있는 것이 보였다. 어머니는 걱정스런 표정이었다. 그러나 언제나처럼 침착함을 잃지 않고 있었다. 수산은 몸을 일으켜 비스듬히 창쪽으로 나아갔다. 바로 그때 기차가 갑자기 후진했던 것이다.

기차가 출발하기 전에 꼬여 있는 모든 것들을 풀어내려 하고 있다고 수산은 생각했다. 그녀는 모두를 향해 손을 흔들었다. 쉭쉭거리는 스팀 소리, 그르렁거리며 열차바퀴의 피스톤이 돌아가는 소리, 날카로운 금속성 소리, 이 모든 소리들이 로스앤젤레스 유니온 기차역을 꽉 채웠다. 그래서 환송객 모두는 더 크게 소리를 질러야 했다.

"잘 가, 수산! 잘 가! 편지 쓰는 것 잊지 마!"

"안녕히 계세요, 어머니! 안녕, 필립! 필선! 수라! 랄프!"

누군가가 터널 안에서는 창문을 닫는 것을 잊지 말라고 외쳤다. 수산은 고개를 끄덕이며 손을 흔들었다. 타다 남은 석탄의 검댕이나 재 속에서 숨을 쉰다는 것은 그다지 유쾌한 일이 아닐 거라는 뜻이었다.

기차는 이제 굴러가기 시작했다. 기차는 긴 기적을 울리고는 짧게 뚜우뚜우거리다가 축하라도 하는 듯 단음절의 또렷한 기적을 울렸다. 우리는 움직이고 있어, 우리는 움직이고 있어, 라고 말하는 것 같았다.

수산은 생각했다. 기차는 나를 싣고 정말 움직이고 있어. 나는 집이 있는 로스앤젤레스를 떠나 나처럼 해군에 입대하는 수백 명의 여인들과 함께 아이오와의 씨다 펄스Cedar Falls로 가고 있어. 두 대양 어느 쪽으로부터도 수천 마일 떨어진 나라의 한가운데 자리한 해군 훈련소로 간다니 이 얼마나 이상한 일인가. 세상의 많고 많은 장소 중에서 나는 아이오와의 씨다 펄스로 가고 있다. 해군을 고집하는 나는 누구인가? 전쟁은 지금도 진행중이다. 꼭 일년 전 일본은 진주만에 폭격을 가했다. 해군이 하라는 대로 할 뿐이지. 가라는 대로 가야지.

만약 아버지가 지금의 나를 본다면, 미국의 해군에 입대한 나를 보신다면 웃으실까? 군에 복무하는 것은 결코 여자의 본분이 아니라고 아버지는 생각하실까? 아니야, 아버지는 그런 분이 아니야. 비록 아버지께서는 내가 가정학을 공부해서 고국으로 가서 가르치기를 원하셨지만, 내가 해군에 몸담는 것을 찬성하셨을 거야. 아버지도 어머니처럼 자랑스러워 하셨을 거야. 해군에서 응모한 대학생들 가운데 가장 영리한 여자만을 선발했다는 것을 아시면 자랑스러워 하셨을 거야. 그래, 아버지는 자랑스러워 하셨을 거야. 분명히 그러셨을 거야. 일본이 진주만을 공격한 것에 대해 아버지는 무슨 말씀을 하셨을까? 아버지만 살아계셨다면 일이 어떻게 되어갈지를 알 수 있을 텐데. 아버지만 일본 감옥에서 돌아가시지 않으셨다면……. 얼마의 시간이 지났을까? 벌써 4년 하고도 9달이 지났어. 아버지는 마지막 숨을 몰아쉬면서까지 "히로이토, 당신은 가장 큰 죄를 저질렀구나"라고 일왕을 비난했다고 누군가가 말했지. 아버지, 당신은 일본의 침공이 이미 정해져 있었던 것이라고 알고 계셨지요, 그렇지 않나요? 아버지는 일본이 미국을 공격하리라는 것을 알고 계셨을까? 우스운 얘기를 들으면 언제나 그러셨던 것처럼 고개를 뒤로 젖히고 "후~후~후" 하고 웃으셨을까? 아버지는 일본의 침공을 믿지 않으셨을 거야. 일왕은 미국이 얼마나 큰지 알기 때문에 감히 미국을 공격할 수 없을 거라고 아버지는 말씀하셨어. 아버지는 미국을 횡단하는 여행을 여러 번 하면서 미국 대륙이 얼마나 거대한지 알고 계셨어. 아마도 아버지는 바로 이 기차를 타셨을지도 몰라. 아마도 이 객실에 계셨을지도 몰라.'

수산은 조용히 창밖 풍경을 바라보았다. 그녀는 멀리 바라다보이는 시청을 되돌아보았다. 그것은 피구로아의 옛집에서 가까운 로스앤젤레스에서 가장 높은 경계표였다. 뜨거운 눈물이 솟아올랐다. 그녀는 고개를 돌렸다. 그녀의 오른쪽에서는 태양이 지붕 위에서 가물거리는 보일 하이츠 너머로 반짝이고 있었다. 그녀는 자신을 포함한 수라, 사촌 엠마, 이 세 자매가 어둡고 황량한 볼드윈 언덕에 차를 타고 올라가 남자아이들을 놀리던 오래 전의 그때를 잠시 회상했다. 나는 몇 살이었지? 16살? 그럼 수라는 14살이었고, 엠마는 18살이었겠군. 엠마는 포드 차를 몰고 가서 거기로 올라오는 김씨네 남자아이들과 이야기를 나누었던 소녀였다. 그리고 여자아이들은 남자아이들을 깜짝 놀라게 하려고 목청껏 비명을 지르고 또 질렀다.

수산은 빙그레 미소를 지으며 기지개를 켰다. 그 철없던 시절……. 이제 수산은 27살이었고, 미국과 대한민국, 그리고 아버지가 그렇게 사랑했던 대한민국 사람들을 위해 일본과 싸우러 가는 길이었다.

수산은 샌디에이고 주립대학을 졸업한 후 웨이브(WAVE) 부대 장교

수산은 오빠 필선을 번쩍 들어올렸다(1931년).
"나는 힘이 아주 셌어요."

훈련프로그램에 지원했다. 그러나 해군에서는 별다른 설명도 없이 그녀의 지원을 거절했다. 처음 수산은 어리둥절했다. 그러나 해군에서 수산을 거부한 것은 그녀가 동양인이라는 것 때문이라는 사실을 한 친구가 알려주었을 때 모든 것이 분명해졌다.

수산은 실망했지만 곧 다른 진로에 대해 고려하고 있었다. 그런데 한 달 뒤 수산은 웨이브 입대 프로그램에는 적합하지만 그녀가 오를 수 있는 가장 높은 계급은 준위라는 편지를 받았다. 수산은 해군이 될 수만 있다면 그것으로 충분했다. 그녀는 지원했다. 그녀는 차라리 프로 야구를 할까도 고려했었다. 그러나 전쟁은 계속되었고, 빈둥거리며 앉아서 지켜볼 수만은 없었다. 수산은, 군에 지원하고 나서 어머니에게 알리기로 했다. 어머니가 아무리 반대를 해도 수산은 군에 지원할 작정이었다. 어머니가 반대할 가능성은 충분했다. 그것은 여자가 하기에 적절한 일이 아니며, 특히 한국 여성에게는 더욱 그러했기 때문이었다.

그러나 어머니는 수산의 결정을 기쁘게 받아들였다. 어머니는 아버지 동료들의 격렬한 온갖 반대에 귀를 닫았다. 그들이 반대한 까닭은 해군이라는 직업은 도산의 딸에게 적절한 일이 아니라는 것이었다. 수산의 나이가 27살이 되면 너무 늙어서 좋은 남편감을 구할 수 없기 때문에 출중한 한국 구혼자들 중의 한 사람과 결혼시켜야 한다고 고집하는 거센 비판자들로부터 어머니는 수산을 보호해 주었다.

그녀가 대학을 졸업한 이후로 '결혼' 과 '좋은 신랑감' 이라는 말은 어머니와 아버지의 친구들로부터 귀에 못이 박히도록 들어온 말이었다. 그들은 그녀에게 무슨 일이 일어났는지 모르는 걸까? 그녀가 대학교를 다니는 동안 아버지가 세상을 떠났고, 지금은 전세계가 세계대전으로 들끓고 있는데, 그녀더러 결혼을 생각하라고 하다니? 그녀와 수라에게 구혼한 한 무리의 출중하다는 한국인들과 저 중매쟁이들 모두는 도대체 무슨 생각으로 사는가! 중매쟁이들이 37번가의 새집에 왔을 때 수산과 수라는 위층으로 도망가 자기들 방에 숨어버렸다. 두 딸 때문에 불쌍하게도 어머니는 그들에게 사과를 해야만 했다. 출중한 후보자들과 그들의 막강한 가문의 배경, 그들의 굉장한 교육수준 등등 환심을 사려는 중매쟁이들의 말을 어머니는 참을성 있게 들어야 했다. 그들은 신랑감들이 얼마나 잘생겼는지 뿐만 아니라 얼마나 훌륭한 인품을 갖추고 있는지도 말했다. 만약 그들이 아버지처럼 잘생겼다면, 아버지처럼 훌륭하다면, 그것은 다른 이야기가 될 것이다. 그들이 돌아가고 두 딸이 아래층으로 내려오면, 어머니는 몹시 꾸중을 했다.

"내가 너희 둘 때문에 사과를 하게 되면, 너희가 해야 할 최소한의 일은 올라가 조용히 있는 거야."

수산은 로스앤젤레스의 한인사회에서 성장했기 때문에 주위에서 가장 나이 많은 처녀들 중의 한 사람이었다. 한인사회의 모든 총각들은 그녀보다 어렸다. 수산은 모든 사람들의 맏언니였다. 그녀는 한국 남자들이 자기보다 어린 형제라는 생각으로 자랐기 때문에 그들 중 누구와도 로맨스에 연루되는 일은 결코 일어나지 않았다.

사실 결혼이 수산에게 그렇게 시급한 일은 아니었다. 당장은 더욱 그랬다. 세계는 혼란 속에 빠져 있었다. 그것이 그녀가 해군에 온통 신경을 집중시키는 까닭이었다.

한 키 큰 여자가 곁을 지나다가 멈추어 서서는 다시 돌아와 수산의 옆에 섰다. 그녀는 미소를 지으며 물었다.

"너 혹시 수산 안 아니니? 필립 안의 여동생 맞지?"

수산은 그녀를 올려다보며 말했다.

"그래요. 어떻게 저를 아시죠?"

"나는 필립의 친구 포지 기어Porge Geer야. 너도 씨다 펄스로 간다고 그가 말해주었어. 나보고 너를 잘 돌봐달라고 부탁했어."

"세상이 참 좁군요. 어떻게 이런 일이!"

수산은 깜짝 놀라며 반갑게 그녀의 손을 움켜잡았다.

같은 지원병들도 악수를 하며 이야기를 나누기 시작했다. 수산은 포지를 바로 좋아하게 되었다. 그녀는 성실하고 다정다감한 사람이었다. 그리고 아버지, 필립, 다른 가족에 대해서도 많은 것을 알고 있었다. 수산은 이런 기차간에서 그녀를 만나게 된 것을 행운이라 여겼다. 그들은 아이오와 어딘가에 있는 훈련장으로 함께 가는 길이었다. 그들의 이야기는 계속해서 이어졌다. 그러다 잠시 포지가 자리를 떠났다가 청량음료 두 병을 들고 돌아오자 유쾌한 대화는 다시 이어졌다.

"이것으로 저녁때까지 견뎌야 할 거야. 아, 그리고 또 내게 엽서 몇 장이 있어."

식당차에서 저녁식사를 마치고 난 후 수산과 포지는 다른 여자들과 함께 둘러앉아 서로 인사를 하고 늦게까지 이야기를 나누었다. 그리고 나서 수산은 침대칸으로 올라가 커튼을 닫았다. 그녀는 이제 자신만의 세계 속에 있게 되었다. 그녀는 양모 담요 밑으로 다리를 쭉 뻗었다. 기차의 흔들림에 자신의 몸을 맡겼다. 어머니 생각이 떠올랐다. 그녀는 몸을 뒤집고는 머리맡에 있는 전등을 켰다. 그녀는 엎드려 포지가 준 엽서와 지갑에서 펜을 꺼냈다.

그녀는 한국어로 위에서부터 아래로, 그리고 오른쪽에서부터 왼쪽으로 편지를 써내려가기 시작했다.

오후 11시 50분
사랑하는 어머님께

늦은 밤입니다. 그러나 사람들이 아직도 왔다 갔다 해서 잠을 이룰
수가 없습니다.
오늘밤 저는 꼭대기 침대칸에서 자야 합니다.
꼭대기 침대칸에는 아무데도 창문이 없습니다. 그래서 저는 아무것
도 보지 못하고 그냥 지나치고 있습니다.
내일 아침 6시에 아침을 먹어야 한답니다. 그것이 저의 중요한 일
이겠지요, 그렇지 않나요? 이제 어둠이 우리들의 열차를 완전히 덮
었습니다. 대부분의 전등도 꺼졌어요.
시간 있을 때마다 편지할게요.

딸 수산
1942년 12월 15일

　하고 싶은 말을 모두 다 쓰기에 엽서는 너무 작았다. 그녀는 펜을 내
려놓고 내용을 훑어보았다. 열차의 흔들림 때문에 글씨가 깨끗하지 못
했다. 특히 그녀가 써야 할 한국어 철자를 고심해야 할 때는 더욱 그랬
다. 그녀의 얼굴에는 미소가 번졌다. 그녀는 어떤 낱말들은 잘못 썼다는
것을 알고 있었다. 그녀는 철자를 소리가 나는 대로 쓸 수밖에 없었다.
그러나 어머니는 그녀의 노력을 가상하게 여길 것이다. 엽서의 오른쪽
가장자리에 약간의 공간이 있었다. 수산은 영어로 위에서부터 아래로
한 단어씩 써내려갔다.

Hope

you

can

read

this.

(당신께서 이 편지를 읽을 수 있기를 바랍니다.)

"자, 어디 보자!"

그녀는 중얼거리며 편지를 읽어내려가다 다시 미소를 지었다. 편지를 읽으며 웃으실 어머니의 모습이 보였다. 그녀는 이제 잘 채비를 했다. 전등을 끄며 아침식사 때문에 오전 6시 전에 일어나야 한다고 생각하니 절로 한숨이 났다.

칙칙폭폭, 칙칙폭폭. 수산은 기차의 시끄러운 소리에 잠을 깼다. 한동안 그녀는 혼란스러웠다. 우리는 지금 달리고 있어! 그녀는 기차가 밤새 달리고 있었다는 생각이 들었다.

"수지(Susie), 일어났어?"

포지가 아래 침대칸에서 부르는 소리가 들렸다.

수산은 잠이 덜 깬 목소리로 대답했다.

"예, 지금 몇시에요, 포지?"

"5시 30분. 내가 알람을 맞춰 놓았어. 아침식사 하러 갈 시간이야."

"알겠어요."

수산은 대답을 하고 전등의 불을 켰다. 전등은 지난밤보다 훨씬 밝았다. 그녀는 낮은 천장에 신경을 쓰면서 침상에서 일어나 앉았다. 그녀는 빗을 꺼내 단발머리를 재빠르게 빗어 넘기고는 옷을 입은 후, 손에 목욕 가방을 들고 사다리를 내려왔다. 그녀는 창밖이 보고 싶었다. 자신이 지금 어디에 있는지 알고 싶었다. 포지의 창밖으로 희뿌연 여명이 스쳐 지나갔다. 하늘에는 이제 막 동이 트려 하고 있었고, 고집 센 새벽별 몇 개가 아직도 매달려 있었다. 멀리 보이는 풍경은 하얗게 빛나고 있었다. 왼쪽의 개천과 오른쪽의 조각상 같은 바위들은 어둠 속에 감추어져 있었다. 그리고 눈…… 눈이 쌓여 있는 게 보였다. 그녀는 단순히 눈을 보는 것만으로도 한기를 느꼈다. 그녀는 전에도 로스앤젤레스 근교에 있는 윌슨 산이나 빅 베어 산에서 눈을 본 적이 있었다. 거기에서는 한 시간 정도만 산을 내려오면 따뜻했다. 그러나 여기서는 더 이상 따뜻한 날씨를 기대할 수 없었다. 눈은 수산의 주변을 완전히 둘러쌌고, 그와 더불어 차가운 기온이 그녀를 엄습했다. 수산은 창에다 손을 얹고 와들와들 떨며 겨울의 느낌을 구체적으로 체험하고 있었다.

아침식사는 붉은 시럽을 끼얹은 핫케이크, 스크램블 에그, 토스트, 그리고 커피였다. 식사가 끝나자 식당차는 텅 비었다. 포지와 수산은 남아서 커피를 조금 더 마셨다. 그들은 많은 말을 하지는 않았지만 커피 잔을 쥐고 그 따뜻함을 음미하고 있었다. 날이 완전히 밝아왔다. 창밖을 스쳐 지나가는 풍경을 바라보는 동안에도 흔들리는 기차 때문에 커피잔을 꼭 쥐고 있어야 했다. 어제 아침 이후로 그들은 계속 북동쪽으로 달려 캘리포니아, 네바다주를 거쳐 유타주를 거의 다 지나고 있었다. 기차는 눈 덮인 산봉우리들이 줄지어 늘어선 유타 산맥을 차례로 지나 이제 그 끝머리를 지나고 있었다. 끝없는 산들이 수산을 매혹시켰다. 그녀는 산들 하나하나를 자세히 살피며 그 모두를 기억하고 싶었다. 그것들은 각기 다른 표정들을 짓고 있었기 때문이었다. 날카롭고 뾰쪽한 산들, 뭉툭하지만 억세게 보이는 산들, 그리고 부드럽고 둥그스름한 산들을 자신의 기억 속에 각인시켜 나갔다.

기차가 속도를 줄였다. 그녀는 집에서 가지고 온 지도를 보며 유타의 옥덴에 들어서고 있다고 짐작했다. 그 지도는 아버지가 보관하고 있던 여러 지도들 중의 하나였다.

“우리는 약 1시간 동안 옥덴에 정차할 것입니다. 숙녀 여러분들은 주위를 잠시 둘러보시고 다리 운동을 하시기 바랍니다."

멋쟁이 차장이 말했다.

포지와 수산은 그들에게 관심을 보이는 친절한 신사인 차장을 보며 미소를 지었다. 어쩌면 그는 그들을 보며 군대에 간 딸을 떠올리고 있는지도 모를 일이었다. 사실 그는 모두에게 친절하려고 각별히 애쓰는 것처럼 보였다. 그들은 그에게 숙녀다운 태도로 감사를 표했고, 그는 조용히 그들을 지나쳐 갔다.

두 사람은 옥덴 주위를 약간 돌아다니다 거기에서 점심을 먹을 요량으로 기차에서 내렸다. 수산은 기뻤다. 그녀는 앞으로 하게 될 일을 기대하고 있었다. 그녀는 옥덴에서 엽서를 부치기로 했다. 수산은 멋쟁이 차장은 말할 것도 없고, 씨다 펄스에서의 기본 훈련기간 동안 포지와 함께 지내게 된 것을 참으로 다행스럽다고 느꼈다. 그녀는 지금까지 살아오는 동안 항상 좋은 사람들 속에서 지냈다는 생각이 들었다. 아버지, 어머니, 형제, 자매, 그리고 친절한 친구들과 은사님들, 이 모두가 그녀에게 더없이 좋은 사람들이었다.

그녀는 남들 앞에서 말하고 연설하는 것을 가르쳐주고, 연구조교로 학교에서 일할 수 있도록 해준 친절하면서도 재치가 넘치는 샌디에이고 주립대학의 파울 패프Paul Pfaff 교수에게 보낼 편지의 문구들을 마음속에 적어두었다. 그녀는 샌디에이고 대학에서 그를 발견하고는 참으로 놀랐다. 그는 남부 캘리포니아 대학에서의 수업을 위해 거의 매일 37번가에 있는 그녀의 집 앞을 지나던 바로 그 사람이었다. 수산은 10대 소녀 시절 한때 어머니에게 했던 농담이 생각났다.

"언젠가 저렇게 키가 크고 잘생긴 사람과 결혼할 거야."

그녀는 낯선 사람을 가리키며 그렇게 말했다. 어머니는 웃으셨지만, 푸— 하면서 반대의 뜻을 나타내고는 하던 바느질을 계속했다. 수산은 어머니가 뜻하는 것이 무엇인지 알고 있었다. 어머니는 수산이 한국 남자와 결혼하기를 바랐고, 그 일은 바뀔 수 없는 것이었다. 수산은 아무 말도 하지 않았다. 참으로 우연스럽게도 그때 파울 패프는 남부 캘리포니아 대학(USC)에서 박사학위 과정을 공부하고 있었다. 그는 수산이 누구인지도 몰랐고, 그녀가 매일 학교에 가는 자기를 지켜보고 있는지도 몰랐다. 몇 년 후 샌디에이고 주에서 그를 다시 만났을 때, 수산은 그에게 자기 집 앞을 지나는 그를 지켜보곤 했노라고 말하지 못했다. 그녀는 그에게 말할 기회를 전혀 찾을 수 없었다. 그리고 그가 어떻게 생각할지도 걱정스러웠다.

창밖에서는 집들이 천천히 지나갔다. 집들 사이에서 여러 명의 아이들이 기차를 향해 손을 흔들었다. 수산도 그들을 향해 마주 손을 흔들어 주었다. 아이들을 보자 그녀가 자랐던 캘리포니아 스톡턴에 사는 김숙자의 어린 시절 이야기가 생각났다. 김숙자와 그녀의 친구들은 철길 가에서 시간을 보내며 기차가 지나가기를 기다렸다. 기차가 아이들이 있는 곳으로 천천히 들어오면, 아이들은 석탄차의 사내들을 향해 감자를 까대는 음란한 몸짓을 하며 돌을 던졌다. 그러면 사내들은 "이 썩을 놈들!"이라고 고함을 치며 아이들을 향해 석탄을 마구 던졌다. 이 석탄 차의 사내들은 언제나 그랬었다. 아이들은 일제사격이 시작되자마자 흩어져 덤불 속이나 전봇대 뒤로 숨어서 아무도 맞지 않았다. 기차가 지나가고 나면 아이들은 석탄 조각을 주워 모았다. 그리고서는 다음 기차가 지나기를 기다렸다. 이렇게 어느 정도 시간이 지나면 모두 자기의 석탄 가방을 가득 채우게 되고, 그러면 그것을 집으로 잡아끌고 갔다.

수산은 숙자의 예쁜 얼굴과 그들이 함께 웃었던 그 이야기를 떠올리며 가만히 웃었다.

"그것이 우리가 겨울 동안 땔 석탄을 구하는 방법이었단다. 그때는 대공황이였잖니? 부모님들은 석탄 살 돈마저 없었어. 부모님들은 어떤 친절한 사람이 우리 아이들이 불쌍해서 석탄을 준 거라고 생각했어. 하~

하~하!"

스톡턴에서 수백 마일 떨어진 이곳 창밖에서는 유타의 옥덴의 아이들이 지원병들이 가득 탄 열차를 향해 계속 손을 흔들었다. 아이들은 욕을 하는 몸짓을 하고 있지 않았다. 수산은 그들을 향해 마주 손을 흔들었다. 대공황은 끝난 지 오래되었다. 지금은 전쟁중이었다.

전쟁은 일년 전 "치욕 속에서 살아야 할 날"이라고 루스벨트 대통령이 명명한 그날, 일본이 진주만을 공격하면서 시작되었다. 그날 이후로 사람들은 서로에게 이런 질문을 던졌다.

"1941년 12월 7일, 진주만이 공격당하던 날 당신은 어디서 무엇을 하고 있었습니까?"

이 질문에 대한 수산의 대답은 이랬다.

"나는 샌디에이고 대학의 사서로서 일하고 있었습니다. 나는 그것을 믿을 수 없었습니다."

일들이 돌아가는 방식이 너무도 이상하게 느껴졌다. 아버지는 티어도어 루스벨트를 몹시도 싫어했다. 미국이 필리핀을 마음대로 지배하는 대가로 한국을 일본에 넘겨주었기 때문이었다. 31년이 지난 지금, 티어도어 루스벨트의 사촌인 프랭클린 루스벨트 대통령은 진주만뿐만 아니라 필리핀에 있는 미 해군 전함에까지 폭탄을 퍼부은 똑같은 일왕에 맞서기 위해 무장을 명했다. 사람들은 전쟁이 그리 오래 가지 않을 것이라고 말했다. 일본은 결코 힘든 상대가 아니라고 모든 사람들이 말했다. 일본은 석유도 없고, 석탄도 없고, 흔히 말하는 천연자원이 없는 작은 나라라고 말들을 했다. 단지 쓸어버릴 일만 남았다고 생각했다. 그러나 수산은 일본에 대한 온갖 잔혹한 이야기들을 듣고 자랐기 때믄에 일본을 훨씬 더 잘 알고 있었다. 비록 미국이 승리할 것이라는 사실을 수산은 결코 의심하지 않았지만, 일본 군인들이 얼마나 사악하고 음흉한지를 그녀는 알고 있었다. 그것은 그녀가 4살 때 피구로아의 집에서 본 사진들 대문이었다. 그 사진 속에는 귀가 잘려 뺨을 타고 피가 흘러내리는 사진이 있었는데, 수산은 그 사진을 보고 난 후부터 밤에 악몽에 시달려야만 했었다. 그뿐이 아니었다. 팔이 잘려나간 남자의 사진, 선반 위에 줄지어 놓은 참수당한 머리들…… 거기에는 일본 군인들의 잔혹함을 말해주는 수많은 사진들이 있었다. 아버지는 이 사진들이 조선에서 몰래 가져나온 것이라고 말하며 눈물을 흘렸다.

형제들과 나무에 오르거나 야구를 하는 것을 더 재미있어 할 어린 소녀에게 그 모든 것들은 전혀 이해되지 않았다. 사진들도, 아버지가 흘린 눈물도 항상 집을 드나들었던 사람들의 우울하고도 화난 얼굴들도 전혀 이해되지 않았다.

그녀는 어린 시절의 기억들 속을 헤매고 있었기 때문에 자신이 전쟁의 향배를 알 수 있을지 의심스러웠다. 그녀는 전쟁 이야기들을 들으면서 자랐다. 아버지와 어머니는 일본과 러시아, 일본과 중국 사이의 전쟁에 대해 이야기했다. 일본은 이 두 전쟁에서 이겼고, 한반도는 일본의 손아귀에 떨어졌다. 그녀는 자라면서 한반도에서 일어나는 지정학적 전쟁에 대한 논의들을 잊고 지냈다. 학교의 역사시간에는 남북전쟁까지의 사건들을 공부했으며, 그 정도만을 알려주었다. 거기에 비하면 아버지는 러일전쟁과 중일전쟁에 대해 다른 누구보다도 많은 것을 알고 있었다. 비록 아버지가 러일전쟁이 일어났던 1904년에서부터 1905년까지는 미국에 있기는 했지만 말이다. 그러나 1차세계대전에 대해서는 아버지가 많은 것을 이야기했다는 기억이 수산에게 없었다. 1차세계대전은 수산이 두 살 때 끝났기 때문이었다.

'아무튼 웨이브 부대에서는 무슨 일을 하게 될까? 확실히 그들은 수천 명의 수병들과 함께 전함이나 순양함 아니면 항공모함에 태워 바다로 보내지는 않을 거야. 상관없어.'

그녀는 미리 어떤 판단을 내리거나 선입견을 갖지는 않아야겠다고 스스로를 달랬다. 그녀는 먼저 기본적인 훈련을 받고 나서 그런 일을 판단하게 될 것이며, 그리고 나서 어디로 가게 될지를 알게 될 것이었다. 지금은 어머니에게 엽서를 부치는 것만을 생각하기로 했다. 그녀는 로스앤젤레스에서 가지고 온 부츠를 신고 코트를 입었다. 그리고 엽서를 주머니에 찔러 넣고 기차가 정지하기 위해 기적과 함께 날카로운 소리를 낼 때 일어섰다.

포지와 수산은 기차에서 내렸다. 산바람이 그들 사이를 빠르게 뚫고 지나갔다. 그렇지만 땅을 다시 밟을 수 있어 기분은 좋았다. 그들은 웃으며 코트의 옷깃을 여몄다. 포지가 매표소 가까이에 있는 우체국을 찾아냈다. 수산은 우체통에 엽서를 집어넣고는 재빨리 기도를 했다.

"제발 이 엽서가 무사히 어머니에게 배달되도록 해 주십시오."

그녀가 집에서 가져온 지도, 아버지가 여행을 다닐 때 가지고 다녔던 바로 그 지도에 따르면 옥덴은 남태평양 연안의 끝이었다. 기차는 옥덴에서부터 한없이 뻗은 철길 위를 부르르 떨며 서서히 나아갔다. 물과 석탄을 새롭게 공급받은 기차는 힘을 재충전한 듯 보였다. 기차 안의 분위기 또한 신선하고 다시 기운을 차린 것 같았다. 식당차에서는 사람들이 의자를 당겨 허리를 폈고, 탁자에 괴었던 팔꿈치를 고쳐 세웠다. 이제 더 이상 시들어 축 늘어져 있지 않았다. 더러는 소다수를 마시고, 또 더러는 맥주를 마셨다. 그러면서 선로를 지나는 바퀴의 리듬에 맞춰 발을 가볍게 두드렸다.

기차의 반대편 끝에서는 몇몇의 신병들이 노래를 부르기 시작했다.

사과나무 아래에는 앉지 말아요
나 아닌 누구와도,
나 아닌 누구와도,
나 아닌 누구와도,

더 많은 사람들이 노래에 합세했다.

안돼요, 안돼요, 안돼요, 사과나무 아래에는 앉지 말아요
나 아닌 누구와도
너가 행진하며 집으로 돌아올 때까지.

기차 전체가 박수소리로 가득했다. 1차세계대전의 노래가 끝이 났다.
그리자 누군가가 또 다시 시작했다.
“조니가 행진하며 다시 집으로 돌아올 때, 간세, 만세……”

6

신병 훈련소

1942년 12월 20일
일요일 밤

사랑하는 랄프에게

편지 보내줘서 고마워. 그리고 헬름 운동재단의 상을 타게 된 것을 축하해. 너는 필립이 예전에 말했던 것처럼 틀림없이 훌륭한 미식축구 선수가 될 거야.

이 얼마나 멋진 일이냐. 그리고 나는 네가 앞으로 더 잘 해나갈 거라는 것을 장담할 수 있어.

지금은 네게 행운의 시기임에 틀림없어. 그냥 차 타고 돌아다니면서 10불을 벌었다니! 정말 대단하구나! 이 상태를 계속 유지해, 그러면 돈벌이에 있어서도 오빠 필립과 경쟁할 수 있을 거야.

여기는 모든 것이 눈으로 덮여 있어. 나는 길을 잃지 않으려고 조심하고 있어. 왜냐하면 한 번 길을 잃으면 다시 찾을 수 없기 때문이야. 여기서는 모든 것이 하얗기 때문에 다 비슷하게 보여. 아직까지 우리 학급의 학생이 몇 명이고, 수업은 어떤 건물에서 받는지 모르고 있어. 우리는 소대로 구분해서 행진하고, 나는 리더를 뒤따를 뿐이기 때문이야. 그리고 때때로 리더는 소대원 전체를 잘못 인도해서 길을 잃게 하기도 해. 우리 리더는 똑똑하지 못한 사람 같아. 그녀는 통제력을 보여주지 못하고, 우리 소대는 우왕좌왕하지.

우리는 명령을 듣기 전까지는 아무것도 할 수 없고, 명령을 받기 전까지는 아무런 말도 할 수 없어. 이것이 지금의 생활이야. 살아가기는 편해. 중요한 일은 경례를 하는 법을 알고, 상관을 알아보는 것이야. 그러면 좋은 실습 수병이 되었다고 생각하지. 나는 많은 사람의 발밑에 있는 먼지 같다는 생각이 들어. 그러나 그것이 우리가 6주 동안 느끼도록 바라는 것이야.

사실 이 주변에는 빈둥댈 만한 일이라곤 없어. 모든 것이 엄격하고 정확해. 우리가 훈련소 밖으로 나갈 수 있도록 허락된 시간은 하루에 4시 30분부터 한 시간 동안이야. 모두들 길 건너에 있는 서점과 약방으로 몇 가지 물건을 사기 위해 급히 달려가서는 급히 달려오지. 하루에 한두 번 15분의 자유시간이 주어지지. 그때가 되면 모두들 변소로 쏜살같이 달려가. 언제든 상관없이 항상 줄을 서야 하기 때문이야.

우리는 어제 지휘관의 검열을 받았어. 그래서 모든 것을 깨끗이 하놓아야만 했어. 우리는 눈에 띄는 모든 것들을 북북 문질러 닦아야 했지. 다행히도 우리 방은 통과되었어. 우리는 약 40분 동안 차렷 자세로 서서 지휘관이 오는 것을 기다려야만 했어. 한마디로 끝내주는 생활이야.

우리는 어제 제복 일부를 지급받았어. 지금까지 받은 것은 블라우스 세 벌, 넥타이 두 개, 모자 한 개야. 내가 모자를 쓴 모습을 보게 되면 넌 아마 웃을 거야.

우리는 힘들게 훈련받고 있는데도 불구하고 상관들은 우리가 훈련받는 여자들 중에서 첫째가는 그룹이 되어야 한다고 우리를 다그

친단다.

우리는 그저께 기계에 대한 적성 시험을 보았지! 나는 도구들을 차례대로 말할 수 없었어. 그래서 결과가 어떻게 나타날지 궁금해. 우리는 수학 시험도 보았어! 그런데 나는 분수를 푸는 방법을 기억할 수가 없었단다. 나는 결국 평범한 사람이 되고 말 거라는 생각이 들어.

나는 지금 공부하려고 해. 그럼 안녕. 잘 지내기 바란다. 답장할 수 있으면 해.

사랑하는 누나가.

수산은 랄프에게 보낼 편지를 다 쓰고 나서 그것을 접어 봉투에 넣었다. 그녀는 봉투에다 "Mr. 랄프 안, 954W 37번가, 로스앤젤레스, 캘리포니아."라고 썼다.

아이오와 씨다 펄스에 도착해서. 왼쪽에서 두번째가 수산. 수산의 왼쪽에 있는 사람이 포지 기어. "포지는 천사 같은 친구였어요."

우편요금란에다 그녀는 "무료"라고 적었다. 그리고 그 아래에다 자랑스럽게 밑줄을 그었다. 그녀는 해군에 있으면서 적어도 해군의 특권 가운데 한 가지를 누린다는 것은 유쾌한 일이라고 생각했다. 사실 무료우편요금과 웨이브의 편지지는 그녀처럼 거의 매일 편지를 쓰는 사람에게 큰

혜택이었다. 그녀는 훈련소에 있는 웨이브 동료 1,036명 대부분이 그녀가 하는 것처럼 편지를 쓸 거라고 생각했다.

자유시간만 되면 수산은 공부를 하지 않으면 편지를 썼다. 포지도 마찬가지였다. 그들은 끝없이 이어지는 시험을 위해 함께 공부하고 함께 편지를 썼다. 그런데 오늘 수산은 분수를 푸는 문제에서 백지의 답안을 작성했기 때문에 화가 치밀었다. 그녀는 초등학교, 중학교, 고등학교를 다니는 동안 줄곧 수학의 귀재였다. 그런데 대학에서 사회학을 전공했기 때문에 분수를 다루어본 지가 상당히 오래 되었다. 단순한 연습문제도 잊어버렸다는 사실이 그녀를 괴롭혔는데 랄프가 그런 기분을 날려주었다. 그는 아직 고등학교에 다니고 있어서 분수를 잊었을 리가 없었기 때문이었다.

수산은 랄프에게 보낼 편지 봉투를 붙이면서 미소를 지었다.

1942년 12월 26일
사랑하는 여동생에게

편지를 쓸 틈이 생겼다. 지금은 순회검열중이고, 우리 방은 막 검열을 마쳤어. 흰 장갑을 낀 중위가 당당하게 걸어 들어와서는 흰 목장갑으로 우리의 화장대 위를 쓸었어. 그리고는 더럽혀지지 않은 장갑을 보고는 "만점"이라고 평가했어. 그래서 포지와 나는 오늘 좋은 성적을 받았어.

우리는 한 시간 전쯤에 시험을 마치고 돌아왔어. 우리는 순회검열을 대기하느라 마치 하나의 점처럼 서 있었어. 내가 일할 시간이 없었기 때문에 포지 혼자서 모든 청소를 다 해야만 했어. 크리스마스예는 내가 '갑판(deck)의 조수'가 되는 재미있는 일이 있었어. 그건 잠을 자는 5시간 반을 포함해서 오전 6시부터 다음날 오전 7시

까지 초소에 있어야 한다는 뜻이야. '경계 근무'를 하는 동안 여기
서는 'head(변소)'로 알려진 '변소(johnny)'에 가야 한다면 사무실
에 가서 초소를 떠나도 좋다는 허락을 받아야만 해. 오줌보가 거의
터질 것 같은 대단한 생활이지. 왜냐하면 줄을 서서 오랫동안 기다
려야 할 때가 다반사거든. 시험치기 전날에 이런 일을 겪어서 시험
에서 몇 가지 실수를 하여 3개 반이나 틀려버렸어. 시험은 쉬의. 사
실 사고력이 필요한 것이 아니라 암기하는 능력이 필요할 뿐이야.
나는 그럭저럭 해나갈 수 있으리라 생각해.

　여기서는 크리스마스가 재미없는 날이야. 더러는 교회 예배에 참
석하거나 오락을 하지만, 우리는 눈물을 흘리거나 우울한 표정을
짓고 있었어. 캘리포니아 출신 대부분은 편지나 소포를 받지 못했
기 때문에 우리 모두는 슬펐어. 중서부 출신이나 동부 출신들은 편
지와 소포, 그리고 상당히 많은 꽃도 받았어. 나는 종일 초소에 있
어서 크리스마스라는 것을 거의 잊고 지냈어. 내 임무에 압도되었
기 때문이지.

　여기서 나는 이상한 사람처럼 보이나 봐. 사람들은 나를 하와이
출신 여자와 혼동하고 있어. 하루는 약국에서 어떤 중위가 호놀룰
루에서 무슨 소식이 없었냐고 묻는 거야! 나는 정말 깜짝 놀랐어!
나는 말을 떠듬거리며 바보처럼 멍청한 표정을 지었지. 이윽고 그
는 "호놀룰루 출신이 아니었어?"라고 말하는 거야. 그래서 "오, 아
니에요, 나는 그냥 캘리포니아 출신이라구요."라고 내가 말해 주었
지.

　그와 함께 서 있던 소위가 "참 좋은 직업이군"하고 불쑥 말하는
거야. 그 말이 무슨 뜻인지 나는 몰라. 이 두 장교가 우연히도 나의
교관이 된 거야. 정말 엉망이지 않니? 그런데 밀러 소위는 그의 강
의시간에 항상 서부 지방에 대해 허풍을 늘어놓는 거야. 그래서 나

도 세련될 수 있을 거라고 생각했어. 토머스 대위는 최고야. 내가 지금까지 본 가장 멋진 남자들 중의 한 사람이야. 비록 그가 군인의 태도를 견지하고 있기는 하지만, 조용하고 지적이며, 철학적이면서 동시에 '인간적'이야. 너와 가족들도 그를 좋아하게 될 거야.

오늘 오후는 자유시간이야. 포지는 더리를 만지러 워털루에 갈 계정이야. 나는 그냥 있으면서 잠이나 잘 거야. 참, 천연두 예방접종을 받고, 파상풍 예방접종을 받으면서 약간 상처가 났어. 그리고 복통으로 완전히 지쳐버렸어. 그리고 어제 17시간 근무했고 그저께 4시간의 훈련을 받았어. 나는 완전히 기진맥진한 것 같아. 우두 자국이 너무 가려워!

점심 먹으러 가야 할 시간이야. 그럼 잘 있어. 답장할 수 있으면 해. 모두에게 안부 전해줘, 언니가.

일요일 아침
사랑하는 여동생에게

예배에 참석하기 전에 2분 정도 시간이 있어 어제 말하려다 잊어버린 것을 마저 하려고 해. 네가 머리를 잘랐다는 소식을 듣고 아주 반가웠어. 이제야 안심이 돼. 도로시가 이 주변에 있으면서 내 머리를 깎아주었으면 정말 좋겠다. 머리가 약간 길거든. 나는 어떻게 해야 할지 모르겠어.

어제 시험은 선생님께서 평가중이야.(지금 예배에 참석하러 가야 할 시간이야. 그래서 몇 시간 후에나 이리로 올 거야.) 그것이 링크 훈련기와 어떤 관계가 있는지 묻지 마. 아무튼 내가 링크 훈련기를 타게 되면 조지아 주 애틀랜타에 있는 학교로 가게 될 거야. 1,036 명 중 280명이 시험을 쳐서 뽑히게 돼. 그리고 280명 중 75명이

뽑혀 학교로 가게 돼. 제길, 나는 대기지大氣誌 학교Aerography School로 가기를 바라고 있어. 상당히 흥분돼. 그리고 해외근무의 가능성은 이보다 더 크단다. 그러니 나를 위해 기도해줘.

내일의 일정은 초소 근무를 하는 거야. 평소처럼 힘이 들겠지. 우리는 장티푸스 예방주사를 몇 대 더 맞았어. 난 지난 장티푸스 예방주사에 확실히 타격을 입었는가 봐. 약 24시간 동안 그로기 상태였어. 그리고 내 팔이 이렇게 퉁퉁하게 보이는 거야. 아마 다음번 주사는 내 왼팔마저 그렇게 만들어 놓을 거야. 아, 그리고 우드자국 딱지는 어제 저녁에 떨어졌는데, 이건 별것 아니야. 이 전쟁이 끝나면 나는 건강한 사람의 표본이 될 거야.

이제 그만 써야겠어. 점심 나팔소리가 곧 울릴 거야. 오늘은 자유시간이야. 나는 자유시간을 공부하면서 보낼 거야. 내일 시험이 있거든.

그리고 또 네게 꼭 말해야겠는데, 지금 눈이 펄펄 내리고 있어. 허공의 모든 것이 흰빛으로 흐려져 있어. 모든 것들이 진짜 새하얗게 되었어. 이제 네가 학교로 돌아가게 되면 밤늦게까지 공부해야 한다는 것을 나도 알아. 그러니 여가가 있을 때 편지해. 비록 네게서 소식이 없어도 난 이해할 거야.

모두에게 안부 전해,

언니가

추신 : 우리는 옷을 집에다 대금상환(C.O.D)으로 보내야 해! 그래서 그것이 도착하면 내 잡동사니를 맞을 각오를 해야 할 거야. 아마도 다음주 초쯤에 속달로 부치게 될 거야. 착불로 보내는 방법은 학교에서 옷을 보낼 수 있는 유일한 방법이야. 그러니 참을 도리밖에

얇지 않겠니.

언니가

　집에서 멀리 떨어지고 나자 수산은 집을 생각할 때면 언제나 자신이 다섯 아이들 중의 하나라는 것을 느끼게 되었다. 결코 그녀 혼자가 아니라, 두 명의 오빠와 남동생과 여동생이 늘 함께하고 있다는 것이었다. 그녀가 수라를 생각할 때면 랄프를 생각하지 않을 수 없었다. 랄프가 태어났을 때부터 사실 수라가 돌보았기 때문이었다. 마찬가지로 필립을 생각하지 않고는 필선을 생각할 수가 없었다. 다른 아이들의 경우도 마찬가지였다. 필립과 필선은 언제나 그녀의 모든 기억 속에 함께 있었다. 훈련소에서 지낸 이번 주 내내 수라와 랄프를 생각했으며, 그 다음주도 그럴 것이었다. 수산은 그 이유를 몰랐다. 그러나 그녀는 해군에 대한 모든 것들을 그들에게 말해주고 싶었고, 그녀의 가슴을 뛰게 하는 것들을 그들과 나누고 싶었다. 갑자기 해군의 신병이 되었기 때문일까? 그녀는 자신이 올바른 일을 하고 있다는 것을 스스로에게 확신시키고 싶었기 대문일까?

　물론 누구나 군대를 가고 싶어 한다. 필립은 군에 입대해서 전쟁 채권을 판매하기 위해 선전하는 일에 대해 이야기했었다. 그는 십여 편 이상의 영화에 출연해 얼굴이 잘 알려져 있었다.

　필선도 군에 입대하고 싶어 하지만 받아들여지지 않을 것이다. 어린 시절 불행하게도 등에 총알이 박혔기 때문이다. 그는 대부분 한인 2세들로 자여진 '호랑이 부대'를 결성했다. 게다가 그는 알루미늄 연구 실험실에서 일하는 화학자였으며, 그의 연구는 당어물 구축에 절대적으로 필요한 것으로 평가되었다. 랄프는 고등학교를 졸업한 뒤 입대할 예정이었다. 그러나 해군 안수산은 그가 군에 지원을 하거나 군에 의해 징집되는 그런 일이 결코 일어나지 않도록 빌었다. 그녀는 남동생이 '보다 나은' 부문에 진출하기를 바랐다.

　수라는 해군에 입대하는 것을 고려중이었다. 아마도 수산으로부터 전해지는 직접적인 정보가 수라가 결심하는 데 도움을 주거나 아니면 그녀를 고취시킬 것이라고 생각했다. 어떤 경우든 수산은 수라에게 계속해서 편지를 썼다. 수라는 그녀의 동생이었으며, 평생 같은 방을 쓰는 사람이었으며, 모든 것을 함께 나눈 최고의 친구였다. 지금 당장 수산은 대기지 학교에 배정되는 데 수라의 좋은 견해가 필요했다.

7
링크 모의비행 훈련기 교관

해군은 링크 모의비행 훈련기 학교에 수산을 배정했다. 그것이 무엇이 되었든 그녀에게는 '영광'이었다. 어느 장교가 링크 훈련기는 해군 전투기 조종사를 위한 새로운 훈련 체계라고 말해주었다. 그녀의 가슴은 새로운 흥분으로 터질 듯했다. 짧은 순간 동안 그녀는 진주만의 일본 전투기와 같은 사악하고 떼지어 다니는 일본 전투비행단인 제로스 Zeros를 쏘아 떨어뜨리기 위한 훈련을 받으러 가는 거라고 생각했다. 그녀는 링크 훈련기에서 고사포나 장거리 대포를 다루는지 아닌지조차 알지 못했다. 그러나 성가신 제로스의 이미지가 그녀의 마음을 가로채 갔다. 그녀가 그런 마음으로 조지아 주 애틀랜타로 갈 준비를 하고 있을 때 쯤 해군에서는 그녀의 생각과는 달리 그녀가 계기 비행을 위한 교관이 되거주기를 바라고 있다는 사실을 알게 되었다.

씨다 펄스에서 애틀랜타까지의 기차 여행은 대단했다. 특히 켄터키 주의 푸른 원시초원을 통과하는 동안 미끈한 말들이 게으르게 풀을 뜯고 있는 것을 보니 나라와 세계를 불태워 버릴지도 모를 전쟁은 남의 일처럼 보였다. 켄터키쯤에 가서야 얼었던 몸이 풀렸다.

이런 신나는 여행 뒤에 웨이브 부대가 동양인을 찾아볼 수 없는 후미진 남부 도시 애틀랜타에 도착한 것은 실망스러운 일이었다. 수산은 수라에게 편지를 썼다.

나는 아직도 이상한 사람처럼 보이는가 봐. 사람들이 무례하게 나를 노려보거나 멍하니 바라보는 일이 아주 흔해. 그들은 나를 보며 서로의 옆구리를 쿡쿡 찌르거나 귀에 대고 속삭이기도 하지. 하루는 내가 식당 옆을 지나는데, 한 녀석이 창밖으로 나를 보고 있는 거야. 그 녀석은 나를 보더니만 음식을 집어 입에 집어넣으려던 포크를 허공에서 멈추고서는 입을 쩍 벌리는 거야! 나는 거의 죽는 줄 알았어. 참 웃기는 일이지.

식당에 있었던 그 녀석의 놀란 표정을 생각해 보면 그것은 정말 우스운 일이었다. 그녀는 그에게 하루나 이틀 동안의 이야깃거리를 제공했을지도 모를 일이었다.

수산은 애써 자신과 상관없는 일이라고 생각하며 지내기로 했다. 그 덜떨어진 녀석은 너무 숨어만 살아서 그녀의 외모에 놀란 나머지 포크의 음식물을 떨어뜨릴 뻔한 것이라고 그녀는 생각했다. 그녀는 언제나 그랬듯이 그의 행동을 선의의 농담으로 넘겨버렸다. 그러자 해군 군화를 신고 피치Peach 거리를 내려가는 발걸음이 훨씬 가벼워졌다.

문제가 있는 쪽은 그녀가 아니라 그 녀석이었다. 세상에 대한 좁은 식견을 가진 멍청이에 대한 어머니의 비유에 따르면 그는 '우물 안 개구리'였다. 그가 아는 한, 하늘은 높이 매달려 있는 둥글고 조그마한 어떤 것일 뿐이었다. 그러나 그것은 그가 우물 밖으로 나와 진짜 하늘을 볼 능력이 없기 때문이지 그의 잘못은 아니라고 수산은 생각했다. 그는 (대부분의 사람과 마찬가지로 그의 모든 생애를) '우물'에서 살았기 때문에 그로서도 어쩔 수 없는 일이었다.

'만약 내가 식당 안으로 들어가 그의 맞은편에 앉았다면 어떻게 되었을까? 아, 안되지. 그건 나 같은 말괄량이 장난꾸러기에게조차도 너무 기분 나쁜 짓이야. 그애가 너무 큰 소리로 울어서 심장마비로 죽어버렸을지도 모를 일이니까.'

그러나 때때로 수산은 자신도 '우물' 속에 살았던 사람인 것처럼 느껴졌다. 남부 억양이나 원래부터 있던 북부에 대한 반감 정서에 그녀도 놀랐던 것이다. 그러나 애틀랜타는 멋진 호텔, 좋은 가게, 그리고 최신형 프드차가 있는 도시였다. 어쨌든 도시로 돌아온 것은 좋은 일이었다. 애틀랜타의 빌트모아 호텔은 로스앤젤레스의 앰배서더 호텔처럼 환상적이었다. 그리고 비싼 것도 마찬가지였다. 2인 1실에 5달러였기 때문에 웨이브의 동료와 룸메이트 밀드레드 이튼Mildred Eaton, 그리고 수산은 월급 54달러로 호텔비를 치르기에는 너무 빠듯했다. 해군에서는 하루치만 지불했고, 그것도 좁아터진 3등급의 싸구려였다. 그리고 새로운 학교가 문을 여는 2월 1일까지 나머지 2주간은 그들 자신의 돈으로 지불해야 했다.

첫날 저녁에 수산과 밀드레드는 로비에 있는 호텔 식당에서 저녁을 먹기로 했다. 그들은 낯선 거리를 헤개고 싶지 않았다. 대단한 것은 아니었지만 식사는 괜찮았다. 그러나 계산서를 받았을 때 거의 기절할 뻔했다. 1달러 40센트나 되었기 때문이었다. 그들은 놀라서 서로의 얼굴을 쳐다봤다. 분명 착오일 거라고 생각했다. 그러나 착오는 없었다. 그들의 다음 식사는 샐러드와 물이었다. 그 다음 식사도 같았다.

그러나 훈련소의 통제로부터 벗어난 것만으로도 그들은 멋진 시간을 보낼 수 있었다. 마치 술 취한 어부처럼 돈을 쓰면서 말이다. 그들은 오전 1시까지 잤다. 낮 12시까지 우물쭈물하다(돈을 아끼기 위해) 아침 겸 점심을 먹었다. 오후에는 〈지금은 방랑자〉라는 영화를 보러 갔다. 그리고 사탕 한 상자, 잡지 〈리버티Liberty〉와 신문을 사서 방으로 올라왔다 그들은 마음껏 휴식과 여가를 즐기면서 2주간의 휴가를 보냈다.

수산은 갑자기 디밀어질 계산서가 걱정이 되어 완전히 긴장을 풀 수가 없었다. 그녀는 필립에게 속달 항공우편으로 편지를 썼다.

"미안하지만 지갑을 털어 내게 20달러를 좀 부쳐줘요."

그녀는 그런 큰 돈을 요구하면서도 아무런 양심의 가책이나 죄스러움도 느끼지 않았다. 그녀는 필립이 기꺼이 도와줄 것을 알고 있었다. 사실 가족 모두가 서로에게 돈을 부탁할 때 전혀 주저함이 없었다. 그들 중 하나가 돈이 필요하면 나머지 사람들은 아무것도 묻지 않고 돈을 집어넣어 주었다.

그때 마침 필립은 할리우드 영화에 출연하여 꽤 많은 돈을 벌었다. 그는 그 당시 30편 이상의 영화에 나갔다. 1936년에 출연한 〈애니씽 고우즈Anything Goes〉와 〈장군은 새벽에 죽었다The General Died at Dawn〉는 잘 알려진 영화들 가운데 두 편이었다. 그는 1937년의 〈대지Good Earth〉에서 선장으로 출연했으며, 1943년에는 〈중국 소녀〉에 출연했었다.

필립은 아버지처럼 아주 잘생겼고 친절했다. 필립은 아버지가 마지막으로 여행을 떠나기 전에 했던 이별의 말을 가슴에 담고 있었다.

"가족을 버리고 그들을 너의 짐으로 남겨놓았으니, 신의 눈으로 보면 나는 중죄인이다."

그것이 1925년의 일이었다. 필립은 20세에 이미 도매업에서 상당한 상인이 되어 있었다. 그는 랄프를 임신한 어머니를 돌볼 수 있다는 자신감에 차 있었다. 어머니는 다른 사람들의 집안일을 해주는 일을 계속하면서 과일 가게에서 필립과 함께 일을 했다. 수산과 수라는 방과 후나 주말이면 어머니를 도와 집안일을 거들었다. 필선 또한 필립의 과일가게 일을 도왔다.

하루는 필립이 밴 나이스 가의 길모어에 있는 타워 식료품 상점에 야채를 배달하러 갔었다. 그때 그는 도매점이 타워 상점 안에서 유망할 것

1927년 타워 상점의
과일 판매대

이라는 것을 알게 되었다. 필립은 매장권리가 서명된 서류를 손에 쥐고 서 이 마음 설레게 하는 소식을 모두에게 전하기 위해 집으로 달려갔다. 어머니가 타워 상점 안에 판매대를 갖는다면 장사를 아주 잘 할 수 있을 거라고 생각했다. 그들은 쨍쨍 내리쬐는 햇빛을 피하고 지겨운 거리의 소음으로부터 벗어날 수 있게 되었다. 워싱턴 거리의 과일 판매대에서 가끔씩 찾아오는 사람들보다는 상점의 안팎에서 흘러넘치는 정기적인 손님들을 맞이하게 될 것이다.

랄프는 그때 기저귀를 차고 있었고, 모두들 야채 트럭의 운전석에서 허기진 배를 채웠다. 수라의 임무는 랄프를 돌보는 것이었다. 어머니와 필립은 옛날의 과일 판매대보다 엄청나게 진보된 타워 상점 안의 매장에서 일을 했다. 벨몬트Belmont 중학교를 다니던 수산은 방과 후나 주말이 되면 시금치를 다듬고, 오렌지와 사과를 윤이 나게 닦는 것으로 가게일을 도왔다. 수라는 원기 넘치는 랄프의 뒤에 서서 상점 안 곳곳을 뛰어다니지 못하도록 지켜야 했다. 손님들은 랄프를 사랑했다. 어쩜 이렇게 귀엽냐고 모두들 한 마디씩 했다. 어느 날 그는 특별한 움직임도 없이 조용히 있었다. 그것은 확실한 이상 징후를 나타내는 것이었다. 그는 아프거나 별다른 일이 없이 잘 지냈는데 말이다. 그러나 그것은 그의 기저귀가 배설물로 꽉 차서 움직일 수 없었기 때문이었다. 어머니와 수라는 재빨리 그의 엉덩이를 거듭 닦아내면서 기저귀를 갈았다. 그리고 더러운 기저귀는 오래된 신문에 싸 두었다. 어머니는 민첩한 손늘림으로 가능한 한 빠르게 닦아내는 동안 랄프는 아기답게 행복하게 웃었다.

어머니는 이 일에서처럼 모든 일에 아주 깔끔한 사람이었다. 그녀는 항상 다른 사람에 대해 신경을 썼다. 그 사건 이후로 어머니는 그 전보다 훨씬 자주 수라로 하여금 집에서 랄프를 보살피도록 했다. 그들은 손님들에게 신선하고 깨끗한 야채와 과일을 공급하고 그들의 눈을 즐겁게 해주는 세심한 진열을 위해 아주 열심히 일했다. 그러나 마침내 그녀는 미국의 손님들이 사과와 참외, 오렌지를 선택하는 데 그들의 코에 의존한다는 사실을 알아냈다. 그렇기 때문에 언제 나올지 모르는 더러운 기저귀는 장사에 나쁜 영향을 미칠 수밖에 없었다.

장사는 잘 되었다. 그와 함께 USC의 캠퍼스에 가까운 37번가의 보다 큰 집으로 이사를 갈 만큼의 돈도 저축할 수 있었다. 그 집은 수산과 수라가 자신들의 방과 각자의 침대를 가질 수 있을 만큼 침실도 많았다. 필립과 필선이 두번째 방을 차지하고, 어머니와 랄프가 세번째 방을 차지했다. 화장실이 두 개 있다는 것은 하늘이 내려준 선물이었다. 경제적 단일체로서 뿐만 아니라 가족으로서 모두가 무보수로 협력했다. '보수'라는 말은 가족 사이에서는 의미가 없는 것이었다. 다른 모든 사람들과 마찬가지로 수산도 일한 대가를 결코 받지 않았고, 기대하지도 않았다. 만약 그녀가 신발이 필요하다면, 그 신발은 가족에 필요한 물품의 추가 항목으로 덧붙여졌다. 수산은 언젠가 그녀의 차례가 되면 신발을 갖게 될 것이라는 사실을 알고 있었다. 그래서 그녀는 자신의 차례가 돌아올 때까지 신발에 대해서는 잊고 지냈다. 신발에 대한 수산과 수라의 소망이 실현되면, 그들은 마치 인내에 대한 보상을 받는 것처럼 기쁘기도 하고 놀랍기도 했다. 수산이 중학교에 다닐 때 필립은 부유한 여자들의 호사스런 주거지인 베이슨 아파트에서 일했는데, 부유한 여인네들이 버린 헌 맥닌 신발을 한 가방 가득 집으로 가져온 적이 있었다. 필립과 필선은 그들의 신발 크기를 어떻게 알았을까? 신기하게도 그 신발들 중의 어떤 것은 꼭 맞았다. 그 신발들 중에 무용 신발처럼 끈 없고 가벼운 신발은 수산의 것이 되었고, 자그마한 옥스퍼드 신발은 수라의 것이 되었다. 두 소녀는 몹시 기뻐하며 소리쳤다.

"이 신발 어때? 거의 새것처럼 보이잖아!"

수산에겐 옷을 해결할 수 있는 훌륭한 길도 있었다. 어머니의 헌신적인 친구이자 다재다능한 파사디나 아주머니인 차 여사가 수산과 수라의 모든 옷을 최신 유행으로 만들어 주었다. 그녀는 그들에게 미국식 케이크도 구워 주었다. 파사디나 아주머니는 패션 잡지에서 새로운 디자인의 옷을 한번만 보면 그것들을 어떻게 만드는지 알아냈다. 수산과 수라는 파사디나 아주머니를 사랑했고, 파사디나 아주머니는 두 소녀에게 옷을 지어주는 것을 무척 좋아했다. 그러나 그녀는 사내아이들의 옷은 지을 줄 몰랐다. 필선은 필립의 바지와 셔츠를 물려받아 입고, 가족과 한인 사회에서 가장 나이가 많은 아이인 필립은 옷을 사 입어야 했다. 그 옷은 어머니가 중고 가게나 그녀가 자주 일해 주는 미국인 집에서 사온 것

아버지가 만든 연꽃 연못 옆에서 수산이 포즈를 취하고 있다(1933년경). "파사디나 출신의 차 아주머니는 수라와 나의 모든 옷을 만들어 주었어요. 그녀는 놀라운 재봉사였어요. 그녀는 아이 맥닌과 같은 환상적인 백화점에 가서 모든 최신 유행의 옷들을 연구했어요. 그는 그 옷들을 보기만 해도 모형을 만들 수 있었어요. 그래서 우리는 고급 옷을 입을수 있었지요."

이었다. 그리고 어머니는 두 아들이 남긴 옷을 김씨네와 송씨네 아이들에게 넘겨주었다.

그것이 가정 경제를 꾸려가는 방법이었다. 그리고 수산이 필립에게 돈 때문에 편지를 보냈을 때 돈을 보내 줄 것이라고 믿는 이유였다. 그녀는 오히려 부탁한 돈이 너무나 빨리 와서 놀랐다. 필립은 그녀의 편지를 받자마자 그녀가 휴가 동안 화려한 호텔에서 머물 비용을 제때 지불할 수 있도록 전신환으로 보내 주었다.

수산은 링크 모의비행 훈련기 학교 생활을 즐거운 마음으로 기대하고 있었다. 그 학교는 8주 간의 수업을 받는 것으로 되어 있었다.

모의비행 훈련 프로그램은 원래 아홉 달 과정이었다. 그러나 해군은 수산과 그녀의 웨이브 동료들을 8주 안에 모든 과정을 통과시킬 예정이었다. 그래서 누군가가 훈련소 생활은 소풍이었다고 말했다. 모든 훈련 과정 중에서 어려운 것은 역시 비행술이었다. 그것은 수산에게는 멋진 일이었다. 수산은 학교가 시작될 때까지 기다릴 수가 없었다. 그러나 학교가 더디게 문을 여는 통에 이럭저럭 하는 사이 휴가기간의 대부분을 까먹고 말았다.

일단 학교가 문을 열자 더 이상 늦잠을 자는 것도, 빈둥거리는 것도, 야단법석을 떠는 일도 허용되지 않았다. 그녀는 당장 갑판의 조수로 첫 경계근무를 배정받았다. 그의 성이 'A' 자로 시작되기 때문에 그녀는 항상 경계근무에 맨 먼저 뽑혔다. 그녀는 밤새 5층 엘리베이터 앞에서 보초를 섰다. 새벽이 되기 전에 모든 수병은 빌트모아 호텔 로비에 고여서 아침을 먹으러 빌트모아보다 덜 화려한 다른 호텔로 대오를 갖추고 행진해 갔다. 소대원들은 푸르고 흰 장갑을 끼고서 어둠 속을 행진하여 모처에 있는 한 사무실로 인도되었다. 그것은 잠이 덜 깬 웨이브 대원들에게는 장례식 행진보다 더한 것이었다. 그들은 매일 아침 빌트모아 호텔의 사무관인 나이 많은 여자로부터 열렬한 배웅 인사를 받을 때까지 간신히 피곤한 발로 버티고 서 있었다. 그들이 피치 거리를 행진하며 걸어갈 대 그녀는 창밖을 향해 "힙, 힙, 후라" 하고 소리를 질렀다. 그 여자는 자신도 소대원들과 함께 행진하고 싶지만, 그렇게 할 수 없다고 말했다. 소대원들은 비록 그렇게 이른 아침 겨우 눈을 뜨고 있었지만, 그녀의 응원은 웨이브 대원들에게 특별한 느낌을 주었다. 수산의 친구이자 준우의 동료인 엘리스 배러쉬Elise Barash는 오른쪽 호위병으로 후위를 담당했다. 엘리스의 임무는 대오가 교차로를 지날 때까지 위치를 잡고 서서 교차로의 차량들을 멈추게 하는 것이었다. 그들이 교차로를 지날 때 어떤 전차가 매일 같은 시간에 대오의 옆을 지나갔다. 그 차는 부대의 행진만큼이나 제식이 되었다. 첫날에는 그 운전수가 교차로로 차를 돌고 와 대오로부터 적당한 거리에 떨어져 멈추어 섰다. 다음날에는 그는 전차를 천천히 몰고 내려와 행진하는 웨이브 부대에 좀더 가까이 멈추어 섰다. 다음날 아침 그 운전수는 일단 정지한 후에 전차가 엘리스의 어깨를 거의 스칠 정도까지 천천히 몰래 다가왔다. 그녀는 겁을 내어 꽁무니를 빼지는 않았다. 그래서 대오는 구령을 놓치지 않고 원래의 상태를 유지할 수 있었다. 그 운전수는 만족한 듯 웃었고, 엘리스도 운전수를 향해 돌아서서 씩 웃어주었다.

의심스러운 눈초리를 보내는 전차의 운전수나 빌트모아 호텔의 나이 많은 여자, 그리고 거리의 다른 사람들에게는 소대원들이 전시에 급조된 이례적인 군인들로 보이는 것 같았다. 그들은 소대원들이 대학을 졸업하고 전국에서 신병 모집에 응해서 미국의 비행사들에게 계기 비행을 가르치도록 훈련된 최고의 군대라고 생각하는 것 같지 않았다. 그들에게 소대원들은 그저 맵시 있는 유니폼을 입은 말끔하게 생긴 여인들이었다. 단지 유니폼을 입기 위해서 입대했다는 소문에 소대원들 중 몇 명이 항의하는 일까지 생겼다. 만약 그런 여자가 있었다면 훈련소에서 한

주도 견디지 못했을 것이다.

아침 식사를 마치고 나면 그들은 폭스 극장 뒤편에 있는 훈련기지로 행진해 갔다. 처음 그들은 〈바람과 함께 사라지다〉라는 영화를 장기간으로 상영중인 폭스 극장에 영화를 보러 가는 줄 알았다. 그 영화는 얼마나 히트한 영화인가! 클라크 케이블과 비비안 리는 또 얼마나 잘 어울리는 한 쌍인가! 또한 애틀랜타는 그곳이 낳은 작가 마거릿 미첼에게 열광하고, 그녀는 조선소에서 해군의 배들을 진수하는데 샴페인 병을 내리치느라 바빴다. 그러나 웨이브 부대는 폭스 극장에 간 게 아니었다. 그들은 격납고 같은 넓고 천장이 높은 거대한 방으로 줄을 서서 들어갔다. 그곳에는 모의비행 훈련의 좌석들이 차례로 늘어서 있었다.

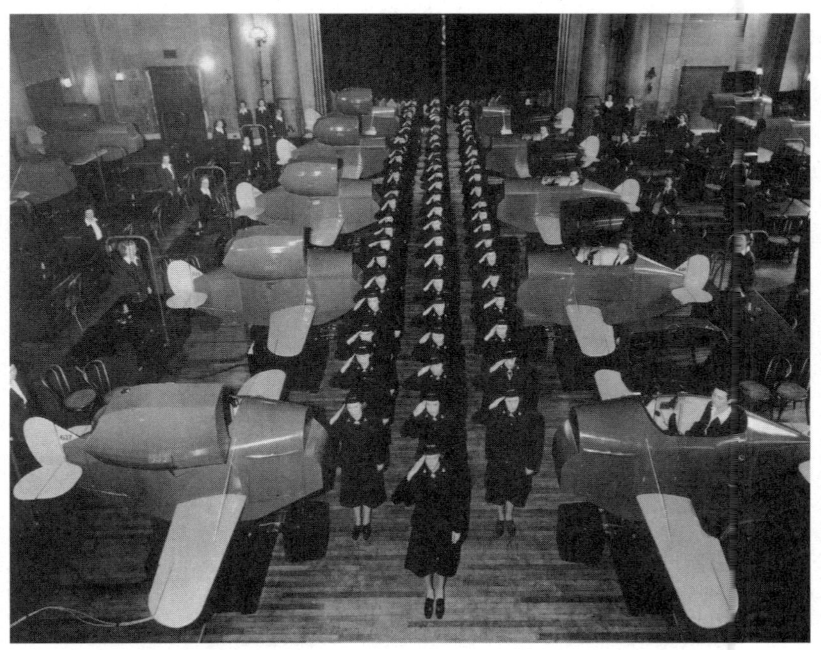

조지아 주 애틀랜타의 모의비행 훈련 교실 (1943년). "우리는 어디든 행진을 하고 다녔어요. 우리는 개조된 폭스 극장을 향해 피치 거리를 행진해 갔어요."

링크 비행훈련 교관학교는 해군에서 새롭게 시도하는 프로그램이며, 최초의 모의훈련 프로그램이었다. 계기 비행을 하는 데 필요한 훈련을 위해 선택된 수산, 엘리스, 그리고 나머지 44명의 웨이브 대원들은 전투기 조종사들을 훈련시키기 전에 그들 스스로가 먼저 100시간을 비행해야만 했다. 모의비행기는 소형 헬캣Hellcat처럼 보였다. 그리고 여자들은 웨이브 대원의 스커트를 입고서 조종실을 오르내리는 것이 참으로 고된 일이라는 것을 즉시 알 수 있었다. 프랑스의 유명한 디자이너인 메인보세이가 명예로운 웨이브 부대의 유니폼을 디자인할 때 그는 모의비행기 조종실과 같은 활동적인 어떤 것을 생각한 것이 아니라, 비서의 임무나 무전기 조작쯤을 생각했을 것이다. 한 손으로 문 꼭대기를 움켜잡고 계단을 오르내리거나, 다른 한 손으로 스커트 자락을 쥐고서 조종실 위로 들어가는 데 우아한 방법이란 없었다. 좁은 조종실은 계기판, 미터기, 둥근 손잡이, 그리고 지시등으로 가득했다. 조종간에 앉아서 머리를 짜내고 있는 동안 무심코 어떤 것을 건드리는 짓은 결코 해서는 안 되는 일이었다. 기지의 사령관이 모의비행기 안팎에서 작업하는 동안은 헐렁한 바지를 입어도 좋다고 했을 때 모두는 환호성을 질렀다. 그 헐렁한 바지는 윗도리의 푸른색과 어울리도록 디자인되었다.

헐렁한 바지를 입고 나서야 수산은 조종실에 편하게 뛰어올라 앉을 수 있었다. 그녀는 모의비행기가 마치 진짜 비행기처럼 앞으로 빠르게 나아가고, 날아오르고, 좌우로 구르는 것처럼 느껴졌다. 비록 아래 세계와의 어떤 시각적 접촉도 없이 오로지 계기만으로 나는 것을 비행사들에게 가르치도록 고안된 비행기였지만, 그녀는 비행기를 날게 하는 데 아주 익숙하게 되었다. 비행 100시간을 기록하고 난 뒤 비행기는 그녀의 일부분이 되었다. 그녀는 '어둠 속에서'도 기계를 쉽게 조종하고 비행할 수 있다는 것을 느꼈다. 밤중이건, 짙은 안개가 끼었건, 구름이 잔뜩 끼었건 어떤 악조건 하에서도 마음대로 항공기를 조작할 수 있게 되었다. 수산은 비행을 하고 있지 않을 때면, 강의를 듣거나 시험을 치기 위해서 교실에 있었다. 시험은 끝이 없었다. 해군에서는 시험을 아주 중요하게 여겼다.

천만다행으로 수학은 수산에게 쉬워졌다. 삼각법과 미분학이 많았기 때문이었다. 그리고 공기역학, 물리학, 전기공학, 상송도법相送圖法, 파장, 사각 파장, 진폭, 주파수, 무전 탐지와 감시(Radio Detecting And Ranging)의 약자인 RADAR과 같은 새로운 용어들도 함께 배웠다. 또한 모스 부호 수업도 있었다.

수산은 비록 모의비행이기는 했지만 비행하는 것을 무엇보다 좋아했다. 그녀는 비행을 하는 동안 자유를 느꼈다. 만약 진짜 비행을 하게 해준다면 어떨까 하고 그녀는 생각했다. 모의비행 훈련을 하는 동안 수산

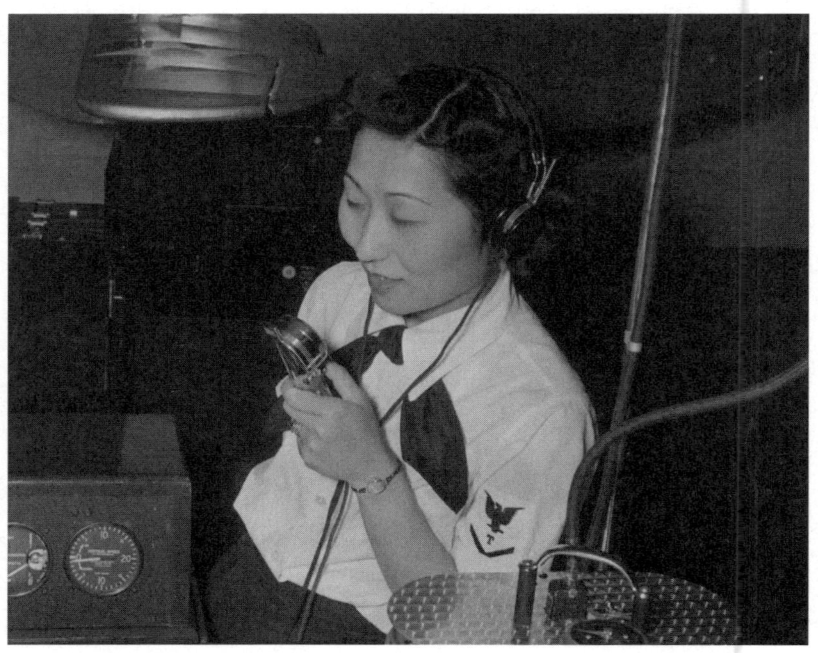

조지아 주 애틀랜타의 모의 비행훈련 학교에서. 1943년

과 조종사, 교관은 여러 대의 비행기와 산이나 탑과 같은 높은 지형, 그리고 다른 육상 목표들을 표시한 지도를 가지고 시작했다. 그녀의 임무는 탱고Tango 공항으로 비행하는 것이었다. 그녀는 매번 그런 것처럼 야간 비행을 위해 조종실로 기어 올라갔다. 거대한 훈련 기지는 계기판의 걸등으로 비추어진 붉게 빛나는 조종실을 제외하고는 대부분 어두웠다. 비행에 대비한 점검을 마치고 나면, 교관의 목소리가 이어폰을 타고 들려왔다.

"이륙 허가!"

이것은 어두운 활주로를 가속 질주하라는 신호였다. 이륙 후 수산은 마치 어두운 하늘에 오른 것처럼 탱고 공항에 항로를 맞추었다. 수평 비행자세로 들어간 후 그녀는 탱고 공항을 향한 진로를 두 번 점검했다. 모든 것이 잘 되었다고 생각되면 그녀는 조금 긴장을 푼다. 그러나 그 시간은 그리 길지 않았다. 해군은 어느 누구에게도 방심하는 것을 허락하지 않는다. 그녀가 예상한 대로 딱딱거리는 교관의 목소리가 귓속을 파고들었다.

"탱고 공항 폐쇄, 탱고 공항 폐쇄. 토네이도가 탱고 공항을 강타. 즉시 진로를 카사블랑카로 맞춰라."

수산은 카사블랑카가 탱고 공항의 정반대편인 180도 지점에 있다는 것을 찾아내고는 대답했다.

"알겠다."

그녀의 얼굴에는 미소가 번졌다.

'교관, 당신은 내가 카사블랑카를 쉽게 찾지 못하리라 생각하겠지.'

수산은 속으로 중얼거리며 첫번째 기지를 선회한 후, 좌현으로 심하게 기울기 전에 앞쪽의 산맥을 기어올랐다. 그녀는 너무 빠르지 않게, 균형을 유지하면서 왼쪽으로 기울여 기어올랐다. 지평선을 등지고 위쪽으로 선회할 때 조종간을 굳게 잡았다. 그 순간 그녀는 날개의 최고 상승력을 느꼈다.

모형 비행기가 아래의 정교한 피스톤 기계장치에 꽂혀서 움직이고 있다는 사실을 알고 있기는 했지만, 수산은 반사적으로 어디로 가고 있는지를 알기 위해 10시 방향으로 힐끗 쳐다봤다. 속도, 고도, 진로 등 모든 조작들이 '크랩crab'이라는 기계에 의해 교관의 지도 위에 기록되기 때문에 모든 것이 정확하지 않으면 안 되었다. 펜이 달린 게의 다리같이 보이는 그 기계는 수산이 한 모든 것을 보여주었다. 그러나 그 어떤 경우라 하더라도 그 근처를 얼씬거릴 수 없었다. 수산은 큰 어려움 없이 모든 실기시험과 필기시험을 통과했고, 교관의 자격을 땄다.

수산의 클라스는 모의비행 훈련을 발명한 링크 씨가 참석한 가운데 1943년 3월 27일 졸업식을 가졌다. 거기에서 링크 씨는 정작 주목을 받지 못했으나, 수산은 항상 그런 것처럼 주목을 받았다. 애틀랜타라고 해서 예외는 아니었다. 거리의 몇몇 얼간이나 식당의 그 녀석뿐만 아니라 거의 모든 사람들이 푸른 해군 제복을 입은 아름다운 동양 여인이 누구인지 알고 싶어 했다. 그녀의 독특한 외모를 제외하고서라도 그녀의 개방적인 마음과 생기에 찬 미소는 모든 사람에게 깊은 감명을 주었다.

특히 애틀랜타 〈컨스티튜션Constitution〉지의 기자인 제인 놀랜드 Jane Noland는 수산에게 매우 강한 매력을 느꼈다. 제인은 수산의 아버지에 대해 알고 나서는 더욱 흥분했다. 이 고집 센 기자는 수산의 아버지가 돌아가신 지 5주기가 되는 3월 10일경부터 수산의 뒤를 따라다녔다.

〈컨스티튜션〉지의 편집장인 제임스 프리스크는 졸업식날인 1943년 3월 27일 토요일 조간 1면에 제인의 기사를 실었다. 자연히 기사의 주된 화제는 수산의 아버지였고, 그 기사의 제목은 이렇게 적혀 있었다.

"한국 영웅의 핏줄, 자랑스럽게 웨이브의 대원이 되다."

굵은 인쇄 글씨의 제목과 함께 사진 속에서 노려보는 자신의 고습이 너무나 커서 수산 자신을 압도할 지경이었다. 그녀는 사진 속의 붓꽃 꽃병으로 마음이 유쾌해졌다. 그것은 충격을 부드럽게 해주는 것처럼 여겨졌다. 그 아래에 다음과 설명이 적혀 있었다.

"**안창호의 첫딸** – 일본과 싸우는 데 모든 생애를 바친 한국 영웅의 딸인 미국 태생의 안수산은 그녀가 웨이브 대원이 된 것을 '아버지가 자랑스럽게 여길 것'이라고 생각한다. 그녀는 오늘 여기 해군의 링크 훈련기 학교를 졸업한다. 그녀는 이제 미국 공군들을 가르치게 될 것이다."

그녀가 갑작스레 자신에게 쏟아진 관심에 익숙해지기까지는 한참의 시간이 걸렸다. 신문 기사 중에는 이런 그녀의 말이 인용되었다.

"우리 가족들은 항상 아버지의 정신을 실천하고자 노력해 왔어요. 비록 아버지가 자신의 전생애를 일본의 지배토부터 나라를 되찾는 데 바쳤지만, 아버지는 미국을 믿었어요. 1902년 미국의 민주주의를 배워 한국인들에게 돌려주기 위해서 여기 미국에 온 것만큼 말입니다. 나는 나의 이 유니폼을 입은 모습을 아버지께 영광스럽게 바칩니다."

그녀는 아버지와 조국에 대해 이야기할 때는 편하게 말할 수 있었다. 그리고 기분도 좋았다. 그녀는 아버지와 한국에 대해 아무것도 모르는 사람들에게 그들을 알리는 일에 다소의 의무감도 느꼈다. 애틀랜타에서뿐만 아니라 다른 모든 곳에서도 사람들은 항상 그녀가 무엇을 하는 사람이며, 고향이 어디냐고 물었다. 그러면 그녀는 항상 미소를 짓고는 오히려 그들에게 되물었다.

"당신은 내가 어느 나라 사람이라고 생각하세요?"

대부분의 사람들은 그녀의 도전적인 질문에 마지못해 대답했다.

"중국인? 일본인? 에스키모인? 인디안? 필리핀인? 사모아인?"

그들이 한국인이라는 답을 맞춘 적은 한 번도 없었다. 솔직히 말해 그들은 코리아에 대해 한번도 들어본 적이 없었던 것이다. 그럴 때마다 그녀는 숨이 막힐 것만 같았다. 답답한 그 마음만큼 수산은 코리아가 처한 곤경을 이해했다. 그녀가 자신은 한국 사람이며, 로스앤젤레스에서 태어났다고 말하면, 그들은 뒤이어 더 많은 질문을 했다.

"코리아는 어디에 있습니까?"

"왜 지금까지 코리아에 대해 들어본 적이 없었을까요?"

그러면 수산은 그들에게 일본의 지배를 받고 있는 코리아의 처지를 찬찬히 말해 주었다.

"코리아가 처한 상황을 깨닫기 전까지는 우리 아버지가 얼마나 큰 임무를 띠고 있었는지 여러분은 상상할 수 없을 거예요. 코리아는 1904년부터 일본의 지배 아래에 있었어요. 그 국민들은 자기 집안을 제의하고는 거리나 상점, 그리고 학교 등 모든 곳에서 일본말만을 해야 해요. 태극기는 볼 수 없고, 애국가를 부르는 것도 허용되지 않아요. 실제로, 태극기를 흔들었다는 이유로 여인들이 팔을 잘린 일까지 있었어요. 그들은 참으로 잔인해요. 여자, 어린아이 할 것 없이 누구든 잡아서 불구로 만들고 죽이지요."

수산이 참혹한 이미지들을 차례로 전할 때면 듣는 사람들은 믿을 수 없다는 표정으로 얼굴을 찡그리며 화를 냈다. 그들은 눈을 동그랗게 뜨고는 수산의 눈에 고정시켰다. 수산은 계속해서 말을 이어갔다.

"오랫동안 아버지의 독립운동은 너무나 희망이 없었어요. 27년 동안 아버지는 민주주의의 방식으로 한국민들을 교육시키기 위해 상해의 임시정부 일원으로 일했어요. 아버지는 유일한 무기가 조국을 믿고 따르는 것뿐이지만, 계속해서 싸우고 결코 희망을 잃어서는 안 된다고 사람들을 설득했어요.……아버지는 교육과 사상의 자유를 너무도 철저히 믿었기 때문에 그것을 위해 목숨을 바쳤어요. 지금 내가 확신컨대 아버지에게 더 힘들었던 일은 자신의 이상을 위해 싸우는 동안 여기 미국땅에 아내와 자식들을 남겨두어야 한다는 것이었을 거예요."

아버지를 둘러싼 모든 우울한 이야기들 때문에 수산은 언제나 긍정적인 분위기로 연설이나 인터뷰의 끝을 맺었다.

"최고의 동양인 배우 중의 한 사람인 내 오빠 필립 안은 코리아에 관한 영화에서 아버지의 역할을 맡을 거예요. 우리는 오빠를 자랑스러워합니다. 그는 아버지처럼 키도 크지간 사람을 강하게 끌어들이는 성격을 가졌어요. 사실 우리 모두는 중요한 일을 하고 있습니다. 내 여동생은 사회학을 공부하고 있고, 작은오빠 필선은 알루미늄 회사에서 화학자로 있습니다. 그는 너무도 중요한 일을 하고 있기 때문에 사람들이 그를 군대에 입대시키려 하지 않습니다. 막내동생은 고등학교에서 미식축구를 하느라 정신이 없습니다. 그리고 나는 최고의 직업을 선택했습니다. 해군에 입대했으니까요."

수산은 잘 훈련된 해군의 자신감으로 말을 마쳤다. 그것은 해군 장교들을 기쁘게 했을 것이다.

애틀랜타의 〈컨스티튜션〉지의 기자 제인도 그렇고 해군 장교들도 해군에 입대할 것인가 아니면 야구를 할 것인가를 놓고 그녀가 직면했던 갈등에 대해 전혀 귀를 기울이지 않았다. 그녀는 야구를 사랑했다. 그녀는 던지고 치는 데 기초가 잘 다져진 진짜 선수였다. 가수 빙 크로스비Bing Crosby의 크루넷Croonettes팀은 그녀를 초급대학의 선수로 뽑았다. 그녀는 지금까지의 선수들 가운데 가장 빠른 발을 가진 귀엽고 작은 동양인 2루수였다. 스카우터들은 그녀의 스피드, 재빠른 턴 동작, 더블 플레이를 시키는 무시무시한 팔, 볼을 보는 눈, 그리고 빨랫줄 타구를 날리는 멋진 수평 스윙에 감탄을 금치 못했다. 물론 그녀는 힘으로 치는 선수는 아니었다. 그녀에게 필요한 것은 오직 단타였다. 나머지 베이스는 도루로 진루했다. 그녀의 단타는 매번 3루타와 같은 것이었다. 그녀는 참으로 놀랍고도 뛰어난 선수였다.

아쉽게도 크루넷팀에서 수산은 학교 선수로만 뛸 수밖에 없었다. 만

로스앤젤레스 초급대학 야구팀과 함께 한 수산(뒷줄 왼쪽 끝) 1934년. "나는 상당한 실력의 2루수였어요. 사람들은 나를 팀의 주장으로 뽑았어요."

약 그녀가 직업적으로 시합을 한다면 아마추어의 신분을 잃게 되기 때문이었다. 그녀는 결정을 내려야 할 상황에 직면했다. 직업적인 야구 선수를 할 것인지, 아니면 샌디에이고 주립대학에 진학을 할 것인지. 해군은 그녀가 장교훈련학교에 지원했을 때 그녀를 떨어뜨렸다. 그녀의 두 번째 선택은 새로운 야구 리그에서 시합을 하는 것이었다. 이것은 수산과 같은 야구 선수에게는 꿈을 실현하는 일이었다. 그리고 그것은 그녀가 참으로 원하던 일이었다.

결국 그녀는 야구를 포기하기로 결정했다. 야구란 훌륭한 규수에게는 어울리지 않는 것이었다. 한국의 처녀에게는 더욱 그러했다. 만약 어머니가 수산이 생각하고 있는 것을 알았다면 맹렬하게 반대했을 것이다. 그녀는 아버지라면 뭐라고 말했을지 궁금했다. 만약 아버지만 살아 계셨다면 하는 생각이 그녀의 마음을 더욱 안타깝게 했다.

사실 수산은 먼저 신병 모집에 응하고, 그 후에 어머니에게 말했다. 어머니는 두 가지 점에서 기뻐했다. 하나는 어머니가 수산의 선택을 좋아한다는 것이고, 다른 하나는 수산이 허락을 받지 않고 스스로 결정을 내렸다는 것이었다. 만약 수산이 허락을 구하고, 그래서 어머니가 허락을 해주었다면, 분명 뒤따르게 될 모든 비판에 어머니가 책임을 져야 했을 것이기 때문이었다. 완고한 사람들은 틀림없이 비웃었을 것이다. 어떻게 딸을 해군에 보낼 수 있단 말이오? 도산의 딸을 말이오! 도산이 살아 있었다면 뭐라고 했겠습니까? 수산은 그 질문에 이미 대비하고 있었다. 아버지는 그렇게 하라고 격려하셨을 것이다. 아버지가 필립에게 가능하면 최고의 배우가 되도록 하라고 말씀하신 것처럼 "가능하면 최고의 웨이브 대원이 되도록 해라."라고 덧붙였을 것이다.

수산은 어머니의 찬성과 아버지의 확실한 동의를 믿었기에 마음이 편해졌다. 지금까지 그녀는 해군이 자신에게 부과한 모든 일에서 탁월한 능력을 보였다. 이것은 그녀의 소매에 황금색 줄무늬를 두른다는 것, 즉 그녀가 임관을 위해 노력해 왔다는 것을 의미했다.

그러나 먼저 마이애미의 해군 비행기지가 수산을 기다리고 있었다. 한 주일쯤 뒤 수산과 엘리스, 그리고 다른 두 명은 마이애미의 해군 비행기지로 떠났다. 마이애미! 그녀는 이제 넓은 바다에 가까이 가고 있는 것이라고 생각했다. 해군에 입대한 이래로 수산은 로스앤젤레스에서부터 아이오와의 씨다 펄스까지 내륙으로만 여행을 했다. 엘리스 역시 수산과는 반대방향이지만 뉴욕에서부터 아이오와까지 내륙을 여행했다.

조지아 주 애틀랜타의 중서부와 남부를 관통하는 기차를 타고 점점 더 대양에 가까이 갔지만, 아직도 여전히 내륙이었다. 이제 진짜 해군처럼 대서양의 마이애미로 향하게 되었다.

그들이 마이애미에 도착했을 때 한 대의 버스가 해변에서 멀리 떨어진 오파 로카Opa Locka라고 부르는 곳으로 그들을 데려갔다. 해군에서는 어떤 일을 하게 될지 수산은 궁금했다. 버스가 기지 안으로 들어가고, 그들은 새로운 집인 막사 단지에 도착했다. 그곳은 지금까지 보아온 막사들과는 달랐다. 그 막사는 돌로 만든 웅장하면서도 이리저리 가지를 뻗은 건물이었다. 그리고 거기에는 거대한 타워와 파티오(스페인식 집의 안뜰)가 딸린 아치형의 문이 있었다. 버스 기사는 그 건물이 도박을 하던 카지노였다고 말해 주었다. 수산은 버스에서 내리자마자 충격을 받았다. 우와 하는 감탄사가 절로 새어나왔다. 건물의 내부는 어마어마했다. 마치 박물관 같았다. 수산은 아치형 기둥의 꼭대기 높은 돔 형식의 천장을 보고는 벌어진 입을 다물 수가 없었다. 대리석 마루, 돌로 만들어져 이층까지 이어진 꼬불꼬불한 계단, 메아리가 울리는 홀은 그들의 넋을 빼놓았다. 그것은 씨다 펄스의 기숙사였던 애틀랜타의 5층자리 빌트모아 호텔을 능가하는 엄청난 구조물이었다. 그들은 거대한 막사를 보고 난 충격이 채 가시기도 전에 웨이브의 장교를 따라 그들의 숙소로 갔다.

여군들의 숙소는 일층에 있었다. 하나의 거대한 방안에는 이쪽 끝에서 저쪽 끝까지 더블베드가 일렬로 꽉 들어차 있었다. 다른 숙소들과 마찬가지로 사생활이란 있을 수 없을 것 같았다. 그들은 당혹감을 감추지 못했으나 가방에서 서둘러 물건들을 꺼내야 했다. 당장 본부기지에 신고하도록 되어 있었기 때문이었다.

그들은 지붕이 없는 셔틀 버스에 올라탔다. 본부기지로 가는 도중에 몇몇의 병사들이 소리쳤다.

"집으로 가, 우리는 너희가 여기에 있는 것을 원치 않아!"

엘리스와 수산은 그 말뜻을 단번에 이해했다. 웨이브 부대가 본부기지에서 남자들이 하던 일과 임무를 넘겨받고 남자들에게 바다의 임무를 맡기기 위해 조직되었다는 것은 잘 알려진 사실이었다. 웨이브 대원들이 도착했다는 것은 수병들이 배로 돌아가야 할 때가 가까워졌다는 것을 뜻했다. 그래서 수병들의 적대적인 태도를 이해할 수 있었다. 그후 한동안 아무도 그들에게 소리치지는 않았다. 그들이 탄 버스가 혼잡스러운 홀에 도착하자 남자들은 여자들이 치마를 두른 단순한 불평꾼이 아니라 전투기 조종사들에게 계기비행을 가르치도록 특별히 훈련을 받았다는 것을 알게 되었다.

해군 전투기 조종사, 그들은 F4F 와일드캣Wildcat을 조종하는 대담무쌍한 사나이들이었다. 수산은 항공모함 조종사들이 미드웨이 섬과 과

마이애미에 있는 미국 해군 항공기지의 해군 막사(1943년). "이곳은 내가 지내본 막사들 가운데 가장 환상적인 막사였어요. 이곳은 한때 플로리다 주의 오파로카라고 부르는 곳에 있었던 도박 호텔이었어요. 사실 우리는 오파로카에 본부를 두고 있었지만, 마이애미의 NAS로 알려졌어요."

달카날 섬의 전투에서 처음으로 제로스들을 어떻게 격추시켰는지 더서 특필한 기사를 읽거나 또 그에 대한 이야기를 듣는 것을 좋아했다. 지로스는 잘 훈련된 일본 조종사들로 빠르고 영리하게 날아다녔다. 전쟁 초기에 진주만을 공격했던 일본 조종사들은 중국과 인도네시아를 오가는 실제적인 경험에다 700시간의 비행 훈련을 기록하고 있었다.

미국의 조종사들은 새삼 일본의 조종사들과 비교되었다. 미국의 조종사들은 305시간의 비행 훈련을 마친 후 비행기를 배정받았다. 그리고는 제로스를 다섯 대 격추시키고 에이스(격추왕)가 되기를 희망하면서 창공으로 날아올랐다. 그러나 제로스는 쉬운 표적이 아니었다. 제로스는 자주 솟구쳐 오르는 기술을 사용해서 미군 조종사의 후미를 점령함으로써 속도에서 느린 와일드캣의 허점을 찌른다고 수산은 그녀의 생도들에게 말해주었다. 불리함에도 불구하고 미국의 조종사들은 제로스가 거의 방비를 갖추지 못한 곳, 특히 연료 탱크 주위가 취약하다는 사실을 찾아내었다. 일단 제로스가 솟구쳐 오르면 미국의 조종사들은 선호하다 제로스의 오른쪽을 향해 날아가 다가오는 제로스를 향해 불을 뿜었다. 미국의 조종사들은 와일드캣이 조종실 주변에 더 견고한 보호막이 있으며 구멍이 뚫려도 자동으로 메워지는 연료 탱크를 갖추고 있다는 것을 알고 있었다. 미군 조종사들은 제로스보다 더 많이 명중시킬 수 있었다. 미군 조종사들이 해야 할 일은 바로 제로스의 연료 탱크 주변을 공격하는 것이었다. 그렇게 되면 제로스는 순식간에 날아가 버렸다. 만약 그렇지 않으면 연료가 떨어져 퇴각하거나 격추되었다.

수산은 조종사들이 전투에서 있었던 이야기, 공중전, 출격, 그리고 그들의 임무에 대해 계속해서 늘어놓는 말을 들으면서 마음속으로 응원하고 있었다. 1942년 4월 미 전함 호네트Hornet호에서 발진한 B-25 전폭기로 두리틀Doolittle 장군이 도쿄 배후를 급습했을 때 수산은 얼마나 흥분했었는지 모른다. 그때는 수산이 해군에 입대하기 전이었다. 씨다 뜰스에 가기 8달 전이었고, 일본이 진주만을 습격한 4달 후였다. 이제 수산은 자신이 진정한 해군이 되었다는 것을 깨달았다.

1942년 6월의 미드웨이 해전에서의 승리는 그러한 사실을 다시 한번 확인시켜 주었다. 해군은 그녀를 위해 존재하는 것이었다. 수산이 씨다펄스에 도착할 즈음 신문, 방송, 학교의 교실, 그리고 브리핑에서 과달카날 해전에 대해 이야기하고 있었다. 해병대와 육해공군 사이의 최초의 합동작전은 일본의 본거지를 강타했고, 승리는 자명한 것이 되었다. 항복을 거부한 몇 명의 낙오한 저격수들을 구출하면서 시작된 과달카날 해전에서 승리한 때는 수산이 애틀랜타의 훈련소에 들어간 지 3주가 지난 후였다.

그러나 과달카날 해전은 길고도 엄청난 희생이 따른 전투였다. 수산이 좋아하는 와스프Wasp호와 호네트Hornet호는 해병대와 육군의 작전을 지원하는 과달카날 섬에 가까이 있는 솔로몬 군도에 있었다. 이어진 전투에서 순양함 쥬노Juneau호는 일본 잠수함의 어뢰를 맞고 설리반Sullivan의 다섯 형제들과 함께 사라졌다. 이 사건은 온 나라의 모든 신문의 머릿기사를 장식했다. 설리반 형제의 사건은 모든 사람에게 충격을 주었다.

수산은 조종사들이 가지고 돌아오는 영웅적 이야기를 듣기 좋아하는 것만큼이나 교관으로서의 침착함을 유지했다. 그녀가 그들을 가르치고 혹독한 훈련을 시키기 위해서는 교관과 학생 사이의 일정한 거리를 유지하는 것이 필요했다. 해군이 미드웨이, 과달카날, 그리고 코랄 씨Cora Sea 해전을 통해 깨달은 것처럼 훈련은 성공적 결과에 이르는 열쇠였다. 새로운 조종사들에게 전투 전 비행시간이 305시간에서 500시간으로 증가되었다. 당시 해군당국을 놀라게 한 것은 대부분의 사고나 손실이 이륙, 착륙, 그리고 다른 일상적인 은행중에 일어난다는 사실이었다. 다시 말해서 사고의 제일 원인은 바로 조종사의 실수라는 것이었다. 그래서 해군에서는 더 많은 초기 훈련, 더 많은 반복, 더 많은 추가 훈련을 요구했다. 이 모든 과정을 거쳐서 한 달에 8,000명의 훈련된 조종사를 해군에서 배출했다. 고참 조종사들은 추가 훈련을 받기 위해서 해군 기지를 교대로 오갔으며, 동시에 새로운 조종사에게는 주의해야 할 지침들을 내렸다. 이것은 하늘에서 우월한 기술을 유지하는 데 중요했다.

다른 한편 일본 해군은 모든 조종사들을 죽거나 아니면 피로 때문에 쓸모가 없어질 때까지 전선으로 내몰았다. 그래서 일본의 새로운 조종사들은 고참 전투기 조종사의 경험으로부터 아무것도 배울 수 없었다. 그들은 연료 탱크에 구멍이 났을 때 저절로 메워지는 장치를 장착한 것으로 제로스를 개선했다고 생각했다. 그러나 미쓰비시 공장에서는 엔진 부분에 쓰이는 특수 합금을 다 써버려서 무른 철로 만든 엔진을 장착한 새로운 제로스를 탄생시켰다. 일본 해군은 기존의 제로스와 새로운 제로스 모두를 잃게 되었다.

한편 미 해군은 F16F 헬캣Hellcat 전투기를 투입했다. 이 전투기는 와일드캣보다 한층 강력한 엔진을 장착하고 있었다. 조종사들은 우수한 장비와 보다 빠른 속도 때문에 헬캣을 좋아했다. 미 해군은 전투기의 문제점을 조사하고 그것을 해결하려는 노력에 더욱 힘을 기울였지만, 일본 해군은 그렇지를 못했다. 일본은 솔로몬 해전 동안 모든 항공모함 조종사를 육상기지의 작전으로 여러 번 이동시키는 실수를 저질렀다. 이것은 항공모함 작전에 있어서 조종사들의 경험을 무용지물로 만드는 것이었기 때문에 일본 해군에게는 치명적이었다. 항공모함에서의 작전은 꾸준한 훈련이 요구되는 것이기 때문에 미 해군은 몇 가지 경우, 마지못한 경우를 제외하고는 항공모함 조종사들을 육상으로 옮기는 것을 허용하지 않았다.

수산이 가르치는 조종사들은 훈련의 중요성을 이해하기는 했지만 모의훈련에서의 '비행'을 좋아하지 않았다. 그것은 진짜 비행기처럼 부드럽지 못하고 그 움직임이 경련을 일으키는 듯이 느껴진다고 그들은 불평했다. 그리고 사실 조종실은 남자에게 너무 좁았다.

하지만 그런 불평을 하면 수산은 냉정하게 설명하고는 그들을 훈련속으로 밀어넣었다. 그녀는 그들에게 밤이나 구름이 끼었을 때 '눈을 감고도 할 수 있는 비행의 중요성을 일깨워 주었다. 일본은 우리보다 야간 전투를 더 좋아한다고 그녀는 말했다.

"뭐라구요? 일본이 우리보다 더 좋아한다구요? 천만에요!"

"글쎄, 그건 내가 보고서에서 읽은 거예요. 과달카날에서 일본은 더 좋은 광학 장비를 갖추고 있었지만, 밤에 작전하는 것을 좋아한다고 보고서에 씌어 있어요. 지금 우리는 최신 레이더와 장비를 갖추고 있고, 일본은 그렇지 못해요. 이제는 우리가 야간 작전을 더 좋아해야 할 때가 아닌가요?"

조종사들은 대체로 이즈음에서 입을 다물고 계기들에 집중했다. 훈련기지는 빈 격납고 속에 자리잡고 있었다. 엘리스는 중이층中二層 지역에 늘어선 모의훈련기 가운데 하나에서 일을 하고 있었고, 수산은 모의훈련기를 이용해 항공 사격술을 가르치던 격납고 층 가운데 지어진 반원형 막사에 배정되었다. 반원형 막사는 어두웠다. 어떤 조종사들은 어둠을 이용해 예쁜 교관의 몸을 더듬었다. 수산은 이 장난꾸러기들을 떼어내지 않으면 안 되었다.

수산은 엘리스와 다른 교관들이 있는 중이층으로 달려 올라갔다. 그녀는 소파에 털썩 주저앉으며 해군 조종사들을 욕했다.

"이 녀석들은 구제불능이야!"

그녀는 이것이 어쩌면 그녀가 학생들에게 한 모든 농담에 대한 보복일지도 모른다고 생각했다. 엘리스는 큰 도움이 되지 못했다. 그녀는 조종사들의 익살맞은 행동에 대해 그저 웃기만 했다. 엘리스와 수산은 파

엘리스(1943년). "이 사람이 내 친구 엘리스예요. 그녀는 뉴욕 타임스의 편집장이 되기 위해 떠났어요."

티오에서 함께 많은 시간을 보내면서 서로의 가족에 대해서까지 속속들이 알게 되었다. 수산은 엘리스의 가벼운 놀림을 기꺼이 받아들였다. 그녀가 해군으로부터의 믿을 수 없는 소식을 엘리스와 함께 듣게 된 것도 바로 파티오에서 이야기를 나누던 동안에 있었던 일이었다.

수산은 흥분해서 수라에게 편지를 썼다.

"장교 훈련학교에 대한 나의 전망은 희망적인 것 같아. 우리는 6달 안에 장교 임관에 지원할 수 있을 거야."

수산에게 장교 훈련학교에 갈 수 있다는 소식은 굉장한 기쁨이었다. 해군 장교가 된다는 것은 샌디에이고 해군 당국에 의해 꺾였을 뿐 오래 전부터 꾸어온 그녀의 꿈이었다. 해군 당국은 그녀가 동양인이라는 이유로 장교 훈련학교의 지원을 거부했었다. 물론 그들이 그녀에게 그렇게 말한 것은 아니었다. 그들은 그저 이렇게 말했을 뿐이었다.

"우리는 당신의 경험 부족 때문에 지원을 받아들일 수 없습니다.'

그런데 그때 학교를 졸업하고 바로 지원한 다른 소녀들은 받아들인 반면에 학교를 졸업한 지 일년이 지났고 그 동안 일을 하고 있던 자신은 왜 거부했는지 그 이유가 그녀는 궁금했다. 그들은 그것에 대해 어떤 대답도 하지 않았다. 수산은 그 모든 일들을 완전히 잊었었다. 그런데 이제 다시 그 일이 생각났다. 그녀는 해군의 처사를 이해하려고 애써왔다고 생각했다. 해군은 아직도 그녀에게 가장 중요한 존재였다.

수산의 입에서 자신도 모르게 이런 말이 튀어나왔다.

"젠장맞을 해군!"

이 달은 해군에 대한 애증이 교차하는 그녀의 마음을 가장 잘 드러내는 것이었다.

오프르카에서의 평화로운 시절, 그들은 어려움 속에서도 재미있게 지냈다. 일요일이면 수산과 엘리스, 그리고 다른 교관들은 조종사들과 함께 소풍을 갔다. 그들은 땅바닥에 구덩이를 파고 불을 피워 핫도그와 마시맬로를 구워먹었다. 누군가가 기타를 치고 노래를 부르면, 나머지는 박자에 맞춰 손뼉을 쳤다. 조종사들은 노래를 지어 교관에게 바쳤다.

만약 링크라는 이름의 사내를 만난다면,
우리는 그를 술독 밑구멍까지 빠뜨릴 거예요.
하지만 이제 웨이브 대원들은 우리와 하나가 되었어요.
우리는 링크로 가지요, 마음 가득 농담을 담고서;
인터폰이란 물건,
더디트를 하거나, 주고받는 대화를 위한 것,
당신은 우리를 여우라고 하지요, 상관없어요,
당신은 그들이 반했다고 생각하나요,
우리의 속삭임에?
아니~에요!!!!

8

비행사격 교관

수산은 일요일을 기다렸다. 기상나팔 소리도, 점호도 없었기에 그녀
는 조금 늦잠을 잘 수 있었다. 기지의 교회에서 예배를 마치고 나면 교
관들과 조종사들은 가벼운 일반인의 복장을 하고 소풍을 가기 위해 모
였다. 그녀는 플로리다의 햇빛을 받으며 동료들과 편하게 지내는 것을
즐겼다. 한동안 어두운 훈련 기지를
벗어날 수 있다는 것과 몇몇 골칫거
리 조종사들의 더듬는 손길로부터
벗어난 것에 기분이 좋았다. 대체로
조종사들은 훌륭한 가문의 사람들이
었다. 수산은 그들의 세련됨을 좋아
했다. 그들은 지적이고 대담했다. 그
것은 바로 그녀가 가지고 있는 특성
과 같은 것이었다.

애틀랜틱 시의 NAS에서 시간을 내어 오토바이를
탔다(1944년).

그들은 마음 속 깊은 곳에 다른 군
인들과 똑같은 두려움을 숨기고 있었다. 죽을지도 모른다는 두려움, 동
료와 가족, 그리고 국가를 실망시킬지도 모른다는 두려움을 품고 있었
다. 또한 그들은 그러한 두려움이 훈련과 전투에서 비행을 하는 데 그들

의 의지를 방해한다는 것도 알고 있었다. 조종실에 앉아 벨트의 띠를 두르고 이륙을 준비할 때 그들은 두려움을 벗어던지고 그것들을 땅 속에 묻어버릴 준비를 했다. 빠르게 돌아가는 엔진은 그들의 뱃속을 울렁거리게 하고, 배기가스의 달콤한 냄새는 두려움 때문에 생기는 모든 악마들을 좇아버렸다. 반투명체가 되어 정신없이 돌아가는 프로펠러, 와일드캣고-헬캣의 메이커인 그럼만Grumman에 대한 자신감, 전투기와 관련한 남녀 기술자들, 그들의 능숙한 솜씨, 구멍이 자동으로 메워지는 연료 탱크, 기체와 날개에 박힌 대갈못, 끼워진 볼트와 너트, 기름 압축기, 연료운송 라인, 개스킷, 착륙 기어, 12.7밀리 육연발 자동총, 이 모든 것이 이륙의 순간 조종사와 하나가 되었다.

일단 이륙을 하고 나면 조종사들은 자신을 불사조처럼 여겼다. 그들은 1초, 아니 1/1000초가 삶과 죽음의 경계를 갈라놓는 세계 속으로 조종해 들어갈 준비를 했다. 문외한의 눈으로 보면, 그들은 위험 속에 몸을 던진 사람이며, 무모한 방법으로 물리학의 법칙에 도전하는 사람처럼 보였을 것이다. 사실 조종사들은 물리학의 법칙에 너무도 의지하고 있었다. 그들은 아슬아슬하게 고속에서 급회전을 하고, 공중제비를 돌고, 그리고 급강하를 할 때 뉴턴의 중력 법칙에 얼마나 많이 의지하고 있는지를 이해하고 또 느끼게 되었다. 지식과 훈련은 해군 조종사, 해병대 조종사, RAF 조종사들에게 와일드캣, 헬캣, 코르세어Corsair, 허리케인Hurricane, 그리고 토마호크Tomahawk 비행기들이 실어다 주는 하늘을 뒤지고 다닐 용기를 주었다.

수산은 그들과 그들이 살고 있는 3차원의 세계, 그리고 그 경계를 확장하려는 그들의 욕망을 이해했다. 그들은 똑같은 하늘을 지배하고자 하는 제로스들과 대비되었다. 그들의 생존 목적은 혁신과 끝까지 밀고 나가고자 하는 투지, 그리고 집요한 추구에 있었다. 그러한 정신이 하늘을 지배하는 정신이며, 그와 유사한 관점이 땅의 세계에서도 흘러넘쳤

마이애미의 NAS에서 두 명의 뉴질랜드 출신 RAF(왕립 공군 : Royal Air Force) 비행사와
포즈를 취한 수산(1943년). "우리는 그들을 모의비행 훈련기로 훈련을 시켰어요. 왼쪽의
조종사는 뉴질랜드 사람이었어요. 어느 해인지는 잊었지만, 내 아들 필립 커디가 럭비를
하러 일년간 뉴질랜드에 갔었어요. Lisie(Elise Barash)는 그 비행사와 계속 연락하고 있었
어요. 그래서 필립이 뉴질랜드에 있는 그의 집에 머물렀지요."

다. 아마도 그러한 정신이 어떤 조종사들에게는 오만의 형태로 나타난
다고 수산은 생각했다.

그러나 그녀는 몇몇 성가신 조종사들이 마음속으로 어떤 생각을 품고
있는지 확실히 알 수는 없었다. 그들이 스스로를 날개에 활과 화살을 장
착한 큐피드라고 생각하고 있는지 어떤지를 알 수 없었다. 만약 그들이
진심으로 수산의 마음을 얻으려 했다면 그들의 행동은 실패였다. 그들
이 무슨 짓을 하든 그녀는 그것을 받아들이지 않았을 것이다. 수산의 마
음을 얻는 일은 사격 표지판의 영점을 겨냥하고서 방아쇠를 당기는 방
식으로는 전혀 되지 않는 일이었다. 짓궂은 장난을 하는 몇몇 생도들은
수산에 대해 아무것도 몰랐다. 그들은 그녀를 단지 중국 인형처럼 볼 뿐
이었다. 그들에게 있어 그녀는 가끔 희롱할 수 있는 고상하고 매력적인

교관이었다.

전국적으로 인기 있는 잡지에 가끔씩 실리는 코리아에 관한 기사는 상황을 더욱 어렵게 만들었다. 그 잡지는 이른바 '한국의 매춘부'에 관한 기사를 실었다. 이 기사는 한국의 여인들은 대부분 매춘에 종사한다는 잘못된 인상을 심어줬다. 게다가 이 기사는 남자들로 하여금 매춘이 한국 여자들 사이에는 전국적인 유희라고 생각하도록 했다. 그래서 그들의 매력적인 교관도 같은 성향을 가진 것이 아닌가 하고 추측하게 되었다. 세상에서 최고의 조종사인지 아닌지는, 그들이 얼마나 빠르게 헬캣의 날개를 흔들 수 있는가 하는 것으로 평가하는 것과 마찬가지로 수산에게 그러한 성향이 있는지 어떤지를 알아내는 것으로 평가되었다. 한 마디로 그 잡지의 기사는 수산을 격분하게 만들었다. 한국 사회에서는 방종한 매춘을 결코 용납하지 않는다고 수산은 엘리스에게 말해 주었다. 유교 사회는 여자들에게 절대적인 순결을 요구하고, 매춘에 종사한 여인들은 혹독한 벌을 받았다. 한국은 일본의 지배하에 있었기 때문에 가난했다. 그러나 한국의 여인들은 생존을 위해서 몸을 파느니 차라리 죽음을 택했다. 한국 여인들이 순결에 대한 굳은 신념을 가지고 있다는 것을 알고 있는 수산으로서는 잡지에 그런 기사가 실린다는 것 자체가 너무도 당혹스러웠다. 그 당시 수산이 알 수 있었던 것은 그 기사는 뭔가가 잘못되었다는 것뿐이었다.

일본의 군대가 한국의 여인(약 15만 명 또는 그 이상의 여인)을 소위 '위안부'로 징발했다는 사실을 수산은 나중에서야 알았다. 그 여인들은 그들의 집이나 마을에서 강제로 붙잡혀 전선에 있는 일본 병사들을 위로하기 위해 버마, 인도네시아, 그리고 태평양의 여러 섬으로 수송되었다. 일본이 위안부 부대를 만든 것은 1937년 중국의 난징 대학살 직후였다. 난징 대학살은 일본 군인들이 미쳐 날뛰면서 2주 사이에 35만 명이라는 사람들을 살해한 믿을 수 없는 사건을 말하는 것이다. 그들은 그

과정에서 셀 수 없이 많은 여자들을 성폭행하고 살해했다. 그들든 잔혹한 행위로 신랄한 국제적 비판을 초래했다. 비록 대량학살과 잔혹한 행위가 그 시대에 흔한 일이었다고 하더라도 그런 야만적인 행위와 국제적 비판은 그들의 전쟁 목적, 즉 서구의 침공에 대항해서 전 아시아에 대한 일본의 지배력을 강화하려는 의도에 방해가 되었다. 그래서 도쿄에 있는 악당들은 군인들의 지칠 줄 모르는 성욕과 지배욕을 만족시키기 위해서 다른 수단을 강구하기로 결정했다. 더구나 일본군들든 처녀와 관계를 하면 적의 총탄을 맞아도 죽지 않는다는 어처구니없는 이야기를 믿고 있었다. 도쿄의 장군들은 그 미신을 군인들에게 말해줌으로써 더욱 확산시켰다. 그래서 그들로 하여금 한국의 여인들을 그런 신성한 보호막으로 삼게 했다. 한국의 어린 처녀들은 징발되어 집과 가족으로부터 수천 마일 떨어진 곳으로 급송되었다. 그들 중 수천 명이 배에 실려 과달카날 섬으로 보내졌고, 5만여 명의 일본 군인들이 도강치자 그들은 버려졌다.

　미군과 종군기자들에게, 이 버려지고 겁에 질린 한국의 여성들은 적의 군대를 위한 매춘부에 불과한 것으로 비쳐졌을 것이다. 그들은 그 여성들이 거기에 투입되기까지의 범죄적 음모에 대해서는 결코 생각이 미치지 못했다. 강제로 끌려온 위안부를 한국 매춘부들이라고 기사를 쓴 기자는 그곳에 있었을까? 수산은 의심스러웠다.

　2차 세계대전이 끝난 후 오랜 동안 일본 정부는 잔혹하고도 악질적인 분명한 증거에도 불구하고, 위안부는 전선의 임무를 위해 자원한 매춘부들이라고 강변해 왔다. 오늘날 많은 일본의 관리들은 2차 세계대전 동안 일본 군대에 의해 저질러진 잔혹한 행위들을 알고 있지만, 일부의 일본 학자들과 관리들은 여전히 그 여인들은 자원한 것이었다고 억지를 부리고 있다. 어떤 일본인들은 일본의 한국 점령은 한국인을 위해 좋은 일이었다고 주장한다. 그리고 그들의 중국 침공도 진정한 의미에서 침공이 아니었다고 주장하고 있다. 오늘날 일본의 어린이들은 일본의 한국 점령을 전혀 모르면서 자라고 있다. 그와 함께 난징 대학살과 진주만 폭격도 제대로 알지 못하고 있다. 어떤 일본인들은 일본과 미국이 전쟁으로 서로 싸웠다는 사실조차도 믿으려 하지 않는다.

수산은 조종사들을 전쟁에서 살아남도록 도와주고, 모의비행 훈련으로 어둠 속에서도 적을 볼 수 있도록 도와주려고 애쓰고 있음에도 불구하고, 그들이 왜 그녀에게 못되게 구는지 전혀 이해할 수 없었다. 그들의 행동은 수산이 야구장에서 멋진 솜씨를 보여주기 전까지 계속되었다. 그러나 그 이후로 그 남자들은 그녀를 다른 시선으로 보았다. 야구 시합에서 그녀는 만능이었다. 수산은 빨랫줄 같은 타구를 날리고, 힘든 땅볼을 걷어올리고, 아주 빠르게 베이스를 훔쳤다. 이것을 본 남자들은 벌어진 입을 다물지 못했다. 그때 이후로 남자들은 다른 이유로 그녀를 귀찮게 했다. 그들은 그녀를 자신들의 팀에 넣고 싶어 했던 것이다. 드디어 수산은 자신의 소망을 이루었다. 그녀는 해군에 있으면서 야구를 할 수 있게 되었다. 진짜 야구는 아니었지만, 정말 재미있었다.

해군과 야구…… 이 얼마나 절묘한 결합인가!

그러나 수산이 마음속 깊은 곳에서 원하는 것은 자신이 직접 제로스를 격추시킬 기회를 얻는 것이었다.

그녀는 비행에 대한 좋은 느낌을 갖게 해준 에드윈 링크라는 이름의 남자와 그의 발명품인 링크 훈련기에 감사했다. 그러나 그것은 결국 조종사들이 말하는 것처럼 푸르고 노란 상자일 뿐이었다. 그녀는 자신이 진짜 비행을 할 수 있는 때가 언제인가 하고 생각해 보았다. 만약 그녀 자신을 입증할 기회만 주어진다면, 그녀는 항공모함 엔터프라이즈 호에 있는 남자 조종사들만큼 잘 할 수 있을 것 같았다. 그러나 그녀는 그럴 수 없다는 것을 더 잘 알고 있었다. 아무리 훌륭하다고 해도 여자를 바다로 내보내는 것은 해군에서는 있을 수 없는 일이었다. 그녀는 자신의 지식, 즉석에서 생각하는 능력, 그리고 재빠른 반사 능력으로 스스로를 입증했다고 여겼다. 사실 그녀는 계기 비행에 관한 한 적극적이고도 유능한 조종사보다 앞서는 면이 있었다.

의심할 바 없이 적극적이고도 유능한 많은 조종사들은 우습게 생각하며 훈련기로 기어올라갔다. 그들의 교관인 수산이 훈련기의 뚜껑을 닫자마자 그들은 충격을 받는다. 모의조종이란 상황을 잊도록 해서 고도계, 비행속도 표시기, 수직강하 속도 표시기, 회전 속도계, 압력계와 같은 계기들에 집중하도록 하기 위해 의도적으로 고안된 꽉 조이는 제한된 공간은 가벼운 마음으로 훈련기에 오른 조종사들에게는 충격적이지 않을 수 없었다.

대부분의 경우에 수산은 쌍방향 인터폰으로 지시를 내렸다.

"앞으로 가, 추진기관 당겨, 이륙."

이러한 말들은 모형 비행기가 더 이상 쉽지 않다는 것을 알게 한다. 모형 비행기의 엔진이 만들어내는 회전력은 훈련생을 왼쪽으로 뜨게 한다. 그 힘은 조종사를 날려 버린다. 조종사가 전혀 그러한 힘을 예상하지 못했기 때문이다. 방향을 지시하는 회전나침판은 제어하지 못해 헛돈다. 그러면 시계바늘과 반대방향으로 도는 움직임을 바로잡기 위해 적극적이고 유능한 조종사는 오른쪽 방향 페달을 힘차게 밟는다. 뜨는 것을 바로잡지도 않고 오른쪽 방향 페달을 꽉 밟게 되면 훈련기는 오른쪽으로 거칠게 휙 돌아간다. 한편 비행속도계는 똑바로 서고, 훈련기의 박스도 붕 뜨며, 고도계는 수직거리를 가리킨다. 조종사는 90도 Z-도에서 곧게 뻗은 직선에서 이륙하고, 솟구치고, 활주하고, 회전할 때 당황하게 된다. 그럴 때 조종사는 조종 스틱을 밀어올리거나 잡아당겨 조종하려고 한다. 그러면 조종사는 자신이 조종 방해의 상황에 빠진 것을 발견하게 된다. 그 순간 조종사는 비록 인공적인 수평선이지만 그 위로 처박히지 않기 위해서는 재빨리 상승해야 함에도 불구하고 비행속도를 떨어뜨린다.

"당신은 지금 실속失速하고 있어요."

수산은 동정심이나 들뜸도 없이 사무적으로 말한다. 조종사는 필사적이 된다. 모의비행기가 장난감 박스이든 아니든, 조종사는 그것이 빙글빙글 돌며 급강하하는 것을 원하지 않는다. 그의 자존심은 충돌하게 해서는 안 된다고 하지만, 그러나 그는 수평선 아래로 곤두박질친다. 수산은 인터폰으로 알려준다.

"당신은 지금 수심 100미터 아래에서 비행하고 있습니다."

적극적이고 유능한 비행사들의 자존심은 여지없이 뭉개진다. 그들은 추락한 원인을 땀을 흘리게 하는 상자와 같은 이 기계 탓으로 돌린다. 그들은 계기 비행의 첫 단계에서조차 통과하지 못한 것이다. 그들이 비행 박스에서 어떻게 비행했는지를 수산이 보여주면 그들은 겸손해졌다. 그들은 고정된 모의비행 기계의 훈련을 통과하기 위해서는 수산의 도움을 필요로 했다. 해군은 훈련중인 조종사들에게 새로운 무선항법 장비를 장착한 실제 비행기를 운행하게 할 만큼의 충분한 비행기의 수를 갖추지 못했다. 조종사의 실수가 여전히 추락의 제일 큰 원인이었고, 그 수도 가장 많았다.

해군은 새로운 시스템 때문에 실제 비행기와 조종사들이 위험에 빠져드는 걸 원치 않았다. 조종사들로 하여금 땀을 흘리게 하는 상자인 모의비행기가 그 답이었다. 조종사들이 태평양이나 유럽의 전쟁터에서 더 나은 활약을 보이려 한다면, 그들은 이 과정을 거쳐야만 했다.

그녀는 이제 항공사격 모형기라고 불리는 새로운 모의장치로 항공사격의 패턴을 익히는 중이었다. 거기에서 그녀는 공중전과 공격 돌진의 대형으로 비행했다. 실물 크기의 조종실 속 머리 위의 영사기들은 조종사를 조종석에서 꼼짝 못하게 하고서 소용돌이치듯 빙글빙글 돌아가는 하늘의 실제 장면, 즉 빠르게 움직이는 하늘의 영상을 펼쳐보였다. 그것을 보는 순간 머리가 어질어질하게 된다. 이러한 영상은 가상일지 모른다는 의심을 한꺼번에 날려버린다. 빠르게 높이 솟아오르면 단번에 공격의 위치로 미끄러져 들어가게 된다. 그렇게 되면 전투 비행과 연관된 모든 전술들과 곧장 접속된다. 그 전술들이란 너무도 많다! 수산은 그렇게 많은 다양한 패턴들이 있다는 것을 미처 알지 못했다. 그녀가 모든 패턴을 배우는 데는 한동안의 시간이 걸렸다. 그것도 그녀가 짧은 시간 안에 하나의 패턴을 인식하는 요령을 가졌기 때문에 가능한 일이었다. 즉각적인 인식은 필수적이었다. 야구장에서와 마찬가지로 자신의 위치, 동료의 위치, 적의 위치를 항상 알고 있어야 했다. 그것은 공중 전투에서 생존을 의미하기 때문이었다. 그녀는 자신이 야구에서 개발시켜 놓은 고양이와 같은 민첩한 반사 능력에 의존했다. 아군과 적군 사이에서 자신은 어떤 관계의 위치에 있으며, 어느 쪽으로, 얼마만큼의 속도로 날아야 하며, 서로서로 얼마나 멀리 떨어져 있어야 하는지를 순식간에 보고 마음속에 떠올렸다. 하늘의 한가운데서 벌어지는 미친 듯한 움직임은 때때로 통제할 수 없는 것처럼 보였다. 그러나 학습된 눈으로 혼돈 속에서도 유리한 패턴인지 불리한 패턴인지를 읽어냈다.

제로스들은 배후로부터 접근하는 것을 좋아했다. 그들의 전체 패턴은 결국 자신들의 20밀리 기관포에 유리한 후방의 위치를 점령하는 데 있었다. 그들은 상대를 향해 선회했고, 그 선회는 점점 더 가깝고 점점 더 빨라졌다. 이러한 작전을 깨뜨리는 비결은 이 사실을 깨닫고 그들이 미군 비행기 쪽으로 선회하지 못도록 하는 것이었다. 그래서 대형, 대형을 유지하는 것이 중요했다. 이런 까닭에 항공사격 모형기는 그녀에게 더 잘 어울렸다. 그녀는 비록 그 표적이 제로스, 케이츠(Kates, 진주만에 퍼부은 일본의 어뢰), 가미가제라고 믿도록 만든 것에 불과하지만, 진짜와 다름없다는 생각으로 표적을 주시했다. 그녀는 이 공항에서 저 공항으로 단순히 비행하는 것보다 표적을 추적하는 것을 더 좋아했다. 새로운 헬캣은 꿈의 비행기였다. 그것은 와일드캣보다 빨랐고, 심지어 제로스보다 빨랐다. 그리고 헬캣은 몇몇의 와일드캣 조종사들이 한 것처럼 제로스가 물러서기를 기대하면서 싸울 필요가 없었다. 헬캣은 비록 제로스가 그 꽁무니에 온다고 해도 쉽게 제로스로부터 달아날 수 있었다. 그러나 이 전투기는 아직도 와일드캣처럼 함께 어울려 싸우는 시스템에 기초하고 있었다. 그래서 항상 후원자를 두고 전투에 임해야 했다. 만약 전투하는 사람이 배후를 점령당하면 그 상황에 부속되어 있는 오른쪽 또는 왼쪽 사람에게로 선회하여 12.7밀리 6연발 기관포를 가진 파트너의 사격선 안으로 제로스를 끌어들였다. 헬캣의 기관포는 제로스의 20밀리 기관포와 비교해서 더 작았지만, 더 큰 기관포를 필요로 하지 않았다. 새로운 제로스는 방호기관이나 저절로 게워지는 연료 탱크를 여전히 갖추고 있지 못했다. 일본은 가능하면 비행기를 가볍게 만들려고 했기 때문에 조종실과 연료 탱크 주변에 무거운 방호판을 없앴다. 결국 그들은 속도를 위해서 조종사의 안전을 희생시켰고, 그래서 빠른 속도조차 견혀 쓸모가 없게 되었다. 새로운 강력한 엔진을 장착한 헬캣은 제로스를 10대 1의 비율로 여지없이 격추시키는 전과를 올렸다.

태평양 상공은 뉴질랜드와 오스트레일리아 출신의 로얄공군 조종사들과 함께한 미국 조종사들의 영역이었다. 해군의 헬캣과 해병대의 코르세스Corsairs 사이에서 한때 강력한 힘을 자랑했던 일본의 공군력은 맥을 추지 못했다. 일본의 공군력은 일본이 대한제국을 합병한 것과 같은 해인 1910년 유럽에 가서 비행술을 배우고 돌아온 두 명의 육군 장교로부터 시작되었다. 일본은 2년 뒤에 유럽으로부터 두 대의 비행기를 들여왔고, 그것으로 해군과 공군을 창설하여 1941년 12월 7일 진주만을 폭격한 시점에 그 절정을 이루었다. 그 즈음에 일본은 10척의 항공모함, 11척의 전함, 18척의 중순양함, 17척의 경순양함, 104척의 구축함, 그리고 67척의 잠수함과 함께 6,946명의 공군을 보유하고 있었다. 진주만을 무력화시킨 것은 태평양에 있던 주력 함대의 하나였다. 일론은 거의 아무런 저항을 받지 않았다. 전쟁이 시작되자마자 히로히토의 전쟁 기계와 같은 군대는 미친 듯한 속도로 진격했다. 그래서 불과 6개월 사이에 알류샨 열도에서 북쪽으로 뻗어나가고, 뉴기니 섬에서 남쪽으로 뻗어나가 약 6,000마일의 너비와 5,000마일의 폭에 이르는 광대한 영토 확장을 이루었다.

도쿄 정부의 통제를 받는 일본 육군 장성들은 가능한 한 멀리까지 그들의 영토를 확장시켰다. 그들은 자신들에게 호의적인 사람들로 식민정부를 수립하면 통치가 가능하다고 믿고 있었다. 어쨌든 똑같은 이론이 이전에는 성공적으로 수행되었었다. 청일전쟁(1894년에서 1895년까지 대한제국에서 벌였던 싸움)에서 시모노세키 조약을 이끌어내었다. 거기에서 그들은 '승리자의 안녕'을 보장하게 했다. 역사적으로 (비록 상전의 나라와 같은 측면이 많기는 했지만) 한국의 협력자였던 중국은 조선의 일을 더 이상 간섭할 수 없게 되었다. 일본이 조선 내에서 중국의 간섭 없이 그들이 원하는 것을 무엇이든 자유롭게 하도록 중국은 내버려둘 수밖에 없게 되었다. 공식적으로 중국은 대한제국의 독립을 승인했다. 중국 또한 대한제국의 북서쪽에 인접한 랴오뚱 반도와 함께 Formosa 섬(타이완)과 팽호澎湖 열도를 넘겨주어야만 했다. 나중에 일본은 독일·프랑스·러시아 연합의 항의로 랴오뚱 반도를 포기했다. 그리고 러일전쟁(1904-1905년, 만주에서의 싸움)에서 일본은 포츠머스 조약을 이끌어냈고, 이 조약에서 대한제국에 대한 그들의 권리를 획득했다. 러시아로부터는 랴오뚱에서의 조차권과 함께 석탄이 풍부한 사할린 섬의 남쪽 절반을 차지했다. 일본과 러시아 양측은 만주로부터 각자의 군대를 철수시키고, 중국에 돌려주는 데 합의했다. 만주는 나중에 독립국 만주국이 되었지만, 일본의 꼭두각시 통치자에 의해 지배되었다. 그 뒤 만주는 일본 군대의 중국 침공을 위한 발판이 되었다. 1932년, 즉 도산이 상해에서 체포되던 그해에 일본은 만주를 완전히 정복했다. 이에 대해 중국이 일본에 대한 경제적 보이콧으로 대응하자 일본은 상해에 군대를 상륙시켰다. 중국은 국제연맹에 호소했으나, 연맹국들은 힘이 없었다. 세계의 강대국들은 자국이 직면한 불경기와 그들 자신의 문제와 싸우고 있었다. 그래서 그들은 말하는 것 이상의 아무것도 해줄 수 없었다. 일본은 아무런 방해도 없이 일을 추진하도록 허락받은 셈이 되었다. 그들은 그 친 개처럼 계속 진군하여 베이징, 상하이, 난징까지 정복했다. 1940년쯤 일본 군대는 북부 인도차이나까지 쳐들어갔다.

일본은 과거 중국, 필리핀, 버마, 인도, 그리고 심지어 페르시아 만에서처럼 가능한 한 많은 영토를 차지해두면 나중의 조약으로 그들에게 우호적인 식민지인들의 정부를 세우면 된다는 이론을 믿고 계속 밀고 나갔다. 일본은 중국과 수마트라의 유전을 차지하려고 했다.

그러나 바로 그때 미국이, 즉 히틀러가 유럽을 삼키고 미국이 기댈 수 있는 쪽이자 가장 긴밀한 동맹국이었던 영국을 침공할 때조차도 중립을 견지했던 바로 그 미국이 길을 막고 나섰다. 시어도어 루스벨트(포츠머스에서 일본의 한국 통치를 승낙해준 대통령)의 사촌인 프랭클린 델레이노 루스벨트 대통령은 미국이 전쟁을 피해갈 수 있도록 하려고 애썼다. 그러나 진주만이 그 모든 것을 바꾸어 놓았다. 미국과 친한 몇몇 일본 관리들이 도쿄의 육군 장군들에게 경고한 것처럼 '잠자는 사자'를 깨웠던 것이다. 루스벨트 대통령은 일본에 대해 전쟁을 선포하고, 미국은 공식적으로 2차 세계대전에 들어갔다. 일단 미국 스스로가 공언한 이상 후퇴란 있을 수 없었다. 미국인들은 진주만의 복수를 원했다. 미국은 일본이 제시한 어떠한 종류의 협상에도 다주하려 하지 않았다. 일본이 항복하지 않는 한 만족이란 있을 수 없었다.

무조건적인 항복이 동맹국들의 목적이었다. 수산은 이 소식을 듣고 기뻤다. 만약 일본이 억지로라도 미국과 그 동맹국들에게 협상과 같은

화의를 하고자 한다면, 일본은 중국을 자신들의 지배 아래 두고자 할 것이고, 대부분의 경우와 마찬가지로 한국 또한 그럴 것이 확실했다. 수산이 생각하기에 한국이 독립의 기회를 갖기 위해서는, 연합국들이 일본을 완전히 패배시키는 것밖에 달리 길이 없었다.

수산은 하늘을 제압할 수백 명의 조종사와 사관생도들을 훈련시키는 것이 자신이 할 수 있는 최선의 일이라고 생각했다. 수산이 마이애미 해군기지에서의 근무기간을 마칠 때쯤, 맥아더MacArthur 장군은 남서태평양 전체에서 가장 잘 요새화된 일본 기지들 중의 하나인 뉴기니의 북동쪽에 있는 라바울Rabaul 주변에서 "수레바퀴 작전Cartwheel Operation"을 효과적으로 수행하고 있는 중이었다. 그 작전의 거념은 라바울을 직접적으로 공격하는 것보다 섬들을 끼고 있는 연합국들과 함께 포위한다는 것이었다. 그때 미 해군은 비행기로 라바울에 있는 일본의 항공모함을 급습해서 그들의 공군력을 파괴하는 일을 했다. 그 습격으로 일본의 전함들은 쫓겨났고, 그로 인해 10만의 일본 군대가 고립되고 보급품이 차단되었다.

신문들은 수레바퀴 작전과 같은 미국의 반격 기사들로 가득 채워졌다. 수산은 그런 기사들을 읽으며 즐거워했다. 수산과 엘리스는 그들이 대화를 나눌 수 있는 유일한 장소인 파티오 밖에서 많은 시간을 보냈다. 그들은 〈마이애미 헤럴드〉지와 주요 신문들을 함께 읽으면서 소다수나 커피를 앞에 두고 가족의 역사를 서로 이야기했다. 그들 주위는 온통 전투기들이 기지의 활주로에서 이륙과 착륙 연습을 하면서 내는 굉음들로 가득했다. 그 엔진들의 굉음 사이에서 수산은 아버지와 가족에 대한 이야기를 엘리스에게 들려주었다. 대부분의 미국인들과 마찬가지로 엘리스도 이전까지는 대한민국에 대해 들어본 적이 없었다. 단지 중국과 일본에 대해서만 이야기를 들었을 뿐이었다. 엘리스는 수산이 기호가 있을 때마다 대한민국과 그녀의 아버지에 대해 이야기하는 것을 기꺼이

들여주었다. 공교롭게도 해군은 수산의 배경에 대해 큰 관심을 가져주었고, 그녀가 그것을 기자들에게 이야기하고 모임에서 연설하도록 격려해 주었다. 해군에서는 수산에게 사진사 한 사람을 배당해 주었고, 사진사는 일할 때도 그녀를 따라다녔고, 심지어 휴식 시간 동안에도 따라다녔다. 그들은 해군에 입대한 동양 여성인 수산을 부각시키고 싶어 하는 것처럼 보였다. 수산이 동양인이라는 이유로 장교후보학교의 지원을 거부했던 해군이 이제는 그녀가 공식적으로 드러나고 웨이브 대원으로서 그녀의 생활을 이야기해 주기를 원했다. 그것이 그녀와 엘리스에게는 모순적이고 수수께끼 같은 것으로 생각되었다.

"그, 이런, 그게 해군이잖아."

수산이 어깨를 으쓱하며 말했다. 엘리스도 따라 어깨를 으쓱하며 웃었다.

"그래, 그런 게 해군이지."

수산이 마이애미 해군 항공기지에서 판에 박힌 생활에 안주하고 있을 무렵, 하와이의 MI8 부대에서 야마모토 제독이 솔로몬 군도에 있는 일본 군대를 순회 시찰할 계획이라는 암호문을 가로챘다. 이소로쿠 야마모토는 일본제국 해군에서 상당히 중요한 지도자였다. 그는 진주만 폭격 작전을 수립하고 태평양 전역에서 수많은 작전을 수행한 인물이었다. MI8 부대는 미 해군성 Op20G의 비밀첩보 기관이었다. 1943년 4월 13일 그 암호문이 전해질 때 그곳에는 뒤에 남편이 될 프랭크 커디가 배치되어 있었다. 암호문은 신속하게 사령부로 전송되었다. 니미츠Nimitz 제독은 야마모토를 사살하기 위해 P-38 전투기 대대를 급파시켰다. 비행대대는 4월 18일 과달카날의 헨더슨Henderson 공군기지에서 이륙하여, 두 대의 베티Betty 폭격기와 제로 호위기로 구성된 야마모토 일당과 만나게 될 솔로몬 군도로 향했다. 미국의 P-38 비행대대는 일본군 일행을 제압하여 그들 모두를 격추시키고 야마모토를 사살했다. MI8 부대는 1년 전 미군에게 미드웨이 해전에서 승리의 함성을 올리게 한 또 다른 결정적인 암호문을 가로챔으로써 유명해졌었다.

　마이애미의 수산과 하와이의 프랭크는 너무도 멀리 떨어져 있었다. 그들은 전쟁에서 각자가 맡은 일을 해나가고 있었다. 수산은 조종사들을 훈련시키고, 프랭크는 암호문을 청취했다. 그들은 전쟁이 끝날 때까지 서로 만나지 못했다.

9

해군 소위 안수산

수산은 1943년 8월 매사추세츠 주의 노스햄프턴에 있는 장교훈련소로 떠났다. 그녀가 장교훈련소가 있는 스미스 대학 교정에 도착했을 때, 기자들이 곧바로 그녀를 찾아보았다. 해군사관생도 안수산은 이제 포즈를 취하고 인터뷰를 하는 입장이 되었다. 그녀는 새로운 기삿거리와 새로운 얼굴

매사추세츠 노스햄프턴의 스미스 대학에 있는 장교훈련 학교(1943년 8월).

을 찾고 있던 기자들을 매료시켰다. 수산은 기자들이 찾고자 하는 바로 그런 인물이었다. 빛나는 견장과 리본을 갖춘 웨이브 대원의 제복을 차려 입은 그녀의 모습은 신문 지면을 멋지게 장식했다. 신문에는 제복을 입은 그녀의 매력적인 모습뿐 아니라 여러 가지 다른 각도에서 조명한 특별한 기사들이 있었다.

기자들에겐 우선 제복을 입은 여성을 보는 것 자체가 특별한 사건이었다. 그들은 특별한 관점에서 그녀에 대해 취재했다. 한국 여성이 어떻게 그 해군의 일원이 되었을까? 애틀랜타의 식당에서 창문 밖으로 수산

이 걸어가는 것을 보고서 거의 심장마비를 일으키려 했던 남자처럼 대부분의 미국인들은 미 해군 제복을 입은 동양 여성을 생각해 본 적이 없었다. 이것이 그녀가 그 당시의 미국인들을 당황하게 한 이유 같았다. 웨이브 부대가 처음 생겨날 당시에 수산은 웨이브에 맨 처음 지원한 그룹의 일원이었다. 그녀의 부모도 결혼한 몸으로 미국땅에 상륙한 최초의 부부였고, 그들의 가족도 미국땅에 뿌리를 내린 최초의 가족 중의 하나였다. 필립은 미국에서 출생한 한국 후손의 최초의 자녀 중의 한 사람이었고, 필선과 수산이 그리 오래지 않아 뒤이어 태어났다. 그 당시 미국인들 대다수는 거의 한국인들을 볼 기회가 없었다. 씨다 펄스, 아틀랜타, 마이애미, 그리고 이 도시들 사이에 있었던 모든 곳과 지금의 노스햄프턴에 사는 사람들은 한국인을 처음 보았던 것이다. 수산의 아버지 도산은 한국인이 있는 곳이라면 미국 어느 곳이라도 가리지 않고 다녔을 만큼 많은 여행을 했지만, 그는 수산이 간 곳과 같은 곳을 다니지는 않았다. 이런 의미에서 수산은 그녀에게 붙어 다니는 여러 가지 다른 '최초'라는 수식어들 가운데 다시 최초가 되었다.

해군사관학교의 생도로서 스미스 대학에 발을 들여놓은 최초의 한국인이라는 것은 새로운 집단의 사람들, 즉 새로운 장교들, 새로운 교관들, 새로운 사관생도들, 새로운 학급 친구들, 새로운 도시의 사람들에게 그녀는 사절使節이며, 대사이며, 선구적 전도사라는 것을 의미하는 것이었다. 수산이 기자들의 질문에 대답하기 시작하자 기자들은 그녀가 사투리의 흔적이 전혀 없이 완벽한 영어를 구사한다는 사실에 깜짝 놀랐다. 기자들에게 그녀는 보스턴 출신의 이웃에 사는 여성처럼 여겨졌다. 곧 그들은 받아 적는 것을 그만두어야만 했다. 왜냐하면 그녀는 다만 그들이 귀기울여 들어야 할 존재였기 때문이었다. 그녀는 더 이상 독자들을 위해 글을 써야 할 화제의 대상이 아니라, 진정으로 알려주고 싶은 그런 인물이었다. 얼마 지나지 않아 인터뷰는 대화로 바뀌었다. 오히려 기자들이 수산에게 자신들의 이야기를 들려주었다. 그들이 어디에서 태어났으며, 얼마나 많은 형제자매가 있으며, 그들의 이름이 무엇이며, 군복무를 어느 분야에서 했으며, 그리고 근무지가 어느 곳이었으며 하는 등등의 이야기를 수산에게 해주었다.

잠시 후 수산은 기자들과 다시 인터뷰를 계속했다. 가끔 기자들은 하려던 말을 멈추고는 이렇게 말했다.

"누가 누구를 인터뷰하고 있지?"

기자들은 마치 오랜 친구가 된 것처럼 허물없이 웃었고, 수산은 그녀의 형제자매들에 대해 이야기했다. 랄프는 고든 리그에서 통할 수 있는 로스앤젤레스의 뛰어난 미식축구 스타이며, 고등학교를 졸업하면 해군에 입대할 예정이라고 수산은 말했다. 필선은 캘리포니아 버클리 대학을 다녔고, 비행기를 만드는 데 필요한 알루미늄 주물 회사에서 일하는 화학자이며, 육군에 들어가기를 원했지만 윗이 그를 놓아주지 않았다고 수산은 말했다. 그의 작업은 군사방어 시스템에서는 아주 중요한 일이라고 덧붙였다. 필립은 게리 쿠퍼가 주연으로 나오는 세실 B 데밀 감독의 새로운 천연색 영화인 〈Story of Dr. Wassell〉을 마치면 육군에 입대할 계획이라고 말했다.

"여동생은 어떤가요?"

수산이 남자 형제들에 대해서만 말하자 누군가가 여자 형제에 대해 물었다. 수산은 여동생 수라에 대해 이렇게 말했다. 수라는 재능 있는 무용가였다. 그녀가 대여섯 살쯤 되었을 때 누군가가 그녀에게 무용 장학금을 주겠다는 제안을 한 적이 있었다. 그러나 무용은 한국 여자에게는 할 수 있는 일이 아니었다. 아버지가 상하이에 있어서 사정은 더욱 좋지 않았다. 만약 아버지가 있었다면 허락했을 수도 있었다. 아버지는 예술에 조예가 깊었다. 여동생은 USC에 다니고 있으며, 아시아 관련 학문들을 부전공으로 하면서 사회학을 전공했다. 최우수로 졸업한 수라는 참 멋진 여성이며, 앞으로 화학 실험 연구실에서 일할 계획이라고 수산은 덧붙였다.

"당신의 아버지는 상하이에서 무슨 일을 하고 있습니까?"

아버지에 대한 질문에 수산은 이렇게 대답했다. 아버지는 대한민국 임시정부의 각료로 내무장관, 노동장을 겸하고 있었다. 임시정부는 일본으로부터 한국의 독립을 되찾기 위해 설립되었다. 일본 경찰은 폭탄 투척 사건과 연관시켜 1932년 상하이에서 아버지를 체포했다. 그것은 조작된 체포였다. 아버지는 프랑스 조차지에 사는 친구를 방문하는 중이었다. 일본은 거기에서 아버지를 체포했고, 프랑스는 일본이 아버지를 데리고 가도록 내버려두었다. 프랑스인들이라고 어쩔 수 있었겠는가! 그들 역시 선택의 여지가 없었을 것이다. 그렇게 하지 않았다면, 일본은 프랑스와 싸우려 들었을 것이다. 오빠 필립은 아버지를 대신하여 미국의 상하원 의원들에게 편지를 쓰고 전보를 보내며 접촉을 가졌다. 그들은 프랑스 영사관, 파리의 프랑스 정부, 워싱턴의 국무부 등 그들이 생각할 수 있는 모든 곳에 탄원했다. 임시정부에서는 아버지가 한때 중국 국적을 가지고 있었기 때문에 중국 정부에 탄원서를 제출했다. 그러나 중국 정부도 일본에 대해 어떤 조치를 취할 힘이 없었다. 일본은 아버지가 일본 국적을 가졌기 때문에 일본법에 따라 처리되어야 한다고 주장했다. 모두가 이 문제에 대해 속수무책이었다. 그녀는 그 당시 겁에 질린 17살의 소녀에 불과했다고 말했다. 그녀는 귀가 잘려나간 남자의 사진과…… 잘려진 머리의 사진으로 악몽에 시달렸다고 말했다.

"일본인들이 당신의 아버지에게 무슨 짓을 했습니까?"

그들은 아버지를 이른바 평화유지법을 어긴 혐의를 씌워 재판을 위해 한국으로 이송했다. 사람들은 그 소식을 듣고 아버지를 보기 위해 부두에서 줄을 서서 기다렸다. 아버지는 죄인으로 대한민국에 돌아오기를 원치 않았다. 아버지는 자유로운 대한민국에 자유인으로 돌아오기를 원했다. 일본 군인들은 사람들이 부친에게 접근하지 못하게 했다. 어떤 기자도 아버지에게 가까이 갈 수 없었다. 사람들은 서울로 가는 길을 따라가며 눈물을 흘렸다. 그들은 서울의 감옥에 아버지를 투옥시켰다. 당신들은 그 일을 상상할 수 있는가? 일본 정부가 왜 평화유지법을 만들었을까? 물론 그것은 어떤 종류의 독립운동이든 그것을 막기 위해 만든 조작된 법이었다. 그 얼마 전인 1926년경에 아버지가 필리핀을 방문했을 때, 필리핀이 미국의 식민지였음에도 불구하고 도처에 필리핀 국기가 내걸려 있었지만 미국 측에서 어떤 간섭도 하지 않는 것을 목격했다. 그래서 아버지는 필리핀 사람들을 부러워하기까지 했을 정도였다. 당시 한국에서는 누구든지 태극기를 게양하면 목숨을 잃어야 했다. 일본 군인들이 국기를 게양한 사람에게 총과 칼을 들고 몰려들었다는 뜻이다. 아버지는 미국과 일본 사이의 엄청난 차이를 알게 되었다. 그래서 아버지는 이 점에 대해서 연설을 했었다. 그런데 지금, 일본이 필리핀을 점령하고 있다. 아마도 맥아더 장군이 그곳으로 날아갔을 것 같은데, 단언컨대 일본은 지금 필리핀 국기를 휘날리게 하고 있지는 않을 것이다. 마닐라뿐만 아니라 그 어떤 곳에서도 말이다. 한국에서는 학생들이 일본말을 해야 되는 것은 물론이고 이름도 일본식 이름을 사용해야 한다. 사실상 한국말은 금지되어 있다. 어떻게 무력으로 언어를 말살할 수 있는가? 일본인들은 지금 발악을 하고 있다. 한국에서 한국어로 된 신문도볼 수 없다. 모든 교과서도 일본말로 되어 있다. 매일 아침에 학생들은 일왕이 있는 쪽을 향해 절을 해야 한다. 전국 방방곡곡에 있는 모든 아동들이 수백 마일이나 떨어져서 목욕 가운을 걸치거나 목욕통에 있을지도 모를 히로히토에게 절을 해야 한다.

몇몇 한국의 권투 선수들과 마라톤 선수들이 1932년 LA올림픽에 와서 우리 집을 방문했었다. 한국에서 온 사람이면 누구든 우리 집에 들렀

다. 나의 사촌인 엠마와 나는 안내와 통역을 하면서 그들을 여러 곳에
데리고 다녔다. 잘생긴 운동선수들은 LA올림픽에 일본인으로 참가하
여 개막식에서 일본 국기 뒤를 따라 행진했다. 그들은 올림픽에 참가하
고도 행복해 보이지 않았다. 나는 그들에게 미안한 마음이 들었다.

　1936년 베를린 올림픽에서 한국의 마라톤 선수가 금메달을 땄다. 그
의 이름은 손기정이다. 그때 독일에서 한국에 대한 언급이 있었는가?
메달 수여식에서 한국 국기를 올렸는가? 아니다. 세계는 일본 국기가
올라가는 것을 보았고, 히틀러의 독일 하늘에서 일본 국기가 휘날리는
것을 보았다. 손기정 선수는 울었다. 아버지도 이 마라톤 행사에 대한
이야기를 들었을 때 울었을 것이라고 나는 확신한다. 한국인이 처음으
로 마라톤에서 승리한 역사적 사건이 있었고, 그것은 당연히 한국의 승
리였어야 했다. 그것은 수천만의 한국인들에게 그들이 나라 없는 백성
이라는 사실을 다시 한번 더 일깨워주는 계기가 되었다. 아버지는 마라
톤 경기에서 승리한 손기정 선수에게 축하 전보를 보냈다.

　나의 아버지는 1938년에 감옥에서 생을 마감했다. 우리들은 아버지
가 어떻게 세상을 떠났는지 아직도 모르고 있다. 아버지의 마지막 소원
은 바깥을 내다볼 수 있게 누군가가 자신을 일으켜 세워달라는 것이었
다. 아버지는 마지막으로 자신이 그토록 사랑했던 나라를 보고 싶었던
것이다. 그때 아버지는 그의 곁에서 울고 있는 사람들에게 "낙망하지
마시오"라고 말했다.

　"히로히토, 당신은 정말 큰 죄를 지었소."

　이것이 아버지의 마지막 말이었다고 전해 들었다.

　스미스 대학의 교정으로 수산을 만나러 왔던 기자는 그가 기대했던
것보다 훨씬 많은 것을 얻었다. 그가 원했던 것은 로스앤젤레스 출신의
한 독특한 웨이브 대원에 대하여 기사를 쓰는 것이었다. 아마도 그 기사

는 미국인 독자들에게 애국심을 불러일으킬 수 있는 기사가 되었을 것이다. 그 당시 신문에는 전쟁 이야기로 넘쳐나고 있었다. 그러나 사람들은 전선으로부터 전해지는 소식을 속시원히 들을 수는 없었다. 무솔리니가 바로 한 달 전인 1943년 7월에 실각하였고, 이것은 특히 이탈리아와 전투를 벌이고 있는 군인들과 그 가족들에게 중대한 뉴스였다. 사람들은 머지않아 히틀러와 히로히토도 그들 앞에 무릎 꿇기를 바라고, 꿈꾸고, 기도했다. 전쟁이 얼마나 오래 갈 것으로 생각하느냐는 질문을 받을 때면 수산은 이렇게 대답했다.

"저는 잘 모릅니다. 일본군인들은 억센 악마들입니다. 저는 일본군인들을 잘 알지요."

수산에게 전쟁은, 비록 그녀가 몸은 유럽의 전선에 가까운 동부 해안에 있었지만, 태평양 전쟁을 뜻하는 것이었다.

언제나 수산은 아버지에 관한 이야기로 인터뷰를 마쳤다. 수산은 아버지의 삶을 이야기하는 것이 훨씬 더 편했기 때문에 자신의 행동들을 적당히 감추었다. 장교훈련학교에 뽑힌 것은 특별한 일이었고, 그녀는 이것에 대해 만족스러워했다. 하지만 그녀는 결코 들뜬 모습을 보이지 않았으며 자신의 감정을 잘 다스려 나갔다. 사실 수산은 너무 바빴기 때문에 자신의 감정에 대해 깊이 생각할 시간적 여유조차 거의 없었다. 해군은 언제나 짧은 시간 안에 가능한 한 많은 지식을 장교후보생들에게 집어넣으려 했다. 그녀는 학교수업에 몰두했다. 해군의 장교 교육방식에는 결코 바뀌지 않는 것들이 있었다. 아침 기상과 점호는 물론이고 모든 곳을 행진하며 다니게 했다. 교관들은 군대의 역사, 전쟁의 이론, 그리고 경제학에서부터 해군학에 이르기까지 읽기 힘든 독서목록으로 후보생들을 다그치는 한편, 먹고, 공부하고, 더 많이 공부하고, 잠은 아주 적게 자게 하는 90일간의 계획을 단계적으로 세워놓고 있었다. 때때로 그녀는 책상 위에 놓인 원통형 찻잔이 자신의 유일한 친구로 여겨지기도 했다.

 그 책들은 몇 권을 제외하고는 끔찍할 정도로 지겨운 것들이었다. 수산은 메이(Mark. A. May)의 저서인 『전쟁과 평화의 사회심리』라는 책에 깊은 관심을 갖게 되었다. 수산은 항상 전쟁의 원인, 특히 일본이 한국을 침략한 이유를 알고 싶어 했었다. 이 책은 그녀에게 어떤 통찰력을 가져다주었고, 그녀는 이 책을 손에서 놓을 수가 없었다.

 인간의 생물적인 본성은 선하지도 악하지도 않으며, 공격적이지도 수동적이지도 않고, 호전적이지 않으며 평화적이다. 그러나 동시에 이러한 모든 점들에 있어서는 중립적이다. 인간은 그가 처한 환경과 문화에 의해 어쩔 수 없이 학습한 것에 따라 어느 쪽으로든 발전될 수가 있다. 인간이 평화보다 전쟁을 더 쉽게 배울 수 있다고 생각하는 것은 잘못된 것이다. 우리가 흔히 생각하는 것처럼 인간의 학습 기관은 나쁜 습관을 갖는 데 대해서 편견이 없다. 편견은 인간의 사회적 환경 속에 있다.

 수산은 이러한 구절을 읽을 때마다 이것을 한국에 대한 일본의 침략과 아버지의 항일투쟁을 연계시키려 했다. 아버지를 이해한다는 것은 곧 한국을 아는 것이었다. 그녀는 자신이 별로 아는 것이 없다고 여겼지만, 그녀가 읽은 책들 가운데 전쟁과 잔인함을 주제로 한 책들은 세계에서 일어나는 사건들에 대해 새로운 의문을 불러일으켰다. 전쟁에 관한 라이트(Quincy Wright)의 연구는 그녀를 놀라게 했다. 그것은 인류 역사를 통틀어 볼 때 전쟁이 평화보다 더욱 일상적이었다는 사실이었다. 수산은 인간성의 선함을 믿으면서 성장해 왔기에 이러한 새로운 의외의 사실은 저자가 제시한 엄청난 통계 자료에도 불구하고 그녀를 괴롭혔다. 어떻게 이런 일이 있을 수 있는가?

지그문트 프로이트는 우리가 태어나면서부터 가지는 동물적 충동인 본능(id)과 함께 초자아(superego), 자아(ego) 이론을 이용해서 인간이 왜 싸우는가에 대한 그 나름의 이론을 세웠다. 우리는 나이가 들어감에 따라 초자아가 나타나고, 양심을 개발시킴으로써 본능의 충동을 억제하는 것을 배우게 된다. 본능에 이끌린 사람들은 공격적이며 지나친 요구를 하게 되는 반면에 초자아에 지배된 사람들은 순응적이고 신중하게 된다. 자아는 본능과 초자아 사이의 어딘가에 자리하고 있으면서 둘 사이의 긴장을 균형있게 유지하고자 한다고 프로이트는 설명했다. 메이와 프로이트 중 누가 옳을까? 만일 메이가 자신의 논문에서 밝힌 것처럼 전쟁과 평화는 문화와 사회적 환경 때문에 결정된다면, 일본은 그 국민들을 공격적인 성향으로, 궁극적으로 전쟁에 나아가도록 개발하고 학습시킨 셈이 된다. 한 국가 전체가 충동에 이끌려 통제 불능이 된다는 것이 가능할까? 일본처럼?

수산은 여러 가지 일들이 마음속에서 하나씩 풀리기 시작하면, 또다른 개별적인 사건들이 심오한 의미의 형태를 이루면서 함께 다가오는 것처럼 느꼈다. 그녀는 어린아이로서 흥사단의 한가운데에 있는 자신의 모습을 볼 수 있었다. 그리고 흥사단원들이 갖는 회합과 그들이 부르는 노래에서 흘러넘치는 기운을 느낄 수 있었다. 아버지가 연설을 할 때, 무엇을 말하려고 하는지 그 당시에는 몰랐다. 그녀는 단지 불길처럼 타오르고 영혼에서 우러나오는 언어들 속에 담긴 열정을 기억할 따름이었다. 그녀는 2층 발코니에서 종이를 씹어 공을 만드는 대신에 아버지의 목소리에 귀를 기울이고 싶었으나 그렇게 하지는 못했다. 그러나 그녀는 아버지의 목소리에 담긴 기운을 간직하고 있었고, 그 연설의 내용을 추정할 수 있을 것 같았다. 심지어는 남부 캘리포니아 대학 캠퍼스 근처의 37번가 새집에 전화벨이 울렸던 그날 이후로 수산의 마음을 짓눌러왔던 의문인 아버지의 죽음을 이해하기 시작했다는 느낌까지 들었다.

전화벨이 울리고, 어머니의 떨리는 손이 전화기에 다다랐을 때, 그녀는 불길한 느낌을 감지했다. 그녀는 운명의 그 전화벨 소리가 나쁜 소식을 전해줄 거라는 것을 즉각 알아차렸다. 어머니는 가슴 깊숙이 설움을 끌어안듯 조용히 흐느껴 울었다. 수산이 어머니가 우는 모습을 본 것은 그때가 처음이자 마지막이었다. 왜 그들은 아버지를 죽였을까? 이 의문이 순간적으로 수산의 머릿속에 떠올랐다. 그날 이후 이 의문은 끊김없이 그녀를 괴롭혔다. 그녀는 세계정세에 관한 더 많은 책을 읽으면서 아버지의 생애 동안 일어난 사건들이 점차로 이해되는 것 같았다.

이러한 의미에서 노스햄프턴 시절은 수산에게 하나의 전환기가 되었다. 참으로 열심히 공부했지만 시험은 그녀를 지치게 만들었다. 장교가 된다는 것은 사회활동도 없고, 일요일의 야유회도 없고, 심지어 편지 쓸 시간조차도 없는 고독한 노력의 연속이었다. 그곳에서의 시간은 책을 파고드는 시간이었으며, 자신을 되돌아보는 시간이었다.

뜨겁고 무더운 여름이 지나갔다. 가을은 지금까지 그녀가 한번도 본 적이 없는 화사한 색상으로 캠퍼스를 수놓았다. 뉴잉글랜드의 가을은 그녀가 상상했던 것만큼 화려하였다. 거대한 단풍나무들이 반투명의 붉은 옷으로, 그 가운데 수천 그루는 그윽한 노랑 옷으로 차려입었다. 그녀는 전쟁의 포성들로부터 멀리 떨어진 뉴잉글랜드의 마력에 둘러싸여 캠퍼스 나무의자에 앉아 책을 읽고 글을 쓰면서 아주 특별한 존재가 된 듯한 느낌마저 들었다. 바람에 흔들리다 바삭거리며 캠퍼스 바닥을 뒹구는 나뭇잎 소리는 머리 위로 윙윙거리며 지나는 헬캣 전투기의 시끄러운 소음보다 공부하는 데 훨씬 더 도움이 되었다. 책과 씨름하는 사이사이에 그녀는 수북이 쌓인 낙엽들 속으로 뛰어들고 싶은 유혹을 견뎌내야만 했다. 만약 집 뒤쪽 후추나무를 흔들며 놀던 시절의 옛 스꿉친구들만 여기에 있다면, 낙엽 속을 뒹구는 그런 용기도 내었을 것이다. 그러나 이제 수산은 더 이상 말괄량이 소녀가 아니었다. 그녀는 하군 소위로의 진급을 앞두고 있었다.

　장교훈련소는 책과 시험만이 전부는 아니었다. 홍보 부서에서 후원한 라디오 쇼에 참석했던 때처럼 기분 좋은 순간들도 있었다. 버지니아 마빈 중위가 사회자로서 쇼를 시작했다.

　"신사, 숙녀 여러분 안녕하십니까? 또다시 우리는 노스햄프턴에 있는 해군사관학교로부터 여러분에게 15분간 오락과 정보를 전해드리겠습니다. 이곳에서는 여성들이 남성들의 해상근무를 대신하기 위해 수백 명의 교관들로부터 훈련받고 있습니다. 이 여성들은 장교가 되기 위해 미국 도처에서 노스햄프턴으로 온 여성들입니다. ……키가 작은 여성, 키가 큰 여성, 살이 통통하게 찐 여성, 날씬한 여성, ……그리고 수년 간 직장 경험을 한 여성과 대학에서 곧바로 들어온 여성도 있습니다. 이들은 수천 가지의 다른 생활방식을 지닌 곳에서 이곳으로 왔습니다. 그러나 단 하나의 변함없는 목적은 전쟁을 이기기 위해 도움을 주려고 왔다는 것입니다."

　버지니아 마빈이 배경음악으로 "해군의 웨이브 대원들"이란 노래의 활기찬 합창에 맞춰 농담조의 소개를 계속하는 동안, 수산은 자신의 원고를 꼼꼼히 검토하면서 차례를 기다렸다. 그녀는 원고를 연습할 충분한 시간이 없었다. 버지니아가 수산을 소개할 때, 목소리는 엄숙한 어조로 바귀어 있었다.

　"해군사관생도 대대 안에는 자원한 여성으로서 10개월 전에 웨이브 대원이 된 한국여성 수산 안 양이 있습니다. 그녀는 링크 훈련기 학교에서 교관으로 일했으며, 그때 장교후보 학교에 추천을 받았습니다. 안녕하세요, 미스 안? 오늘밤 당신을 모시게 되어 무척 기쁩니다."

　"안녕하세요, 미스 마빈? 나도 함께 하게 되어 무척 기쁩니다."

　수산이 쾌활하게 말했다.

　"미스 안, 나는 여러 신문에서 당신에 대한 기사를 이것저것 보았습니다. 그런데 어떤 곳에서는 안 수산이라고 하고, 또 어떤 곳에서는 수산 안이라고 하더군요. 오늘밤 당신이 직접 나를 위해 동양 이름의 비밀을 밝혀주실 수 있겠습니까?”

“그래요, 나도 그렇게 하고 싶어요. 우리들에게는 가족의 이름인 성이 가장 중요하죠. 그래서 성이 먼저 나오고, 부모가 지어준 이름이 그 다음에 따르지요. 예를 들어 나의 아버님의 성함은 안창호입니다. 그리고 만약 내가 다른 한국인에게 내 이름을 말할 경우에는, 저는 ‘수산 안입니다’ 라고 말해서는 안 되고, 저는 ‘안창호의 큰딸입니다’ 라고 해야 하지요.”

“미스 안, 우리에게 당신의 아버지에 대해 말해주시죠.”

“글쎄요, 미스 마빈. 한국인들에게 아버지는 위대한 영웅이었어요. 아버지는 가끔 한국의 아브라함 링컨으로 불렸다는 것을 자랑스럽게 말하고 싶습니다. 아버지는 미국의 민주주의 체제가 세상에서 가장 훌륭하다고 믿었고, 그래서 1900년대 초에 그것을 공부하기 위해 여기로 온 것입니다. 아버지가 미국에 계시는 동안, 일본이 한국으로 쳐들어와서 지배하게 되었습니다. 아버지는 일본에 맞서 싸우기 위해 조국으로 돌아가셨지요.”

“그때가 언제였죠?”

“1910년이었습니다. 27년간 아버지는 한국의 민족주의 지도자로 봉사했습니다. 아버지는 민주주의 방식으로 한국인들을 교육시키고, 그들에게 민주주의를 설명하려고 노력했습니다. 비록 한국인들이 계속해서 싸우고 희망을 가질 수 있는 유일한 무기는 국가에 대한 신뢰와 믿음뿐이기는 했지만 말입니다.”

“미스 안, 그것 정말 가슴 벅찬 이상이군요.”

“그렇습니다. 아버지는 혁명주의자가 아니었습니다.……아버지는 폭력을 신뢰하지 않았습니다. 하지만 일본인들은 아버지가 얼마나 용기 있는 사람이며, 그들이 한국을 통치하는 데 아버지가 얼마나 위험한 인물인가를 알게 되었습니다. 그들은 아버지를 여러 번 체포했지만, 아버지가 하는 일을 그만두게 할 수는 없었습니다. 일본이 중국 남부에 강력한 공격을 시작하기 전인 1932년에 아버지는 다시 구금되었습니다. 그런 일이 어떻게 이루어졌는지 우리는 알지 못합니다. 그러나 아버지는 1938년 3월에 일본 형무소 병원에서 돌아가셨습니다."

"오, 너무나 끔찍하군요."

"그렇습니다, 미스 마빈. 이것이 내가 웨이브 부대에 입대한 주된 이유입니다. 아버지는 미국의 민주주의와 기독교적인 삶의 방식에 담긴 가치를 철저하게 믿도록 우리들을 가르쳤습니다. 그래서 저는 그것을 위해 제가 알고 있는 최선의 방법으로 싸워야 한다고 생각했습니다."

"미스 안, 당신은 오늘 우리 모두에게 영감을 주었다고 확신합니다. 오늘 저녁 나와 주어서 정말 감사합니다."

"천만에요, 미스 마빈."

수산은 그렇게 대답하고는 자신이 잘했기를 바라면서 가볍게 숨을 몰아쉬었다. 비록 이번이 라디오 생방송에 출연한 것은 처음이었지만, 그런대로 기분이 나쁘지는 않았다. 그녀는 패프 교수에게 썼던 편지를 떠올렸다. 그리고 그가 대학에서 자신에게 대중 앞에서 연설하는 법을 가르쳐 준 것에 감사했다. 그는 이렇게 말했었다.

"모든 것은 너의 사람됨, 너의 아버지의 사람됨에 있는 것이다."

그녀는 그가 왜 그렇게 그 말을 강조했는지 마침내 이해하게 되었다.

나, 수산 안은 이로써 미 해군 예비대 소위로서 상기의 임명을 수락하며, 다음과 같이 엄숙히 맹세합니다. 국내, 국외의 모든 적에 맞서 미국의 헌법을 지지하고 수호할 것입니다. 또한 미국의 헌법에 신의와 충성을 맹세합니다. 나는 이 의무를 어떤 정신적 제한이나 회피의 의도가 없이 기꺼이 받아들입니다. 나는 지금부터 시작하게 될 직책의 임무에 몸과 마음을 다할 것입니다. 그러하오니 신이여, 저를 도와주소서……

수산 안

오늘 1943년 10월 19일, 본인 앞에서 서명하고 맹세함.

미 해군 중위 슈노버 D.N. SCHOONOVER

10

귀 향

졸업과 임관 후 수산이 맨 먼저 하고 싶은 일은 고향에 가서 밀린 이 야기들을 실컷 하는 것이었다. 그녀는 모두가 다 그리웠다. 흔히 생각하 듯이 쌀밥과 한국 음식이 그립지 않은 것은 아니었지만 특히 어머니의 요리가 그리웠다. 어머니는 한국 요리나 미국 요리 어느 것이나 모두 잘 만들었다. 수산은 집에 갈 겨를이 없었고, 거의 일년 동안 간절히 수많 은 요리의 향연을 상상하기만 할 뿐이었다. 수산은 전화로 새해에는 집 으로 가게 될 거라고 어머니에게 말했다. 어머니는 자랑스러운 딸의 목 소리를 듣자 한국말로 이렇게 말했다.

"온 힘을 다해 최고의 해군이 되도록 해라."

"네."

수산은 그렇게 한국말로 대답했다.

한편 수산은 워싱턴 D.C.에서 친구들과 함께 추수감사절을 보냈다. 축제의 전통적인 음식인 칠면조 요리, 으깬 감자, 크랜베리 소스, 그리 고 호박 파이를 먹었다. 그 중에 크랜베리 소스와 호박 파이는 그녀가 처음 먹어보는 요리였다. 수산은 이번처럼 전통적인 방식에 따라 추수 감사절을 지내는 것도 처음이었고, 집을 떠나 추수감사절을 맞는 것도 처음이었다. 그러나 마냥 꾸물거리며 보낼 시간이 없었다. 그녀가 받게 될 명령이 기다리고 있었다.

해군 소위로서 수산이 받은 첫 명령은 워싱턴 D.C.에 있는 해군 항공 기술국에 신고하는 일이었다. 그녀는 자신이 왜 그곳에 배치되었는지, 무슨 일을 하게 되는지, 얼마나 오래 근무하게 되는지 분명하게 알 수 없었다. 그녀는 책상 하나와 약간의 서류를 지급받았다. 얼마 있지 않아 그녀는 자신이 그 건물 안에서 천 명 정도의 다른 웨이브 대원들과 함께 사무실에 틀어박혀 별로 할 일 없이 돌아다니고 있다는 것을 알게 되었다. 바쁜 것처럼 보이려고 꾸미는 일은 그녀의 적성에 맞지 않았다. 사실 그녀는 그렇게 하는 것이 너무도 끔찍스러웠다. 결국 그녀는 화장실에 얼마나 자주 가서 머리를 빗었는지 모른다. 어떤 여자들은 지금의 이 지루한 일상을 전혀 괴롭게 여기지 않았다. 수산은 이런 늘어진 생활의 속도에 만족하는 그들이 부러웠다. 그들은 한 통의 편지를 쓰거나 몇 장의 서류를 철하는 데 온종일을 보내고는 마치 중요한 뭔가를 이룬 것처럼 느끼는 것 같았다. 수산은 따분함 때문에 거의 미칠 지경이었다. 그래서 이 기지에서 처음 신고할 때 자신의 신상 카드를 제출했던 지휘관 장교를 찾아가는 것까지 생각하게 되었다. 수산이 그때 경례를 하자, 그는 그녀에게 절도 있고 활기찬 경례로 답례했기 때문이었다. 그녀는 그의 이런 모습이 매우 좋았다. 많은 고급 장교들은 흐느적거리는 듯한 답례를 하곤 했다.

수산의 새로운 지휘관에 관해서 말한다면, 그는 옷소매에 새로운 계급장을 두른 신임 소위인 그녀를 정중하게 받아들일 만큼 진지한 사람이었다. 그녀가 흰 장갑을 끼고, 왼쪽 팔 밑에 모자를 끼고서 차렷 자세로 서서 자신의 신상 카드를 제출하며 말했다.

"소위 안수산, 전입 명령을 받았기에 이에 신고합니다."

그는 지체 없이 말했다.

"전입을 환영한다, 안 소위."

그는 그녀를 안 소위라고 불러주었다. 이 얼마나 듣기 좋은 소리인가! 진짜 소위, 이제 진짜 해군 장교가 된 것이었다. 그리고 그가 "스미스"나 "존"이라는 이름을 부를 때 사용하는 것과 같은 종류의 흐르는 듯한 발음으로 "안"이라고 말했을 때 그의 발성은 완벽했다. 수산은 그가 곧바로 좋아졌다.

그녀는 이제 더 이상 초조해 하지 않았다. 그녀가 며칠 전 〈워싱턴 포스트〉지의 기자에게 했던 말처럼 이제 전쟁을 위해 무언가 의미 있는 일을 하기를 고대했다.

의미 없는 서류들을 뒤적이며 2주일을 보내고 나자 그녀는 더 이상 이런 고문을 견딜 수가 없었다. 그녀가 대령을 찾아가려고 하던 그 무렵에 새로운 명령이 내려왔다.

소위 안수산은 이제 해군성 항공기술국에서의 일시적인 임무는 끝이 났다. 그리고 소위에게 할당된 다른 임무도 마찬가지다. 이제 플로리다의 펜서콜라Pensacola로 가서 해군 항공기지의 지휘관 장교에게 신고하라. 항공 자유사격 교관학교의 교관 아래에서 일시적인 임무를 맡게 될 것이다.

수산은 공중에 붕 뜨는 기분이었다. 해군은 그녀를 플로리다의 펜서콜라 해군 항공기지로 보냈다. 그녀는 짐을 꾸려 그날 밤 떠날 채비를 했다. 그녀는 11월 6일 18시 25분 워싱턴 D.C.를 출발하는 저녁 기차를 타서 다음날 24시 30분에 펜서콜라에 도착했다. 자정이 지난 펜서콜라 역은 해군 장교들과 사병들이 하나같이 분주한 발걸음으로 오고가느라 부산스러웠다. 기지로 가는 버스를 타고, 부대 막사에 도착했을 때는 새벽 2시 30분이었다. 그녀는 곧장 침대로 달려가 무너지듯 몸을 눕히자 말자 잠이 들었다.

당겨! 팡!
당겨! 팡!

　기지 바깥에 있는 스키드 사격장에서 수산은 난생 처음으로 공중에
던져진 클레이 표적을 향해 조준했다. 12구경 연발총은 수산만큼 길고
무거웠다. 그리고 오른쪽 귀 쪽에서 울리는 시끄러운 폭발음은 말할 것
도 없고, 그 반동은 그녀를 넘어뜨릴 만큼 충격이 심했다. 그녀는 검은
탄환을 표적에서 왼쪽으로 멀리 벗어나게 쏘아 불행하게도 처음 두 발
은 표적을 놓치고 말았다. 그녀는 발사된 공이를 젖혀 탄피를 제거했다.
숨을 크게 들이켜자 매캐한 화약 냄새와 연기가 코를 찔렀다. 그녀는 약
실에다 두 발의 탄환을 밀어 넣었다. 그리고 왼쪽 다리에 의지해서 몸을
앞으로 숙이고 왼쪽 다리로는 땅을 굳게 밟았다. ‘긴장을 풀자’ 라고 혼
잣말을 하며 그녀는 개머리판을 오른쪽 어깨에다 밀착시켰다.
　“당겨!”
　그녀는 교관이 가르쳐준 대로 조준을 하면서 깊이 숨을 들이수고는
숨을 멈추었다. 그녀는 마음속으로 중얼거렸다.
　‘앞쪽을 겨냥해서 쏘자, 앞쪽을 겨냥해서 쏘는 것을 잊지 말자.’
　그리고 그녀는 원반이 자기 앞을 가로질러 날아가기를 기다렸다. 그
녀는 스프링으로 장전된 발사기가 열리는 소리를 들었고 동시에 클레이
표적이 튀어나와 지평선을 가로질러 날았다. 무의식적으로 그녀는 튀어
나온 원반이 홈 플레이트 위를 통과하는 야구공처럼 자신 쪽으로 오기
를 기다렸다. 그녀는 과거 훌륭한 타자였을 때처럼 표적에서 눈을 떼지
않았다. 그러나 표적은 오른쪽 얕은 들판으로 날아갔고, 그녀는 본능적
으로 자신이 지체했다는 것을 알았다. 그녀는 나쁜 공에 스윙을 지체한
것처럼 멈칫거렸다. 그녀는 방아쇠를 당기지 않았다. 그녀는 가늠쇠를
통해 표적이 날아가는 길을 지켜보았다. 바로 거기라는 생각이 머리를

스쳤다. 날아간 표적 너머 궤적의 가장 높은 지점에서 키 큰 나무 한 그루가 시야에 들어왔다. 그래 바로 이것이야 라고 그녀는 속으로 외쳤다. 그것은 다음 한 발에서 그녀가 겨냥할 바로 그곳이었다.

사르운 각오와 계획으로 그녀는 소리쳤다.

"당겨!"

슉하는 소리와 함께 표적이 솟구쳐 올랐다. 그녀는 즉시 가늠쇠를 표적에다 맞추고는 키 큰 나무 위의 한 점으로 향하는 표적을 겨냥했다.

"팡"

그녀는 방아쇠를 당겼다. 검은 탄환이 하늘로 치솟았다. 그러나 표적이 도착하기 전에 탄환이 먼저 그곳을 스쳤다. 그녀는 지나치게 오른쪽으로 발사했고, 표적은 다시 공격을 피해 달아났다.

"제길!"

그녀는 중얼거리며 교관을 쳐다보았다. 그는 찡그리지 않고 고맙게도 미소를 띠고 있었다.

"좌측으로 2발을 놓쳤고, 우측으로 1발을 놓쳤다. 그러니 다음 한 발은 명중시킬 것 같군. 긴장을 풀어. 겨냥, 조준, 발사. 하나에 겨냥, 둘에 조준, 셋에 발사."

"알겠습니다."

수산은 다음 탄환을 준비했다. 그 탄환은 정점에 이른 클레이 표적과 만났다. 훅하는 소리와 함께 그녀는 클레이 표적을 산산조각으로 날려버렸다.

"만세! 드디어 명중시켰어!"

그녀는 소리를 질렀다.

"잘 쐈어. 자네가 바로 맞혔어."

모든 문제는 타이밍에 있었다. 바로 야구공을 칠 때처럼 말이다. 다만 겨드랑이와 무릎 사이의 높이에서 플레이트 위를 통과하는 스트라이크

존을 지나는 야구공을 치는 것과 같은 것이었다. 클레이 원반표적을 맞혔을 때의 들뜬 기분은 그녀가 야구공을 맞혔을 때 느꼈던 만족감에 비길 만했다. 그녀는 다시 준비를 했다. 그녀는 다음 한 발과 그 다음 한 발을 위해 자세를 취했다.

결국 그녀는 28개의 표적 가운데 16개를 명중시켰다. 이것은 펜서콜라에 있는 웨이브 대원들 중 가장 높은 점수였다. 12구경 엽총을 사격한 뒤라서 권총 사격은 수월했다. 25야드와 50야드에 고정된 표적사격은 12구경 엽총 사격시 생기는 반동으로 어깨를 멍들게 하는 일이 없어 가벼운 것처럼 느껴졌다. 그녀는 권총이나 소총 같은 소구경 무기의 모든 자세에서 높은 점수를 기록했다. 그녀의 대단히 높은 정확도에 교관들은 깜짝 놀랐다. 그러나 그녀는 남다른 어떤 일을 했다고는 여기지 않았다. 그녀는 단지 교관의 지시를 따랐을 뿐이었다.

수산에게 가장 힘든 시험은 50구경 브라우닝 기관총 사격 때였다. 한쪽으로 축 늘어진 튼튼한 탄띠와 함께 대좌臺座에 탑재된 이 거대하고도 기묘한 기계를 보는 것만으로도 두려움을 느꼈다. 그러나 그 두려움만큼이나 그녀는 이 총에 대한 모든 것을 배우고 싶었다. 공냉식으로 된 이 무거운 괴물의 총열을 조정하는 것만도 쉽지 않을 것 같았다. 그러나 그녀는 자신이 어떤 식으로든 그 방법을 알아내게 될 거라고 생각했다. 교관은 사거리가 1마일을 넘어 2000야드나 되는 이 무기의 부품들을 하나씩 설명해 나가면서 미소를 띠었다. 수산은 양손으로 핸들을 쥔 것처럼 두 주먹을 불끈 쥐었다.

교관이 먼저 기관총 앞으로 갔다. 그는 약간 쭈그리고 앉아서 익숙한 솜씨로 노리쇠를 젖히더니 사격을 시작했다.

"팡! 팡! 팡!"

브라우닝 기관총은 마구 흔들리며 반동을 일으키더니 진흙 제방을 향해 맹렬하게 불을 뿜었다. 그와 동시에 기관총 한쪽으로는 탄피를 토해냈다. 수산의 차례가 될 때쯤 그녀는 기관총을 사격하는 방법을 터득했다. 불쑥 솟은 기관총의 높이는 그녀의 키만큼 컸다. 교관처럼 반동에 대비해서 낮게 쭈그려 앉아 버티는 대신에 수산은 거의 꼿꼿이 서 있었다. 그것은 반동을 이겨낼 수 있는 방법이 전혀 아니었다. 그녀가 아래로 내려다보았을 때 올라선 대좌 앞에 돌출된 무언가가 눈에 띄었다. 그녀는 오른쪽 다리를 끌어올려 발이 움직이지 않도록 돌출부위에 단단히 끼워 넣었다. 동시에 그녀의 앞에 있는 핸들을 힘껏 잡아당겨 총열이 표적의 전체적인 방향과 수평을 이루도록 했다. 그리고서 그녀는 약실에 재장전하기 위해 노리쇠를 후퇴시켰다. 노리쇠가 움직이지 않았다. 그녀는 다시 시도해 보았다. 그래도 노리쇠는 꼼짝도 하지 않았다.

'제기랄, 노리쇠가 들러붙은 걸까? 부서진 걸까? 아니야, 부서질 리가 없어. 교관은 아무것도 아닌 것처럼 노리쇠를 후진시켰잖아. 나도 같은 방법으로 해야 해. 어쩜 어딘가에 끼었는지도 몰라. 난 지금까지 잘해왔어. 그런데 이것이 나를 골탕먹이는군. 한 번 더 해보는 거야. 돌아서서 교관을 쳐다보기 전에 다시 한 번 해보는 거야.'

수산은 이를 악물고 이번에는 오른손을 힘껏 오므렸다.

"으라차!"

그녀는 노리쇠를 확 잡아당겼다.

노리쇠가 뒤로 미끄러졌다. 짤가닥하고 첫발이 약실에 장전되는 소리가 들렸다. 그녀는 숨을 깊이 들이쉬고는 그대로 멈추었다. 그런 다음 그녀는 젖 먹던 힘까지 모두 짜내어 핸들을 잡고 당겼다. 그녀는 어떻게 해서든지 기관총이 제멋대로 움직이게 해서는 안 될 것 같았다. 기관총은 반동기 생기면서 흔들렸다. 그녀의 온몸이 사납게 흔들렸다. 그러나 그녀는 기관총을 놓치지 않았다. 사실 그녀는 자신의 몸무게만큼이나 묵직한 강철 덩어리를 잘 통제해냈다. 교관과 그녀의 동료들은 100파운드 정도밖에 되지 않는 여자가 50구경의 브라우닝 기관총을 다루는 모습에 깊은 인상을 받았다. 수산에게는 이 기관총을 다루는 일은 힘의 문제라기보다는 균형과 민첩성의 문제라는 생각이 들었다. 그녀는 시험에 통과한 데다가 50구경의 기관총을 다룰 수 있게 되었다는 사실에 무척 행복했다.

그녀는 낮에는 사격장에서 일을 했고, 오후 늦게나 밤에는 수업에 참석했다. 다른 일을 할 겨를은 거의 없었다. 심지어 새해에 5일간의 휴가를 얻어 며칠간 집에 갈 것이라는 짤막한 편지를 보내는 것 이외에는 고향에 편지를 쓸 시간조차 없었다. 그녀는 많은 편지를 쓰지 않았기 때문에 또한 편지를 거의 받지도 못했다. 하지만 그녀는 편지를 받는 것이 얼마나 행복한지 잘 알고 있었다. 특히 그녀가 50구경의 기관총과 한바탕 씨름을 하고 난 뒤에 자신의 편지함에서 메리의 편지를 발견하고는 얼마나 기뻐했는지 모른다.

메리의 편지는 한동안 이리저리 돌아다닌 것 같았다. 첫 소인은 1943년 11월 5일자로 찍혀 있었고, 마지막으로 찍힌 소인은 1943년 11월 30일로 되어 있었다. 이 편지는 노스햄프턴의 스미스 대학교로 배달되었다가, 다시 워싱턴 D.C.의 함대 우체국 인명주소과로 갔고, 그 다음에는 IPO 인명주소과로 보내졌고, 거기에서 가위표를 하고 다음과 같은 소인을 찍었다.

"해군성 우편실 인명주소록에는 없음. 1943년 11월 22일."

그리고 편지 왼쪽 아래에 다음과 같은 소인이 찍혀 있었다.

"주소를 찾을 수 없음."

그런데 누군가가 그 소인에 가위표를 하고 손으로 "플로리다, 펜서콜라, 포격술 훈련학교"라고 글씨를 써놓았다. 수산은 미소를 지으며 조심스럽게 편지를 개봉했다. 메리는 애틀랜타에 있는 조지아 문서보관소에서 일하고 있었다. 메리, 이 유쾌한 친구로부터 수산은 한동안 소식을 듣지 못했었다. 메리는 지난 서너 달 동안 아파서 아무에게도 편지를 하지 못했으며, 지금은 점차로 좋아지고 있는 중이라고 했다.

지금 여기는 아름다운 가을 날씨야. 나무들은 멋진 가을옷으로 갈아입었어. 어젯밤 나는 독서클럽에서 캠퍼Kamper 자매인 로잘리 Rosalee와 캐더린Catherine과 함께 했었던 그때의 너를 생각했어. (네가 나와 함께 갔었던 그곳 말이야, 우리 그때 지각했었지, 기억 나지!) 그애들도 종종 너의 소식을 묻곤 해. 사실 너를 지각하게 한 데는 그들보다 내게 더 큰 책임이 있었지. 그래서 넌 말도 할 수 없 었어. 내가 너를 너무 오랫동안 혼자서 차지하고 그들이 너와 놀 수 있는 기회를 주지 않은 것은 이기적이었어. 다음번에는 그런 못 된 짓은 하지 않을 거야. 로잘리 캠퍼가 위대한 흑인 과학자인 조 지 워싱턴 카버Carver의 새로운 전기를 다시 한번 자세히 검토했는 데, 그 책은 과학자의 생애를 아주 흥미롭게 쓴 책이었어. 그래서 우리 모두는 재미있게 읽었단다. 네가 우리와 함께 있었더라면 틀 림없이 너도 재미있어 했을 거야. ……이 일에 홀트Holt 씨도 함께 했어. 그는 터스키기Tuskeege 재단의 일원으로 카버 박사와 그의 활동을 잘 알고 있는 사람이야.

수산은 '아, 그래, 그 독서클럽' 하며 고개를 끄덕였다. 그 클럽은 수 산이 애틀랜타에 살던 시절에 그녀의 정신적 지주였다. 문학책을 읽고 대화를 하는 일은 어떤 발사체의 총구 속도나 궤도 또는 사격 전의 점검 절차에 관한 해군 포격술 교범들을 읽는 것에 비해 비교가 되지 않을 정 도로 정신을 무한히 고양시켜 주었다. 그들은 세계와 전쟁, 그리고 북아 프리카의 사막에서부터 뉴기니의 정글에 이르는 동맹국들의 흥망성쇠 를 이해하고자 하는 공통의 관심을 갖고 있었다. 메리는 아시아 문제에 관한 한 전문가라고 할 만했고, 수산이 알고 있는 어떤 사람보다 아시아에 대해 많은 것을 알고 있었다. 메리가 모든 사람들에게 알리려 했던 태평양에서 진행되고 있는 일은 이미 결론이 나 있는 것이었다.

그립셤Gripsholm호가 일본에서 많은 미국인들을 싣고 귀향중이라고 하더군. 오늘 아침 애틀랜타 기관지에 네가 분명 흥미를 가질 만한 기사가 있더구나. 그 기사를 넣어 보낼게. 미국 의회가 중국인 입국거부법에 모종의 조치를 취하고자 한다는 것을 알고 나 역시 기뻤어. 우리 정부가 이 법을 바로잡아야 한다는 데 너 역시 동의하리라고 확신해. 우리는 또한 모스크바 회의의 많은 내밀한 이야기를 곧 듣게 될 거야. 그 회의는 잘 진행될 거야. 러시아는 신의가 있는 나라라고 생각해. 그런데 러시아가 동맹국들로부터 충분한 지원을 받지 못할 때는 일본과 독일의 계략에 빠질지도 모르겠어. 그리고 또한 시간을 질질 끌어 자신들의 이익을 취하려 할지도 몰라. 이러한 상황 아래에서 넌 러시아가 이른바 '사사로운 이익'을 도모한다고 비난할 수 없으리라고 봐. 글쎄, 시간이 많은 것을 말해주지 않겠니.

중국에서 아주 오랫동안 살았던 내 친구 맥네어McNair 가족 생각 나니? 그녀가 예전에 너의 아버지에 대한 소식을 내게 편지로 보내주었어. 그 편지를 보내줄게. 그녀는 너의 아버지를 알고 있는 것 같았어. 나는 그녀가 그럴 거라고 굳게 믿고 너에 관한 기사를 여러 번 오려서 보내주었단다. 그리고 그녀가 그것들을 상당히 흥미로워하는 것을 알고서 너의 편지도 여러 통 보내주었지. 난 아직도 한길수 씨와 그의 활동에 대한 소식을 듣고 있어. 그는 훌륭한 일을 하고 있어.

최근 앨라배마에 있는 동안 난 앨라배마 안달루시아의 교외에서 독일 죄수들을 감시하고 있는 하와이 출신의 성실한 일본계 미국인을 몇 사람 만날 기회가 있었단다. 그건 아주 흥미로운 경험이었어. 그곳은 500명의 독일 죄수들이 갇혀 있는 수용소였는데, 그들 중 많은 사람들이 낮에는 농장에 나가 일을 했어. 이들을 지켜보는 일은 무척 흥미로웠지. 그런데 여기서 나는 전쟁 후에 살아갈 보다 나은 세상을 우리가 만들 수 있을 거라는 희망을 발견했어. 진보는 불경 격동으로부터 생겨나는 것이라고 생각해야 할 것 같아. 우리들이 보다 더 나은 것을 '희망할' 수 없다면, 생존을 위한 투쟁조차 드 아무 소용이 없을 것 같아, 넌 그렇게 생각하지 않니? 아줌마와 나 둘 다 잘 지내고 있어. 그리고 너도 그러길 바래. 네가 중요한 일을 하느라 바쁘다는 것을 알아. 하지만 편지를 쓸 시간이 정말로 없거든 가끔씩 엽서라도 보내줘.

행운과 함께 많은 사랑을 그대에게 메리가

동봉된 편지가 상하이에서 살았던 적이 있는 버지니아 맥네어로부터 온 것이라고 생각하니 수산은 가슴이 뛰었다. 그녀는 재빨리 버지니아의 편지를 읽었다.

"메리 네가 내게 수산 안의 편지를 토내 준 것은 참 우연의 일치인 것 같아. 수산의 아버지가 상해에 있는 동안 우리가 찾아갔던 사람이 바로 그분이었거든. 나는 그분에게 음식을 가져다 드렸어. 난 절대로 그분을 잊지 못할 거야, 그리고 잔인한 일본인들도."

버지니아가 수산의 아버지를 만난 것은 10년 전이었을 것이다. 수산은 한번도 만난 적이 없는 이 여자가 갑자기 친밀하게 느껴졌다. 그와 동시에 수산은 그녀에게 이런 것들이 묻고 싶어졌다.

'당신은 아버지에게 어떤 음식을 가져다 드렸나요? 아버지는 그 음식을 잘 드시던가요? 아버지는 당신에게 어떤 말을 했나요? 아버지는 무

슨 말씀을 하셨나요?'

이런 의문들이 수산의 마음속에서 마구 쏟아져 나왔다. 그러나 그 대답을 들을 수는 없었다. 수산은 가능한 한 빠른 시일 내에 버지니아를 만나고, 다가오는 휴가 때는 집에 있는 가족들에게 버지니아에 대해 이야기해 주어야겠다고 마음을 먹었다.

그리고 수산은 메리가 긴 편지와 함께 신문에서 오려 보낸 기사를 펼쳐보았다. "아시아의 총동원이 일본의 계획이다."라는 큰 표제가 눈에 들어왔다. 이 기사는 마닐라가 함락되어 일본군에게 체포되기 전까지 〈연합신문Associated Press〉의 도쿄 지국과 마닐라 지국에서 일했던 러셀 브라인스Brines 기자가 작성한 것이었다. 그는 토굴에 숨어 2년을 보낸 뒤 정기 왕복선인 그립섬 호를 타고 고향으로 돌아왔다. 그 기사는 이렇게 이어지고 있었다.

"일본의 군국주의자들은 새로이 정복한 나라들이 지니고 있는 동원 가능한 인적 자원을 최대한으로 이용하려고 광분하고 있다는 충분한 증거가 있다.……"

수산은 그 기사를 읽으면서 알고 있었다는 듯 미소를 지었다. 러셀이 폭로한 이러한 사실은 수산과 한국인, 특히 아버지에게는 전혀 뉴스거리가 되지 못했다. 아버지는 30년 전이나 그 이전부터 이미 이러한 일본의 계획을 알고 있었다. 일왕 히로히토는 그것을 "범아시아의 협력"이라고 불렀다. 그들은 서구 제국주의와 맞서 싸우기 위해 모든 아시아인들을 하나로 끌어모으고자 했다. 수산은 어이없다는 듯 헛웃음을 웃었다. 일본이 왜 스스로 유럽과 아프리카를 침공한 유럽의 추축국들과 제휴했겠는가? 왜 일본 군인들이 한국, 중국, 필리핀, 버마, 인도네시아, 말레이시아의 수많은 무고한 아시아인들에게 고문을 가했을까? 아시아인들의 공통의 이익을 위해서였을까? 아버지는 일본의 패망을 예측했었고, 이제 우리가 일본의 전쟁 기계들을 멈추게 할 날도 머지않았다. 떠오르는 태양의 나라라니, 말도 안 돼!

　MATS(군용 항공 수송 체계)의 비행기가 활주로를 이륙해 해가 지는
쪽을 향해 날아갔다. 비행기는 기수를 서쪽으로 향하고 있었다. 수산은
솟아오르는 쌍발 추진기 속에서 기대감과 흥분도 높아지고 있는 것을
느꼈다. 그녀는 집으로 가고 있는 중이었다. 비행기가 점차로 고도를 높
임에 따라 추진 엔진은 시끄러운 소리를 내며 전속력으로 돌아갔다. 그
녀는 자신도 모르게 고개를 오른쪽으로 돌려 옆사람에게 미소를 지어보
였다. 사실 그녀가 진짜로 하고 싶은 것은 손뼉을 치며 "만세!" 하고 소
리지르는 일이었다. 그러나 그녀는 누가 뭐라고 해도 해군 장교였다. 그
녀는 여행중에 입고 있는 단정한 푸른 제복에 어울리도록 침착성을 유
지해야만 했다. 옆에 앉은 장교는 그녀의 흥분된 마음을 감지하고는 자
주 군인전용기로 여행한 사람인 듯 마주 웃어주며 고개를 끄덕였다.
　수산은 고개를 왼쪽으로 돌려 기체 아래쪽의 긴 철제 의자에 앉아 있
는 나머지 해군 승객들을 바라보았다. 그들은 모두 안전벨트를 매고서
어두운 표정을 짓고 있었다. 그녀는 이들 모두가 태평양 지역의 샌디에
이고, 롱비치, 샌프란시스코에 있는 새로운 기지로 가고 있는 중이라고
생각했다. 그 당시 알류샨 열도에서부터 솔로몬 군도에 이르기까지 태
평양 건지역에 흩어져 있는 항공모함, 전함, 순양함, 잠수함, 그리고 PT
보트들에 승선하기 위해서는 그곳으로 가야만 했다. 그들은 새롭게 전
개되는 자신들의 운명과 맞서기 위해 가고 있는 사람들이었다. 그래서
그들은 비행기가 서쪽으로 치솟아 오르자 엔진의 소음이 수천 마일 밖
의 전선에서 들려오는 메아리라도 되는 듯 깊은 생각 속에 빠져들었다.
그들 중 얼마는 이미 그곳을 다녀온 사람들이었고, 또 얼마는 사격과 연
막, 그리고 폭발이 일어나는 그곳에 처음 가는 길이었다. 분명 비행기를
타고 있는 이 사람들 하나하나는 각자의 이야기를 가졌을 것이다. 그들

모두는 시신 포대 속에 담겨 돌아온 가까운 사람들을 알고 있을 것이다. 그들은 아버지, 아들, 형제, 아저씨, 조카, 사촌, 학교의 단짝 아니면 이웃이었을 수도 있을 것이다.

당분간 그들의 생각은 날카로운 추진 엔진 소리에 압도되어 있을 것이다. 그러나 머지않아 비행기가 수평비행 태세로 들어가게 되면 그들이 어떻게 죽음으로부터 탈출했는지를 서로 이야기하기 시작할 것이다. 그들은 정말, 살아남아서 이야기를 할 수 있게 된 것에 감사했다. 그들 중 몇 사람은 이런 이야기를 했다. 그들은 오아후 섬의 히컴 공항에서 전선으로 가는 비행기를 타기로 되어 있었는데, 몇몇 거만한 장교들이 그들을 쫓아냈다. 그런데 그 비행기가 이륙하는 도중에 폭발하고 말았다는 것이었다. 또 어떤 사람은 메어Mare 섬에서부터 과달카날 섬에 이르는 동안 마지막 순간에 명령이 바뀌어 얻게 된 행운에 대해 이야기했다. 전쟁은 사람들에게 지워지지 않는 기억들을 남기고 삶과 죽음의 이유를 끝없이 밝히고 열거하게 함으로써 그들의 삶을 조각조각 짜맞추게 하는 것처럼 보였다.

그리고 나서 그들은 호놀룰루에 있는 킹 스트리트의 여자들에 대한 이야기로 옮겨갔다. 어떤 수병도 최고의 선술집, 최고의 여자, 술집에서의 가장 신났던 싸움, 그리고 해안 경찰들을 당혹스럽게 했던 일들에 대해 이야기할 기회를 그냥 지나치지 않는 법이니까.

갑자기 수산은 수송기를 탄 해군들 중에 자기가 유일한 여자라는 사실을 깨달았다. 비행기가 순항고도까지 상승하자 엔진이 시끄러운 소리를 냈다. 그러나 그녀는 전혀 개의치 않았다. 그녀는 지금 집으로 가고 있었고 그것으로 그만이었다. 그녀는 자리에 앉아 다리를 이쪽에서 저쪽으로 교차시킬 때 무릎 위의 치마를 끌어내렸다. 그녀는 애틀랜타의 링크 모의비행 훈련학교에서 겪었던 손으로 더듬는 학생들과 같은 사람들 때문에 고민하지는 않았다. 비록 그들 중 누군가가 이 비행기에 타고 있다고 하더라도 어차피 멋대로 굴지는 못할 것이니까 말이다. 주위에는 많은 장교들이 있었고, 모두는 최선의 행동을 보여야만 했다. 혹시라도 그들이 그녀가 포격술 장교라는 사실을 알게 된다면 어떤 반응을 보일까? 포격술 장교라고요! 여자가? 당신이? 이것은 동료 장교나 수병들이 그녀의 메달이나 배지를 보고서 나타내는 전형적인 반응이었다. 아무도 지금까지 여성 포격술 장교를 본 적이 없었던 것이다. 미 해군 역사어서 수산은 최초의 여성 포격술 장교였다.

그녀는 다른 사람들도 집으로 가는 중인지 어떤지 알고 싶었다.

가족들은 장교 계급장을 단 제복을 입은 그녀를 보면 뭐라고 말할까? 어머니는 우실까? '아니야, 어머니는 울지 않으실 거야.' 라고 수산은 생각했다. 어머니는 결코 울지 않는다. 어머니는 이 세상에서 가장 강한 여성이다. 큰소리로 말은 하지 않겠지만 수산을 자랑스러워 하실 것이다. 아마도 어머니는 수산의 어깨 위에 있는 보푸라기나 한 올의 머리카락을 발견하고는 손가락으로 쓸어 내거나 털어내며 입을 오므려 불어 날릴 것이다. 그것이 어머니가 그녀에게 보이는 관심의 방식일 것이다. 어머니는 41년간이나 미국에 살면서도 여전히 금욕주의의 심성을 지니고 있었다. 어머니는 자신의 감정을 결코 겉으로 드러내지 않는다. 자식들은 어머니에게 폭스트롯, 래그타임, 유명한 밴드음악, 그리고 지금의 지르박과 같은 춤곡을 가르치려고 몇년 동안 온갖 노력을 다했으나 그 어느 것도 받아들이려 하지 않았다.

어머니는 어쩌면 천년도 더 된 옛날의 구슬픈 노래인 "아리랑, 아리랑, 아라리요"와 같은 한국 민요 곡조로 춤을 추었다. 아리랑은 서양인의 키나 박자 어느 것과도 어울리지 않는 별난 운율을 지니고 있었다. 그 노래에는 무수한 침략과 가난, 억압의 세월 속에서 살아남은 위엄이 담겨져 있었고, 어머니도 언제나 그와 같은 의엄을 지니고 있었다.

수산은 철제 의자에서 자세를 고쳐 앉으며 자신도 어머니만큼 강인하게 될 수 있을까 생각했다. 이윽고 태양이 황혼 속으로 기울어 가자 흥분도 가라앉았다. 그리고 수산은 자신이 앉은 의자가 철제라는 것을 새삼 느끼게 되었다. 그녀는 살면서 처음으로 자신의 여윈 엉덩이가 원망스러웠다. 그녀는 조금만 더 살이 쪘으면 하고 생각했다. 수산은 웃으며 참아야지 하고 혼자 중얼거리며, 잠을 청하기 위해 눈을 감았다. 펜서콜라에서 쉼 없이 계속된 포격술 훈련을 한 뒤라 달콤한 휴식을 취할 만했다. 이제 그녀는 해상임무를 위한 포격술 전문가들을 양성하는 임무를 맡게 되어 있었다.

　수산은 겨우 잠이 들었다가도 비행기가 하강 수직기류에 부딪힐 때마다 잠을 깼다. 멕시코만의 겨울철 난기류는 유명했고, 그 악명은 과장이 아니었다. 그래서 펜서콜라에서부터 재급유를 위해 기착한 텍사스의 코르푸스 크리스티까지 비행기를 타고 오는 동안 내내 그 덜컹거리는 소리를 지겹게도 들어야 했다. 수산은 잠시 동안이나마 휴식을 취할 수 있는 것이 반가웠다. 그녀는 다락방에 몇 년 동안이나 접혀진 채로 있던 나무의자처럼 몸이 뻣뻣했다. 한번에 조금씩 천천히 몸을 펴자 다리와 등허리에서 따닥따닥 뼈마디가 부딪히는 소리가 났다. 비행기 밖으로 나와 트랩을 내려오자 습기를 가득 머금은 차가운 멕시코만의 바람이 울부짖고 있었다. 그렇지만 격납고로 가서 김이 모락모락 피어오르는 치커리 커피 한 잔을 마시고 화장실에 다녀올 때는 기분이 좋았다.

　수산은 다시 긴 여행이 시작되자 침낭을 뒤집어쓰고 해군의 푸른색 담요를 몸에 둘둘 감고는 줄곧 잠을 잤다. 비행기가 심하게 흔들리자 그녀도 흔들리며 잠을 깼다. 착륙 바퀴가 활주로에 부딪쳐 굴러가는 소리가 났다. 그녀는 자신이 어디에 있는지 전혀 알 수 없었다. 처량하고 희뿌연 불빛이 보였다. 그녀는 아직 군용 수송기 안에 있다는 사실을 깨달았다. 좌석 건너편 좌우에는 해군 패거리들의 긴 줄이 보였다.

　캘리포니아 롱비치…… 집으로 온 것이었다. 그녀는 캘리포니아에 도착했고, 천국에 왔다는 의미였다. 전시의 형편 때문에 마구 휘둘렸던 그 지루하고도 고달팠던 비행에 대해서는 금방 잊었다. 플로리다에서 캘리포니아까지 가서 다시 그녀의 다음 근무지인 뉴저지의 애틀랜틱 씨티까지 가느라 허비한 3일간의 기차 여행보다는 이번 비행기 여행이 더 좋았다. 이번 여행이 그 여행과 비교되는 까닭은 프로펠러 비행기를 타고 가는 불편한 12시간의 야간비행이었지만 곧짜였고, 해군 소위의 봉급으로 할 수 있는 가장 좋은, 유일한 수단이었기 때문이었다.

그녀는 마침내 집으로 왔다! 마침내 집에 도착했다! 그러나 집에 다 온 것은 아니었다. 시계는 새벽 3시를 가리키고 있었다. 그녀는 이 시간에 누군가가 공항 정문에 와 있으리라고는 생각되지 않았다. 집이 있는 37번가까지 가려면 필립이 새로 샀다는 신형 포드를 타고도 족히 두 시간은 가야 했다. 만약 누군가가 와 있지 않다면, 그녀는 해군의 푸른색 수송버스를 타고 7번가에 있는 중심가 정류장으로 가서, 거기에서 집으로 전화를 걸어야 했다. 그러면 누군가가 지체 없이 달려와서 그녀를 데리고 갈 것이다. 그녀는 '제발……' 하고 마음속으로 외쳤다. 초조함이 그녀의 마음속을 헤집고 다녔다. 집으로 간다면 오랫동안 목욕을 하고 진짜 오렌지 주스와 커피를 마시고 나서, 영원히 잠을 자야지 하고 그녀는 생각했다. 그러나 다음 순간 그녀의 생각이 바뀌었다.

'잠을 잔다고? 아니야, 잠자는 것과 같은 일로 낭비할 시간은 없어. 그렇게 할 수는 없어. 난 언제나 깨어 있고 싶어. 그래서 가족과 모든 시간을 함께 하면서 작년에 있었던 온갖 일을 말해주고 싶어. 이런, 벌써 일년이 지났군, 꼬박 일년이 지났어. 그런데 어디서부터 시작해야 할지 모르겠어.'

날마다 어머니는 저녁밥을 지었다. 어머니만이 지을 수 있는 김이 모락모락 나고 찰기가 도는 쌀밥이었다. 아, 수산이 얼마나 그리워했던 밥과 김치였던가! 그녀가 저 먼 동부에서 먹었던 쌀은 길쭉하고 푸슬푸슬한 루이지애나산이나 텍사스산이었다. 그래서 찰기라고는 전혀 없이 깔깔하고 맛이 없었다. 어머니의 저녁밥은 기름지고 윤기가 있었다. 낱알을 씹어보면 씹히는 맛이 유쾌했다.

김치를 쭉 찢어 입 속에 넣으니 둘이 먹다 한 사람이 죽어도 모를 기막힌 맛이었다. 그녀는 밥과 김치를 얼마나 간절히 원했는지 모른다. 그녀는 비행기를 타고 오는 동안 문득문득 군침을 삼켜야 했다. 취사장의 음식은 수병들을 위해 대량으로 만들어지기 때문에 세심하게 맛을 낼 수 없었다. 그래도 바싹 구운 쇠고기와 부드럽게 으깬 감자, 그리고 고기국물이 나오는 날은 괜찮은 날이었다. 어머니의 김치는 별로 맵지 않은 편이었다. 어머니의 이북식 김치는 한국의 그 어느 지역보다도 맛이 순했다. 또한 빨갛고 매운 고추와 같이 김치에 쓰이는 진짜 양념류들은 미국에서는 구할 수 없는 것들이었다. 게다가 어머니는 영화 촬영소에서 항상 유명한 사람들과 어울려 일하는 필립 때문에 양념을 섞을 때는 항상 마늘을 빼놓아야만 했다. 그래서 김치는 옛날처럼 수산의 입을 얼얼하게 하지는 않을 것 같았다. 그런데도 수산이 비명을 지르며 냉수컵을 잡으려 손을 뻗치자 식탁에 둘러앉은 모든 식구는 큰 소리로 웃었다. 그녀는 물을 벌컥벌컥 마시고는 밥을 한입 가득 떠넣고 다시 볼이 미어지도록 김치를 집어먹었다. 그러자 누군가가 김치를 먹기 전에 어린아이들이 맨 처음 김치와 밥을 먹는 법을 배울 때처럼 물에 씻어 먹는 게 어떠냐고 말했다. 그 소리에 더 많은 웃음이 터져나오곤 했다.

어머니는 아버지가 좋아한다고 해서 '쟈니 케이크'라고 이름 붙인 옥수수 케이크도 만들었다. 또 오이에다 톡 쏘지만 그다지 맵지 않게 특별히 양념해서 몰랑몰랑하게 한 요리는 단순하게 옛날식으로 데쳐서 설컹거리는 파란 콩 요리보다 훨씬 더 맛이 있었다. 그리고 콩나물 무침은 또 얼마나 대단했던가! 수산은 옛날부터 익숙했던 냄새를 맡고, 삐걱거리는 계단 소리와 정겨운 식구들의 웃음소리를 들으며 집으로 돌아온 것을 확실히 실감하고 있었다.

집에서의 그녀는 해군 최초의 여성 포격술 장교도 아니고, 최초의 한국 여성 웨이브 대원도 아니고, 대한민국의 위인 안창호의 딸도 아닌 그저 '수지'라는 애칭으로 불리는 여자일 뿐이었다. 그녀는 씨다 펄스에서부터 워싱턴 D.C.에 이르기까지 기자들이 그토록 큰 관심을 보였던 그런 어떤 여자일 필요가 없었다.

바깥세상에서는 그녀에게 항상 한국인이라는 수식어가 따라다녔다. 그러나 집에서는 단지 수지였고, 그것이 그녀는 좋았다. 그녀는 야구와 달리기에서 이웃의 남자아이들을 쩔쩔매게 만들었던 바로 그 수지였다. 친구들을 몰고 다니며 장난질을 치던 그 수지였다. 그녀의 머리칼은 이제 더 짧아져 있었다. 해군의 규정에 따라 짧게 잘라 칼라 위로 단정하게 퍼머를 하고 있었다.

어린 시절의 긴 머리는 야구를 하는 데 방해가 되었다. 그래서 그녀는 짧은 머리를 했으면 하고 바라고 또 바랐다. 그러나 어머니가 결코 짧은 머리에 찬성하지 않을 것이라는 사실을 그녀는 알고 있었다.

어느 날 삼촌 영Young 안의 부인인 조은 숙모가 수지를 구원하기 위해 왔다. 숙모는 수지의 머리를 자르는 데 어머니가 반대한다는 사실을 전혀 모르는 아버지를 설득한 끝에 승낙을 얻었다. 아버지는 분명치 않게 승낙했지만, 조은 숙모는 소리치며 위층으로 달려왔다.

"수지, 수지, 빨리 와."

숙모는 가위와 신문지 몇 장을 가지고 와서, 마룻바닥에다 신문지를 깔고는 그녀를 그 가운데 밀어넣었다. 수지는 기분이 들떴지만, 그 순간 갑자기 주저되었다. 그녀는 눈을 동그랗게 뜨고 조은 숙모가 이 모든 용기를 어떻게 얻게 되었는지 생각했다.

"너희 아버지가 괜찮다고 했어! 빨리, 아버지 마음이 바뀌기 전에!"

조은 숙모는 싹둑싹둑 가위질을 했다. 수지의 길고 검은 머리칼이 힘 없이 신문지 위로 떨어졌다. 머리 자른 수지의 모습을 본 어머니는 기쁜 표정이 아니었다. 아버지에게 허락을 받았다고 하자, 어머니는 아버지에게 크게 화를 냈다. 어머니는 말없이 한참을 노려보다가 자신이 얼마나 실망했는지를 말했고, 아버지는 사나운 곰도 꽁무니를 빼게 할 어머니의 그 시선을 피하기 위해 돌아섰다.

10살짜리 소녀 수산은 기쁘기는 했지만 겁을 집어먹어 몸이 뻣뻣해졌다. 그녀는 실망한 어머니의 마음을 이해하기에는 너무 어렸다. 수산에게 있어 머리칼은 그저 머리칼일 뿐이었다. 더구나 야구 모자를 쓰는데 적합하지 않은 길고 성가신 머리칼일 뿐이었다. 그러나 어머니에게 밤마다 자기 전에 딸의 길고 윤기 나는 비단결 같은 머리칼을 돌보는 일은 그녀만의 소중한 시간이었다. 계속 빗질을 해서 땋아서는 헝겊으로 묶어주는 일은 그냥 머리를 손질해 주는 일이 아니었다. 그 일은 식비를 마련하고 도산의 동료와 방문자들에게 안주인 역할을 하기 위해 병원이나 부유한 백인들의 집을 밤낮으로 청소하고, 세탁하고, 바느질을 하거나 요리를 해주고 난 뒤에 어머니가 긴장을 풀 수 있는 유일한 시간이었다. 어머니가 실제로 어떻게 느끼고 있는지 수산이 어찌 알겠는가.

수산은 자신이 무슨 짓을 했는지 정확히 알지는 못했으나 잔뜩 겁에 질렸다. 어머니는 아무 말도 하지 않았으나 노려보는 그 눈빛, 그것만으로도 수산은 죄책감으로 숨이 막힐 것만 같았다.

어머니는 이제 해군 소위가 되어 돌아온 수산의 머리칼에 대해 아무 말도 하지 않는다. 어머니는 수산이 이룬 일에 대해 마냥 웃기만 했다. 그들의 말괄량이가 해군 소위가 되어 귀향한 날이었다.

11

포격술 장교

동부 연안을 돌아오는 여행은 영원처럼 길게만 느껴졌다. 이번 기차 여행은 아이오와의 훈련소로 가던 그녀의 첫 여행을 생각나게 했다. 서부 연안은 겨울이었다. 북부 노선과 비교해서 아주 온화하긴 했지만, 그녀는 다시 한겨울에 기차에 올랐다. 기차는 애리조나, 뉴멕시코, 텍사스, 오클라호마, 캔자스, 미주리를 거치면서 세인트루이스에서 잠시 정차하고는 남부 노선을 따라가고 있었다. 세인트루이스 역에는 〈세인트루이스 스타〉 신문의 한 기자가 그녀를 발견하고서 즉석 인터뷰를 신청했다. 수산은 평소처럼 아버지와 가족에 대해 이야기했다. 기자들은 기차역에서 사는 것처럼 보였다. 그녀는 뉴저지 유니언 시에서 또 다른 기자와 맞닥뜨렸다. 그 기자 역시 애틀랜타, 마이애미, 워싱턴 D.C, 펜서콜라, 노스햄프턴, 로스앤젤레스, 그리고 세인트루이스의 기자들과 마찬가지로 열정적이었다. 미루어 짐작컨대 다음 목적지인 뉴저지 주의 애틀랜틱 시에도 그녀를 기다리는 또 다른 기자들이 있을 것이다.

그곳에는 새로운 임무가 수산을 기다리고 있었다.

1943년 12월 18일경, 직속상관의 명령을 받게 되면, 플로리다 펜서콜라의 해군 항공기지의 항공 자유 포격술 교관학교에서 교육중인 제군의 잠정적인 임무는 끝나게 될 것이다. 그러면 제군은 다른 임무를 부여받게 될 것이다. 즉 뉴저지 애틀랜틱 시로 가서 항공 자유 포격술 훈련과 관련된 임무를 위해 해군 항공기지의 직속상관 에게 신고해야 한다. 제4해군단 사령관에게는 문서로 보고할 것이 다.

기차에서 수산은 사령부가 발행한 새로운 명령서를 꺼내 여러 번 읽 었다. 그것을 읽을 때마다 그녀는 가슴이 두근거렸다. 이것이 진짜 자신 의 일이라는 생각이 들었기 때문이었다. 그 명령서는 해군 제독 샤콥이 직접 날인하고 서명한 것이어서 그 중압감이 더했다. 그녀는 훈련기간 이 끝나고 나서, 자신이 하와이의 태평양 함대에 승선하기 전 조종사들 과 항법사들의 마지막 기착지인 '해군 항공의 요람' 또는 '해군 비행사 의 아나폴리스'라고 불리는 펜서콜라를 무사히 거쳐가게 되었구나 하 고 생각했다.

수산은 집에서 자유를 만끽했다. 필립은 여동생을 너무도 자랑스럽게 생각해서 할리우드 촬영소 주변에 있는 그의 모든 친구들에게 그녀를 소개할 때면 얼굴에는 기쁜 빛이 가득했다. 수산은 필립이 운전하는 차 를 타고 RKO 스튜디오 안팎을 돌아다닐 때면 세상의 맨 꼭대기에 있는 것 같았다. 그는 너무도 잘생긴 오빠였고, 또한 열 살이나 차이가 나서 아버지 같았다. 그는 나머지 형제자매들에게 아버지의 역할을 했다. 그 래서 새로운 일이나 미국에서 필요한 일들, 즉 몸가짐을 어떻게 하고, 손님에게 어떻게 인사하는지 등을 동생들에게 가르쳐주었다. 또한 그는 미국식 요리법과 포크, 나이프, 그리고 스푼의 차이에 대한 것 등 모든 것을 가르쳐주었다. 그들의 집에는 늘 사람들로 넘쳐났다. 한극 학생, 아버지의 동료, 그리고 한국인 2세 남자들로 항상 북적거렸다. 그 남자 들 중 많은 사람들이 다양한 군복을 입고 왔다. 주말이면 필선은 타이거

해군 소위 안수산이 로스앤젤레스의 집을 찾았다(1943년). "필립은 나를 너무도 자랑스럽게 생각했어요. 그는 나를 구석구석 데리고 다니면서 할리우드에 있는 모든 거물들을 소개시켜 주었답니다."

부대에서 훈련을 했다. 타이거 부대는 한국과 중국의 청년이나 성인들이 일본과 맞서 싸우기 위해 준비하는 예비 부대처럼 조직된 부대였다.

그들은 1942년 여름 퍼싱Pershing 광장에서부터 로스앤젤레스 시청까지 깃대에 대한민국 국기를 높이 달고 행진하며 자신들을 과시했다. 타이거 부대는 필선의 차선책이었다. 그의 첫번째 선택은 군에 입대하는 것이었다. 그러나 화학자로서의 그의 일 때문에 정부에서는 입대하는 것을 허락하지 않았다. 그는 한국인 1세대와 2세대인 곽임대, 이용선, 요셉 최, 김호, 마춘봉, 박재형, 윤농호, 헨리 랑Lang, 찰스 리, 루이강, 바이런 장, 찰스 윤, 다니엘 김, 레이먼드 조, 신두식, 조 리, 그리고 여러 사람들을 규합하여 타이거 부대를 조직했다. 비록 하루이기는 했지만, 태극기가 미국정부 건물에서 나부끼게 한 것은 참으로 획기적인 사건이었다. 아버지가 이것을 보았다면 얼마나 자랑스러워했겠는가. 그리고 여전히 일본의 압제에서 고통을 받고 있는 조국 때문에 눈물을 흘렸을 것이다.

한국으로부터 오는 소식은 대단히 좋지 않았다. 그 소식은 중극의 새로운 수도이자 대한민국 임시정부가 새롭게 자리한 충칭重慶으로부터 온 것이었다. 임시정부는 1941년 12월 10일 일본에 전쟁을 선포하고, 독립군을 조직했다. 미국에서 모금된 돈과 중국 군대로부터 제공받은 무기들로 독립군은 일본과 맞서 있는 연합군에 합류했다. 그들은 서쪽과 북쪽에 있는 일본군 사단의 예하부대를 공격하여 몇 차례 성공을 거두었다. "머지않아 대한민국은 자유와 독립을 얻게 될 것"이라고 미국, 영국, 중국이 공동으로 약속한 1943년 11월의 카이로 선언은 비록 명백한 것은 아니었지만 새로운 희망과 추진력을 가져다주었다. 그리고 이것은 24년 전 1919년 3월 1일 대한민국 전체가 일어났던 그때로부터 거슬러 가보면 가장 긍정적인 진전이었다.

한편 한반도에서의 삶은 점점 더 나빠져 갔다. 충칭을 통해서 들어오는 소식은, 한국에서 말이든 글이든 한국어를 완전히 말살시키고 있다고 전했다. 한국어 신문은 오랫동안 폐간되어야 했고, 모든 학교는 일본어로 가르쳐야 했다. 주요한 산업과 상업은 일본인들의 소유가 되었다. 수확한 쌀의 대부분은 기아 직전에 있는 농민과 일반 서민들을 버려둔 채 일본으로 싣고 갔다. 한국의 젊은 남자들을 징집하여 정글에서 일본군으로 근무하게 하거나 일본의 탄광에서 힘겨운 노동을 시켰다. 그리고 정기적으로 젊은 여자들을 붙잡아 인도네시아, 버마, 뉴기니의 전선으로 보내 일본군의 성적 노리개로 삼았다.

독립운동가들은 완전히 지하로 숨어들거나 모두 사라졌다. 독립운동가보다 일본의 앞잡이가 된 한국인 경찰이 더 많았다. 이러한 상태로는 문화가 말살돼 나라는 한 세대 전체, 또는 더 많은 세대를 잃을 수 있었다. 한반도에는 절망의 시기였다. 세계 강대국들의 싸움 속에서 당한 희생은 일일이 나열할 수도 없었다. 분명 그때는 아주 소수의 사람만이 카이로 선언과 거기에 함축된 전체적인 의미를 알고 있었을 것이다.

한국인들에게 열려진 유일한 소식은 일본의 선전뿐이었으며, 그래서 사람들은 깊이 믿지 않았다. 그들에게는 이 마을에서 저 마을로 떠다니는 설득력 없는 소문들 이외에 다른 믿을 것이 없었다. 1919년, 3·1운동을 알리기 위해 이 도시 저 도시를 돌아다니던 어린 여자 영웅 유관순은 이미 죽고 없었다. 조직화된 지하단체도, 연결망도, 암호화된 통신문도 더 이상 존재하지 않았다. 사람들이 관심을 가지는 것은 오로지 강대한 일본이 태평양 전쟁에서 이겨서 아시아의 땅에서 모든 서구의 침략자들을 몰아내고 세계를 정복하고 있는 중인가 하는 것뿐이었다. 한편 한국의 어린이들은 히로히토가 있는 방향을 향해 절을 하고, 기미가요를 계속 불렀다. 그것은 그들이 그렇게 교육받았기 때문이었다. 복종은 칭찬을 받고, 반항은 벌을 받았다.

모든 나쁜 소식들과는 별도로, 37번가의 집을 드나드는 사람들은 임시정부의 활동을 돕기 위해 더 많은 돈을 보내야 한다는 데 동의했다.

국립 연구소에 근무하는 수라를 방문한 것은 수산에게 특별한 기억이었다. 남부 캘리포니아 대학 사회학과를 졸업한 수라는 군수공장의 실험실 기술자로 일하고 있었다. 수라는 수산에게 자신이 취급하는 모든 도자기들을 보여주었다. 수산의 가족 모두는 전쟁 속에서 각자의 역할들을 수행하고 있었다. 랄프는 해군에, 필립은 육군에 입대할 준비를 하고 있었다.

수산의 귀향은 그녀가 고된 훈련 과정들을 깨끗이 마쳤다는 것을 의미했다. 그녀는 이제 더 이상 풋내기가 아니었다. 그녀는 '세상에서 가장 극감한 해군', 진정한 푸른 제복의 장교가 되었다. 모두들 그녀에게 높은 희망과 기대를 가지고 있었다. 그러나 어느 누구도 그녀가 가진 희

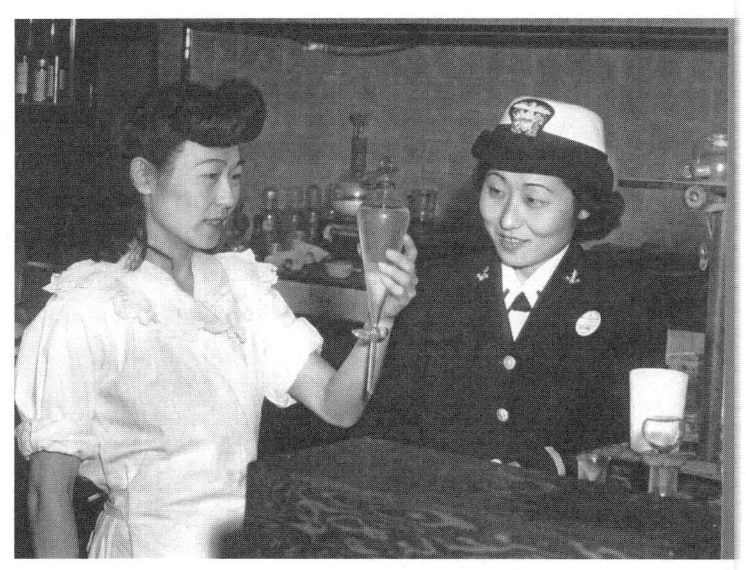

해군 소위 안수산이 국립 연구실로 여동생 수라(사라)를 방문했다(1943년). "수라는 아주 재능이 많
았어요. 그녀는 능숙한 도예가였지요. 그녀는 라디오와 텔레비전 쇼의 작가이자 제작자인 레이 버
품과 결혼했어요. 많은 사람들은 필립이 문게이트 레스토랑을 시작했다고 생각하지만 사실은 수라
가 시작한 거예요."

망과 기대만큼 높을 수는 없었다. 그녀는 훨씬 더 많은 것들을 잘 해낼
수 있기를 원했다. 때로 계급장은 그녀의 어깨를 무겁게 짓눌렀다. 그
계급장은 미국에서 태어난 한국 여성으로서는 처음이며, 더구나 황금빛
계급장은 미 해군에서 최초의 여성 포격술 장교를 뜻하는 것이기 때문
이었다. 어떤 것에서 최초가 된다는 것은 축복과 저주라는 대가를 동시
에 치러야 했다. 어떤 사람들은 그녀가 여자라는 이유 때문에 실패하기
를 바랐다. 그들은 여자는 제복이 어울리지 않는다고 믿는 사람들이었
다. 이 때문에 그녀는 그들이 잘못되었다는 것을 입증하지 않을 수 없다
고 여기고 있었다. 그래서 그녀는 당장에는 좋은 포격술 장교가 되는 것
에 초점을 맞추었다. 이것은 단지 한 가지 예에 불과한 것이었다.

　수산은 최신호 〈라이프〉 잡지를 뒤적이며 아버지도 자신의 그런 생각에 동의했을 거라고 생각했다. 여러 달 전에 시작된 이탈리아 전쟁에 관한 기사가 있었다. 로마에서 75마일 떨어진 전선에서 미 5사단과 영국의 8사단이 궁지에 빠져 있다는 것이었다. 계속되는 비와 방심할 수 없는 진흙창은 언덕의 참호 속에 웅크리고 있는 독일군처럼 산 능선을 지날 수 없게 하고 있다고 그 기사는 전하고 있었다.

　"모든 음식과 음료수는 노새로 실어 날랐다. 때로 보행이 너무 힘들어 노새조차도 가파른 언덕을 오를 수 없었다. 그래서 보급품들은 도보로 위험한 산중턱을 올라 날라야만 했다. 비와 얼음이 어는 날씨에도 불구하고 병사들은 오버코트, 겨울 내의, 따뜻한 신발과 같은 겨울 장비들을 지급받지 못했다.……"

　수산의 기차여행은 이탈리아 전선에 있는 병사들이 겪고 있는 것과 비교하면 유쾌한 일이었다. 그들은 살레노에호가 상륙한 이후로는 아주 잘 견진하고 있었다. 지루한 기차여행을 더 이상 불평하지 말아야지 하고 수산은 혼잣말로 중얼거렸다.

　애틀랜틱 시는 펜서콜라와 비슷한 것이 전혀 없었다. 1944년 1월 어느 날, 수산이 뉴저지 역에 내리자 날카로운 송곳으로 찌르는 듯한 차가운 공기가 그녀의 얼굴을 세차게 후려쳤다. 그곳에서 그녀는 왕복버스를 타고 시 외곽 12마일쯤 떨어진 퍼모나로 갔다. 로스앤젤레스에서 가벼운 옷들과 함께 겨울 의복들을 꾸려온 것은 잘한 일이었다. 사실 그녀는 여름옷과 겨울옷을 한 가방 속에 우겨넣을 때는 어리석게도 너무 많은 옷을 가지고 가는 것이 아닌가 하는 생각을 하기도 했었다. 그녀가 대륙을 두 번 횡단하기 전까지는 이 나라가 얼마나 거대한지 생각지도 느끼지도 못했었다.

　수산은 독신 장교숙소로 안내를 받았고, 오랜 기차여행 끝이어서 그런지 그곳의 풍경이 마음에 들었다. 여성 장교숙소에는 다섯 명이 있었는데 모두 간호장교였다. 그들은 인상이 좋았다. 다음날 그녀는 자신의 임무를 부여받았다. 포격술 장교로서 해야 할 일들 중의 하나는 조종사들에게 항공 전투, 레이더 전술, 그리고 계기 비행을 가르치는 것이었다. 조종사들 몇 사람은 수산에게 위협적인 언동을 일삼았다. 그 중에 중위와 대위들이 특히 더했다. 그들은 고참 전투조종사들이었고, 몇몇은 격추왕들이기도 했다. 그러나 새로운 계기 훈련은 미국 본토에 있는 모든 조종사들이 돌아가면서 받아야 할 훈련이었고, 모든 해군 조종사들에게 규정된 의무였다.

어느 대위는 최신의 기술이나 항공사격훈련gunairstructor 기계를 대단하게 생각하지 않았다. 그는 젊은 소위, 그것도 여자가 자신에게 제로스를 어떻게 격추시키는지 가르치는 것을 아주 못마땅해 했다. 그는 거만을 떨며 수산에게 말했다.

안수산 소위(왼쪽에서 두번째)가 뉴저지 애틀랜틱 시 해군항공부대에서 세미나를 하고 있다(1944년). "이 여성 장교들은 미국에서 최고의 지성인들이었다. 많은 사람들이 여성 군인들에 대해 부정적인 인식을 가지고 있었기 때문에 우리는 더 열심히 노력했다."

"나는 일본놈들의 눈 흰자위를 보기 전까지는 사격하지 않아."

수산도 물러서지 않고 말했다.

"나는 당신이 저 위에서는 어떻게 하는지 관심이 없습니다. 여기로 내려오면, 당신은 내가 쏴! 라고 말할 때 쏘아야 합니다!"

그 상급 장교는 굴복하고 말았다. 사실 그가 다음 임무를 받고 태평양 상공을 날기 위해서는 수산의 평가와 성적표가 필요했기 때문에, 그로서는 선택의 여지가 없었다.

1944년 1월, 연합군은 세계 곳곳의 전선에서 활기차게 전진하고 있었다. 오스트레일리아 군은 뉴기니에서 미군과 합류했고, 중국군은 버마로 진격해 들어갔다. 9척의 항공모함, 여러 척의 전함, 많은 순양함과 구축함을 갖춘 미 해군 58부대에 의한 마셜 제도의 습격을 모든 사람이 이야기하고 있었다. 그것은 처음으로 일본의 점령지를 습격한 것이었고, 본부에서는 이번 전쟁의 새로운 전기가 될 것이라는 기대감으로 흥분해 있었다. 전쟁은 너무 오랫동안 계속되어 겉으로 보기에는 언제 끝날지 알 수 없었다. 그러나 최근의 승리로 군인들은 전쟁 후의 생활을 다시 생각할 수 있게 되었다. 교묘하고도 완강한 적들로부터 제공권을 장악한 해군 조종사들은 피의 냄새를 맡고, 적을 죽일 기회를 되찾고자 몹시 안달했다.

애틀랜틱 시를 거쳐 온 조종사들은 더 많은 전투를 경험한 것처럼 보였다. 그래서 그들은, 펜서콜라가 최그의 비행사들을 배출한다고는 하지만 마이애미의 조종사들로부터 시작해서 어느 정도 수준의 펜서콜라 조종사들까지 포함한 그 모든 조종사들보다 더 음울하고 더 강렬한 집중력을 갖고 있었다. 계급이 중위나 대위인 조종사들도 수산의 중요한 말들에 주의를 기울여 들었다. 그것은 그녀에게 기분 좋은 일이었다.

조종사들을 훈련시키는 외에 수산은 기지의 포격술 장교로서 또 다른 임무를 맡고 있었다. 그녀는 기관총을 포함해서 권총, 소총, 그리고 스키트 사격까지 소구경 무기들의 사격 훈련을 지도하는 책임을 맡았다. 다행스럽게도 전문가들 덕분에 무기들의 기계적인 부분에 대해서 수산이 염려할 필요는 없었다. 기술 준사관 장교들과 준위들은 사관후보생과 수병들에게 무기들을 해체하는 방법, 청소하는 방법, 그리고 사격하는 방법들을 가르치는 것을 도와 주었다. 그들은 모든 일을 도와주는 천사들이었고, 그녀의 일을 훨씬 더 수월하게 해주었다. 그녀는 훈련계획을 세워 문서로 작성하고, 소형 무기들과 탄약의 재고를 빠뜨리지 않고 기록하고, 보고서를 작성하는 일들 전부를 해야만 했다. 다양한 임무 때문에 그녀는 다른 일을 할 시간이 없이 항상 바빴다. 그것은 해군에서는 전혀 새로운 일이 아니었다. 수산은 얼마 지나지 않아 해군은 항상 많은 임무를 부과하기를 좋아한다는 것을 알게 되었다. 그러나 사령관이 그녀에게 "애틀랜틱 기지 체육부장"이라는 직위까지 임명했을 때는 그녀도 숨이 찰 지경이었다.

"아, 자네라면 할 수 있어."

사령관은 그렇게 말했다. 그뿐이었다.

수산은 일정이 너무 분주해 대부분의 시간을 기지 안에 틀어박혀 있어야 했다. 그녀에게 사회생활이란 존재하지 않았다. 여가 시간이라고는 수산이 여러 장교들과 함께 해산물로 만든 음식을 먹으러 시내로 나가는 때밖에 없었다. 그런데 그들은 끔찍하게도 생굴을 너무나 좋아했다. 함께 간 장교들은 상인이 굴 껍데기를 벗겨내자마자 그것들로 재빨리 배를 채웠다. 그들은 수산에게 신선한 굴을 고추 소스와 레몬주스에 담그도록 재촉했다. 그러나 그녀는 생굴을 까는 광경을 지켜보거나 그 냄새를 맡는 것도 견딜 수가 없었다. 그녀는 삶거나, 바싹 튀기거나, 팬에 볶거나, 통으로 굽거나 한 새우 요리를 좋아했다. 아무튼 그녀는 날것을 제외하고는 모두 좋아했다. 그들은 바쁜 일과뿐만 아니라 보안상의 문제 때문에도 외출을 자주 하지 못했다. 기지에 있는 상관들은 일들을 단속하는 데 아주 민감했다. 누군가가 제멋대로 행동하는 것은 그들에게 너무나 성가신 일이었다. 기자들과 접촉하거나 다른 사람들에게 알려지는 일이 적어져서 수산에게는 도리어 잘 된 일이었다.

여름철이 되자 애틀랜틱 시는 피서지로 바뀌었다. 북동부 전역에서 남부 뉴저지 해안으로 몰려온 피서객들로 북적거렸다. 피서객들 가운데는 휴가 나온 군인들이 많았다. 해변으로 가는 사람들로부터 그다지 멀지 않은 곳에 기지의 가설 활주로가 있어 F-38기와 헬캣이 이착륙을 하느라 시끄러웠다.

한편 대서양을 가로지른 연합군은 D-데이에 오하마 해변과 유타 해변에 상륙했다.

수산의 생도들도 얼마가 분명 거기에 끼어 있었을 것이다. 그래서 그녀는 침공 전에 연합군의 폭격 덕분으로 독일군들이 공중에서 그다지 많은 전투를 벌이지 못했다는 것을 알고는 기뻤다. D-데이 전날 연합군은 로마를 해방시켰다. 두 달 반 뒤인 8월 25일, 연합군은 파리에 입성해 전쟁이 1944년에 끝날지도 모른다는 희망을 불러 일으켰다.

11월 초에 수산은 필립으로부터 한 장의 엽서를 받았다. 그 엽서에는 그의 얼굴이 "필립 안PHILIP AHN"이라는 이름과 함께 왼쪽에 꽉 차도록 크게 인쇄되어 있었다. 그리고 소인이 찍히는 곳인 상단 오른쪽 구석에 낯익은 표시를 보고 깜짝 놀라 벌떡 일어섰다. 그것은 5센트짜리 우표 위에 찍힌 태극기였다. 대한민국 국기라니! 너무도 놀라운 일이었다. 수산은 소리를 질렀다.

"어야! 이게 진짜야?"

그녀는 미국의 우체국이 어디에서 대한민국 국기의 모양을 알아냈는지는 아무래도 좋았다. 다만 그들이 대한민국의 존재를 알게 되었다는 사실을 도무지 믿을 수 없었다. 그 국기는 정확하게 그려져 있었고, 그것은 아버지가 피구로아 집 현관에 나란히 세워놓았던 커다란 국기와

대한민국의 태극기와 필립 안을 바탕으로 제작된 미국의 우편엽서. 1944년 11월 2일에 발행되었다.

꼭 같았다. 그 우표에는 태극기의 모든 구성요소들이 적절하게 갖추어져 있었다. 음양의 원 안에 붉은색과 청색이 맞물려 돌아가고, 몇 개의 검은 막대가 흰 천의 각 귀퉁이에서 원을 둘러싸도록 그려져 있었다. 붉은색은 양과 현존의 가치를 의미하고, 청색은 음과 희망을 상징하고 있었다. 그 전체는 이 지상에서뿐만 아니라, 하늘, 땅, 불, 물의 네 가지 요소로 상징되는 우주 전체의 조화를 나타내고 있었다.

그녀는 이전까지 태극기의 세부 사항들을 자세하게 공부한 적이 없었다. 그러나 이제 그것은 그녀에게 새로운 의미로 다가왔다. 우표의 발행은 1년 전 카이로 회담을 확인하는 것이었다. 이것이 대한민국이 전쟁이 끝난 뒤에는 해방이 되며 독립국이 된다는 표시일까? 일본이 패배하기만 하면, 한국이 독립된다는 것은 기정사실이라고 많은 사람들은 생각했다. 많은 일본의 사단들이 아직도 만주에 참호를 파고 있기 때문에, 일본이 가까운 장래에 무기를 내려놓을 가능성은 많지 않았다. 도쿄 히데끼의 군대는 열렬한 국수주의로 무장되어 있었다. 그것은 맹목적이고 절대적인 것이었다. 그들은 자신들을 위한 완전한 승리 이외에는 아무것드 생각하지 않았다. 그러나 연합군이 일본군을 격퇴시키면서 한국인들에게 깜깜한 희망에 불과했던 것이 이제는 희미한 현실로 변해가고 있었다. 엽서는 우연의 일치로 아버지의 생일날 발행되었으며, 그것은 조국의 독립을 염원했던 아버지에게 아주 멋진 선물이었다.

1945년 1월 14일, 직속상관인 정커맨Junkerman이 자신의 사무실로 수산을 불러 워싱턴 D.C.의 인사과에서 온 한 통의 전보를 주었다.

그 전보는 암호처럼 바로 해석할 수가 없었다. 전보를 해독하는 데는 그리 오랜 시간이 걸리지 않았다.

"신상 번호 308815, 미 해군 예비함대 웨이브 부대에 파견된 소위 수산 안. Op20G의 근무를 위해 1월 15일 정오 전까지 워싱턴 D.C. 해군성 해군작전 본부로 출두해서 신고 바람."

Cp20G부대라니, 원……. 내가 암호 해독에 대해 뭘 알지, 하고 수산은 자문해 보았다. 그녀는 그 유명한 Op20G부대에 대해 알고 있었다. 그러나 아무리 생각해도 해군에서 왜 그녀를 거기로 보내려 하는지 그 이유를 알 수 없었다. 수산은 짐을 꾸릴 시간조차 없었다. 그녀로 하여금 킹크 모의비행 훈련기와 항공포격술 등을 그토록 힘들게 훈련받게 하고서는 왜 다른 어떤 직무로 전환시키려 하는지 물어볼 틈조차 없었다. 한 가지 분명한 사실은 기차를 타고 내일 12시 전에 워싱턴 D.C. 해군성 본부에 도착해야 한다는 것, 그것이 전부였다. 그녀는 밤 10시에 기차를 탔다. 5시간 후 기차는 유니언 역으로 들어섰다. 새벽 3시의 기차역은 아주 조용했다. 수산은 호텔로 가서 몇 시간을 잔 후, 네브래스카 대로에 있는 해군 통신부 건물 프런트에 그녀의 명령서를 제출했다. 그녀는 다음과 같은 제목이 붙여진 서류 한 묶음을 건네받았다. 거기에는 해야 할 일들의 목록이 상세히 적혀 있었다.

〈해군 통신부에서 근무를 위해 신그하는 장교들의 지침〉

1. '명령에 대한 승낙' 의 뜻으로 명령서 사본과 서무계 하사관이 마련
   한 다른 필요한 서식용지에 서명한 후, 다음의 사무실로 가야 한다.
   　　(a) J-2600호실(2층으로 가서 J 건물의 복도를 따라가면 후미
   아홉번째 칸), 봉급명세서를 처리하고 수당을 요청하는 곳.
   　　(b) 1922호실, 건강기록표를 맡기는 곳.
   　　(c) 1037호실, 해군부 통행증을 위해 사진을 찍는 곳.(사진 관
   련 서류를 맡길 것)
   　정식 신분증-N.NAV.546-을 가지지 않은 사람.
   　　(d) 1036호실, 일시적인 표지를 위한 곳.
   　　(e) 3523호실, 정식 신분증(N.NAV.546)을 위해 사진을 찍는
   알링턴 별관(후미 두번째 칸으로 가서 17번가 입구에서 버스를
   탈 것).
2. 근부부서를 배정받기 위해서 1521호실의 접수 장교에게로 돌아올
   것.
3. 필요한 자료를 받자말자 등사기로 인쇄된 '방 번호' 용지에 써넣
   고, 1521호실에 그것을 돌려줄 것.
   만약 아직 금속 신원증명 번호패를 가지지 않았다면 2500호실에서
   신청서를 작성할 것.
4. 100달러짜리 여벌 제복의 신청은 보고 절차가 끝난 후 1521호실에
   서 언제든지 할 수 있음.
   주택 : 숙박하는 장교는 19번가 D거리에 있는 T-2 건물 — 내선 5115
   번 — 안에 정해져 있음.

  이제껏 근무 신고가 지금처럼 까다로운 적은 한 번도 없었다. 아틀랜
틱 시의 보안 절차는 그녀가 해군 암호부대에서 겪고 있는 것과 비교하
면 아무것도 아니었다. 그녀가 써 왔던 군대 용어보다 훨씬 더 비밀스러

운 말들로 쓰인 지침서만을 읽는 것도 지루한 일이었는데 그녀는 급료, 주택 신원증명, 건강기록표와 같은 간단한 일을 위해서도 아주 여러 곳을 다녀야만 했다. 그녀는, J 빌딩이라니 뭐 이런 빌어먹을 데가 다 있어, 하는 생각이 들었다. 하지만 곧 이 모든 것이 당연한 것으로 여겨졌다. 그녀는 자신이 칸막이 세계 속에 들어와 있다는 것을 알게 되었다. 그곳은 정보를 온갖 곳에 흩어놓고는 어느 누구도 무슨 일이 진행되고 있는지 알지 못하도록 설계되어 있었다. 그러한 것이 첩보기관에서 일을 하는 방식이었고, Op20G도 예외가 아니었다. 수산은 가능한 한 아주 적극적인 태도로 그 과정들을 끝까지 치러냈다. 그날이 끝나갈 때쯤 해서야 그녀는 자신이 어디에서 살지 되고 일을 하기 위해서는 어디에 가서 신고해야 할지를 알게 되었다.

다음날인 1945년 1월 16일은 그녀가 30살이 되는 날이었고, 그 첫날을 해군 첩보기관이라는 새로운 곳에서 시작하게 되었다. 그녀는 포격술을 가르치던 그곳이 그리웠다. 그녀는 그곳에서 이를 악물고 미국과 뉴질랜드, 그리고 오스트레일리아의 격추왕들이 하늘에서 제로스를 격추시킬 수 있도록 도와주었다. 비록 그녀가 직접 비행기에 오르는 것은 아니었지만, 자신이 마치 조종사가 된 것처럼 조준선에 정조준을 하고서 아버지가 한반도에서 그토록 몰아내고 싶어 했던 그 지겨운 놈들의 국기를 향해 방아쇠를 당기는 것같이 느꼈었다.

이제 그녀는 다른 전쟁터에 있었다. 그곳에는 총알도 없고, 시끄러운 프로펠러 소리도 없었다. 그녀는 자신의 임무가 확실히 무엇인지 알지 못했다. 그러나 해군에서는 비록 대단한 것은 못되지만 그녀의 한국어 지식을 필요로 하고 있다고 짐작했다.(결과적으로 해군은 실수를 한 것이었다 그들은 그녀를 일본어에 능통한 사람이라고 생각했던 것이다. 해군은 자신들의 실수를 절대로 유출시키는 법이 없었다. 그리고 해군의 이 실수는 그녀의 재능이 무수한 다른 영역에서 무한한 값어치를 발한다는 것을 증명했다.)

　수산의 첫 시련은 해군성 안에 있는 그녀의 부대 사령관에게서브터 시작됐다. 사령관은 한 장의 메모를 써서 그것을 감독관들 사이에 태포했다. 그 메모는 어떤 동양인 여자가 건물의 복도를 돌아다니는 것기 목격되었으니 모든 사람은 각자의 일을 처리하는 데 각별히 주의ᄒ라고 적어놓은 것이었다. 수산은 처음에는 그 메모를 믿을 수 없었다. 그녀는 부대 안에서 유일한 동양 여성이었기 때문에 그 메모는 다른 누근가가 아닌 바로 그녀를 가리키는 것이 명백했다. 출근한 첫날부터 그녀는 동료들의 눈에서 불신을 감지했다. 그녀가 사무실에 들어오면 그들은 책상 위에 있는 서류철을 덮어버렸다. 그녀가 동료들의 곁을 지날 때가다 서류 위에 놓인 그들의 손이 아주 미묘하게 위치가 바뀌는 것은 ᄋ연의 일치가 아니었다. 그때 수산은 자신 앞에 괴로운 여정이 가로놓ᄋ 있다는 것을 알게 되었다.

　사령관이 야기한 갈등을 풀어내는 데 무려 여섯 달이 걸렸다. 수산은 자신을 향해 쏟아지는 의심의 눈길에도 불구하고 열심히 일하는 것으로써 그 문제를 해결했다. 수산은 마침내 동료와 감독관들을 자신의 편으로 만들었다. 그것으로 그녀는 반 개의 계급장을 더 얻은 셈이었다. '해군 중위 안수산'은 '해군 소위 안수산' 때보다 훨씬 더 좋은 동료들을 주변에 두게 되었다.

　수산이 해군 첩보기관과 국회 도서관 사이의 교통을 개선시킬 수 있는 아이디어를 제출했을 때 나머지 반 개의 계급장을 마저 얻게 되었다. 해군 첩보기관은 정보 때문에 국회 도서관에 크게 의지하고 있였다. 사람들은 책과 정기간행물들을 빌리기 위해 매일 국회 도서관을 끊임없이 드나들었다. 빌린 책들 가운데 많은 것이 문학작품들이었다. 그것은 암호가 문학작품의 인물들을 참고하기 때문이었다. 수산은 그녀의 브대에서 국회 도서관에 들어가는 장교에게 필요한 것이 무엇인지를 알게 되었다. 그녀는 지하실에 공간을 확보하고 앞으로 수년 동안 이용하게 될 도서목록 체계와 기초자료를 만들었다. 해군 첩보기관의 지휘관들은 수산이 하고 있는 일의 장점을 알게 되었고, 그들은 그녀의 사무실을 국회 도서관 별관이라고 불렀다. 그녀의 일은 갑자기 여러 가지가 되었다. 그러나 그녀는 그것에 신경을 쓰지 않았다. 책에 대한 애정은 오랜 세월을 거치면서 그녀에게 엄청난 강점을 가져다주었다. 그녀가 일본어에 대한 지식을 가졌으리라는 가정과 '동양적 시각'을 가졌을 것이라는 이유로 시작된 첩보분야의 이력에서 서구 고전과 좋아하는 작가에 대한 지식이 그녀의 동맹군이 되었다는 것은 참으로 아이러니한 일이었다. 그녀는 그 지역에서 더할 나위 없이 소중하다고 입증된 작가들, 즉 톨스토이, 셰익스피어, 헤밍웨이, 도스또옙스끼, 뒤마, 스탕달, 플로베르, 체호프, 디킨스, 조이스에 정통했으며, 심지어 타키투스나 단테와 같은 그보다 더 이전 시대의 작가들에 대해서도 익숙했다.

시간이 지남에 따라 그녀는 사령관으로부터 대단한 평가표를 받았다. 그녀는 집으로 편지를 써서 자신의 평가에 대해 이야기해 주었다. 그러나 그녀가 무엇을 하는지는 가족들에게도 말할 수 없었다. 그녀는 그냥 국회 도서관에서 일한다고만 그들에게 썼다. 가족은 그녀가 말할 수 없다는 것을 알기 때문에 더 이상 묻지 않았다.

수산이 워싱턴 D.C.에 도착한 이래로 그녀의 생활에서 가장 즐거웠던 순간은 필립과 랄프와의 재회였다. 필립은 조지아에 배치되었고, 수병 랄프는 기본적인 훈련을 위해 플로리다에 배치되어 있었다. 필립과 그의 계획(또한 그의 돈) 덕분에 제복을 입은 세 사람은 외출을 나와 값비싼 식당과 극장에 갈 수 있었다. 그들은 가는 곳마다 사람들의 시선을 끌었다. 한 사람의 여성 해군장교와 수병, 그리고 정규 육군 사병이 모여 3인조를 이룬다는 것은 거의 있을 수 없는 일처럼 보였기 때문이었다. 그러나 그 3인조는 너무나 자연스럽고 유쾌하게 수도를 활보하고 다녔다. 수산은 애틀랜타의 식당에서 보았던 그 남자를 기억하고 있었다. 그는 해군 부대에서 그녀를 보고 거의 심장마비에 걸릴 뻔했었다. 만약 그가 이들 세 사람이 나와서 웃고 떠들며 돌아다니는 것을 보았다면 분명 기절했을 것이다. 그는 아마도 미국이 일본 병사들에 의해 포위되었다고 생각했을 것이다.

그러나 누군가가 가까이에서 본다면, 특히 그 사람이 영화 팬이라면, 금방 알아보았을 것이다. 〈Wassell 박사 이야기〉, 〈붉은 심장〉, 〈카이로의 다섯 개 무덤〉, 〈용의 자손〉, 〈Bataan(바탄)으로의 귀환〉, 〈중국의 하늘〉 등의 영화에서 그레고리 펙, 게리 쿠퍼, 험프리 보가트, 로렌스 버컬과 함께 출연한 필립을 알아보지 못할 사람은 없었다. 40여 편의 영화에서 대체로 그는 '악한' 역을 맡았다. 그는 많은 영화에서 일본 군인의 역할을 맡았다. 그래서 전쟁 영화가 개봉될 때마다 수많은 증오의 편지들을 받아야만 했다. 사람들이 필립을 알아볼 때면 그는 정중한 바리톤의 목소리로 그들을 감격으로 몸이 떨리도록 만든다. 그리고는 그들에게 자필 사인을 해주고 전쟁 채권을 사기를 권한다. 수산은 필립이 사람들을 다루는 방식에 감탄하곤 했다.

그는 참으로 멋진 귀공자였다. 그는 어떤 여성에게나 멋진 남편감이 될 것이었다. 그러나 그는 나이가 40이 되었지만 아직도 결혼하지 않고 있었다. 그는 결혼을 하면 그 여자가 자신의 어머니에 대한 관심을 빼앗아 갈 것이라고 말했다. 그리고 그는 아직 자신이 그럴 준비가 되어 있지 않다고 말했다. 그는 유명한 여배우 안나 메이 왕과 관련된 소문들이 있었지만, 공식적으로든 사적으로든 그것에 대해 일체 말을 하지 않았다. 그 대신 그는 수산의 장래에 대해 더 많은 관심을 보였다. 그가 수산에게 결혼에 대해 생각해 보았냐고 물어오면, 그녀는 웃으면서 "오빠 먼저"라고 대답했다. 그러면 그는 장난스럽게 얼굴을 찡그렸다.

어머니는 전쟁이 영원히 계속되면 수산이 결혼을 하지 않을까봐 걱정을 했다. 필립의 말에 따르면, 어머니는 수산의 나이가 30살이라서 적당한 젊은 남자들은 모두 결혼했을 것이니 수산은 이미 너무 늦었다고 생각한다는 것이다. 그녀는 사람은 모두 다르기 때문에 만약 한 남자가 결혼하기를 원한다면 언제든 자기에게 맞는 한 여자를 찾아낼 수 있을 거라고 말했다. 그런데 어머니는 결혼상대로 한국 남자를 염두에 두고 있었다. 그러나 수산은 어디에서도 한국 남자를 만날 수 없었다. 그녀와 함께 자란 한국 남자들은 전부 그녀보다 어렸다. 비록 그들이 그녀와 동갑이거나 더 나이가 많다고 하더라도 형제자매처럼 너무 친하게 함께 자랐기 때문에 수산은 그들에게서 전혀 연애 감정을 느낄 수 없었다. 그들과 데이트를 하거나 장래의 배우자로서 그들을 생각하는 것이 어쩐지 근친간의 접촉이라는 느낌마저 들어 생각하는 것조차 싫었다.

필립은 그녀가 느끼고 있는 점을 이해했다. 미 해군 중위 안수산에게 맞는 남자를 찾는 일은 결코 쉽지 않을 것 같았다. 아무튼 그녀는 자신의 일과 결혼한 상태였다. 그녀가 결혼을 하지 않는 것은 전쟁이 계속되고 있기 때문도 아니고, 남자들이 유럽과 태평양 섬들의 전선에서 죽어가고 있기 때문도 아니었다. 단지 그녀는 자신의 생활에서 어떤 상대에 대해 생각할 여유가 없을 뿐이었다. 결혼이나 그와 같은 일들은 지금 그녀의 생활에서 너무나 멀리 떨어져 있는 것처럼 보였다.

필립과 함께 돌아다니면서 수산은 자신이 예전처럼 경망스럽고 태평한 소녀 같다는 생각이 들었다. 그러나 랄프가 어느새 자라 큰 키와 듬직한 체구에 해군 복장을 한 모습을 보면서 그녀는 자신이 노처녀 같다는 생각이 들기도 했다. 사실 그녀는 랄프의 고등학교 시절 미식축구에서의 영웅담을 듣지 못했기 때문에 바싹 마른 고등학생의 모습을 보게 될 것이라고 생각했었다. 그래서 그녀는 그에 대한 자신의 이미지를 재빨리 그쳐야만 했다. 그는 깊이 가라앉은 목소리로, 자기는 수산이 큰누나든 아니든, 해군 중위이든 아니든, 그녀에게서 어떠한 간섭을 받을 마음이 없다고 말했다. 랄프에게서는 가족의 오랜 응어리가 녹아 없어지고 있었다. 그는 이미 자신만만한 수병이었다. 그래서 그녀가 그에게 해줄 수 있는 말은 별로 없었다.

수산은 랄프가 자신만만한 성인이라는 것을 인정하자마자 그녀의 어깨에서 무거운 짐이 벗겨진 듯한 느낌을 받았다. 그녀는 그 이유를 정확히 알지는 못했다. 아마도 살아오면서 오랫동안 어린 막내동생에 대한 큰누나로서의 역할이나 관심이 그녀의 가슴속에 새겨져 있었기 때문인지도 모를 일이었다. 그리고 그 역할이나 관심은 그녀에게서부터 시작된 것이 아니라 오랜 옛날 아버지와 어머니가 고향에서 어린아이였을 때부터 시작되었다가, 그녀와 그녀의 형제자매에게로 넘겨진 것인 듯했다. 한국에서 유교는 모든 사람에게 각자의 역할을 지나치다 싶을 만큼 세심하게 부과하는 것으로 변형되었다. 그 때문에 가족의 구성원들은 태어나면서부터 각자의 직함과 그에 부합하는 평가 기준을 가지게 되며, 그것은 영원히 지속된다.

수산의 부모와 가족 이외의 사람들에게 필립은 첫째아들, 필선은 둘째아들, 수산은 첫째딸, 수라는 둘째딸, 그리고 랄프는 셋째아들, 또는 막내였다. 그리고 랄프에게 필립은 큰형이고, 그리고 필선은 작은형이었다. 수산은 큰누나였고, 수라는 작은 누나였다. 물은 아무 맛이 없고 꿀은 단 것처럼, 형과 누나는 동생에게 베푸는 사람이 되도록 정해져 있다. 형은 강하고, 세속에 밝으며, 올바른 사람이다. 오빠는 친절하고, 굳세며, 보호해주는 사람이다. 누나는 친절하고, 다정하며, 돌봐주는 사람이다. 이렇게 말로 다할 수 없는 규칙들이 이어진다.

안씨 집안의 형제들에 한해서 그들은 서열의 관례에 그다지 구애받지 않았다. 수산은 필립과 필선을 부를 때 오빠라고 부르기보다는 "필립", "필선"이라고 불렀다. 펜실베이니아 대로를 걸어가거나, 링컨 기념관 앞에 서 있을 때에는, 그들은 단지 랄프이고, 수산이고, 필립일 뿐이었다. 거기에는 온갖 복잡한 사정들과 함께 극도로 한정된 가족의 역할 속으로 빠져드는 오빠도 없고, 누나도 없고, 동생도 없었다. 그들 일가족 사이에는 애정과 보살핌이 자연스럽게 넘쳐흘렀다. 아버지가 그것을 원했기 때문이었다. 나이가 많건 적건 모두가 동등한 입장에 서 있었다. 그러나 물건값을 치를 일이 생기면, 필립은 오랫동안 해온 것처럼 거의 대부분 자신의 주머니를 뒤졌다. 필립이 그렇게 하는 것은 모든 형이나 오빠가 그렇게 하도록 되어 있기 때문이 아니라, 그가 그렇게 하고 싶었기 때문이었다. 게다가 랄프와 수산은 돈이 많지 않았다.

그들의 재회는 수산에게 멋진 휴식시간이었다. 그래서 그녀는 그 남자들을 떠나보내기 싫었다. 며칠 동안 그녀는 Op20G과 암호, 국가 중

가족사진. 1941년. 앞줄 왼쪽에서부터 수라(사라), 어머니 헬렌 안, 그리고 수산. 뒷줄 왼쪽에서부터 랄프, 필립, 그리고 필선. "필립이 육군에 징집되었어요. 우리는 이것이 함께 사진을 찍을 마지막 기회가 될지도 모른다고 생각했어요."

대사의 비밀 통신과 관련된 중압감을 잊고 지냈다. 그러나 대화는 언제나 전쟁으로 흘러갔다. 비록 그들이 고된 일상으로부터 멀리 떨어져 있었지만, 그 전쟁에서 누가, 어디에서, 무엇을 하고 있는지에 대해 이야기했다. 랄프는 '제왕들'이라고 부르는 그의 친구들의 모임에 대해 이야기했다.

연합군은 가히 필사적이라고 할 수 있는 일본과 독일을 향해 공격해 들어가 포위하고 있는 중이었다.

일본은 필리핀 전투 이후 정기적으로 가미가제 폭격기들을 보내고 있었다. 이것은 미 해군으로서는 중대한 관심사였다. 수병으로서 랄프는 언젠가 그들과 맞닥뜨려야 할지도 몰랐다. 모든 사람이 이 자살 특공대 조종사들에 대해 더 많은 것을 알고 싶어 했다. 만약 그녀가 애틀랜틱 시나 펜서콜라로 돌아갈 수만 있다면 조종사들로부터 진짜 새로운 정보를 얻어들을 수 있을 거라는 생각이 들었다.

수산은 전선으로부터 승리의 이야기들을 가지고 돌아오곤 했던 조종사들이 그리웠다. 그녀는 레이테 작전에 대해서는 신문과 라디오에 의지할 수밖에 없었다. 그녀는 신문과 잡지에 나오는 이야기가 아닌 진짜 이야기를 듣고 싶었다. 그녀는 가미가제 폭격기들이 어떻게 20밀리와 50밀리 고사포를 피해서 급강하해 군함 위로 떨어질 수 있는지 듣고 싶었다. 그들의 성공 비율이 얼마이며, 우리의 함대 호위 전투기들은 무엇을 하고 있는지, 그것이 알고 싶었다.

수산은 더 많은 상세한 정보들이 필요했다. 그녀에게 필요한 정보는 그들이 어떤 종류의 비행기를 날리고 있고, 그 수는 얼마인지 하는 것들이었다. 결국 일본 해군은 어떤 경우에는 기껏 일주일의 훈련밖에 받지 않은 경험이 없는 어린 조종사들로 하여금 폐물이 다 된 비행기를 타게 했다는 사실이 드러났다. 그들은 항법 훈련이라고 말할 만한 것을 전혀 받지 않았으며, 많은 경우 목표물조차 찾을 수 없었으며, 그들은 돌아갈 수드 없었다. 그들은 목표물에 도달할 수 있을 만큼의 연료만을 실었고 (목표물이 없을 경우에만 돌아갔다), 전투를 유도하기 위한 연료는 전혀 허용되지 않았다. 그런 식으로 그들은 정상적인 연료 적재량의 1/3을 덜어내고 특수 폭탄을 실을 충분한 공간을 마련했다. 각각의 임무에 그들은 150대를 보냈고, 150대 중에서 10대 내지 11대 정도가 겨우 항공모함이나 순양함, 또는 전함의 갑판을 맞췄다. 평균적으로 군함 호위 전투기와 AA사수들은 그들의 비행대대 가운데 139대 내지 140대를 격추시켰다. 떼지어 몰려드는 인간폭탄에 대항한 미 해군의 방어는 93%라는 기대할 수 있는 최상의 명중률을 자랑하고 있었다. 그러나 문제는 간신히 방어망을 뚫고 도달하는 그 소수의 비행기였으며, 그것에 대해서는 계속해서 밀어내는 것 이외에는 달리 할 수 있는 일이라고는 없었다. 비록 해군은 적의 결의를 잘 알고 있기는 했지만, 해군의 모든 비행 훈련에서 가미가제 조종사들의 무모한 자살 폭탄에 대처할 것은 아무것도 없었다.

그래서 니미츠 제독과 태평양사령부는 2년 전 솔로몬 군도에서 시작된 '뒤집힌 물음표' 작전으로 밀고 나갔다. 일본에 완전히 상륙하기 전의 가장 가까운 기착지는 사이판과 이오지마, 그리고 오키나와였다. 침공 계획은 해군 주변에 떠돌던 소문에 따르면 1943년부터 실시되어 오고 있었다는 것이었다. '작전 붕괴'는 1945년 11월쯤 일본 본토의 침공을 목표로 하고 있었다.

예언이란 것은 그 어떤 것도 믿을 만한 것이 못된다는 것을 수산은 알고 있었다. 유럽에서의 전쟁은 1944년 말에 끝날 것으로 예상했었다. 그러나 지금은 1945년 하고도 2달이 지났다. 가까운 장래에도 쉽게 끝날 것 같지가 않았다. 독일이 얼마나 더 오래 버틸지 아무도 모를 일이었다. 수많은 상황들이 꼬여들고 운명이 때 없이 변전하는 전쟁에서 예언할 수 있는 일이라고는 아무것도 없었다. 대인이나 아내가 있는 집으로 돌아가 느긋하게 뒤뜰에서 바비큐 요리를 꿈꾸는 오클라호마 출신의 수병이나 맨해튼 출신의 잠수함 승무원의 삶과 죽음을 누가 예언할 수 있단 말인가. 전쟁이 진행중인 이 시점에서 생각할 수 있는 유일한 것은 전쟁이 끝난 뒤에 무엇을 할 것인가 하는 것이었다. 그들은 서로에게 물었다.

"당신은 전쟁이 끝난 뒤에 무얼 할 건가요?"

8백만의 강력한 루스벨트의 군대는 서로에게 자신들이 살아가게 될 집에 대해 이야기했다. 더러는 집으로 돌아간다고 하고, 또 더러는 햇볕이 많은 캘리포니아와 같은 서부로 나가 정착하고 싶다고 말했다. 많은 군인들이 집을 떠나온 것은 이번이 처음이었다. 수산은 전쟁이 끝나면 무엇을 할 것인지 알 수 없었으나 어쨌든 집으로 돌아갈 것이라고 생각했다. 그러나 지금 그녀가 할 수 있는 일은 매일 포토맥 강을 가로질러 국회 도서관 건물로 통근하는 것뿐이었다.

12

대일 전승 기념일

프랭클린 루스벨트 대통령을 잃는 것은 아버지를 잃는 것과 같았다.

인류가 지금까지 보아온 전쟁 가운데 가장 큰 전쟁을 한창 치르고 있던 그 밤에 그런 위대한 인물이 세상을 떠나자- 온 나라가 비탄에 빠져들었다. 사람들 모두는 죽음에 너무도 익숙해 있었다. 끝없이 이어지는 시신을 담은 자루와 장례식은 그들의 아들, 형제, 남편, 친구, 그리고 이웃의 것이었기 때문이었다. 아무리 그렇다고 해도 루스벨트의 죽음은 미국을 건너서 유럽과 태평양 전쟁지역의 모든 사람들에게도 충격을 주었다. 워싱턴 D.C.는 눈물과 슬픔에 젖은 우울한 봄을 맞이하고 있었다. 해군성 복도를 지나다니는 발걸음은 더 이상 확신에 차 있지도 않았고, 이전의 미친 듯한 활기도 크게 위축되어 있었다. 루스벨트는 해군 출신이었다. 그는 참모회의에서 제독들을 '우리'로, 육군의 장성들을 '그들'이라고 불렀다. 그의 이러한 말투는 조지 마셜이 공공연한 편애라고 지적하고서야 고쳐졌다.

말이 끄는 영구차가 펜실베이니아 대로를 따라 움직이는 것을 온 나라가 지켜볼 때, 수산과 그녀의 동료들은 5일 전 해군이 초대형 일본 전함 야마토호를 침몰시켰을 때 벌였던 축하연마저 잊고 있었다. 수산의 눈물은 그녀의 아버지를 위해 흘렸던 눈물과 같은 것이었다. 신이여, 이

두 사람에게 은총을 내려주소서 하고 그녀는 마음속으로 빌었다.

루스벨트가 가고 나자, 사람들은 불안한 목소리로 크게 떠들기 시작했다.

"누가 히틀러와 도쿄에 대항해서 자유세계를 이끌어 가지? 해리 S. 트루먼이 나서서 루스벨트가 했던 것처럼 처칠과 스탈린을 상대할까?"

해군 건물 안에서 해리 S. 트루먼은 알려지지 않은 인물이었다. 그는 포병 대위 출신이었다. 미주리 태생의 트루먼은 대통령 책무를 더맡았다. 새로운 최고 지휘관으로서 그는 전면적인 전쟁정책으로 최후까지 '독일 제일주의'의 목표로 이루려고 했던 제3제국을 붕괴시키고 마침내 유럽 전승 기념일을 맞이했다.

이제 연합군은, 오키나와와 일본 본토를 사수하기 위해 마지막 한 사람까지 싸우기를 맹세한 도쿄 히데끼와 피에 굶주린 장군들에게로 포화를 돌렸다. 수산은 마음속으로 일본과의 전쟁은 자신에게 더없이 중요한 전쟁이라고 생각했다. 그것은 그녀가 해군에 입대한 첫번째 이유이기 때문이었다. 수산에게 일제의 전쟁 기계들과 싸운다는 것은 평생토록 일본으로부터 대한민국을 독립시키기 위해 헌신했던 아버지의 소명을 되살리는 것과 같은 것이었다.

그녀는, 만약 아버지가 지금 진행되고 있는 일들을 볼 수만 있다면 얼마나 좋아하실까 하는 생각을 하자 가슴이 미어지듯 아파왔다. 이토 히로부미와 그의 범아시아 계획을 위해 함께 일하기를 거부한 아버지가 옳았다. 아버지는 "아시아인들의 공동 이익을 위해 모든 아시아를 결속"시키려 한다던 일본의 계획을 바로 꿰뚫어보고 있었다. 그는 일본의 미사여구를 잘라내고 그 속에 감추어진 음흉한 의도를 파악했던 것이다. 그것도 일본이 진주만을 공격하기 정확히 30년 전에 간파하고 있었다. 아버지가 예언했던 것처럼 일본은 내심 공포와 무력으로써 아시아 전체를 식민지화하려고 했다. 그렇게 하기 위해 그들은 한국을 비롯해서 중국, 인도차이나, 인도네시아, 그리고 타평양 제도의 무고한 사람들을 죽이고 불구로 만들었다. 도죠와 그의 정부는 아시아 사람들을 통제하기 위해 사악한 정책들을 공포했다. 일본 정부는 그들의 너그러움을 누구에게나 믿게 하고 싶어 했으나 그 수단들 속에는 너그러움이란 존재하지 않았다. 그 정책들은 영토를 점령하여 그곳의 자원들을 차지하고 갈탈한다는 것을 의미했다. 한국에서는 쌀, 어류, 황금, 텅스텐을, 만주에서는 석탄과 밀을 수탈하고, 중국에서는 노동력과 길게 수천 마일을 뻗은 해안선을 차지하고 착취했으며, 버마에서는 고무를, 인도네시아에서는 석유를 강탈했다. 이 모든 것들은 일본 상선에 실려 끝없이 일본으로 흘러들어갔다.

이제 일본은 다 죽어가고 있었다. 수산은 트루먼이 일본에 대해 계속해서 무조건적 항복 정책을 실시한다는 사실을 알고 기뻤다. 협상을 통한 것은 어떤 해결책이든 대한민국의 독립을 위험에 빠트릴 것이었다. 국제적 사건들이란 너무도 예측할 수 없는 것이기에 일본은 대한민국을 자신들의 영토로 유지하기 위해 그들 특유의 방식으로 얼버무리려 들지도 몰랐다. 그러나 수산의 마음 한편으로는 과연 일본이 항복을 할까 하는 의심이 들었다.

일본은 항복했다. 장군들의 소망과는 달리 히로히토는 라디오 방송국으로 가서 항복을 선언했다. 워싱턴 D.C.는 온통 축하를 하느라 격정과 환희에 휩싸였다. 자동차들은 경적을 울리고, 사람들은 춤을 추고, 환성을 지르며, 서로 포옹을 했다. 수산의 동료와 친구들은 그녀를 데리고 나가 축하하고 싶어 했다. 그들은 그녀가 얼마나 오랫동안 이 순간을 기다려 왔는지 잘 알고 있었다. 그들은 그녀의 아버지의 활약도 알고 있었다. 만약 가장 큰소리로 환호하는 사람이 있다면, 그것은 바로 수산이었을 것이다. 이 순간 그녀가 느낀 감정은 바로 안도감이었다. 그녀는

'아, 마침내!' 라고 생각하며, 집으로 가 긴 잠을 잤다.

한반도에서 수천 마일 떨어진 곳곳에서 수백만의 해외 한국인들이 라디오에 귀를 바싹 붙이고서 히로히토가 읽어가는 제국의 칙서에 귀를 기울였다. 크게 높여진 라디오 소리에서 패배한 일왕이 항복을 알리고 있었다.

짐은 깊이 세계의 대세와 제국의 현상에 임하여 비상조치로써 시국을 수습코자 여기 충량한 그대들 신민에게 고하노라.

짐은 제국정부로 하여금 미·영·소·중 4국에 대하여 그 공동선언을 수락할 뜻을 통고케 하였다. 생각건대 제국신민의 강령을 도모하고 만방 공영의 낙을 같이함은 황조황종의 유범으로서 짐의 권권복응하는 바 전일에 미·영 양국에 선전한 소이도 또한 실로 제국의 자존과 동아의 안전을 서기함에 불과하고 타국의 주권을 배하고 영토를 범함은 물론 짐의 뜻이 아니었다. 연이나 교전이 이미 사세를 열하고 짐의 육·해 장병의 용전, 짐의 백료유사의 정려, 짐의 이억 중서(중서)의 봉공이 각각 최선을 다하였음에도 불구하고 전국은 필경에 호전되지 않으며 세계의 대세가 또한 우리에게 불리하다. 뿐만 아니라 적은 새로이 잔학한 폭탄을 사용하여 빈번히 무고한 백성을 살상하여 차해에 미치는 바 참으로 측량할 수 없게 되었다. 이 이상 교전을 계속하게 된다면 종래에 우리 민족의 멸망을 초래할뿐더러 결국에는 인류의 문명까지도 파각하게 될 것이다. 여사히 되면 짐은 무엇으로 억조의 적자를 보하며 황조황종의 신령에 사할 것인가. 이것이 짐이 제국정부로 하여금 공동선언에 응하게 한 소이이다. 짐은 제국과 함께 종시 동아해방에 노력한 제맹방에 대하여 유감의 뜻을 표하지 않을 수 없다.

제국신민으로서 전진에 죽고 직역에 순하고 비상에 패한 자 및 그 유족에 생각이 미치면 오체가 찢어지는 듯하며 또 전상을 입고 재화를 만나 가업을 잃어버린 자의 후생에 관해서는 짐이 길이 진념하는 바이다. 생각하면 금후 제국의 받을 바 고난은 물론 심상치 않다. 그대들 신민의 충정은 짐이 선지하는 바이나 짐은 시운의 돌아가는 바 심난함을 감하고 인고함을 인하여서 만세를 위해서 태평을 고하고자 한다.

짐은 여기에 국체의 호지함을 얻어 충량한 그대들 신민의 적성에 신의하여 항상 그대들 신민과 함께 있다. 만약 정에 격하여 사정을 간조하여 혹은 일명 배제하여 서로 시국을 어지럽게 하고 대도를 그르치게 하여 신의를 세계에 잃게 함은 짐이 가장 여기에 경계하는 바이다.

모름지기 거국일치 자손상전하여 굳게 신국의 불멸을 믿고 각자 책임이 중하고 갈 길이 먼 것을 생각하여 총력을 장래의 건설에 쏟을 것이며 도의를 두텁게 하고 지조를 튼튼케 하여 국체의 정화를 발양하고 세계의 진운에 뒤지지 않도록 느력할지어다. 그대들 신민은 짐의 뜻을 받들어라.

1945년 8월 15일

히로히토

13

NAVCOM(미 해군 통신 본부)

공식적인 항복은 맥아더 장군의 지휘하에 있는 전함 USS 미주리호에서 거행되었다. 세상의 모든 이목은 몸에 맞지도 않는 턱시도를 입고 축 처진 모자를 쓰고서 전쟁 종식 문서에 서명하는 초라한 일본의 의무대신 마모루 시게미츠에게 집중되었다. 뉴스 영화도 무참히 패배한 노인이 발을 질질 끌며 항복석상을 떠나가는 장면을 보여주었다. 비틀거리며 미주리호의 갑판을 걸어 나갈 힘조차 없어 보이는 그 노인을 지켜보고 있었지만 수산은 아무런 감흥도 일어나지 않았다. 그렇게 오랫동안 그렇게 많은 수백만의 사람들을 공포 속으로 몰아넣은 사람이 바로 저 사람이었더란 말인가? 저 노인의 마음속에는 지금 어떤 생각들이 스쳐 가고 있는 것일까? 치욕? 당황? 후회? 슬픔? 아니면 분노? 히틀러와 무솔리니가 죽고 난 지금 히로히토는 2차 세계대전의 추축국 가운데 살아남은 유일한 지도자였다. 그래서 그는 이제 수많은 사람들의 죽음에 대한 부담을 짊어져야만 했다. 그로 인해 히로히토의 백성들은 맥아더 장군의 다스림을 받게 되었다. 정의는 결코 사라지지 않는다고 수산은 생각했다. 그리고 이제 일본은 군사적 점령이 어떤 것인지를 스스로 알게 될 것이라고 생각했다.

한국인에게 연합군의 승리는 오랫동안 실현되기를 꿈꾸어 왔던 해방을 의미하는 것이었다. 그들은 일본의 군사적 점령에서 벗어나려고 36년간을 기다려 왔다.

한국의 자유는 히로시마와 나가사키의 하늘을 뒤덮은 두 개의 원자폭탄과 함께 찾아왔다. 원자폭탄이 다른 사람들에게는 어떠한 의미였든 간에, 한국인이라면 그가 세계 어느 곳에 살든 상관없이 그것은 더할 수 없는 기쁨이었다. 한반도는 말할 것도 없고 일본은 물론 로스앤젤레스, 리버사이드, 델라노, 샌프란시스코, 시카고, 뉴욕, 멕시코, 하와이, 리들리, 스탁톤, 와이오밍, 필라델피아, 쿠바, 만주, 충칭, 상하이, 시베리아, 사할린, 유럽에 살고 있는 한국인들은 모두 환호성을 올렸다. 인류에게 알려진 가장 강력한 이 폭탄은 히로히토로 하여금 더 참혹한 파멸이 뒤따르게 될 것이라는 사실을 깨닫게 해주었다. 그는 자신의 친애하는 일본 백성들이 더 이상 희생되기를 원치 않는다고 말했다. 더 이상의 가미가제도, 더 이상의 자살폭탄도 원치 않으며, 그래서 더 이상 원자폭탄이 있어서는 안 된다고 말했다. 최후의 한 사람까지, 어린아이까지도 싸우겠다던 그의 백성들에게도 이제 더 이상의 의지나 힘이 없었다. 그에게는 선택의 여지가 없었다.

이제 그의 군대는 무기를 내려놓고 해산해야 했다. 한반도에서는 미국과 러시아의 군대가 일본 군대의 무장해제를 감독했다. 일본이 대한제국의 마지막 군대를 무장해제시키는 광경을 지켜보아야 했던 아버지가, 서울 한복판에서 일본 군대가 무장해제를 당하고 해산되는 이 광경을 볼 수만 있다면 하고 생각하니 수산은 눈시울이 뜨거워졌다.

어머니는 평소와 마찬가지로 감정을 자제하고 있었지만, 전화기를 통해서 들려오는 어머니의 목소리에서 수산은 흥분을 감지할 수 있었다.

"믿을 수 없어. 해방이야! 우리가 평생을 두고 기다려 온 해방이 아니더냐! 그러나 해방을 지켜보아야 할 너의 아버지가 여기 계시지 않는구나!"

애석한 마음을 감추지 못한 어머니는 순간 목소리가 조금 갈라졌다. 그러나 곧 어머니는 집 안팎으로 넘쳐나는 사람들을 위해 음식을 장만하는 것에 대해 말했다. 수라가 야채를 다듬고 청소하고 설거지하는 일들을 많이 도와준다고 했다.

"고맙게도 많은 사람들이 음식을 가지고 왔구나."

사람들은 연로한 어머니가 예전처럼 큰 손님을 치를 수 없다는 것을 알기 때문이었다.

"모두들 노래하고 술 마시고 야단들이다. 정말이지 너무 좋구나. 사람들이 너무너무 행복해 하는구나."

아버지가 돌아오기를 기다리던 남부 캘리포니아 대학(USC) 캠퍼스 근처 37번가 집에서 어머니는 앞뜰 잔디밭 한모퉁이에 심어놓은 꽃들을 지그시 바라보고 있었다. 도산의 한국 제자들이 방문하던 그 집도 이제 로스앤젤레스의 일본 첩보원들의 감시로부터 해방되었다. 일본 첩보원들이 도쿄에 있는 정보국 본부로 방문자들의 이름과 사진을 코냈을 것이라는 사실은 너무도 분명했다. 도산의 제자와 동지들뿐만 아니라 미군의 여러 부서에서 복무하고 있는 많은 군인들에게 그 집은 중간 기착지와 같은 곳이었다. 그 집을 찾은 군인들로는 아이다호 출신의 격추왕 프레드 오르Fred Orr, 폭격수 왈도 구Walde Koo, 미 육군 통신대의 대령 필립 김, 미 의무대의 장교 프랭크 최와 새미 리 등이 있었다. 그리고 이승만도 피터 현과 함께 왔었다고 어머니가 말했다.

필립과 함께 영화일을 하는 친구들, 필선이 가정교사를 하며 가르쳤던 아이들, 수라의 친구들, 그리고 랄프의 친구들이 다녀갔다. 그들은 각자의 처지에 따라 감흥이 달랐다. 전쟁에서 이겼기 때문에, 전쟁이 끝났기 때문에, 조선이 해방되었기 때문에, 전쟁 동안 이어졌던 배급제가 끝났기 때문에, 전쟁의 종식으로 새로운 발전이 있을 것이기 때문에, 또는 귀국할 수 있다는 이유 때문에 그들은 흥분에 휩싸여 있었다.

이윽고 어머니는 수산에게 어떻게 지내느냐고 물었다. 수산은 잘 지낸다고 대답했지만 어머니가 무엇을 묻고 있는지 알고 있었다. 어머니는 그녀가 '어떻게' 지내는지보다는 '무엇'을 하고 있는지를 더 궁금해했다. 수산은 어머니에게 그녀가 해군 산하 빌딩에서 오랜 시간 동안 일하고 있다고 말했다. 정보 업무의 민감한 속성 때문에 그것이 그녀가 말할 수 있는 것의 전부였다. 그리고 지난 오랜 세월에 대해 어머니와 말하는 동안 그녀는 어머니의 다음 질문에 대한 대답을 준비했다. 어머니는, 이제 전쟁도 끝났으니 결혼은 언제 할 거냐고 불쑥 물어올 것이 틀림없었다.

"넌 더 이상 젊지 않아."

수산이 예상한 것처럼 어머니는 그녀의 결혼 말을 꺼냈다.

"너도 알지, 네가 지금 30살이라는 거. 조선 같았으면 넌 노처녀야. 네 나이의 여자들은 벌써 자식이 둘 셋은 됐을 테니까."

"아이, 엄마도! 시외전화료 올라가겠어요."

대화는 거기서 짧게 끝났다. 전화는 굉장한 발명품이었지만, 수산의 가족들은 언제나 긴급한 일이나 중대한 소식을 전할 때만 사용했지, 한가하게 수다를 떨기 위해서는 쓰지 않았다. 물론 결혼은 중대한 문제이지 한가한 수다는 아니었다. 특히 어머니에게는 더욱더 그랬다. 아버지도 수산과 수라의 결혼을 걱정했었다. 어머니에게 보냈던 편지에서도 딸들의 결혼에 대한 생각을 쏟아놓았었다. 부모의 마음에는 딸들의 인생에서 가장 중요한 것이 결혼이었다. 이것은 한국이나 미국 모두의 전통적인 생각에서는 마찬가지였다. 그렇지만 한국식 사고에서는 그 정도가 훨씬 심했다. 아무리 부모들을 계몽시켜 보았자, 그들은 여자의 일생에서 결혼이 가장 중요하다는 생각을 버리지 못할 것이다. 세상이야 어떻게 되어가고 있든 어머니의 마음을 바꾸어놓을 수 있는 것은 아무것도 없었다. 여자는 결혼을 잘 해야 한다는 것, 그것뿐이었다. 수산도 그 생각에 전적으로 반대하는 것은 아니었다. 그러나 결혼이 그렇게 시급하다는 생각은 들지 않았다. 왜냐하면 수산은 아직도 자신이 서른 살처럼 느껴지지 않았기 때문이었다. 그녀는 아직도 알고 싶고 하고 싶은 일들이 많이 있으며, 그러기 위해서는 많은 시간이 필요하다고 여기고 있었다. 그녀는 아직도 남편이나 자식에게 안주하고 싶지는 않았다.

전쟁이 끝난 세상에는 결혼이라는 새로운 열풍이 몰아치고 있었다. 전쟁에 집중되었던 열정이 집을 짓고, 차를 만들고, 고속도로를 건설하는 쪽으로 옮겨갔다. 그리고 모두들 결혼하고 있었다. 수산은 일 속에 파묻히는 쪽을 선택함으로써 결혼의 열기에 맞섰다. 그녀는 일 속에 파묻혀 있을 때 더 편안했고, 그것이 이상적인 배우자를 찾는 일보다는 목표가 더 분명하게 여겨졌기 때문이었다. 그녀의 사회생활은 대부분 Op20G의 동료들과 함께 어울리는 것이었다. 동료 장교들은 각자의 집에 돌아가면서 수산을 초대했고, 그것은 수산에게도 좋은 일이었다. 그녀는 여러 사람이 어울려 사교적 모임을 갖는 것을 좋아했다. 그것은 예전부터 지니고 있던 그녀의 습관이었다. 게다가 그녀가 Op20G 이외의 사람들과 나눌 수 있는 대화란 아무것도 없었다. 그녀는 분명히 해군 정보부의 하느님에게 비밀을 지키겠다는 서약을 했기 때문에 자신의 업무와 관련해서는 어떤 말도 할 수 없었다.

수산이 또 다른 Op20G의 대원인 준위 프랭크 커디Frank Cuddy를 만난 것은 아주 자연스러운 일이었다. 프랭크는 하와이에 있는 Op20G의 MI8 사단에서 근무했었다. 그는 그곳에서 한국 사회, 특히 한국의 여성들을 좋아하게 되었다.

네브라스카 대로에 있는 해군 산하 빌딩 안에서 프랭크 커디 준위가 수산을 만나고 싶어 한다는 말이 떠돌았다. 수산은 책상에 하와이에서 가지고 온 한국 여자의 사진을 두고 있는 그 이상한 사람과 일부러 만나고 싶지는 않았다. 수산은 프랭크라는 사람이 도대체 어떤 사람일까 궁금하기는 했다. 주위 사람들은 그가 마치 세기(世紀)의 남편감이라도 되는 것처럼, 그가 이런 사람이라느니, 저런 사람이라느니 수산에게 떠들어댔다. 프랭크는 권투 장학금을 받고서 콜럼비아 대학에 들어갔다고 사람들이 말했다. 그리고 가장 멋진 아일랜드계 권투선수라고도 했다. 그뿐만 아니라 야구도 잘한다고 했다. 어떤 소위 친구가 수산을 파티에 초대했다. 그리고는 프랭크도 틀림없이 올 것이라고 말했다. 수산은 그 소위의 파티에 갔고 거기에서 마침내 프랭크를 만났다. 그는 수백 명의 웨이브 대원들로 가득한 기지 내에서 재담꾼으로 이름이 자자했다. 그러나 그날은 평소와는 달리 아주 조용했다. 파티가 끝나고 사람들과 작별인사를 나누며 버스 정류장에 서 있는 수산에게로 프랭크가 걸어와서 말을 걸었다.

"전화를 해도 되겠습니까?"

수산은 미소를 지으며 고개를 끄덕였다. 그는 키가 크고 잘생긴 사내였다. 그는 그날 밤의 파티에서 내내 조용했다. 수산은 자신이 그를 어떻게 생각하고 있는지 확실히 알 수 없었다. 그는 성실한 사람인 것처럼 보였다. 그녀는 작별인사를 하고 버스에 올랐다. 일주일, 이주일, 그리고 한 달이 지났지만 그에게서 아무런 연락도 오지 않았다.

수산은 프랭크에 대한 생각을 잊어버렸다. 그녀는 점점 더 암호를 해독하는 일에 몰입했다. 그녀가 일급비밀을 취급할 수 있는 자격을 승인받는 데는 6개월이라는 긴 심사과정을 거쳐야 했다. 그녀는 그 과정이 자신의 피부색 때문에 더 오래 걸렸다는 것을 알았지만, 개의치 않았다. 그녀는 이미 전세계의 외교 문서와 전보, 그리고 군사 통신들을 세밀히 조사하고 분류하는데 깊숙이 관여하고 있었다. 그녀를 해군에 입대하게 했던 이유였던 일본과의 전쟁은 끝났고, 그것으로 모든 전쟁은 끝이라고 생각했다. 그러나 놀랍게도 분쟁은 세계 도처에서 끊임없이 일어나고 있었다. 미국이 전쟁 없는 신세계의 도래를 축하하는 동안, 새로운 적들은 유럽과 아시아에서 생겨나고 있었다. 전쟁의 끝이 평화를 뜻하는 것이라고 생각한 것은 그녀의 순진한 생각일 뿐이었다.

큰 전쟁은 수많은 작은 전쟁들을 불러일으켰다. 중국에서는 내전이 일어났고, 중동, 인도, 인도차이나, 남미 그리고 아프리카에서는 영토 분쟁이 일어났다. 수산은 새롭게 일어나는 싸움과 잔혹 행위들의 증거가 매일매일 그녀의 책상에 쌓이는 것을 지켜보아야만 했다. 수산은 이제 전쟁에서 벗어나고 싶었다. 그녀는 수천 명의 웨이브 대원들이 제대하는 것을 보면서 퇴역을 생각했다. 이제 캘리포니아의 집으로 돌아가 전쟁 이전의 민간인 생활로 돌아가는 것이 어떨까. 그러나 그녀는 전쟁 전에 자신의 생활이 어떠했는지 기억해낼 수 없었다. 그것은 아주 오래전의 일이었고, 이상하게도 로스앤젤레스에 있는 자신의 모습을 더 이상 그려낼 수 없었다. 만약 그녀가 아직도 애틀랜틱 시에 있었다면, 그녀는 전역하는 많은 웨이브 대원들 속에 포함되었을 것이다. 8월말까지 웨이브 대원의 수를 8만 명에서 3만 명으로 축소하기로 되어 있었기 때문이었다.

그녀는 NAVCOM으로 전출되었기 때문에 일반 웨이브 대원에서 분리되어 나왔다. 그녀는 현역에서 물러나기보다는 계속 복무하고 싶었기 때문에 자신이 엘리트 집단에 주어지는 특권을 누리는 것처럼 여겨졌다. 그녀는 아주 열심히 일해 왔다. 그런 그녀가 바로 그 시점에서 자신의 일을 포기한다는 것은 옳은 일이 아니었다. 게다가 그녀는 민간인 생활에서 자신이 하고 싶은 일을 생각해낼 수 없기도 했다.

14

암호전문가 안수산 대위

　수산이 해군통신본부 Op20G에 대해 전해들은 유일한 소문은 JN25라는 일본군의 암호를 해독해냈다는 것이었다. 그리고 그것은 미드웨이 해전에서 승리를 하는 데 결정적 요인이 되었다. 그 일은 NAVCOM 주변에서는 누구나 아는 아주 상식적인 일이었다. 하지만 그녀는 Op20G가 1924년부터 존속되어 왔다는 사실조차 알지 못했다. 그 기간은 아버지가 마지막으로 집에 왔던 때만큼이나 까마득한 시간이었다.

　해군이 암호해독 분야에 진출한 역사는 그보다 훨씬 먼 1차 세계대전 이전까지 거슬러 올라간다. 헨리 올리버Henry F. Oliver 해군 소장은 영국의 과학자인 제임스 알프레드 유잉James Alfred Ewing을 초빙하여 해군 정보국 내에 암호 해독 부서를 만들고, 해군 본부 건물 40호실에 암호 해독팀을 조직했다. 그들이 그 유명한 "40호실의 별종들(motley crew)"이었다. 그들은 대개 독일의 통신을 다루었다. 그들의 가장 혁혁한 공적은 짐머맨(Zimmermann, 당시 독일 외무장관)의 전보를 해독해낸 것이었다.

　그 전보는 독일에서 뉴욕의 서부 전신국(Western Union)을 경유해 멕시코 외무부 장관에게 가는 중대한 메시지였다. 그 전보는 숫자들로 가득 차 있었다. 40호실의 수학자들은 그것을 해독해 내려고 계속 매달렸다. 그들이 암호를 해독했을 때 자신들이 발견한 것을 보고 기겁하지 않을 수 없었다.

　우리는 2월 1일에 활동에 제한이 없는 유보트(U-boat : 1 · 2차 세계대전 때 대서양과 태평양에서 활동한 독일의 중형 잠수함)를 이용한 전쟁을 시작하려고 합니다. 그럼에도 불구하고 우리는 미국이 중립을 유지하도록 하는 작전을 꾀할 것입니다. 이 작전이 성공하지 못할 경우, 우리는 멕시코에 다음과 같은 조건으로 동맹을 제안합니다.
　멕시코가 우리 편에 서서 우리의 전쟁 행위에 동참하고, 평화적 해결에 합류하여 폭넓은 지지와 찬성을 해준다면, 우리는 멕시코가 일찍이 잃었던 영토인 텍사스, 뉴멕시코, 그리고 애리조나 주를 되찾도록 도와드리겠습니다.
　세부적인 계획은 외무장관께 일임하겠습니다. 장관께서는 미국과의 전쟁 발발이 확실시되는 즉시 위의 사항을 극비리에 대통령께 밝히는 것이 좋을 것입니다. 아울러 귀국의 대통령께서 일본을 즉각적으로 참여하도록 권유함과 동시에 우리와 일본 사이를 중재해 주도록 제안합니다. 우리의 유보트가 무자비하게 공격을 감행한다면 영국도 불과 몇 달 안에 어쩔 수 없이 화해를 청해올 것이라는 점을 대통령께 알려 주시기 바랍니다. 제안을 받아들일 것을 굳게 믿겠습니다. 짐머맨

이 전보는 윌슨 정부가 독일에 대한 전쟁 선포를 결심하는 데 결정적인 도움을 주었다. 그리고 그 나머지 일들은 역사에 기록된 것과 같다. 그 일이 있은 후 Op20G의 분국이 생겨났다. 제1차 세계대전 이후, 40호실의 대원들에게 무슨 일이 있었는지는 분명하지 않다. 그러나 해군은 태평양 주위의 교신들을 주시할 필요성을 발견했다.

1928년까지 분국의 직원 규모는 147명까지 확대되었다. 그들은 해군 건물의 맨 꼭대기층에 위치해 있었기 때문에 스스로를 "지붕 위의 갱단(The roof gang)"이라고 불렀다. '40호실의 대원'들처럼 '지붕 위의 갱단'이라는 별명은 그들 스스로가 붙인 것이었다. 가장 유명한 이야기들 중의 하나는 뉴욕의 일본 영사관에 침입하여, '빨간 책(red book)'이라고 하는 일본 모스 부호 책자를 복사해온 일이었다. 해군은 통계학을 동원한 거듭되는 분석 끝에 그 암호들을 해독해 내고, 그 빨간 암호 책을 해독할 수 있는 기계를 만드는 데까지 성공했다. 1930년 봄까지 일본의 함대 이동은 더 이상 비밀이 되지 못했다. 뿐만 아니라 태평양을 가로지르는 그들의 기동작전이나 상륙작전의 기본 계획들이 낱낱이 포착되었다. 이 모든 일들이 수산의 관심을 끌게 된 까닭은, 그것이 그녀 앞에서 벌어지고 있는 군사 첩보기관의 역사이며, 아버지가 생애 마지막까지 투쟁했던 일본과 연관된 일이었기 때문이었다.

일본은 빨간 책이 폭로된 후에 자주색 책을 만들어냈다. 빨간 책은 모음과 자음으로 구성된 암호를 담고 있는 반면에 자주색 책은 모음과 자음을 분리시켜 놓았다.

1940년 무렵, 자주색 책의 암호를 이용한 통화량이 세 나라의 수도, 즉 도쿄, 베를린, 로마 사이에서 상당히 증가되었다. 세 나라가 추축국 협약에 서명하기 이틀 전, 윌리암 프리드만William Friedman이 이끄는 지붕 위의 갱단이 그 자주색 책의 암호 장치를 해독해냈다.

한편 1939년 여름 무렵, 해군은 JN25라는 유명한 암호 책자를 해독하는 작업에 착수했다. 이 책자는 아주 높은 수준의 통신에 사용되는 3만3천 개 낱말과 구句로 채워져 있었다. 각각의 낱말과 구에는 5개의 숫자들이 지정되어 있었다. 해군은 이 복합적인 암호를 읽어내기 위해 애를 썼다. 해군은 시행착오를 거치면서도 가장 수학적인 사고를 적용하여 JN25의 암호 해독을 계속해 나갔다. 1941년 12월 7일 진주만 공습이 시작될 때쯤, 마침내 MI8소대에서 약 4만5천 개의 암호화한 메시지를 가로챘다. 그 자주색 메시지들 가운데 하나가 일본이 진주만을 공격한다는 것이었으며, 그때는 태평양 함대에 첫 폭탄이 떨어지기 5시간 전이었다.

수산은 역설적인 상황을 처음 경험하는 사람이 아니었다. 그녀가 Op20G에 있다는 것 자체가 이미 역설적인 상황이었다. 왜냐하면 그녀는 일본어를 모르는 사람으로 Op20G에는 있을 수 없는 사람이었기 때문이었다. 그녀는 일본의 전쟁 기계들과 맞서 싸우기 위해 해군에 입대를 했다. 그것은 아버지의 자취를 따르는 일이며, 아버지의 명예가 달려 있는 일이었기 때문이었다. 아버지와 그의 동지들은 군대라고 말할 수조차 없는 보잘 것 없는 장비를 갖고서도 만주에 있는 일본군 전초기지에 맞서 게릴라전을 펼쳤다. 그들은 비행기도 없었고, 배도 없었고, 탱크도, 대포도 없었다. 아버지의 정보망이라는 것도 기껏해야 정보원들이 메시지를 비밀리에 전달하는 정도였다. 그 정보원들은 유능한 사람들이었다고 하기보다는 용감한 사람들이었다. 그리고 이제 그녀는 미 해군 첩보기관의 일원으로서 세계에서 가장 큰 해군의 중추기지에서 일하고 있었다.

암호로 된 메시지는 숫자나 뒤섞인 문자들로 되어 있었다. 메시지가 숫자로 되어 있거나 뒤섞인 문자로 되어 있기 때문에 암호발신기와 수신기는 그 메시지를 해독하기 위해서는 그 자체가 미리 타협된 암호들을 가지고 있어야 했다. 예를 들어 일본의 메시지를 해독하기 위해서는 빨간 책과 자주색 책, JN25과 같은 암호 책자가 필요한 것처럼 달이다. 제1차 세계대전 동안 40호실의 대원들은 메지버그Madgeburg 암호책에 대해서는 알지 못했다. 그것은 발틱 해를 돌아다니는 독일 구축함 메지버그 호에서 찾아낸 것이었다.

러시아가 그 암호책을 윈스턴 처칠에게 넘겨주고, 그것을 다시 40호실에 넘겨줌으로써 짐머맨의 전보가 해독되었다. 제2차 세계대전 동안 독일의 암호 기계인 이니그마enigma는 침몰한 U-보트인 U-528로부터 얻었다. 그 암호 기계는 연합군에게 큰 도움을 주었으며, 특히 노르 망디 상륙작전에 결정적인 역할을 했다. 가끔 메시지 자체 속에 해독의 실마리가 되는 키워드가 들어 있는 경우도 있었다. 그러한 경우에는 일 단 그 키워드가 해독되어야만 암호 해독자들이 메시지의 나머지를 해독 할 수 있었다. 그 키워드가 단어 하나일 경우도 있는데, 그때는 바로 그 첫 단어가 키워드일 경우가 많았다. 그렇지 않은 경우는 책 한 권 분량 이 키워드일 수도 있었다.

수산이 들어간 곳은 바로 그런 곳이었다. 그녀는 흔히 수학자 타입이 라고 하는 암호 해독자와 가까이서 함께 일하면서, 헤밍웨이의 『태양은 다시 떠오른다』와 같은 소설에 나오는 인물들이나 호텔들, 그리고 거기 에 등장하는 거리나 카페들에 대해 이야기하곤 했다. 이름과 장소를 대 입시켜 나가다 보면 그들은 암호기가 메시지를 구성하는 데 사용했던 키워드에 가깝게 다가갈 수 있었다. 이름과 장소를 혼합해서 대입시키 는 것은 낱말맞추기(cross-word puzzle)를 푸는 것과 어느 정도 비슷 했으며, 오랜 시간이 걸리는 과정이었다. 그러다가 낱말들이 올바른 위 치에 끼워 맞추어진다는 느낌이 들면, 이런! 이런! 하면서 환호성을 질 러댔다. 그리고 수산과 언어학자 타입의 다른 암호 해독자는 낱말맞추 기를 푸는 것 같은 즐거움과 만족감을 얻었다. 그래서 그들은 점심 휴식 시간 동안 〈뉴욕타임〉지나 〈런던타임〉지의 낱말맞추기를 풀곤 했다. 수 학자 타입의 암호 해독자들이 가장 좋아하는 여가거리는 브리지 게임이 었다. 그러나 만약 헤밍웨이의 책이 퍼즐을 푸는 데 적합하지 않으면, 수산은 제인 오스틴이나 헨리 제임스와 같은 소설가들의 책으로 옮겨가 야만 했다. 그리고 심지어는 진짜 불어판 쥘 베른Jules Verne의 소설까 지 들추는 경우도 있었다.

프랑스 레지스탕스 전사들은 작전 대군주(노르망디 상륙작전)를 BBC 라디오방송을 통해 실제 상륙작전이 있기 48시간 전에 그 소식을 들었다. BBC방송은 베를렌(Paul Verlaine)의 시 구절인 "가을 바이올린의 긴 흐느낌은 단조로운 갈망으로 내 마음에 상처를 입힌다."를 방송했다. 비밀을 전달하는 데 문학을 이용하는 것은 흔한 일이었다. 그래서 수산도 해독의 속도를 높이기 위해서는 스스로의 지적 수준을 높이지 않을 수 없었다. 이처럼 해군에서는 암호해독 능력을 높이기 위해 스스로를 새롭게 변모시키는 것 이외에 달리 방법이 없었다.

수산이 올바른 정보를 이끌어내는 비율은 그녀의 야구에서의 타율만큼이나 탁월했다. 그녀가 비록 국회 도서관 주위를 뒤지고 다니는 데 많은 시간이 걸리기는 했지만, 그 연관관계를 찾는 데는 남들이 갖지 못한 육감을 가진 것처럼 보였다. 그녀는 국회 도서관에서 무엇이든 간에 전부 다 찾을 수 있었다. 그녀는 이런 저런 카탈로그와 색인을 뒤져보고, 여기저기에 있는 단서들을 맞추어 가면서 마침내 정답을 찾아냈다. 해군의 항공술과 포격술 문제와 관련된 요청이 들어오면 거의 초죽음이 될 지경이었다. 그것은 미국뿐만 아니라, 일본, 독일, 영국, 러시아, 프랑스의 해군 항공술과 포격술의 문제까지도 요청했기 때문이었다. 사실 그 일은 그녀에게 그다지 대단한 일이 아니었다. 그랬기 때문에 그녀가 사람들에게 정답을 가져다 줄 때마다 그들이 왜 그토록 야단법석을 떠는지 그녀로서는 이해할 수 없었다. 그녀는 한가한 시간이 되면 신문, 잡지, 사설, 주간지 등 손에 닿는 것이면 모든 것을 읽었다. 그리고 그녀는 자신이 읽은 것들을 대부분 기억했다. 축복인지 저주인지 모르겠지만, 그녀는 짜맞추는 조합기組合機처럼 시간과 장소, 그리고 사건 사이의 관계를 연관지우는 데 타고난 감각을 가지고 있었다.

어떤 암호 해독가가 그녀에게 머크덴(Mukden : 중국 선양(瀋陽)의 만주식 이름)이 무슨 뜻인지 아느냐고 물었다.

"머,크,덴(M, U, K, D, E, N)."

그녀는 그 낱말을 혼잣말로 천천히 중얼거려 보았다. 발음은 솔트레이크 시티에 있는 지명인 오그든Ogden과 비슷했지만, 머크덴은 미국에 있는 곳도 일본에 있는 곳도 아니었다. 어쩌면 한국이나 중국의 지명이 아닌가 하는 생각이 들었다. 그녀가 기억하기에 그곳은 공장과 관련된 어떤 곳으로 그다지 유쾌한 곳은 아니라는 생각이 들었다. 그때 그녀의 초승달을 닮은 눈이 반짝였다. 그것은 아주 좋은 징조를 나타내는 신호였다. 그녀는 몇 달 전에 발행된 〈라이프Life〉 잡지 속에서 그것을 본 기억이 떠올랐다. 그녀의 마음 속 어딘가에서 머크덴과 〈라이프〉 잡지를 연결시키고 있었다. 그러나 단지 그 생각이 떠올랐을 뿐 별다른 것도 없고 상세한 것도 없는 막연한 기억일 뿐이었다.

그녀는 정기간행물실로 가서 1946년 2월부터 시작해서 한 주 한 주씩 차례로 〈라이프〉 잡지의 지난 호들을 빠르게 넘겨나갔다. 그녀는 1946년 3월 25일자 〈라이프〉지 '금주의 사건' 이란 난에서 마침내 그것을 발견했다. 기사의 제목은 '러시아인들이 만주의 산업을 해체시킨다' 라고 적혀 있었다.

머크덴Mukden이라는 글자가 〈라이프〉 잡지보다 더 크게, 마치 튀어나오듯이 그녀의 눈에 들어왔다. 그녀는 그 기사를 자신의 파트너에게 가져가 보여주었다. 〈라이프〉 잡지에 실린 기사의 내용은, 러시아인들이 선양의 이 공장 저 공장을 다니면서 상품과 군수장비를 해체시켜 가져갈 수 있는 것은 모두 가져가고, 가져 갈 수 없는 것은 불태우거나 파괴시킨다는 것이었다.

수산의 파트너는 기사를 읽고 사진을 자세히 관찰하면서 기쁨으로 환하게 웃었지만, 크게 충격을 받은 듯 이렇게 말했다.

"도대체 이걸 어떻게 찾아냈습니까?"

이러한 장면은 수산이 어려운 단서들을 찾아낼 때마다 되풀이되는 장면이며, 그 말은 약간씩 차이가 있었지만 암호 해독자들이 공통적으로 끝맺는 말이었다.

지금까지 수산이 원하는 것이면 무엇이든 모두 다 국회 도서관의 대강당에 있었다. 그래서 그녀는 찾고자 하는 것이 무엇이든 간에 어디에서 찾는지만을 안다면 모두 찾을 수 있다고 확신하고 있었다. 그녀는 점차 그 수가 늘어나는 요원들과 도움을 청하는 사람들에게, 자신이 그렇게 찾아낸 것들은 모두 부수적인 조사에 지나지 않는다고 말했다. 모든 책과 잡지, 그리고 신문들을 마음속에 생생하게 그려낼 수 있게 된다면, 국회 도서관 안에 있는 모든 것들 가운데 어디에서 적절히 찾을 수 있는지에 대한 직감을 얻을 때까지 뒤지고 또 뒤지는 수밖에 없다고 말했다. 대부분이 소위들이었고, 약간의 민간인이 섞인 새로운 요원들은 자그마한 몸집의 대위가 무슨 괴물이라도 되는 것처럼 두려운 눈으로 바라보았다.

"여러분들은 지금 내가 국회 도서관 안에 있는 모든 것을 기억해야 한다고 말하고 있는 것으로 생각하십니까? 그런 미친 짓이 어디 있습니까?"

대위 안수산은 말을 계속 이어나갔다.

"그것은 국회 도서관 안에 있는 모든 것을 기억해야 한다는 뜻이 아닙니다. 단지 여러분이 어디에서 찾을 것인지 그 장소를 알아야 한다는 것입니다. 그리고 여러분이 여러분에게 부과된 임무를 진정으로 해결하고자 하는 확실한 의지를 가질 때 그 느낌을 얻을 수 있다는 것입니다. 나는 여러분이 전력을 다하고 있다는 확신을 가질 때까지 여러분의 뒤에서 지켜보고 있을 것입니다. 그러는 사이 야구선수가 손에 물집이 잡힐 때까지 방망이를 계속 휘두르는 것처럼 책을 뒤지는 여러분의 손에도 물집이 잡힐 것입니다. 그러고 나면 여러분은 내가 지금 하는 말의 참뜻이 무엇인지 알게 될 것입니다."

소위들은 대위를 두려워하게 되었다. 그래서 그들은 암호 해독자들이 요구해 오는 것들의 계통을 세우고, 기록하고, 분류하고, 서류로 정리하는 수산의 체계에 주목하게 되었다. 그 체계는 새로운 요원들로 하여금 암호 해독자들이 요구하는 것에 대한 직감을 얻을 수 있도록 고안되어 있었다. 대위 안수산은 결코 암호 해독의 전문가는 아니었지만, 새로운 요원들이 어떤 종류의 정보를 찾아야 할지를 미리 알 수 있을 만큼의 충분한 지식을 갖추고 있었다. 그래서 수산이 만든 체계는 정보 검색의 체계가 되었다. 그들은 대위의 말에 주의를 기울이는 것이 좋겠다고 서로 이야기했다. 그 이유는 그 당시에는 암호 해독에 대한 해군의 규정집이나 훈련 교범과 같은 책이 전혀 없었기 때문이었다.

그러는 동안, 수산은 계속 진행되고 있는 웨이브 대원의 동원 해제에 관해서는 그다지 신경을 쓰지 않았다. 그녀는 웨이브 부대의 지휘관인 밀드레드 맥아피Mildred McAfee 대령이 1946년 초에 해군을 떠나 그녀의 원래 직업이었던 웰슬리Wellesley 대학의 학장으로 돌아간다는 소식을 들었다. 동원 해제의 일반적인 상황은 길거리에서도 나타났다. 수산은 길거리와 해군 빌딩 안에서 웨이브 부대 동료들의 수가 점점 적어지고 있다는 것을 알 수 있었다. 그녀는 자신이 떠나야 할 시간이 다가오고 있다는 것을 예감하고 있었다.

그 무렵 해군에서는 웨이브 부대를 단지 전시의 임시 복무가 아닌 상설 기구로 만든다는 이야기가 나돌았다. 새로운 지휘관인 조이 브라이트 핸콕Joy Bright Hancock은 그 일을 적극적으로 추진했다. 그해 3월 하원의원 칼 빈슨Carl Vinson은 여성 예비군을 항구적인 체제로 설립하기 위해 해군 예비군 법령을 수정한 법안을 제출했다. 해군의 노력에도 불구하고 그 법안은 통과되지 못했다. 수산이 늘 생각해 온 것처럼 웨이브 대원은 전시 동안만 복무하게 되어 있었다. 그래서 전쟁이 끝난 지금 모든 여군 부대는 해산될 처지에 있었다. 8만6천 명 대부분의 웨이브 대원들보다는 늦겠지만, 그녀에게도 떠나야 할 때가 다가오고 있었다. 수산은 평화시에도 웨이브 부대를 존속시킬 것인가 말 것인가에 대한 토론회에 참석하지 않았다. 어떤 사람들은 웨이브 부대의 전체적인 성과로 판단해 볼 때, 이 부대는 그 대원들과 함께 반드시 존속되어야 한다는 주장을 강하게 폈다. 그들은 이런 말로 자신들의 주장을 뒷받침했다.

"해군 작전 부장인 어네스트 J. 킹Ernest J. King 제독도 '웨이브 부대는 해군 제복을 입은 모든 사람의 귀감이 되고 있다.' 라고 말하지 않았는가?"

그러나 다른 몇몇 사람들은 좀더 현실적이었다. 그들은 가능한 한 빨리 제대를 해서 민간인으로서의 직업을 찾는 것이 훨씬 낫다고 생각했다. 수산은 웨이브 부대의 미래에 대한 뚜렷한 생각을 갖고 있지는 않았지만, 해군과 완전히 이별해야 한다고 생각하니 허탈하지 않을 수 없었다. 결국 그녀는 대위에 진급한 지 3개월 만에 제대하게 되었다. 대위로 진급했을 때는 얼마나 기뻤던가. 그때 그녀는 자신이 이전보다 더욱 해군다워졌다는 느낌마저 들었다.

수산의 군대생활은 순탄한 편이었다. 사병으로 시작된 그녀의 군대생활은 그 후 장교훈련을 받는 것으로 발전해 갔고, 소위, 중위, 대위로 순조롭게 진급했다. 계급에는 마법과 같은 무언가가 있는 것 같다고 그녀는 생각했다. 누구나 항상 더 높은 계급을 원하기 때문이었다. 수산은 대위로서 제대하는 것도 그다지 나쁘지 않다고 생각했다. 그러나 한편으로는 계속할 수 있다면 어떻게 될까 하는 생각도 들었다. 만약 자신에게 직업 군인으로서 계속 살아갈 기회가 주어진다면, 계속 근무할 것인가 하고 생각해보았다. 그녀는 확신할 수 없었다. 해군을 떠난다고 생각하니 시원섭섭한 마음이 들기는 했지만, 어떠한 경우든 그녀는 일어나지 않은 일들을 가지고 고민하는 사람은 아니었다.

1946년 6월 24일에 인사과에서 공문이 날아왔다.

보내는 사람 : 해군 인사과 대장
받는 사람 : 대위 수산 안,
　　　　　대위 도리스Doris E. RAEF,
　　　　　대위 마가렛Margaret E. STALLINGS,
　　　　　중위 헬렌Helen J. BREW,
　　　　　중위 엘리자베스Elizabeth A. PLACK,

　　　　해군성,
　　　　해군 작전본부.
경유 : 해군 작전본부 사령관

제목: 현역 복무 해제

1. 귀관들은 1946년 8월 11일이나 혹은 그 이전이라도 지휘관의 지
시가 있을 시는 현재 기지에서의 직무와 귀관들에게 부과된 여타의
직무들로부터 물러나게 될 것이다. 귀관들은 제대 절차와 관련된
임시 임무를 위해 아래에 지시된 지휘관에게 즉시 가서 보고하기
바란다.

워싱턴 D.C. 미국 해군 본부,
예비군인사처, 사령관

2. 귀관들의 제대 절차가 마무리되면, 위에 지명된 제대담당 지휘
관의 지시가 있을 것이다. 귀관들은 그의 명령에 따라 함께 제대하

여 현역 복무로부터 풀려나 각자의 집으로 돌아갈 수 있다.

수산과 네 명의 다른 여자들이 한꺼번에 제대를 하게 된 것은 안 된 일이지만, 그것은 괜찮은 해고 방법이라는 생각이 들었다. 적어도 그녀 혼자는 아니었기 때문이었다. 다섯 사람을 묶어서 한 장의 편지를 보낸 것은 제대를 알게 됨으로써 받게 될 충격을 완화시키려는 의도였는지 모른다. 그것이 아니라면 종이를 아끼기 위해서였는지도 모를 일이었 다. 예상하지 못한 것은 아니었지만, 그것은 마치 사랑하는 아내가 병사 에게 보내는 이혼청구서 같다는 느낌을 받은 것만은 확실했다.

수산은 로스앤젤레스의 집으로 돌아가는 것에 대해 심각하게 생각해 보았다. 그녀는 집과 그곳에 있는 모든 사람들이 그리웠다. 그녀는 집에 돌아갈 수도 있고, 직장을 구할 수 있으며, 자신이 멀리 떨어져 있는 동 안 계속되고 있었던 모든 일들도 금방 따라잡을 수 있을 것이다. 전쟁이 끝난 지금, 모든 사람들이 다 집으로 돌아갔는가? 그들은 모두 무엇을 하며 살 것인가? 나는 또 무엇을 하며 살 것인가? 그녀는 이런 저런 생 각으로 심사가 복잡했다.

동생 수라는 항상 가족 모두가 함께 할 수 있는 일에 대해 이야기했었 다. 만약 우리 가족 모두가 각자의 재주와 힘을 보탠다면, 우리는 무엇 이든 할 수 있을 거라고 수라는 말했었다.

"아니야. 나는 지금 물건을 만들어내는 사업이나 그 비슷한 일에 대해 서 말하는 게 아니야. 기억나? 아주 많은 일들이 있었잖아. 아, 그래, 엄 마가 엄청 많은 호두를 자주 가져오던 일 생각나지? 우리는 그 호두를 부엌에 있는 식탁에다 쏟아붓고는 큰 것, 작은 것, 잘생긴 것, 못생긴 것 하며 밤새 골랐잖아? 엄마는 그것으로 얼마를 벌었을까? 전쟁이 끝나 면 우리는 양품점 같은 가게를 열어도 될 거야. 양품점, 좋지 않아? 지 금 방위업무에 종사하던 직원들을 몇 트럭씩 실어내고 있는 거 알지.

왜, 며칠 전에도 북아메리카 항공사에서 그런 식으로 여자들을 해고했
잖아. 이제 전쟁이 끝났으니 여자들은 부엌으로 돌아가야 한다고 생각
하는 것 같아. 내 생각으론 말이야, 어떤 회사에 들어가서 일하는 것보
다는 우리 자신의 일을 찾아내는 것이 최고일 것 같아."

수라는 그렇게 말했다.

수산과 수라는 일을 같이 하는 것에 대해 자주 이야기했다. 그것은 그
들이 가장 즐겨하는 이야깃거리였다. 그러나 다른 어떤 화제가 떠오르
면 그것은 두번째 자리로 밀려났다. 지난번에는 전쟁이 그 이야깃거리
를 방해했고, 그 다음에는 다른 어떤 것이 또 방해를 할 것이라는 것을
두 사람 모두 알고 있었다. 그러나 같이 일하는 것에 대해 이야기하는
것은 실제로 같이 일하는 것만큼이나 재미있는 것처럼 여겨졌다.

그런데 이번에는 가족의 사업보다 먼저 취업 제의가 들어왔다. 해군
정보국(NCA)의 기지 사령관이 수산에게 잠시 동안만이라도 민간인으
로서 그 직에 계속 남아달라고 부탁해왔다. 그녀는 아직 명확한 계획이
없었던 터라 그렇게 하겠다고 대답했다. 수라와 함께 일하는 것에 대한
논의는 당분간 보류해 놓아야 할 것 같았다.

수산이 공식적으로 해군에서 제대한 그 다음날, 그녀는 민간인 복장
을 하고서 해군 본부건물 별관으로 돌아왔다. 그녀는 웨이브 대원의 치
마, 블라우스, 재킷, 모자 그리고 해군의 여성 군화와 소매에 붙은 계급
장이 없어서 당황스러웠다. 그러나 모든 것은 이전과 다름이 없었다. 해
군의 본관 건물과 별관, 국회 도서관과 그 건물들 사이에 있는 거리, 사
람들. 몇몇 낯익은 얼굴들, 사복을 입은 민간인들과 온통 계급장으로 장
식된 제복을 입은 군인들, 이 모든 것은 예전 그대로였다. 그녀는 멀리
서도 영관급 계급을 표시하는 3줄의 줄무늬를 볼 수 있었고, 그럴 때면
자신도 모르게 긴장했다. 그것은 경례를 주고받거나 상급자와 하급자
사이에 시선이 마주칠 때 느끼는 그 긴장감과 같은 것이었다. 그녀는 스

스로에게 자신이 민간인이라는 사실을 상기시켜야 했고, 영관급 장교를 보면 자신도 모르게 경례를 붙이려는 충동을 억제시켜야만 했다. 그녀는 이제 제복을 벗었기 때문에 누구에게도 경례를 할 필요가 없었고, 또 누구로부터 경례를 받기를 기대할 수도 없었다.

'자, 이제 새로 시작하는 거야. 해군에서 제대한 이상 제복에 신경을 쓸 필요가 없어.'

그녀는 스스로에게 다짐했지만 익숙해지는 데는 얼마간 시간이 걸렸다. 그것은 그녀가 삼 년 반 동안 해군만을 생각하고, 해군에서 먹고 자고 했기 때문이었다. 그러나 이제는 더 이상 해군을 생각하거나 해군에서 먹고 잘 필요가 없었다. 그러나 어쨌든 그녀는 같은 장소에서 같은 사람들과 암호와 암호 해독에 대해 똑같은 신경을 쓰고 똑같은 걱정을 하게 되었다.

그러던 9월 어느 날, 그녀는 해군 봉투에 대위 수산 안이라고 쓴 편지 한 통을 받았다. 그녀는 잠시 동안 자신에게 새로운 명령이 떨어진 것이 아닌가 하고 생각했다.

그녀는 자신에게 새로운 명령이 내려진다는 것이 불가능하다는 것을 알고 있었다. 그렇지만 발신자가 미 해군 참모총장이라는 것만을 보았기 때문에 우편물을 개봉할 때는 자신도 모르게 숨이 멈추어졌다. 그녀는 해군 참모총장이 자신에게 원하는 게 도대체 무얼까 하는 생각에 머리 속이 혼란스러웠다.

그녀는 편지를 읽기 시작했다.

워싱턴
해군 참모총장

1946년 9월 27일

친애하는 안 대위에게

　나는 이 편지가 현역 복무로부터 당신의 모든 제대 절차가 완전히 끝난 뒤에 당신에게 당도하도록 보냅니다. 그렇게 하는 이유는 형식에 구애받지 않고 내가 하고 싶은 말을 하기 위해서입니다. 나는 당신에게서 해군의 자부심을 발견했습니다. 내가 이 말을 할 수 있게 된 것은 나에게도 명예로운 일입니다. 당신이 지닌 해군의 그 자부심은 당신의 민간인 생활에서도 이어지고, 영원히 당신과 함께하기를 바랍니다. 당신은 이 세상에서 가장 위대한 해군으로 복무하였습니다. 당신의 그러한 노고 덕분에 우리 해군은 일시에 독일과 일본 두 나라의 해군을 격파하고 불과 넉 달 사이에 그들의 항복을 받아내었습니다.

　당신은 육상에서 발진하는 우리 공군이 적에게 폭격할 수 있는 범위 내에까지 이를 수 있게 해주었으며, 최후의 승리를 위해 우리의 육군이 상륙거점에 접근할 수 있도록 해주었습니다. 당신은 이 군사작전을 지원하는 데 필요한 다양한 일들을 가능하게 해주었습니다.

　언제 어느 때의 해군도 당신만큼 그렇게 많은 일을 해내지는 못할 것입니다. 이러한 성취에 있어서 당신이 한 역할에 대해 당신은 평생토록 자부심을 가질 자격이 있습니다. 위기의 순간에 당신이 봉사했던 이 나라는 감사하는 마음으로 당신을 기억할 것입니다.

　우리 해군이 당신의 미래의 삶에서도 함께 하기를 충심으로 바라는 바입니다. 언제나 행운이 가득하기를 기원합니다!

　당신의 노고에 감사하며,
　제임스 포레스탈James Forrestal

수산은 그 어떤 경우에서도 언제나 해군에 충성을 다했다. 그러나 자신의 처지를 생각하니 '해군, 이 젠장맞을 것' 하는 가벼운 불만이 생겼다. 편지의 그 다음 부분은 그녀의 지휘관이었던 하퍼 대령의 말로 채워져 있었다. 그는 다른 사람에 대해 칭찬하는 일이 거의 없는 사람이었다. 대령은 그녀가 당황할 정도로 그녀의 공적을 끝없이 늘어놓았다. 수산은 대령을 만나면 이런 말을 해주어야겠다고 마음을 먹었다.

"아무튼 훌륭하신 말씀 고맙습니다, 대령님. 하지만 그 말씀 대신에 제게 월급을 올려주시면 어떨는지요?"

그러나 그녀는 지금 민간인이고, 결국 해군에게 주어지는 특전에서 제외된 처지였다.

이름 : 안, 수산   계급 : 대위

여기에 기록된 임무 중에 수행한 세부 사항들과 자격증들 이외에 추가할 것이 있다면 이 팸플릿 이외의 다른 곳에 소개될 것입니다.(제대 전 최근의 상설근무 기지의 담당 장교에 의해 모두 기재될 것입니다.)

안 대위가 웨이브 대원으로서 복무한 43개월 가운데 지난 18개월을 다음과 같은 활동에 임했습니다. 이 기간 동안 그녀는 정확성과 창의성, 그리고 인내심을 필요로 하는 고도로 특화된 분야에서 총괄적인 기록업무를 철저하게 파악하여 몸에 익혔습니다. 그녀의 빈틈없고 지적인 심성은 복잡하고 세밀한 성질의 문제들을 개인적으로 연구하여 수행함으로써 그녀의 성가를 크게 높여주었습니다. 그녀는 자신의 업무를 체계화하는데 탁월했으며, 이를 통해 그 업무에 종사하는 다른 사람들을 가르치고 감독했었습니다. 안 대위는 다른 사람들과의 관계에 있어서 매우 협동적이고, 예의바르고, 원

만했습니다. 안 대위는 언제나 자신의 임무에 자부심을 가졌으며, 독립적인 연구를 수행하는데 탁월한 자질을 갖추고 있다고 사료됩니다.

서명 : J.S. Harper
계급 : 미해군 대령
복무처 : 미해군정보국 사령관

수산이 민간인이라는 이유로 임금을 더 많이 주는 것은 해군의 방식이 아니었다. 그 대신 일을 잘 해내는 그녀의 능력을 인정해서 하퍼 대령은 그녀에게 더 많은 책임을 안겨주었다. 바로 이것이 해군의 방식이었다. 새로운 임무들과 함께 그녀가 담당해야 할 요원들이 들어왔다. 수산은 그들에게 정보검색과 데이터베이스의 정비를 훈련시키는 역할을 맡았다. 한동안 하퍼 대령은 그녀를 '정보과장'에 임명했다. 그리고는 그녀르 하여금 점차 수준이 높아가는 업무들을 처리할 연구자, 전문가, 그리그 일반 요원들뿐만 아니라 나날이 성장해가는 부서를 관리하도록 했다. 기본적으로 하퍼 대령은 그녀가 그 부서를 발전시키고 확장시켜주기를 바랐다.

하루는 프랭크가 뜻밖에도 전화를 걸어왔다. 수산은 전화를 한 사람이 누구인지 알지 못했다. 수산은 누구냐고 물었고, 전화를 한 사람은 이렇게 대답했다.

"프랜시스 커디입니다. 전에 어떤 소위의 파티에서 만났었지요. 파티가 끝난 뒤 제가 버스 정류장에 서 있는 당신에게 걸어가서 전화하겠다고 말했었지요. 그래서 이제 전화하는 겁니다."

수산은 너무 놀라 기가 막힐 지경이었다. 그로부터 전화가 온 것이 기뻐서 그런 것이 아니었다. 사실 그녀는 그를 완전히 잊고 지냈었다. 그

1947년 워싱턴 D.C.의 로터스(Lotus) 레스토랑에서 프란시스 커디와의 약혼 만찬.
"프랭크는 내가 어떤 반지를 원하는지 물었어요. 나는 그에게 연꽃같이 생긴 반지를 원한다고
말했지요. 연꽃을 새겨 넣은 다이아몬드 반지를 찾으려고, 그는 시내에서부터 듀퐁 서클
(Dupont Circle) 사이에 있는 보석 가게를 모조리 뒤지고 다녔어요."

녀가 놀란 것은 그 사내의 뻔뻔스러움 때문이었다.

수산이 말했다.

"당신이 저에게 전화하겠다고 말한 것은 6개월 전 일이에요."

그는 아예 전화를 안 하는 것보다는 늦게라도 이렇게 전화하는 것이
더 나은 것이 아니냐고 하면서 자신은 언제나 약속을 잘 지키는 사람이
라고 말했다. 그녀는 우스웠다. 그래서 그녀는 그가 원하는 것이 뭐냐고
물었다. 그러자 그는 조지타운과 포덤의 미식 축구 경기 관람권 두 장을
가지고 있는데 같이 가겠느냐고 물었다.

"갈 수 없습니다. 오빠 필립이 조지아주 포트 베닝Fort Benning에서
와 지금 이곳에 있어요."

그러자 프랭크는 필립의 표도 구할 수 있으니 함께 가면 좋을 거라고

말했다. 그녀는 참 재미있는 사람이라고 생각했다. 그녀는 마지못해 승낙을 했다. 시합을 보면서 프랭크는 그다지 말을 많이 하지 않았다. 몸집이 작은 수산은 두 남자의 가운데 앉아 있었다. 그들은 그렇게 앉아 말없이 시합만 지켜봤다. 첫번째 데이트는 시합만큼이나 시시했다. 수산은 프랭크가 '지루한 사람'이라고 생각했다. 프랭크는 필립에게도 별다른 인상을 심어주지 못했다. 단지 체격이 좋고, 베이브 루스Babe Ruth를 매우 좋아하는 과묵한 타입의 남자라는 정도였다.

프랭크는 계속 전화를 했다. 그리고 그는 익살맞은 유머감각으로 천천히 수산의 마음을 사로잡아 갔다. 점심때가 되면 그는 자신과 수산의 도시락을 싸가지고 와서는 그녀의 책상에서 먹었다. 그러면서 수산은 그가 매우 부드럽고 사려 깊은 사람이라는 생각을 하게 되었다. 그는 실없는 장난으로 그녀를 웃게 만들었다.

수산은 오래지 않아 그와 함께 야구시합도 보러 가고, 영화 구경도 하고, 저녁도 먹게 되었다. 그녀는 해군 리그에서 프랭크가 투수로 활약하는 야구경기를 보러 갔었다. 그는 정말 훌륭한 투수였다. 수산은 마운드에 서 있는 키 크고 잘생긴 오른손잡이 투수를 지켜보는 것이 좋았다. 그가 독수리의 날개짓과 같은 와인드업을 하면 어느새 그의 빠른 공이 퍽하고 포수의 글러브를 때리는 소리가 뒤따랐다. 그러면 포수의 글러브에서 먼지가 피어올랐다. 그러나 프랭크의 타격 솜씨는 그다지 좋지 않았다. 수산은 그에게 타석에 들어서면 플레이트에 좀더 가까이 서서 공을 칠 것을 제안했다. 그러자 그는 놀랍게도 이전과는 전혀 다르게 강한 타구를 날려 보내기 시작했다.

신기 난 프랭크는 입에 거품을 물고 동료들에게 수산의 자랑을 늘어놓았다. 그는 수산이 워싱턴 D.C.의 해군통신본부로 오기 전에 애틀랜틱 시 해군항공기지(NAS)에서 운동경기의 감독을 했었고, 그 전에는 정말 대단한 야구선수였다고 떠벌였다. 그리고 그녀가 빙 크로스비 크루넷 팀에서 선수로 뛰어달라는 제의를 받았지만 해군에 입대하는 길을 택했다는 말로 끝을 맺었다.

프랭크의 동료들은 수산이 해군을 선택한 것은 참 애석한 판단이었다고 짓궂게 놀리고는, 그녀가 예전에 소매에 대위 계급장을 달았던 멋진 모습에 찬사를 아끼지 않았다. 수산과 프랭크는 해군 리그 경기와 이어서 벌어지는 사교적 모임에서 정식 커플로 인정되었다. 수산은 주말마다 기지를 벗어나는 외출을 고대하게 되었다.

수산과 프랭크 둘 중에서 Op20G 작전과 안팎의 사정을 좀더 속속들이 아는 사람은 프랭크였다. 그는 일급비밀로 분류된 정보를 취급하고 있었으며, 누가 어떤 정보를 언제 가졌는지를 알아내는 것이 그의 일이었다. 그는 그 부서의 역사에 대해 수산이 알고 싶어 하는 것 이상으로 많은 것을 알려주었다. 반면에 수산은 책과 정기간행물, 소책자들을 통해 얻어진 정보들을 꿰맞추는 일을 하기 때문에 그녀의 일은 정보의 내용에 훨씬 치중해 있었다. 암호 해독자들을 기쁘게 하기 위해서 수산은 가장 모호한 것들을 분명하게 해줄 단서들을 뒤지고 찾아서 매번 자신의 초인적인 능력을 입증했다.

수산은 그런 자신의 일에 대해 이런 말을 했던 것을 떠올렸다.

"나는 결국 밤낮으로 해군 부속 건물에서 살아야 했어."

수산은 해군통신본부에 들어갔다 돌아오는 모든 일들을 빠뜨리지 않고 챙겨야 했기 때문에 해야 할 일들이 빠르게 불어났다. 그것은 그녀 자신의 일에다 다른 모든 사람들을 위해 기록을 보관해 놓는 일까지 덧붙여졌기 때문이었다. 이제 그녀는 상당수의 보조원들을 거느리게 되었지만, 그것은 오히려 그녀를 더욱 바쁘게 만들 뿐이었다. 왜냐하면 그들을 훈련시키고 감독하는 일까지 떠맡아야 했기 때문이었다.

로스앤젤레스 집 식구들은 모두들 그녀가 민간인 신분이 된 것을 반겼다. 수산은 수라로부터 위로를 받고 싶었다. 그러나 로스앤젤레스의 식구들로부터 위로를 받을 수조차 없었다. 물론 그것은 그녀가 피곤하며 휴식을 취할 시간이 없다는 사실 이상의 어떤 말도 할 수 없었기 때문이기도 했다. 그녀의 아파트는 쓰레기 더미처럼 어지러웠다. 그녀도 아파트를 깨끗하게 청소해 놓고 살고 싶었지만, 그렇게 할 시간이 없었다. 그녀는 편지를 쓸 시간조차 없었다. 그래서 편지를 쓰는 대신 비싸지만 손쉬운 방법으로 전화를 하곤 했다.

1947년 3월 5일

사랑하는 동생에게

급해서 이런 짤막한 편지를 보낸다. 그렇지만 내가 보내는 얼마 되지 않는 돈이라도 받아주길 바란다.
5달러짜리 우편환은 네 것이야.
25달러짜리는 엄마 거야. 집에 돈이 필요하다는 것, 알고 있어.
좀 더 많이 보내지 못해 미안해. 하지만 이번에는 어쩔 수 없어, 집세를 내야 할 때야. 어쨌든 30달러를 맞추기 위해 프랭크 커디에게 15달러를 빌렸어.
월급날이 얼마 남지 않았으니 곧 갚을 거야. 공교롭게도 이번 달의 전화비가 끔찍스럽게 많이 나왔어. 무려 25달러 80센트야! 더 이상 집에 전화할 수 없을지도 몰라!
그 요금이 다음달까지 계속 이어지거든.
집안 사람 모두 다 잘 되기를 바래. 그리고 이사하는 일은 너무 걱정하지 마.
다시 편지 쓸게, 그럼 이제 그만 안녕.
다행히도 눈이 녹고 있어. 그리고 기상 예보관이 말했단다. "맑지

만 서늘하다"고 말이야. 그렇지만 "눈 오고 추운 것"보다는 낫지 않
겠어. 그럼 다시 한번 안녕.

사랑하는 언니가

수산은 오랜 시간의 근무 때문에 늘 잠이 모자랐고 결국 건강이 나빠
지고 말았다. 그녀는 식욕을 잃었고, 지끈거리던 편두통이 아주 심하게
되어 메릴랜드에 있는 베데스다(Bethesda) 해군 병원에서 진찰을 받았
다. 의사들은 수산에게 빈혈증세가 있기 때문에 충분히 쉬고 많이 먹어
야 한다고 말했다.

1947년 4월 14일

사랑하는 동생에게

시간은 날아가는 화살 같구나. 그 시간이 어디로 새버리고, 나는
그 시간을 어떻게 보냈는지 모르겠어. 그러나 시간은 결코 붙잡을
수 없는 것 같아. 지나가 버린 시간은 아무런 자취도 남기지 않는
구나. 어쩌면, 그런 것이 인생인지도 모르겠다.
토요일에는 병원에서 퇴원한 후 처음으로 집안을 청소했어. 그러
니 집안이 얼마나 더러웠었는지 넌 알 수 있겠지.
루실(Luceil)이 뜻밖에 나타나 도와줘서 너무 고마웠어. 그녀는
욕실과 부엌을 박박 문질러 닦았고, 나는 거실을 청소했어. 정말 큰
도움이 됐어.
우습잖니, 그녀와 함께 살 수조차 없던 내가 친구가 될 수 있다
니. 그녀는 아주 성실하고 헌신적이야.

어제는 지난 토요일부터 힘든 일을 한 터라 모처럼 쉬면서 힘을 회복하는 시간을 가졌어. 일하고 쉬고 하는 이런 게 사는 건가봐.

신체검사를 하는데 35달러가 들었어. 그렇지만 그만한 값어치가 있다고 생각해. 내 심장과 가슴에는 아무런 이상이 없다는 걸 알게 돼 안심이야. 내 유일한 병은 빈혈이야. 난 빈혈 때문에 오랫동안 시달렸어. 그 때문에 약도 먹고 있어. 아주 큰 캡슐이야. 지금은 아무 걱정거리가 없어. 유일한 걱정거리는 그 몸집이 크고 뚱뚱한 의사의 진료비 청구서뿐이야.

너의 편지를 받게 되어 정말 반가워. 벽난로를 갖게 되었다는 소식을 들으니 기뻐. 그렇지만 불을 피울만한 날씨가 드물 텐데.

토요일에는 여기 날씨가 아주 좋았어. 꽃들이 활짝 피어나고 있어. 그런데 오늘은 지루하게 비가 오고 있어. 날씨가 구질구질해.

해군 별관에서의 생활은 여전히 매우 힘들어. 우리는 바쁘고, 일거리는 자꾸만 쌓여가고 있어. 나는 두 가지 일을 해내려고 해. 하나는 미 국회 도서관에서 하는 일이고, 다른 하나는 해군 별관에서 하는 일이야. 두 가지 일 사이에서 난 다른 걸 할 시간이 없어. 나는 종종 늦게까지 일하고 집으로 돌아올 때면 너무 피곤해서 아무것도 할 수 없어. 그래서 곧장 자러 가곤 해.

그래도 오늘은 다리미질을 해야 할까봐. 어제 빨래를 했으니까.

가끔씩 사는 기쁨이 어디 있는가 하는 생각을 한단다.

나의 많은 시간들에 대해 모두 말하기는 어려워. 내가 말하고 싶은 것은, 사람들이 단지 먹고 살기 위해 일하는 것 같다는 거야. 일할 때는 그게 전부야, 노는 것은 전혀 없어. 그게 바로 나야. 난 그렇게 하는 것이 싫어지기 시작했어! 그런데 그것 말고 내가 무얼 할 수 있을는지 알 수 없어.

아, 어쩌지, 이 인생을, 이 위대한 인생을 말이야. 아무튼 난 지금

먹어야 하고, 그래서 내 조그마한 부엌으로 가서 아이스박스에 뭐
가 있는지 좀 봐야겠어.
그럼 다음에 편지 보낼 때까지 안녕.

사랑하는 언니가

15
알링턴 홀ARLINGTON HALL, 그리고 결혼

알링턴 홀은 워싱턴 D.C.에서 포토맥 강 건너 버지니아 주 안에 있는 사설 여학생 예비 학교였다. 1945년 군사통신정보국은 수천 명의 암호 해독 업무요원이 일할 수 있는 장소를 마련하기 위해 그 캠퍼스를 인수했다. 해군과 공군은 모든 암호 해독 요원들을 한군데로 결집시켰고 그들의 정보작전본부도 알링턴 홀로 옮겨왔다. 그들은 그곳을 군사안보국(Armed Forces Security Agency)이라고 명명했고, 미 합동 참모본부 산하에 두고 관리했다. 그래서 알링턴 홀은 수산의 새로운 근무처가 되었다. 그 무렵 그녀와 프랭크는 결혼을 했다. 그는 수산이 통근하기 쉽도록 알링턴에 있는 새 아파트로 집을 옮겼다. 프랭크는 여전히 네브라스카 에비뉴에 있는 해군 빌딩에서 근무했지만, 출퇴근을 하느라고 이전보다 더 많은 시간이 소요되는 것을 별로 개의치 않았다.

그들의 결혼에 관하여 알고 있는 사람은 그리 많지 않았다. 수산 측에서는 알링턴 홀의 몇몇 사람이, 프랭크 측에서는 몇몇 해군 동료과 프랭크의 가족들만이 알고 있었다. 해군 예배당에서 이루어진 이 소박한 결혼식에 수산의 가족들은 아무도 참석하지 않았다.

수산과 프랭크는 버지니아 주에 민간인 결혼을 신청했다. 그러나 버지니아 주에서는 서로 다른 인종간의 결혼이 법적으로 허용되지 않는다

1947년, 워싱턴 D.C.의 미 해군 통신본부 예배당에서 수산과 프랭크는 결혼식을 올렸다. "우리는 버지니아 주에서 결혼 증명을 신청했지만 다른 인종간의 결혼이 불법이라는 이유로 거절당했어요. 우리는 워싱턴의 나브콤 예배당에서 결혼식을 올렸지요."

는 사실을 뒤늦게 알았다. 그때까지 그들은 자신들이 같은 인종간의 결혼이 아니라는 사실에 대해 전혀 생각해 본 적이 없었다. 단지 서로 사랑하고 있다는 것 외에는. 그러나 그 우스꽝스럽고 이상한 법이 그들의 부푼 마음을 어둡게 하지는 못했다. 그들은 여러 주의 결혼에 관한 법을 이리저리 알아보고 마침내 워싱턴 D.C.에는 그렇게 웃기고 인종차별적인 법이 없다는 것을 알아냈다. 맞아, 왜 우리는 해군 건물 예배당의 목사님께 주례를 청하지 않았지? 그 목사는 주례를 서 주는 것을 매우 기뻐했다. 그들은 1947년 4월 25일 결혼했다. 수산의 상관이 결혼식장에서 아버지 대신 수산을 신랑에게 인도해 주었다.

수산은 결혼에 대한 어떤 것도 가족에게 말하지 않았다. 그녀는 프랭크가 한국인이 아니기 때문에 어머니가 완강히 결혼을 반대할 것이라는 사실을 알고 있었다. 어머니는 언제나 완고한 분이었고 수산이 한국 남자와 결혼하기를 간절히 바랐다. 오빠들도 어머니처럼 기뻐하지 않았겠지만 그 이유는 어머니와 달랐다. 필립과 필선은 프랭크와 그다지 좋은 친구가 되지 못했다. 그랬기 때문에 수산은 가족들이 결혼에 찬성하기를 바라지도 않았다. 그녀가 해군에 입대할 때도 가족들에게 말하지 않았던 것처럼 결혼도 비밀로 해두었다. 그녀는 프랭크와의 결혼이 한국의 전통에서 벗어난 것인지에 대하여 별로 걱정하지 않았다. 그보다 그녀는 자신의 인생에서 프랭크와의 결혼이 올바른 일인지 아닌지에 좀더 관심을 기울였다. 마침내 그녀는 프랭크가 자신에게 어울리는 사람이고, 프랭크에게도 자신이 어울리는 사람이라는 것을 확신했다. 그녀가 새로운 인생을 시작하고 여생을 함께 보낼 사람이 한국인이어야 한다는 전통적 관습이 그녀에게는 아무런 문제가 되지 않았다. 한때는 한국 남자를 상대로 골라보려고 노력했지만, 그녀에게 한국 사람은 마치 젊은 삼촌이나, 형제, 동료, 친구 혹은 함께 자라고 놀았던 소꿉동무 이상으로는 느껴지지 않았던 것이다. 그녀는 그들이 좋아하는 똑같은 음식을 좋아했고, 똑같은 배경과 관심사를 가지고 있었지만 그게 전부였다. 만약 딜립 오빠같이 키 크고, 잘생기고, 성격 좋은 남자가 있었다면, 상황이 바뀌었을지도 몰랐다. 그러나, 안타깝게도 필립 같은 남자는 없었다. 게다가, 그녀는 해군을 사랑했고 일에 몰두하느라 다른 남자들에게 관심을 가질 여유도 없었다.

어머니는 수산과 프랭크 사이에 사랑이 싹트기 시작했다는 기미를 눈치차고, 대륙횡단 열차를 타고 버지니아 주에 와서 프랭크와의 결혼을 말리려 했지만 이미 그들은 결혼한 후였다. 그 동안 어머니는 수산의 웨인Wayne가의 아파트에서 수산과 함께 지내면서 결혼을 포기하도록 수산을 설득하려고 노력했다. 조용하지만 완강한 방식으로 어머니는 두 사람이 미처 볼 수 없는 문화적 차이와 타고난 성격적 불일치에 대해 걱정했다.

"나중에 가면 알게 될 거야. 불꽃이 시들고 나면, 너는 네가 누구이며 그가 누구인지 알게 될 것이고, 그리고 정말 네가 누군지 볼 수 있는 기회를 놓치게 될 거야."

수산은 어머니의 뜻을 알고 있었기 때문에 어머니와 말다툼을 하지는 않았다. 수산은 USC 대학생이었을 때 그녀 집 부근 37번가를 걸어가는 패프 교수를 보며, 나도 저 사람처럼 키 크고 잘생긴 남자에게 시집갈 거라는 이야기를 했던 기억을 어머니에게 상기시키려 했다. "그건 어린 계집아이의 일시적인 이상일 뿐이야."라고 어머니는 반박했다. "너는 더 이상 어린 계집아이가 아니야, 전쟁에서 나라를 위해 복무한 그런 성숙한 여자인 네가 어린아이 같은 말을 하고 있구나."라고 말했다.

프랭크는 어머니를 설득할 생각을 아예 하지 않았다. 덩치 크고 부드러운 마음을 가진 이 해군 복서는, 키가 작고 결심이 확고한 어머니와 겨룰 수 없었다. 프랭크에게는 수산의 어머니가 다른 인종과의 결혼을 금지하는 버지니아 주의 법보다 훨씬 더 무서웠다. 결혼을 반대하는 어머니의 설득이 계속되는 동안, 그는 워싱턴에 있는 자신의 집에 머물러 있었다. 그 무렵 다행히 한 무리의 한국 고위 인사들의 워싱턴 방문으로 가족간의 긴장은 다소 풀어졌다. 그들은 수산과 프랭크와의 결혼이 인생에서 '가장 중요한 결정'이냐, 아니면 '가장 중대한 실수'냐를 둘러싼 모녀간의 갈등을 알지 못했다.

어머니는 오랫동안 해온 것처럼, 알링턴에서 구할 수 있는 모든 재료를 구하여 그들을 대접했다. 텍사스에서 온 쌀로 밥을 지었고, 돼지볶음 요리와 콩 요리, 계란 옷을 입혀 지진 호박전, 오이 무침, 고춧가루와 마늘을 넣어 만든 김치 등등을 만들었다.

어머니는 꼼꼼하게 음식을 준비했지만 그 요리는 진정한 한국음식이 아니었다. 그래서 어머니는 버지니아 양배추로 임시 변통해 만든 김치를 내놓고 미안해 했다. 그럼에도 불구하고 그녀의 남편이 그렇게도 고대하던 새롭게 탄생한 공화국, 대한민국의 판사와 국회의원들은 아주 기쁜 마음으로 어머니가 만든 음식을 먹었다. 그들은 단지 어머니의 요리를 먹기 위하여 로스앤젤레스에 갔는데 어머니가 워싱턴에 가셨다는 사실을 알고 곧바로 어머니를 따라 대륙횡단 열차를 타고 와야 했다는 농담을 하면서 아주 즐거워했다. 고기와 감자로만 뒤범벅된 여객선의 음식과 기차 음식에 질린 후여서, 어머니의 요리는 정말로, 정말로 맛있다면서 자신들이 워싱턴에서 일을 마칠 때까지 어머니가 거기에 머물러 주시기를 바랐다. 어머니는 그들에게 자신이 워싱턴에 머무르고 있는 진짜 이유, 즉 수산의 '비밀 결혼'에 대해서는 말하지 않았다. 그들이 아는 한 수산은 미혼의 전직 해군 대위였다. 어머니는 자신이 워싱턴에 언제까지나 머물 수 없다는 것을 알고 있었다. 어머니는 수산의 굳게 닫힌 입을 보았고, 결혼을 말리기 위한 대륙횡단 여행은 실패했다는 것을 인정하고 있었다.

어머니는 이후 5년간 수산에게 집에 오라는 말을 하지 않았다. 어머니가 굴욕스러움 때문에 수산에게 어떤 말도 하지 않으려는 상황을 극복하는 데는 필선의 결혼식 전날까지 무려 5년이 걸렸다. 어머니는 필립에게 말했다.

"수지(수산)가 있었으면 좋겠다."

필립은 곧바로 수산에게 전화 걸어 "지금 당장 와!"라고 흥분된 목소리로 소리쳤다.

수산은 재빨리 짐을 쌌다. 그 짐은 대부분 그때 두 살이었던 딸 크리스티나의 물건들이었다. 그녀는 딸을 데리고 로스앤젤레스로 가는 비행기에 탔다. 비행기가 워싱턴 공항 위로 솟아오르자 머리 속에서 온갖 생각들이 회오리처럼 일어났다. 무슨 이야기부터 하나, 어떻게 말해야 하나. 엄마는 무슨 말씀을 하실까? 엄마는 웃으실까? 만나면 엄마는 나를 안아주실까? 티나와 나를 보고 엄마는 놀라실까?

다시 어머니를 만났을 때, 예쁘고 영리한 어린 손녀의 깨끗하고 순진한 모습은 5년 동안의 모녀간의 불화를 재처럼 날려 주었다.

어머니는 완고했지만 어린아이의 깔깔대는 웃음과 검은 곱슬머리, 그리고 깊은 갈색눈 앞에서는 적수가 되지 못했다. 어린 티나는 '할머니halmoni'라는 한국말로 부르는 것이 그랜드머더grandmother라고 하는 것보다 훨씬 의미 있다는 마술을 발견했다. 그애는 빅토리 가에 있는 큰 집안을 하루종일 맑고 울리는 목소리로 '할머니, 할머니' 하고 부르며, 어머니의 뒤를 따라다녔다. 어머니는 5년 전의 일을 다시 떠올리지 않았고, 더 이상 어떤 설득도 하지 않았다. 마치 아무 일도 없었던 것 같았다. 바로 그렇게 해서 5년 전의 눈물은 사라졌고, 수산은 어머니 앞에 다시 어릴 때의 애칭인 '수지'로 돌아왔다.

어머니 곁을 다시 떠나오는 것이 수산에게는 쉽지 않았다. 그녀에게는 버지니아에 돌아가야 할 집이 있었다. 그렇지만 그녀는 로스앤젤레스의 집에서 떠나지 않아도 되기를 바랐다. 가족에게서 분리되어 있었다고 말해도 좋을 만큼 수산은 오래 떨어져 있었다. 필립은 어머니가 수산과 다시 이야기를 하자, 마음이 놓였고 기뻤다. 다른 어떤 것보다도, 필립은 어머니의 안위를 가장 걱정했는데, 그것은 아버지가 필립에게 당부하신 책임이기 때문이었다. 필립은 한국의 전통에 조금도 어긋남이 없이 집의 장자가 해야 할 도리를 지키며 살았다. 그는 어떤 문제든 간에 장인匠人의 조수와 같이 꾸준했다. 필선도 예쁜 신부 루실 리Lucille Lee를 맞아들여 싱글벙글했다. 루실은 최초의 한국인 약사이며, 필선이 한때 화학을 그녀에게 가르치기도 했었다. 사람들은 모두 그 부부가 잘 되기를 바랐는데, 특히 첫번째 결혼이 모든 사람들이 바랐던 것처럼 잘 되지 않았던 필선에게는 더더욱 그랬다.

필선은 힘을 다해 유머 감각을 발휘하는 평상시 모습 그대로였다. 그는 수지가 18살이었을 때 포드의 초기 자동차였던 모델 T를 운전하고 갈 때의 일을 이야기했다. 수산이 밴 나이스Van Nuys 블르버드에서 기차 철로를 가로질러 운전하고 있었는데 갑자기 차가 철로 한가운데에서 시동이 꺼졌다. 그녀는 안절부절 못했고, 당황한 나머지 힘껏 운전대를 잡아당겼는데 놀랍게도 그 운전대가 쑥 빠져버렸다. 다행히도 다가오는 기차는 없었다. 그녀는 뒤에 있던 차의 도움으로 기차 철로에서 차를 밀어낼 수 있었다. 그 이야기를 하며 가족들은 유쾌하게 웃었다. 그 우발적인 일이 있은 이후로 필선은 그 이야기를 수도 없이 되풀이했다.

수지가 한국 퍼레이드 차량에 타기 위해 샌프란시스코에 갔던 일은 또 어떤가? 그 퍼레이드에서는 또 얼마나 황당한 일을 겪었던가!

"맞아, 그랬어, 국제적인 축제였지."

베이 브리지를 막 건너기 시작했을 때 퍼레이드 차량 위에 설치한 무대의 오른쪽을 지탱하던 버팀목이 갑자기 무너졌다.

다리를 건너는 내내 한쪽으로 기울어진 퍼레이드 차에 타고 있을 수밖에 없었던 사람들은 너무도 당황했었다. 그 이야기를 하면서 모두들 손바닥을 치며 웃어댔다. 가족들은 언제나 이 이야기를 즐겨 했다.

이제 그녀는 가족 전부를 꼭 묶어두었던 끈을 다시 찾았다는 것을 느꼈다. 단지 산타 바바라에서 있었던 필선의 결혼식에 수라가 참석하지 못했기 때문에 수산은 그녀가 몹시 보고 싶었다. 수라는 시카고에 살고 있었

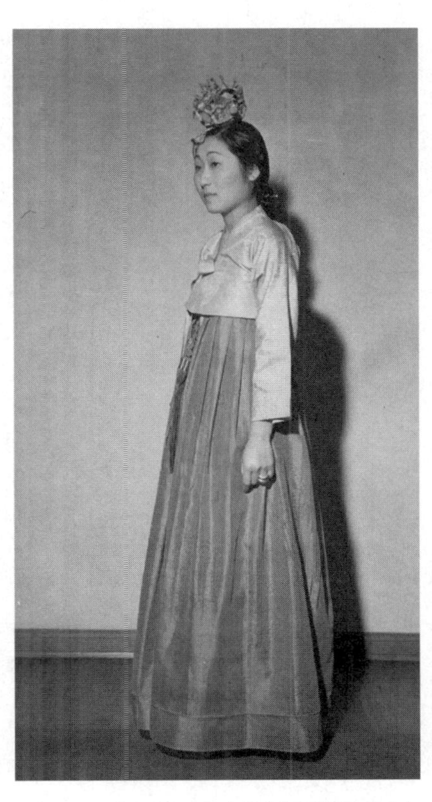

수산은 1936년 어떤 국제 문화 축제에서 한복을 입었다.

다. 수산과 티나는 시카고에 들르기로 했다. 가족들과 작별해야 한다는 우울함은 수라를 만나보고 싶은 기대감으로 바뀌었다. 어머니는 티나를 품안에 꼭 끌어안았다. 티나는 깔깔거리면서 "할머니, 또 올게요."하고 말했다.

수라 역시 티나를 몹시 사랑스러워했다. 티나는 수라의 아파트로 걸어 들어가면서 주위를 둘러보며 "수라 이모, 아파트가 너무 예뻐."라고 소리쳤다. 수산과 수라는 그렇게 작은 아이의 입에서 그렇게 확실한 관찰력이 있는 말이 튀어나올 것이라는 예상을 전혀 못한 터라 놀라 입을 딱 벌린 채 멍하니 서로를 바라보았다. 그 자매는 티나의 말에 정신없이 웃고 또 웃었다. 그러면서 그들은 낄낄거리며 웃곤 했던 어렸을 때로 돌아간 듯한 기분이 들었다.

그때 수지는 엄마도, 아내도, 정보 분석가도 아니었다. 그녀는 단지 수지일 뿐이었다. 어린 날로 되돌아간 수라 역시 더이상 지적이며 차분한 아가씨도, 도예가도 아니었다. 두 자매는 밤새도록 그들 방식대로 웃고 얘기하며 즐거워했다. 그 대화 속에는 2차세계대전도, 원자폭탄도, 러시아도, 일본도, 한국도, 한국에서의 새로운 전쟁도 없었다. 그날 밤에는 없었다.

제이슨 리는 어머니가 캘리포니아주, 리버사이드에 있는 한 병원에서 조리사로 있을 때, 그의 엄마가 맡긴 고아였다. 어머니는 그 소년이 어디서 왔는지, 아버지가 누구인지 몰랐다. 그 소년은 가족의 일원이 되었다. 제이슨은 밖에서 구슬치기하는 것을 더 좋아했다. 그는 구슬치기 왕이 되어 누구한테든 한번도 진 적이 없었다. 점점 커가면서 제이슨은 카드나 크랩(crap, 주사위 놀음) 같은 다른 게임을 했고, 도박사로 이름을 날리기 시작하더니, 다른 도박꾼들을 위해 장소를 제공하기 시작했다. 그들이 로스앤젤레스에서 성장했을 때, 수지와 수라는 제이슨이 생계를 위해 무엇을 하는지 몰랐고, 가족들도 공개적으로 그 일에 관하여 이야기하는 사람이 없었다. 어디서 돈이 나서 그렇게 좋은 양복을 입고 차를 타는지 묻는 사람도 없었다. 그는 시카고의 알 카포네의 친구가 되었고, 그래서 제이슨은 도박장을 세우기 위해 시카고로 이사를 갔던 것이다. 그는 시카고를 움직이고 뒤흔드는 거물 중의 하나가 되었고, 자기 사업에 착수했다. 그 무렵, 그는 자신의 돈을 안심하고 관리해줄 사람을 찾지 못했다. 제이슨은 수라에게 시카고에 와서 그를 위해 돈을 관리해줄 것을 부탁했다. 그때 수라는 전쟁 뒤에 직업이 단계적으로 없어지는 추세여서, 그다지 사정이 좋지 않았다. 제이슨이 수라의 도움이 필요하고 가족들도 돈이 필요했기 때문에 수라는 시카고로 갔다.

수라는 밤을 새워가며 자신의 꿈, 즉 한 가족이, 가족 기업으로 함께 할 수 있는 사업에 관해 이야기했고, 수산은 들었다.

"우리가 전에 말했던 팬시 부티크 같은 것이 어때? 아니면 동양음식점은 어떨까?"

"식당이라고?"

수산은 워싱턴에 있는 멋진 중국 음식점인 로터스 레스토랑을 떠올렸다. 사실상, 그곳은 1946년 12월 7일 프랭크가 그녀에게 프로포즈를 한 곳이었다. 얼마나 낭만적인 장소였던가! 그곳에서 프랭크는 그녀에게 다이아몬드 반지를 주었다. 그 반지는 프랭크가 듀퐁 서클에서 시내까지 이르는 모든 보석가게를 뒤지며 찾아낸 것이 아닌가. 그는 수산이 묘사한 대로 보석을 중심으로 연꽃 같은 장식이 둘러싸여 있는 반지를 찾을 때까지 하루종일 걸어다니며 헤맸다. 수산은 그가 반지를 찾기 위해 모든 가게를 돌아다녔다는 사실을 믿기 어려웠다. 그녀는 그 반지를 아주 좋아했다. 그것은 그녀가 상상했던 모양 그대로였다.

"그래, '로터스' 같은 식당이면 좋겠어!"

수산은 그날 무엇을 먹었는지 기억할 수 없었다. 단지 정말 맛있었다는 것밖에. 그 무렵 프랭크는 와히아와Wahiawa에 있는 하와이 해군 라디오 방송국에 근무하고 있었다.

"그렇지만 우리가 레스토랑 운영에 대해 무얼 알지?"

"제이슨이 우리를 도울 거야. 그는 로스앤젤레스로 가고 싶어하는 훌륭한 주방장을 알고 있어."

"정말이야?" 수산이 물었다.

"그럼 정말이고말고." 수라가 대답했다.

뒤에 제이슨은 수라가 레스토랑 문게이트를 여는 데 중요한 도움을 주었다.

버지니아에 돌아오자, 수산은 다시 알링턴 홀의 수산 안 커디의 생활로 돌아왔다. 정보 분석가, 그리고 티나의 엄마로서의 삶으로 돌아온 것이다. 프랭크는 하와이에서 전화를 했고, 그녀는 그에게 집에 갔었던 일을 이야기했다. 그는 모든 것이 잘되었다는 말을 듣고 신이 났다. 티나가 한국인의 검은 머리와 검은 눈을 가진 것이 수산을 위해서는 정말 잘된 일이었다. 어머니는 티나를 사랑했다. 어머니는 수산과 티나가 로스앤젤레스로 와 머무르기를 바랐다. 어머니는 "할머니 안녕, 또 올게요"라고 말하는 티나가 너무 귀여웠던 것이다.

"티나가 우리를 살렸어, 이 귀여운 꼬마 아가씨."라고 수산은 말했다.

프랭크는 한국의 상황이 좋지 않으며, 자신이 한국에서 임무를 맡게될지도 모른다는 소문이 있는데, 그것도 괜찮은 일이라고 말했다. 왜냐하면 그러면 그가 가족 가운데 처음으로 한국에 가는 사람이 될 것이기때문이라고 말했다.

"순서가 바뀐 게 아니야? 하하하."

프랭크는 유쾌하게 웃었다.

그 성질 급한 아이리쉬 남자는 단지 가족 중에 처음으로 한국에 간 사람이라고 말하기 위해 배에서 뛰어내려 한국 해변으로 헤엄쳐 갈 남자인 것이다. 그러나 수산은 남한과 북한 사이의 모든 전쟁 상황이 불안스러웠다. 그녀는 한반도 허리에 줄을 그은 것을 증오했다. 왜냐하면 제2차 세계대전 이후에 일본군을 무장 해제시키기 위하여 그어놓은 그 줄을 경계로 하여 남과 북이 서로 갈라져 있기 때문이었다. 북에 있던 일본군은 소련군에 항복했고, 남한에 있던 일본군들은 미군에 항복했다. 이후 러시아 군대들은 38선 이북에 주둔하면서 그 선을 넘으려 하는 사람들을 총으로 쏘았다. 그리하여 원래는 일본 항복자들을 감시하기 위해 만들어진 그 선이 이제 새로운 극경 — 인공적인 국경, 두 개의 수도, 북쪽의 평양과 남쪽의 서울을 만든 경계선이 되었다. 북쪽은 독립운동을 하던 때 사용하던 익숙한 태극기가 아닌 인공기를 휘날렸다.

한국인들은 일본 통치시기에서부터 6·25전쟁에 이르기까지 다시 뜨거운 소용돌이에 휘말려야만 했다. 아버지가 참으로 원했던 것은 둘로 나뉘어진 나라가 아니었다. 이제 그들은 서로를 향해 총을 쏘고 있었고, 서로를 죽이고 있었다. 모든 상황은 엉망진창이고, 뒤죽박죽이었다. 그녀는 정말 그게 싫었다.

수산이 한국에 대해서 말하는 것은 그녀의 해군 생활 초기부터 내내 사명 같은 것이었다. 그렇게 좋아하고 사랑하던 그 나라가 지금은 폭격과 끝없는 피난행렬로 아비규환을 이루고 있었다. 6·25 한국전쟁의 대혼란은 매일 미국 신문의 1면을 장식했다. 그녀가 그리워하고 사랑했던 한국은 더 이상 없었다. 언제나 북한과 남한만 있을 뿐이었다. 미국 사람들은 한국에 대해서는 아무것도 모른 채 단지 그들의 남편이나 아들이 가면 죽는 곳으로만 알았고, 한국은 그들에게 두려운 곳이었다. 사람들은 수산에게 남한 편인지 북한 편인지만을 물었다. 마치 단지 그렇게 묻는 것만으로도 상황을 호전시킬 수 있다는 것처럼.

구역질나는 농담이 군인들 사이에서 떠돌아다녔다. 그 내용은 미국 군대가 가장 두려워하는 세 가지가 있는데, 바로 설사diarrhea, 임질gonorrhea, 그리고 한국 Ko-rea이라는 것이다.

수산은 한국의 상황에 환멸을 느꼈다. 아버지의 조국에 대한 사랑마저 혼란스럽게 느껴졌다. 지금 그의 조국은 피로 물들여지고 있었다. 정말, 아버지가 이런 조국을 위해 목숨을 바치셨을까? 그녀는 한국의 비극을 생각할 때마다 의기소침해졌고, 마음이 아팠다.

그녀는 일과 티나에게만 더욱 몰두했다. 의식적이든 무의식적이든, 그녀는 전쟁에 관한 일에는 까막눈이 되고 싶었다. 일을 할 때는, 그녀는 미 국회 도서관을 통해 주문한 러시아 신문 파일과 전세계의 전화번호부 파일, 토마스 등기부(세계 주요기업 소개책자), 온갖 언어로 된 수많은 책들과 잡지 속에 파묻혀 있었다. 그녀는 러시아어를 할 줄 몰랐고 배운 적도 없었지만, 자꾸 늘어나기만 하는 러시아 자료를 취급해야 했다. 그들은 끊임없이 연속적으로 그녀에게 지시해 댔고 그녀는 재빨리 그 요구를 따라잡아야 했다.

'해군은 여전히 해군이야.'

'해군은 언제나 너의 목까지 짐을 실어 주는 것을 좋아하더니, 바로 이곳에다 붙잡아 놓는구나. 빌어먹을 해군 같으니!'

'아니야, 나는 더 이상 해군이 아니야.'

그녀는 그 자신을 일깨우곤 했다. 그녀는 그때 민간인이었다. 그녀는 무수한 자료와 업무로부터 짓눌리는 것 같았다. 그녀는 한때 친한 친구였던 그녀의 상관들에게 물었을 것이다.

"내가 러시아 문명에 관하여 무엇을 알겠어요?"

그녀의 상관은 해군 관리들이 하는 똑같은 방식으로 미소를 지으면서 대답하곤 했다.

"자, 수산, 우리는 당신이 할 수 있다는 것을 알아요. 우리는 당신을 위해 전문가를 데려다 줄 거예요."

그녀의 일을 돕기 위한 요원들은 쌓여가는 파일들만큼이나 빠-른 속도로 늘어났다. 해군은 하버드나 예일 같은 일류 대학의 우수한 연구원이나 학자들을 그녀의 뒤섞인 자료들을 추려나 도록 돕게 하기 위해, 계속 데리고 왔다. 만약 젊은 연구원들이 없었더라면 그녀는 확실히 지쳐버 렸을 것이다. 어쨌든 그녀는 해군이 원하는 정보를 처리해 내어야 했다. 그녀는 예를 들자면 'izba' 같은 말이 무엇을 의미하는지 언어전문가들 이 찾아내도록 했다.

전문가들은 모든 참고자료를 찾아냈고 데이터 베이스를 통해 그 단어 가 '통나무 오두막집'을 의미한다는 것을 알아냈다. 수산은 연구를 점 검하고, 대부분은 암호 해독자들인 요구자들에게 그 결과를 제시했다. 암호 해독자들은 연구를 살펴보고, 그들이 작업하고 있는 암호화된 문 건과 그 단어의 의미를 짝지어 보도록 시도하였을 것이다. 가끔은 그들 이 찾고자 하는 것을 찾아내기도 한다. 그러면 수산은 그것에 관하여 더 이상 관여하지 않아도 되는 것이다. 가끔은 그 단어의 좀더 다양한 쓰임 을 알아보라는 지시가 내려오면 전문가들은 좀더 많은 책과 신문과 잡 지를 연구해서 좀더 많은 선택 사항을 암호해독자에게 제공한다. 암호 해독자들은 그들 자신들만의 해석을 전문가들에게 보여주며, 말이 되는 지를 물어본다. 이리저리 맞추어 보다가 그들은 결국 KGB가 가리키는 '통나무 오두막집'은 전략 정보국(Office of Strategic Service, CIA의 전신)이라는 것을 생각해내게 된다. 이와 마찬가지로 그들은 'khata' 또는 '오두막'은 FBI를, 'Carthage'는 워싱턴을 의미한다는 것을 알아 내었다. 단어들의 목록은 끝이 없었다. 그것은 마치 러시아 첩보원들이 태양 아래 있는 모든 사물에 새로운 이름을 붙이는 것처럼 보였다.

그녀는 일을 하면서 그들이 지금 미국 내의 소련 간첩망과 관련한 KGB의 암호를 해독하기 직전에 있다는 것은 전혀 몰랐다. 그녀는 러시 아의 암호와 같은 종류를 가지고 작업을 하고 있다는 것을 알았다. 예전 에는 미 군사 안보국이라고 불리었고, 지금은 미 국가 안전 보장국 (National Security Agency)이라고 불리는 알링턴 홀 안에서 보안은 매우 철저해서, 한 부서는 다른 부서가 무엇을 하는지 전혀 알 수 없었다. 업무 분할 분야에 있어 미 국사 안전 보장국은 최고였고, 그 브안에 있어서는 CIA(OSS)나 FBI를 능가한다는 평가가 있을 정도였다.

이러한 비밀은 몇십 년 후에야 알려졌다. 1995년 7월 11일 미 국가조사위원회는 상원위원 다니엘 모이니한Daniel Moynihan의 노력으로 '베노나Venona'라는 프로젝트의 파일을 대중에게 공개했다. 수산은 1945년부터 1959년까지 알링턴 홀과 미 국가 안전 보장국에 있었던 시절이나 NSA에 있었던 시절에 베노나 프로젝트를 들어본 적이 없었다. 전체적으로 그 사업은 때때로 완곡한 화법으로 '러시아 외교 문제'라고 언급되었지만, 그녀는 그 해독한 암호문이 비취Jade나 신부Bride 혹은 마약Drug과 같은 암호명을 가지고 있었다는 것을 알지 못했다.

제2차 세계대전 동안, 소련은 미국 안에 특히 원자폭탄에 관한 비밀을 캐내기 위하여 간첩망을 만들어 놓았다. 소련은 워싱턴에서 누욕, 샌프란시스코 그리고 미국 내 다른 도시에 이르기까지 모든 외교적 채널과 대사관을 이용해 간첩망을 연결했다. 초기 소련의 간첩은 유럽의 동맹국들에게 군수물자를 대는 미국인들을 돕기 위해 미국에 온 수천 명의 러시아인들과 함께 들어왔다.

미국은 유럽에서 전쟁이 시작된 1939년부터 모든 해외전보와 통신들을 끌어 모았다. 그러나 그들은 동맹국들이 암호화한 메시지를 읽을 이유가 없다는 것을 알았다. 전쟁이 끝나갈 즈음에 소련이 나치와 개별적인 평화 조약을 유지하고 있다는 소문이 첩보기관 사이에 퍼지자 상황은 달라졌다. 소문이 사실이든 아니든 간에 그것은 매우 불안하고 위험했다. 왜냐하면 독일과 소련의 조약은 1939년 8월 23일 이루어진 것이었기 때문이었다. 베를린과 모스크바의 조약에서는 나치 군대가 미국과 영국을 침공하는 데 총력을 다할 것을 허용하고 있었을 뿐 아니라 폴란드를 독일과 소련 사이에 분할하도록 되어 있었다. 군사 정보국장인 카터 클락Carter Clarke 대령은 이것이 상당히 염려스러웠다. 클락 대령은 암호화한 소련의 통신이 협상의 진행과정에 관한 약간의 실마리를 제공할지도 모른다고 생각했다.

군사 신호 정보국(Signal Intelligence Service)의 암호해독자들은 외교 통신을 해독하려 했다. 그들은 통신내용에서 어떤 협상의 증거를 찾지 못했다. 그들은 대신 '외교적 통신망'이 외교가 아닌 간첩망을 다루고 있다는 것을 찾아냈다. 그들은 뉴욕에서 모스크바로 보내지는 외교 통신망에서 소련이 미국의 초특급 비밀 원자폭탄 프로그램인 맨해튼Manhattan 프로젝트를 내포하고 있는 것을 발견했던 것이다.

이 깜짝 놀랄만한 발견으로 미 합동 참모 본부(Joint Chiefs of Staff)는 지금까지 유래가 없었던 가장 큰 암호 해독팀을 조직하여, 서로 힘을 합치고, 모든 지국에서 찾아낸 정보와 자료들을 모아 알링턴 홀로 옮겨 왔다.

수신은 암호 해독의 전체적인 상황에는 관여하지 않았다. 소수의 사람들만이 일이 어떻게 돌아가고 어떤 상태에 있는지 알 수 있었다.

소련인들이 첫번째 원자폭탄을 1949년에 개발하여 폭발 실험을 할 때까지 미국과 소련 두 나라는 비밀리에 핵무기 경쟁을 계속해 왔던 것이다.

한반도는 두 강국의 의지를 시험하는 장소가 되었다. 미국이 원자폭탄을 사용하려고 하는가? 그러면 소련도 자신의 원자폭탄으로 대답할 것인가? 제3차 세계대전 발발의 위협을 제쳐두고서도, 미국 정보 체계의 취약점이 한국에서 드러나고 말았다. 1950년 6월 25일 이전까지 줄곧 38선 북측에 군사력이 증강되고 있다는 연속된 경고가 있었다. 소련 탱크와 대포로 무장한 북한 군대가 대대적으로 집결하고 있다는 정보 보고는 미 국방성과 백악관의 정책 수립자들이 일상적으로 흘려버리는 보고 체계 때문에 아무런 관심도 받지 못한 채 그냥 지나쳐 버린 것이다. 북한의 공격은 정보 사회의 모든 것을 철저하게 뒤바꾸어 놓았다. 정치인들은 정보조직을 비판하기 바빴고 정보조직 간부들은 조직을 재편했다. 그 결과, 엄청난 혼란의 드라마가 알링턴 홀에서 일어났다. 모든 작업 단계에까지 대대적인 개편이 있었다. 끝없는 소문과 가십, 농담들은 말할 것도 없고, 재조직에 관한 회람문서가 알링턴 홀과 사무실 안에서 가을 거리의 마른 잎처럼 굴러다녔다.

그래도, 이런 '정책적인' 것들은 수산에게는 아무 문제도 되지 않았다. 그녀는 그녀가 다룰 수 있고, 할 수 있는 한 최대한 열심히 일을 했다. 정보국장은 그녀의 요원들을 전보다 더 거세게 몰아붙였다. 그녀는 요원들 사이에서 끊임없는 참견꾼으로 유명했는데, 한 사무실에 가서 특정 요구사항의 상태를 체크하면 곧바로 다른 사무실로 가서 또 점검하고 또 다른 곳으로 가곤 했다. 그녀는 하루 종일, 그렇게 하곤 했다.

비록 수산이 조직 개편과 관련한 야단법석에 그다지 주의를 기울이지 않았음에도 불구하고, 대대적인 개편은 결국 수산에게도 영향을 미쳤다. 좀 더 많은 사람들이 그의 부서로 왔다. 몇몇은 새로운 사람이었고 몇몇은 다른 근무지에서 온 베테랑들이었다. 그리고 수산은 중앙 참고부서(CREF)라는 새로운 부서의 책임자가 되었다. 일 자체는 변하지 않았다. 다만 예전보다 더욱 일이 많아졌을 뿐이었다. 새로 온 사람들은 곧 수산이 어느 모로 보나 그녀의 별명인 '강력한 진드기'에 딱 맞는 사람으로, 대충 적당히 일하는 것을 못 참는 성격이라는 것을 알게 되었다. 수산은 또한 그 자신의 생각을 표현하는 것을 주저하지 않았다. 몸집에 어울리지 않는 화통 같은 목소리로 사람들에게 최선을 다하도록 요구했다. 마치 거친 야구팀 감독처럼, 칭찬에는 인색했지만, 동시에 실수에도 그다지 심한 질책을 하지는 않았다. 그녀는 오직 그들이 실수에서 배워나가도록 격려했다. 그 반면에 수산은 정신적으로 느스해지는 것에 관해서는 가혹했다. 그녀는 "정신적인 해이는 게으르기 때문이야." "점검, 점검, 두 번 세 번 점검해! 출처, 자료, 모든 것을 점검해. 확실하지 않으면 확실하게 만들어!"라고 고함쳤다. 그녀가 말할 때면, 남자고 여자고 똑같이 귀를 기울였다. 정보에 관한 한 언제나 그녀의 판단이 옳았기 때문이었다.

알링턴 홀에서 수산은 새로운 부서의 부서장이 되어 본래의 업무를 계속했다.

정보의 세계는 모든 방면에서 아주 혹독한 비평을 듣는다. 의회는 어떻게 그들, 즉 정보국이 북한이 남한을 공격하기 몇 달 전부터 해온 대규모의 군사력 증강을 알아차리지 못했는지 설명할 것을 요구했다. 전쟁이 시작되자마자 그들은 소련의 미그 제트기가 미군의 전투기보다 훨씬 성능이 뛰어나다는 것을 알게 되었다. 왜 우리들이 새 미그기에 대해 알지 못했느냐? 한국전과 관련한 모든 소란은 정보 사회 내의 사건, 즉 합병과 재조직을 촉진했다. 한국전이 발발했을 때, 요원들은 삼교대 근무(24-7 계획)에 맞추었다. 수산은 오전 8시부터 오후 4시, 오후 4시부터 밤 12시, 밤 12시부터 아침 8시의 삼교대 근무 스케줄을 조정할 것을 명령했다. 결혼한 사람들은 정규 시간에 교대하도록 맞추었고 반면 독신이거나 젊은 사람들은 늦은 시간의 교대에 맞추었다.

정보국을 재건하는 데 돈은 문제가 되지 않았다. 그래서 그들은 수산을 위해 많은 사람들을 증원했다. 그들의 새로운 목표는 KGB의 암호 그리고 NKVD(소련 군사 정보 집단)의 정보였다.

16

아내, 어머니 모습의 수산

1946년, 적당한 사람을 찾을 때까지만 해군 내에서 민간인 신분으로 일하기로 한 수산은 거의 10년을 일했다. 수산은 이 직장에서 9년을 일했고, 이제 그녀는 알링턴에 있는 집과 알링턴 홀로 오가는 출근을 빼놓고 그녀의 인생을 상상할 수도 없었다.

1953년 한국전이 끝나자, 프랭크는 집으로 돌아왔다. 그녀의 하루 일과는 해가 뜨고 지는 것처럼 일정했다. 아침 일찍 일어나 나나가 오기 전에 프랭크를 위한 아침을 만들었다. 나나는 수산에게는 구조대원이나 마찬가지였다. 티나가 태어났을 때, 수산은 일을 계속할 건지 안 할 건지 결정해야 했다. 나나가 도와주기 이전에는 수산은 조만간 직업을 포기하기로 마음먹고 있었다. 그러나 나나는 수산이 엄마의 역할 뿐 아니라 자신의 일도 열심히 할 수 있도록 도와주었다. 티나는 나나를 좋아했다. 집안에서 혹은 같은 골목 안에 사는 다른 친구들과 노는 동안, 나나는 티나가 필요로 하는 엄마가 되어주었다. 티나가 커서 엄마가 될 때까지 두 사람은 아주 잘 지냈으며 서로 편지를 주고받았다.

하루는 수산이 집에 돌아와 평소대로 가방을 현관에 놓고 부엌으로 가서 식구들을 위해 저녁식사를 서두르고 있었다. 티나가 부엌으로 오더니 감기 기운이 있는 것처럼 훌쩍거리며 무언가를 골똘히 생각하고 있었다. 수산은 나나에게 낮 동안 티나가 괜찮았는지를 물었다. 나나는 "당신이 문으로 걸어 들어오기 전까지는 괜찮았어요."라고 대답했다. 이 수수께끼 같은 대답 때문에 수산은 티나를 소아과 의사에게 데리고 갔다. 소아과 의사는 수산에게 그녀가 일을 끝내고 집에 왔을 때 한 일에 더하여 소상히 이야기해 보라고 했다. 그녀는 "가방을 내려놓고 부엌으로 가서 저녁 식사를 만들기 시작했습니다."라고 대답했다.

그 의사는 "당신이 퇴근해 집에 왔을 때 가장 먼저 해야 할 일은 티나에게 다가가 안아주는 것입니다. 코트를 벗는 데조차 시간을 낭비하지 마세요, 딸에게 곧장 다가가 무엇을 하고 있는지 관심을 기울여 주세요."라고 충고했다. 현명한 노 의사는 수산이 어떻게 해야 하는지를 알고 있었다. 그 다음날 수산은 티나에게 곧장 갔고, 오늘 하루가 어땠는지 물으면서 그녀를 안아주었다. 티나는 웃으며 "좋아요"라고 대답했다. 티나는 골똘히 생각하지도, 골내지도 않았다. 거실에서 깡충깡충, 팔짝팔짝 뛰며 장난감들과 놀았다. 수산은 그리고 나서 코트를 벗고, 옷장에 걸었다.

그저서야 수산은 자신이 딸보다 일을 더 우선시했던 게 아닐까 반성했다. 그때까지 수산은 자신이 직업과 엄마로서의 역할 사이의 균형을 잘 유지하고 있다고 생각했었다. 그러나 티나의 사건은 그녀가 사물을 보는 시각에 의문을 갖도록 했고, 무엇이 우선인가를 생각하도록 했다. 이러한 시험은 직업과 가족 가운데 하나를 선택하도록 만들었다. 1955년 여름, 수산의 가족이 한 명 더 늘어나려 하고 있었다. 1955년 5월 11일 그녀는 출산 휴가를 신청했다.

본인은 1955년 6월 13일부터 1955년 9월 23일까지 출산 휴가를 신청하고자 합니다. 본인은 약 401시간의 병가와 268시간의 연 휴가가 있습니다. 의사의 진단서를 첨부합니다.

수산 A. 커디

그 신청은 정식으로 승인되었고, 8개월 임산부인 수산은 집에서 머물면서 두번째 아이의 출산을 준비하기 시작했다. 티나를 출산할 때 프랭크는 수산을 병원에 데려가려고 했다. 그러나 티나가 세상에 나으려는 마지막 순간에 프랭크는 야구 경기를 하고 있었고, 루실 하임(Luceil Heim)이 수산을 베데스다 해군 병원까지 대신 운전해 주었다. 정말 좋은 루실 아주머니였다. 티나가 밸런타인 데이에 태어났다는 것을 루실이 얼마나 신나 했던가. 티나는 엄마가 얼마나 오랜 진통에 힘들어하는지 알지 못한 채 병원에 간 그 다음날인 2월 14일에 태어났던 것이다.

루실은 매일 아침 알링턴 홀로 출근하면서 들르고 일과가 끝나는 저녁에도 수산의 집에 왔다. 지리 부서의 부서장이 된 그녀는 수산과 티나를 잠깐 들여다보는 것보다 바쁜 많은 일이 있었다. 루실에게 알링턴 홀은 해군이라는 직업 이후에 가진 단 하나의 유일한 일이었다. 티나가 태어난 이후 모든 것은 바뀌었다. 그녀는 모든 업무를 오후 5시 이전에 마쳐 놓고 그 시간이 되기 전부터 퇴근할 준비를 했다. 오후 5시가 되면 루실은 그녀의 인생에서 새로운 사랑과 함께 머물며, 웃는 것도 보고 안아주기도 하려고 번갯불같이 튀어나왔다. 곧 아이가 말을 하자, 기쁨으로 넘쳤다. 가장 처음 한 말 중의 하나는 '이무anka' 였는데, 그것은 '이모auntie' 의 어린아이 말이라는 것을 누구든 알 수 있었다.

그때부터 루실 아주머니는 집에서든 심지어 알링턴 홀에서든 '이무'로 알려지기 시작했다. 티나에 대한 '이무' 의 사랑은 전설적이었다. '이무' 가 아니면 누가 피노키오 영화를 아홉 번이나 보면서 아이를 돌볼 수 있겠는가?

'이무' 는 첫째아이를 낳을 때처럼 프랭크가 다른 일을 하느라고 바쁘면, 둘째아이를 낳을 때도 수산을 같은 병원에 데려다 줄 것이다. 프랭크는 수산의 가진통 때문에 병원을 두 번씩이나 왕복했던 것을 포함해서 수산을 위한 일이면 무엇이든 했다. 수산에게는 그가 필요했다. 세번째 진통은 진짜였는데 그때 프랭크는 면접실에서 업무를 처리하고 있었다. 병원의 간호사들은 그녀를 분만실로 즉시 보내야만 했다. 프랭크가 서류에 서명을 마치고 위층으로 올라갔을 때에는 이미 건강한 사내아기가 울면서 발을 버둥거리고 있을 때였다.

결국 프랭크는 아이가 나오길 기다리는 다른 아빠들과 함께 담배연기 가득한 대기실에서 신경을 곤두세우며 종종걸음을 걷는 전통적인 의식에서 두 번 다 면제된 셈이었다.

그들은 미 대륙 반대편에 사는 수산의 친정에 출산 소식을 알리면서, 그 사내아이를 수산 오빠의 이름을 따서 필립Philip이라고 지어 주었다. 어머니는 당장 워싱턴으로 날아왔다. 비행기를 타고 급하게 날아온 어머니는 필립 때문에 그 완고함과는 어울리지 않을 정도로 정말 눈에 띄게 흥분해 있었다. 한국식 미역국을 만들어 주었고, 한국과 미국에서 산모의 건강과 수유에 좋다고 알려진 모든 것들을 만들어 주었다. 그럼에도 불구하고, 수산의 작은 몸집에서는 어린 필립을 만족시킬 만큼 충분한 젖이 나오지 않았다. 수산은 필립에게 모유를 열흘만 먹일 수 있었을 뿐이었다. 필립은 티나 때와 마찬가지로 정상적인 우유에 대한 알레르기 반응을 보였다. 좋은 의사가 개발한, 우유가 들어가지 않은 제품인 콩으로 만든 두유를 얻기 위해 그들은 소아과 의사에게 전화를 했다. 아기는 건강하게 자랐고, 그 아이는 수산의 어머니에게는 더욱더 특별한 존재였다. 어머니는 필립의 갈색 머리카락을 특별한 기억 속에 새겨 넣으려는 듯, 아이가 시끌벅적하게 울 때는 물론이고 낮잠을 자고 있을 때도 한시도 눈을 떼지 못했다.

버지니아의 뜨거운 여름이 가고, 선선한 가을이 돌아왔다. 수산이 알링턴 홀에 복귀해야 할 시간이 되었다. 두 아이의 엄마가 된 수산이 직업을 가지고 있다는 것은 더욱더 힘든 일이었다. 그래서 수산은 퇴직을 생각했고, 프랭크도 그 생각에 동의했다. 일터에 갔을 때, 모든 사람들은 두 손을 벌리면서 그녀가 돌아온 것을 기뻐했다. 그때 냉전과 국가 안보에 관한 업무는 그 어떤 때보다 팽팽한 긴장 국면에 들어서 있었다.

기지가 알링턴 홀에서 22마일이나 떨어져 있는 메릴랜드 주 포트 미드Meade시로 옮긴다는 소문이 돌았다. 그러한 뉴스는 알링턴 홀 같은 장소에서는 그 어떤 부대보다 더 빠르게 옮겨졌다. 이전에 관한 이야기는 새로운 뉴스가 아니었다. 몇 해 전에 이미 켄터키 주의 녹스빌로 기지를 옮긴다는 계획이 있었고, 미 군사 안보국, 미 합동 참모 본부, 그리고 방위국(Department of the Defense)의 그 누구도 기지 이전이 가져다줄 소란을 예상하지 못했다.

그때 직원들은 녹스빌에서 근무하느니 차라리 사직하겠다고 입버릇처럼 말했다. 수산은 녹스빌에 관한 이야기들을 '단지 소문'으로만 생각하고, 사람들이 염려하는 것에 대해 그다지 신경 쓰지 않았다. 그녀는 일이 생기면 그때 고려하기로 했다. 녹스빌으로의 이전에 대해, 새로운 지휘관인 랄프 케이나인Ralph Canine 소장을 포함해, 모든 사람들이 그것은 어리석은 아이디어라고 생각하고 있었다. 케이나인 소장은 정보 기관이란 이곳에 근무하는 사람들의 지식, 경험, 그리고 그들의 충성심에 의해 살고 죽는다는 것을 잘 알고 있었다. 그는 미 합동 참모총장과 국방장관 로벳Lovett에게 녹스빌로 이전하는 계획을 철회해 줄 것을 호소했다. 그래서 사람들의 투덜거림도 사라졌고, 소장은 알링턴 홀에서 영웅이 되었다.

그 무렵 8개월이 된 필립은 말을 하고 걷기 시작했다. 그리고 프랭크는 일본의 요코스카 기지로 가라는 명령을 받았다. 프랭크와 수산은 가족 전체가 요코스카로 갈 것인지 결정을 내려야 했다. 생활 환경과 티나의 교육 환경 등에 대한 많은 상의를 한 결과, 프랭크 혼자만 가기로 결정했다. 수산은 일본에 가는 것이 별로 내키지 않았다. 게다가 당시 미국가 안전 보장국은 그녀에게 USC 대학원 등록을 승인한 터였다. 그녀는 로스앤젤레스의 가족과 아이들이 함께 지낼 수 있는 좋은 기회를 놓칠 수 없었다. 그녀는 끝없는 업무 마감 독촉과 일상적으로 반복되는 고된 일이 없는 학교생활을 누릴 수 있다는 기대와 함께 안식일과 같은 즐거움을 놓칠 수 없다고 생각했다.

그러나 막상 공부를 시작해보니, 즐기면서 공부하는 것은 불가능한 일이었다. 학위과정 과제에는 동남아시아 문제가 포함되어 있어, 수산은 급히 베트남어를 공부해야 했다. 대학원의 연구 프로그램은 그렇게 녹녹한 일이 아니었다. 낮 동안 필립과 티나를 돌봐 주는 어머니 덕분으로 수산은 연구에만 집중할 수 있었다. 일흔셋이나 된 어머니의 하루 일과도 교회일, 특히 헌옷을 모아 싸서, 한국으로 보내는 일로 빽빽했다. 어머니는 또한 로스앤젤레스를 통해 오는 많은 한국 고위 관리와 학생

수산은 1956년 미 남가주 대학에서 공부할 수 있는 미 국가 안전 보장국 장학 프로그램에 참가했다. "나는 일년간 친정집에서 정말 멋진 안식년을 보낼 생각이었어요. 집에 있는 것은 좋았지만, 안식년 휴가라고 생각했던 일년은 베트남어를 배우고, 동남아시아를 연구하느라고 벼락공부를 하는 나날들이었어요."

들을 만나야 했다. 어머니는 흥사단 장학금을 받고 미국에 온 백영중과 같은 많은 학생들을 위하여 이불을 만들고 음식을 준비했다.

바쁜 일정에도 불구하고, 어머니는 손자들을 돌보는 일을 마다하지 않았다. 티나는 학교에 갔다오면, 할머니를 도와 꾀보 동생을 돌로았다. 필립(Filp, 꾀보, 약삭빠른 사람과 동음)은 밖으로 나가지 못하게 특별히 뒤뜰에 만들어 놓은 울타리를 넘어가는 한 살배기 장난꾸러기 꾀보였다. 가족들은 모두 자기보다 훨씬 키가 큰 울타리를 기어올라 넘어가는 꼬마를 보며 말문이 막히곤 했다. 또 한번은 꼬마 필립이 물 호스를 계속 뿌려댔다. 할머니는 필립에게서 물 호스를 뺏으려 했지만, 필립은 막무가내였다.

어머니는 필립의 별난 행동에 대해 혼을 내지 않았고, 심지어 목소리를 높이며 가볍게 꾸짖지도 않았다. 수산이 좀 호되게 야단을 치려고 했을 때에도 어머니는 하지 못하게 했다. 수산은 정말 어머니가 그렇게 아이를 끼고 도는 것이 이상했다. 필립 삼촌이 그렇게 아끼던 비싼 명나라 도자기를 필립이 깼을 때에도, 어머니는 괜찮다고 말했다. 필립 삼촌은 정말 화가 나 어린 필립을 매질하려 했다. 그러나 어머니는 손자 필립 앞에 서서 두 팔을 펼쳐 가로막고, 단호하게 필립 삼촌을 말렸다.

어머니는 누구도 그 어떤 경우에도 자신의 손자에게 언성을 높이지 못하게 했다. 이 위대한 귀부인의 말씀을 필립 삼촌은 거역하지 못했다. 그가 유명한 영화배우이건 아니건 간에. 필립 삼촌은 그때까지 데이 웨스트, 더글라스 페어뱅크스, 세실 드밀, 게리 쿠퍼, 그레고리 펙과 같은 명배우들과 함께 85편의 영화에 출연했다.

"네 할머니는 네가 멋대로 하게 놔두었단다."

작은삼촌 필선은 수십 년이 지난 후에도 꾀보 필립을 비아냥거렸다.

수산은 USC에서 일년간의 연구를 끝낸 뒤 아이들을 데리고 버지니아로 돌아왔다.

어린 꾀보는 버지니아로 돌아간 후에도 그의 이름에 걸맞게 알링턴 홀에서 돌팔매나 창문 깨기 선수로 알려지면서 계속 말썽을 피웠다. 소년의 유별난 강인함에 대해서 몇몇 친구들은 필립이 아버지 프랭크의 팔을 닮아서 그렇다고 말했고, 또 다른 몇몇은 그게 아니라 수산을 닮았다고 반박하면서, 수산이 프랭크보다 팔은 작지만 얼마나 강한지 모른다고 했다. 그들은 "포토맥 강 건너편까지 공을 던질 수 있는 사람은 수산뿐이야."라고 말했다.

일년이 지난 후 프랭크가 버지니아로 돌아왔을 때에야 비로소 그들은 정상적인 삶으로 돌아왔다는 느낌이 들었다. 귀향 환영 모임에서 프랭크는 식구들 중에 처음으로 한국땅에 발을 내딛은 사람이라고 자랑을 늘어놓으면서, 한국에 갔던 여행담과 일본에 관해서 이야기했다. 요코스카에서 정보 업무를 담당했던 그는 업무와는 별도로 해군 극동 야구팀을 관리했었고, 토너먼트 시합에 참가하기 위해 팀을 이끌고 한국에도 갔었다. 그는 한국 사람들이, 한국 해군 야구팀이, 마을의 평범한 서민들이, 그리고 구경꾼들이 얼마나 멋있었는지를 말하며 한국을 격찬했다. 오! 그 음식, 막걸리, 그리고 잔치들! 그는 한국 해군 야구팀이 그에게 준 패넌트기를 꺼내 놓았고, 그의 이야기를 듣는 청중이 있을 때마다 아주 흡족해 했다. "여기를 봐, 나는 한국에 있었어, 가족 중에 가장 먼저 간 사람이라구!" 그는 또 일본에 대해서도 매우 호의적으로 말했다.

그는 '생일 축하' 노래를 일본어로 배워 가지고 종종 불렀는데, 수산은 별로 듣고 싶지 않았다. 수산의 반일감정을 알고 있는 그는 도쿄, 오사카 그리고 시골 마을, 음식, 사케sake 와인, 그리고 우아한 차에 관한 찬사로 수산의 귀를 거슬리게 했다. 때때로 프랭크는 너무 지나치게 일본 이야기를 하다가, 그렇게 좋으면 귀여운 일본 여자들이 있는 곳으로 돌아가라는 말을 수산의 입에서 나오게 만들었다. 그러면 프랭크는 웃음을 터트리면서 수산을 열받게 하는 데 성공한 것을 흡족해했다.

'친구들과 아이들 앞에서 일본 노래들을 부르면서 돌아다니는 덩치 큰 얼간이! 그런 노래들을 어머니 앞에서는 절대 부르지 않는 게 좋을 거야. 그랬다가는 어머니가 아마 당신을 목 졸라 죽일지도 모르니까.'

수산은 프랭크가 언제 어떻게 일본에 그렇게 매혹됐는지 이해가 되지 않았다. 그가 진주만 공격이며 과달카날 전쟁에 대해서, 그리고 이오지마 섬에 대해서도 그렇게 빨리 잊었버렸단 말인가?

사실은 프랭크 역시 전쟁을 잊어버리지 않고 있었다. 많은 그의 동료들처럼, 프랭크는 그의 적이 일본의 전쟁 기계들이며, 일본의 군사 제국주의자들이지, 평범한 사람들이 아니며, 그들이 부른 노래가 아니라고 생각했다. 전시에 함께 했던 동료들과 모였을 때, 그들은 끊임없이 내기를 했고, 누가 어떤 내기에서 이기고 얼마나 돈을 땄는지를 따졌다. 프랭크는 내기를 건 이름과 금액을 일렬로 적은 카드를 가지고 오곤 했다. 프랭크는 전쟁을 잊지 않고 있었다. 단지 그녀와 다른 방법으로 전쟁을 다루고 있었을 뿐이었다.

그렇지만 수산은 일본의 어떤 것에도 익숙해질 수 없었다. 상점에서도 그녀는 언제나 접시든 장난감이든 사기 전에 반드시 원산지를 확인했다. 그래서 '일제(Made in Japan)'라고 찍힌 것은 사지 않았다. 그건 그녀의 친한 친구들, 예를 들면 대학 친구인 바니와 실비아 그리고 직장 친구인 제인과 '이무'도 마찬가지였다.

그녀가 알링턴 홀로 돌아온 지 얼마 안되어, 미 국가 안전 보장국이 메릴랜드 주의 포트 미드 시로 이전해 갈 거라는 소문이 다시 떠돌았다. 포트 미드 시는 남북 전쟁 시기의 연합군 사령관인 조지 고든 미드 George Gordon Meade의 이름을 따서 지은 지명이었다. 포트 미드 시는 볼티모어와 워싱턴 D.C. 사이에 위치해 있었는데, 그곳은 켄터키 주의 녹스빌보다 직원들이 훨씬 좋아하는 곳이어서, 사람들이 이번에는 이전에 대한 생각에 그렇게 반대하지 않는 것 같았다.

1957년 6월 16일 직장으로부터 한 통의 편지를 받았을 때, 수산은 그 소문이 확실하다는 것을 알게 되었다. 그 편지는 "…귀하는 메릴랜드의 포트 미드 시로 전근할 것을 명 받았습니다. 이번 전근은 상기한 이전 시간(1957년 11월 1일)에 맞추어 진행될 것입니다. 본인은 귀하가 미 국가 안전 보장국과 함께 전근하여, 우리의 임무를 완수하기 위한 당신의 공헌이 지속되기를 희망하는 바입니다."라고 씌어 있었다.

수산과 이웃에 사는 네 명의 다른 요원들은 함께 모여, 북동쪽의 볼티모어 방향으로 약 20마일 떨어진 곳까지 어떻게 왕복으로 운전해서 다닐 것인지에 관한 간단한 통근 계획을 세웠다. 그들이 작전기지를 포트 미드로 옮긴 가장 첫번째 이유는 보안 때문이었다. 적의 공격이 있을 경우를 대비하여, 워싱턴에 모여 있는 다른 정부 기관들로부터 미 국가 안전보장국은 멀리 떨어져 있어야 했다. 암호 해독과 관련 자료들은 어떤 것과도 대체할 수 없고, 필수 불가결한 것이었다.

새로운 근무 장소에서 많은 변화가 있었다. 가장 커다란 변화는 현존하는 컴퓨터 가운데 가장 크고 새로운 컴퓨터가 설치되었다는 것이다. 수산은 컴퓨터를 몰랐고, 알려고 하지도 않았다. 그녀는 컴퓨터가 정보 업무에 있어서 매우 중요한 역할을 담당할 것이라는 사실을 알면서도, 가능한 한 컴퓨터와 멀리 떨어져 있었다. 그녀가 일을 하는 방법은 고전적이었으나, 컴퓨터가 곧 모든 업무를 처리하게 되리라는 것을 알았다. '기술'이라는 말이 기지 내에서 유행어가 되었다.

새로운 기술이건 아니건, 수산의 책상은 그 어느 때보다 서류, 신문, 잡지 그리고 러시아 소비에트 연방정부에 관한 책들로 점점 높이 쌓여갔다. 당시 300여 명의 요원으로 구성된 그녀의 부서는 단지 러시아와 관련된 일들을 다루었기 때문에 "러시아 하우스"라는 별칭으로 불리웠다. 그런데도 수산은 심지어 러시아어를 읽거나 말하지 않았다. 때때로,

그녀 자신도 러시아 전문가들이 음식, 의복, 자동차, 열차, 배, 비행기, 전기제품, 라디오, 학교, 거리, 가게, 식당, 영화, 영화관, 교회, 문자, 날씨, 지리, 광고 등등을 늘어놓는 것을 감독하는 일에 놀라워 했다. 그녀는 그런 것들에 대해 전문가가 아니었음에도 불구하고, 업무를 분배했고, 그 업무를 완수했고, 요원들의 필요한 부분을 보살폈다. 날이 갈수록 업무량은 엄청난 속도로 늘어났고, 편두통이 점점 자주 일어났다. 해군 병원의 의사들은 그녀에게 "심한 스트레스 때문입니다. 일을 그만두어야 합니다."라고 말했지만 그녀는 그 다음해까지 계속 일을 했다.

그 일이 13년째로 접어들면서 수산은 자신이 역할 이상의 일을 해냈다는 것을 느꼈다.

한편, 프랭크는 캘리포니아 롱비치 기지로 옮기라는 명령을 받았다. 그것은 수산이 사직을 결심하는 결정적 계기가 되었다. 그들은 드디어 캘리포니아로 이사 가게 되었다.

수산이 사직한다는 뉴스는 삽시간에 퍼졌다. 수산의 결혼식에서 신부를 신랑에게 인도해 주었던 사령관 분Boone을 비롯해 많은 동료들이 그녀의 사직에 대해 익살스러운 코멘트를 했다. 예리하고 풍자적이면서 정겨운 말들이 보도 자료를 모방한 형태로 나타났으며, 그 보도 자료들이 사무실 주변에서 유포되고 있었다.

워싱턴, 4월 21일 – (AP) 수산 커디 여사의 국가안전보장국으로부터의 사임 뉴스는 커다란 모닥불처럼 워싱턴 정가를 휩쓸었다. 이날 아침 4시 15분에 황급히 소집된 기자 회견에서, 대통령 비서인 제임스 해거티James Hagerty는 먼저 자신은 커디 여사의 행동에 대해 전혀 아는 바 없다고 공표하였다.

그러나 보도 기자들의 질문을 받고, 해거티 씨는 자신이 수산 커디 여사에 대한 정보에 접근할 수 있다는 점을 설명하였지만, 자신이 읽은 모든 내용을 기억할 수 없다는 점을 강조하였다. 그는 커디 여사의 사임이 그녀와 대통령 사이의 어떤 정책적 차이 때문에 일어난 것은 아니라고 확신하고 있다는 점을 강조하였다. 저명한 연방 관리이며, 전직 해군 장교, 스포츠우먼, 그리고 헌신적인 엄마이자 아내인 커디는 자세한 내막에 대해 말하지 않고 있다. 버지니아 주 펄스 처치의 안락한 거주 지역에 있는 그녀의 집에서 질문을 받았을 때, 커디 여사는 기자들에게 "입 닥쳐요."라는 자극적인 논평만 한마디 했다.

런던, 4월 21일 — 로이터 통신 — "우리들은 그 문제를 완전히 국내 사건으로 본다." 이것이 바로 수산 커디 여사의 미국 정부로부터의 사임 보도에 대한 다우닝 가에서 일어난 유일한 반응이다. 맥밀란 수상은 워싱턴 정가를 완전히 뒤흔들고 있는 커디 여사의 사임에 대하여 특이하게 침묵을 지키고 있었다. 그러나 노동당은 커디 여사의 퇴진으로 미국의 외교 정책에서의 주요한 변경이 예상되므로, 즉각적인 총선을 요구하겠다고 오늘 말하였다.

뉴욕, 4월 22일 – 월스트리트 저널 – 오늘 주식 시장은 수산 커디 여사의 연방 직위 사임 보도에 의하여 발단이 된 일반적인 무기력한 장세를 반영하였다. 주식 투자 전문 분석가들은 가까운 장래에 대한 분명한 예측을 제공하기가 난처해졌다고 입을 모았다. 내투자들은, 최근의 여러 주 동안에 여기서 보도된, 커디 여사가 자동차 업계의 빅 쓰리(Big Three : 미국의 General Motors, Ford, Chrysler) 중의 하나를 관리하게 될 것이라는 소문들에 대하여 이야기하고 있다. 매수자들과 장래의 투자자들은 워싱턴으로부터의 어떤 성명을 기다리고 있음이 분명하다.

워싱턴 4월 22일 — 타임지 — 국가 안전국의 수산 커디 여사가 정부 관련 직무를 곧 그만둘 것이라는 발표와 함께 오늘 워싱턴 정가에서 한 줌의 햇빛이 사라졌다. 포토맥 강 너머로 야구공을 던질 수 있는 유일한 여성으로 평판이 자자한, 안수산 여사는 광대한 부동산을 소유하고 있는 롱 비치 지역에서 편안하고 안락한 삶을 계획하고 있다.

수산의 부서장 및 다른 부서의 장들 대부분이 워싱턴 쉐라톤 호텔에서 개최된 퇴역 오찬에 참석하였다. 비오는 중에도 그렇게 많은 사람들이 참석한 것을 보고 그녀는 기쁨에 넘쳤다. 하지만 그녀는 첫 반응으로 "모든 분들이 여기에 계시는군요. 그럼 누가 사무실에서 일하고 있는 거죠?"라고 물었다. 이같은 상황에서도 그녀가 일에 대해 염려하는 모습을 보고 사람들이 놀렸다. 프랭크가 티나, 필립과 함께 오찬 연회장으로 들어왔다. 그것은 아주 뜻밖이었다.

사람들은 아주 즐거워하며 유머스럽게 얘기를 나눴다.

"우리들 대부분에게 수로 알려져 있는 커디 여사가 떠납니다. 그녀는 안전국을 떠나, 워싱턴 지역을 떠나, 동부 해안을 떠나서, 캘리포니아에서 다른 삶을 누리기 위하여 —전업 주부의 생활을 시작하기 위하여— 떠나는 것입니다."

"샌디에이고 주립 대학에서의 대학 생활에서, 수Sue는 집중력과 근면성에 대한 잠재적인 능력을 보여주기 시작하였다. 그녀는 대학 학부 생활 내내, 정말 모든 일에 집중하고 근면하였다. 대학을 졸업한 후에, 수는 결정을 내려야 한다는 점을 깨달았으며, 문제에 대한 그녀의 접근 방법에서 입증된 총명함과 확고함이 그녀 성질의 가장 뚜렷한 특징이 되었다. 문제의 요점은 바로 다음과 같았다: 잘 알려진 여성 소프트볼 팀의 아주 보수가 좋은 제안을 받아들일 것인지, 아니면 광고 모델이 될 것인지였다. 사실을 종합해 보고, 자신의 능력을 평가해 본 후에, 수Sue는 행동을 취했다. 그녀는 미 해군에 등록하였다. 이것이 1942년 12월의 일이었다…오래 전, 오래 전의 일…이었다.”

“해군 소위로서, 처음 그녀는 일들을 처리하기 위하여 플로리다의 펜서콜라로 보내졌다. 그곳에서 그녀는 다시 한번 포격술 교관으로 파견되어, 애틀랜틱 시로 이동하였다. 수가 이 포격술 교관 자격에서 이룬 성공의 정도는 애틀랜틱 시가 그 전쟁 기간 내내 미국의 점령하에 남아 있었던 사실로 가장 잘 예증될 수 있다.”

… 중략 …

NSA에 있는 동안, 수Sue는 그 임무에 중대한 공헌을 하였다. 그녀는 많은 일을 했으며, 마찬가지로 안전국은 보답하였다. 안전국은 당신 수에게 1000명에 채 1명도 소유하지 못하는 그 어떤 것 — 즉, 휘장badge과 확실한 비밀 정보에 대한 사용 허가를 해주었다.

이제… 그 비밀 정보 사용 허가는 철회되며, 우리들 모두는 당신의 안녕과… 당신 가족들의 빛나는 미래를 기원한다… 그리고 우리들은 또한 당신이 NSA를 잊지 말기를, 그리고 우리들을 잊지 말기를… 또한 이별의 상징으로서 이 오찬을 가지는 것임을 잊지 말기를 부탁드린다. 그리고 오찬에 참석한 시간을 월급에서 빼지 않도록 결제해 주는 것을 잊지 말기를 부탁한다.

마침

존 니콜스John Nichols 씀
밥 시몬Bob Symon 낭독

그리하여 오찬은 끝났으며 NSA에서 그녀의 경력도 끝났다. 수산은 자신이 오찬에서 무엇을 먹었는지조차도 기억하지 못했다. 정말 즐겁고 멋진 모임이었다. 그녀는 결코 그들을 잊지 못할 것이라고 말했다. 그리고 마지막으로 "나는 당신들이 휴가 시간을 희생해서 내 송별 파티에 나와 주신 것을 감사드립니다."라고 덧붙였다.

<h1 style="text-align:center">17</h1>

레스토랑 문게이트Moongate

　남부 캘리포니아에 있는 필 안Phil Ahn의 문게이트는 환상적인 광동 요리 음식점이었다. 문게이트는 LA 북쪽에 새로 생겨나기 시작한 파노라마 시Panorama City의 산 페르난도 벨리San Fernando Valley 중앙에 위치해 있었다. 밝고 탁 트인 계곡과, 건조한 공기 중으로 퍼지는 오렌지 꽃송이의 향긋한 냄새는 매릴랜드 숲속에 있던 미 국가 안전 보장국 단지와 비교될 수 없을 만큼 자우로웠다. 그녀가 그렇게 많은 나날 동안 이른 아침, 워싱턴 거리를 지나 그 단지로 갔던 일들은 금방 잊혀졌다. 지속적이며 만성적인 편두통과 함께 적적하고 추웠던 나날들은, 이제 아련히 멀어져간 추억이 되었다.

　수산은 더 이상 피로를 느끼지 않았고, 무거운 겨울 코트를 벗어버린 듯 어깨가 가벼워졌다. 그녀는 안전보장국에서 매일 반복되었던 마모되는 듯한 느낌, 즉 300여 명의 요원을 감독하고, 계획을 수립하고, 회의하는 스트레스, 마감일, 초특급 비밀 자료, 암호화된 문서, 일반문서, 보안, 머모, 고용, 해고 및 대조작업부서를 운영하는 수천 개의 세부 조약들로 인한 모든 스트레스를 즉시 완전히 잊어버렸다. 국가안전보장국은 직원들에게 자료들에 관해 외부에 이야기하는 것을 금지시켰으며, 그녀는 보안 맹세를 철저히 지켰다. 오히려 너무 철저해서, 그녀는 자신이 그것들을 잊어버리도록 훈련하는 정도였다. 그것은 훨씬 쉬운 방법이었다. 아무도 그녀가 무슨 일을 해왔는지 관심을 가지지 않았다. 어머니도, 필립도, 필선도, 수라도, 그리고 랄프도. 프랭크는 분명히 수산이 무엇을 했는지 알지만, 그는 그의 맹세를 수산이 지키는 것처럼 철저히 지켰다. 그리고 두 사람은 모두 자신이 알고 있는 세세한 것들을 모두 동부 해안에 묻었으며, 절대 그것들에 관해서 이야기하지 않았다.

그들은 어쨌든 너무 바빴다. 프랭크는 롱 비치 해군 기지에 있으면서 주말에만 집으로 왔고, 그러는 동안 수산은 날마다 파노라마 시로 일하러 갔다.

새벽이 되면 어머니와 수산은 필립과 티나, 그리고 작은 꾀보 킬립을 위해 아침을 준비했다. 아침을 먹고 나면 수산은 티나의 학교 갈 준비를 도왔고, 필립은 벌써 할머니와 하루종일 보낼 것을 기대하면서 마음은 한 시간에 백 마일을 앞서 가곤 했다. 어머니는 필립을 매우 사랑했고, 어디든 데리고 다녔다. 심지어 카타리나Catalina가 3421번지의 흥사단 회의에도 그를 데리고 갔고 그래서 필립은 거기서 흥사단 노래와 '애국가'를 배웠다.

수산은 티나를 메리마운트Marymount 학교 버스 정류장에 내려놓고, 식당으로 갔다. 매일 오전 11시 30분에 식당 문을 열면 6명의 요리사와 네 명의 웨이터, 그리고 여자 종업원들이 왔다. 아침마다 식당 문을 여는 것 말고도, 수산의 주요 업무는 부기와 연회담당이었다. 수산은 종업원들에게 손님들의 이름을 기억해야 한다고 말했다. 단골손님들을 기억하고 친절하게 접대하는 일은 중요한 일이었다. 그녀는 그 지역 단골고객들을 아무개 씨(Mr.) 또는 아무개 여사로 불렀는데 이것은 유명한 영화배우들에게도 같은 방식이었다. "안녕하세요, 브란도 씨" 또는 "메뉴 여기 있습니다. 시내트라 씨" 하고 말하는 것은 보통사람인 부동산 중개업자 헤네시 씨를 미소를 지으며 맞이하는 것과 똑같았다. 많은 사람들은 최상의 요리를 즐기는 것보다 스타들을 구경하는 것을 더 좋아했기 때문에, 그들의 음식은 종종 식어버리곤 했다. 영화배우들은 대부분 밤에 왔고, 수라는 밤 교대근무였기 때문에 수산이 접대하는 것보다 수라가 접대하는 경우가 훨씬 많았다. 수산은 낮 근무였기 때문에 점심 손님이나 이른 저녁 손님, 그리고 단골손님이나 가족 외식 손님들을 접대했다.

분주한 점심시간이 지나면, 수산은 구두를 벗어 던지고는 잠시 커피 한잔을 마시며 의자에 앉는다. 그렇지만 가끔은 그리 오래 앉아 있지 못한다 전화 벨이 울리기 때문이다. 어느 날, 필립 오빠가 전화를 했다. "꼬마 필립이 못을 밟았어, 지금 병원 응급실로 가고 있어." 그녀는 황급히 지갑과 차 열쇠를 집어 들고는 병원으로 달려갔다. 그녀가 응급실에 도착했을 때에 의사들은 이미 필립의 발을 치료한 후였다.

엄마와 필립 삼촌은 사건을 설명해 주었다. "새 집 짓는 곳에 목수들이 나무틀을 얼마나 짰는지를 점검하러 갔었어. 필립이 뛰어 놀고 있길래 우리는 별로 주의를 기울이지 않았더니 사고가 났구나."

부동산 소개업자인 헤네시 씨를 통해, 수산과 필립 삼촌은 필립의 집에서 5분 거리에 있는 디어본 거리Dearborn Street의 노스리지Northridge 분양지역에 있는 토지에 관한 이야기를 들었다. 수산과 프랭크와 아이들은 그곳을 보러 갔다. 노드호프Nordhoff 거리를 내려오다가 루이즈Luise로 들어서서 디어본 거리에 단독주택 택지가 하나 남아 있었다. 그 주위에는 목장 스타일의 새로 지은 단층집들이 차도를 등지고 어느 정도 떨어진 위치에 멋지게 지어져 있었다. 사람들은 정원을 손보면서 아이들과 놀고 있었다. 대지의 크기는 적당했다. 필립 삼촌의 엔시노 에비뉴Encino Avenue의 집처럼 약 1/2에이커였다. 그들은 근처에 커다란 닭장 우리가 있었음에도 불구하그 블록의 맨 안쪽에 있는 그곳을 금방 좋아하게 되었다. 닭 배설물 냄새가 그들이 서 있는 곳까지

진동을 하자, 티나는 코를 틀어잡았다. 불쾌한 냄새가 나건 말건, 가격은 적당했고, 동네 또한 마음에 들었다. 수산이 미 국가 안전보장극에서 받은 퇴직금으로 새집을 지을 건축업자를 고용했다. 어머니와 필립 삼촌은 자주 건축 진행과정을 점검했고, 꼬마 필립을 데리고 다녔다. 필립이 못을 밟은 일도 이러한 과정에서 일어났던 것이다.

그 일이 있은 후 필립은 더 이상 못을 밟지 않았고, 새집이 조금씩 모습을 드러냈다. 한 가지 문제가 되는 것은 디어본 거리 아래에 사는 월슨이라는 이웃 사람과의 일이었다. 그는 동양인 가족들이 이웃이 되는 것을 반대했고, 모든 이웃들에게 반대 청원서를 돌려 서명하도록 했다. 처음에 수산은 그것은 프랭크가 시작한 익살스러운 장난일지도 모른다는 생각을 했다. 프랭크는 수산만큼이나 그 일을 뜻밖으로 생각했다. 누군가 실제적으로 그렇게 악의 있는 반대 청원서를 돌릴 것이라고는 생각지도 못한 일이었다. 프랭크는 수산에게 "자, 어떻게 했으면 좋겠어?"라고 물었다. 수산은 "우리는 여기서 살 것"이라고 대답했다. 그들은 그곳에 집을 짓고 살았다. 알고 보니 월슨은 천주교 신자, 유태인, 흑인, 동양인 등 누구든 미워하는 이상한 사람이었다. 이웃 사람들 역시 그 남자에게 그다지 관심을 보이지 않았다.

월슨은 어느 날 누구에게도 아무런 말도 하지 않고 이사를 가버렸다. 그는 반대 청원서를 들고 돌아다녀도 어디에서도 동의를 얻기 힘들자, 아마도 그는 '부동산 가치가 떨어지기' 전에 이사를 가는 편이 현명하다고 생각했던 것 같았다. 거참 시원하게 없어졌군, 수산과 프랭크는 말했다. 그리고 그들의 삶은 디어본 거리에서 평소와 다름없이 흘러갔다.

못에 찔린 사건은 필립에 관한 많은 기억 가운데 첫번째 사건에 불과했다. 세인트 존St.John's 군사 아카데미의 여교장인 메리 알토이시우스Mary Aloysius 수녀는 필립이 초등학교에 다닐 때 그애를 정기적으로 면담했던 사람이었다. 수산은 학교 어머니회와 선생님과 행정담당인들의 업무를 돕고, 모금을 하는 봉사 활동에 개우 적극적으로 참여했다. 그래서 그녀는 알로이시우스 수녀와 자주 이야기를 나누었다. 그리고 많은 시간을 필립에 관해 이야기를 했다. 왜냐하면 필립은 공부 시간이나 방과 후에 많은 시간을 그녀의 사무실에서 보냈기 때문이다. 학교의 무뚝뚝한 수녀 가운데에서도 가장 두려운 메리 수녀는 필립의 별난 행동에도 불구하고 그애를 좋아했다. 바꾸어서 말하자면, 그녀는 필립이 말을 듣는 유일한 사람이었다. 필립이 그녀의 말을 듣는 이유는 그녀가 교장이어서가 아니라 '그를 이해하는 사람'이었기 때문이었다. 필립의 3학년 홈룸 교사가 그의 수업 태도 둔제를 가지고 그를 호되게 꾸짖었을 때, 알로이시우스 수녀는 교사에게 필립을 교장실로 데려오도록 했다. 그리고 그녀는 그 교사를 진짜로 괴롭히는 것이 무엇인지 찾아냈다. 필립은 수업시간이 지루해지면, 가끔씩 창 밖을 쳐다보았다. 그러면 모든 사내아이들도 똑같이 고개를 돌려 창 밖을 쳐다보는 것이었다. 그 교사는 필립이 당장 해야 할 과제를 하지 않고 전 학급을 나쁜 길로 인도하는 갈썽꾸러기라는 딱지를 붙여 주었다.

필립의 초등학교 시절은 평탄하지 못했다. 많은 시간들을 교장실에서 보냈그, 수산은 정기적으로 필립을 교장실에서 데리고 오곤 했다. 필립은 심지어 교장실에 자기 책상이 있을 정도였다. 그곳에서 책도 읽고 숙제도 했다.

교장인 알로이시우스 수녀와 수산은 곧 좋은 친구가 되었다. 수산은 필립의 독립심을 평가해주고, 그의 기를 꺾지 않은 중년의 교장 수녀에게 감사했다. 누구도 그의 기를 꺾을 방법이 없었다. 젊은 수녀가 한번 시도했지만, 불쌍한 그 수녀 선생님이 대신 울음을 터트렸을 뿐이다.

티나는 필립과 정반대로 메리마운트의 여학교에서 모든 선생님과 친구들에게 사랑받는 모범 학생이었다. 매번 성적이 반에서 일등인 티나는 언제나 집에 올 A학점을 받아와 수산과 프랭크를 한없이 기쁘게 만

들었다. 티나는 단 한번도 학교 규율을 어겨 부모를 학교로 오게 한 적
이 없었다. 필립의 일로 속을 썩이던 수산은 신에게 감사할 뿐이었다.
티나의 좋은 학습 습관과 버릇은 고등학교에까지 계속 이어졌다. 티나
는 학생부 회장과 편집자의 직위도 맡았다.

　문게이트에서 가장 큰 연회는 1960년 4월 21일에 열린 어머니의 77
회 생신잔치였다. 300여 명의 사람들이 생신 잔치에 왔다. 미국 내 한
인 사회의 오래된 친구들과, 지지자들, 친구들이 참석했다. 그날은 정말
어머니에게는 가장 즐거운 저녁이었다. 어머니에게 한사람 한사람씩 경
의를 표했다. 어떤 사람은 헬렌 안 선생님으로, 어떤 사람은 사회 사업
가로, 도움이 필요한 학생들의 은인으로 어머니에게 존경을 표했다. 어
머니는 레슬링 애호가이기도 했다! 어머니의 토요일 텔레비전의 레슬링
시청 그룹들도 그날 잔치에 왔다. 그 회원들은 그레이스 송, 로디 임, 블

1960년 4월 21일 켈리포니아주, 파노라마 시 문게이트 식당에서 어머니의 77회 생신 잔치에서.

라쉬 임, 헬렌 김 그리고 한성실 같은 나이 지긋한 한국 아주머니들이었다. 트요일이면 어머니와 한자리에 모인 아주머니들은 잘생긴 왕자 폴 선수에게는 다 함께 박수를 쳤고, 토시 토고에게는 야유를 보냈으며, 못생긴 클라우맨 선수가 나오면 인상을 찌푸렸다.

그날 잔치는 오직 어머니만이 소집할 수 있는 사람들의 모임이었는데, 그들은 모두 어머니의 인생 노정에서 만난 여러 계층의 사람들이었다. 어머니는 그날 밤 내내 평소처럼 절제된 모습을 보였다.

어더니는 로사 수누Rosa Sunoo가 온 것을 특히 기뻐했다. 그분은 아담하그 섬세하신 아주머니로 66세이지만, 그 나이로 보이지 않았다. 어머니는 로사가 남편과 이혼한 일로 인해 모든 한인 사회가 그녀에게 좋지 않은 감정을 가지고 있을 때, 그녀 편을 들어 주었다. 로사는 나름대로의 이유가 있었지만, 아무도 그녀에게 말을 하지도 듣지도 않았다. 어머니는 로사의 말을 들어주었다.

로사가 9살이었을 때, 그녀와 부모, 여동생은 하와이로 향하는 기선을 탔다. 그들은 하와이로 간다고 생각했지만 그렇지 않았다. 배에 탄 1,032명의 사람들은 전부 일본인들에 의해 멕시코에 있는 농장주에게 팔려 간 것이었다. 그 배는 멕시코의 유카타Yucata로 향했다. 그곳은 로사의 새집이 되었다. 로사의 새집은 영문도 모른 채 팔려 온 한국 농장 인부들을 위한 노동자 캠프였다. 그들은 나중에 가서야 그들이 굵은 망태 자루나, 밧줄 그리고 레이온을 만드는데 사용되는 유카나무를 베는 힘든 노동을 4년 동안 하기로 하고 팔려왔다는 사실을 알게 되었다. 그들은 4년이 지난 후에야 자유의 몸이 되었고, 그들은 전부 메리다Merida라고 불리는 도시로 갔다. 메리다에서도 살아가는 형편이 그렇게 나아진 것은 아니었다.

1910년 로사가 14살이 되었을 때, 황열병으로 어머니를 여의었다. 사람들이 많이 죽어갔기 때문에 그곳에는 관을 만들 목재가 부족했다. 남자들이 와서 현관문을 뜯어 어머니 관을 만들었다. 그녀는 어머니가 수레에 실려 떠나는 것을 바라보았다. 아버지가 아이들은 집에 있으라고 말했기 때문에 장지까지 어머니를 따라가지도 못했다. 그녀가 16살이 되었을 때 한 남자가 샌프란시스코에서 그녀를 보려고 왔는데, 아버지는 그 남자가 그녀의 신랑감이라고 했다.

로사보다 12살이나 많은 윤씨는 결혼 제안을 거절했지만, 그녀의 아버지가 그에게 로사와 로사의 동생 마리아를 미국으로 데려가 줄 것을 간청했다. 윤씨는 마음을 누그러뜨렸고, 그들은 국경을 건너기 위해 엘파소El Paso로 갔다. 국경에 있는 입국 심사관들은 그녀가 결혼 증명도 없이 국경을 넘는 것을 허락하지 않았기 때문에 그들은 결혼을 했다. 그리고 나서 국경을 건너기 위해 마리아를 그의 딸로 입양했다. 샌프란시스코로 가는 열차에서 그는 그녀에게 "나는 너를 내 친구들에게 보여주는 것이 부끄러워… 넌 너무 못생겼어."라고 말했다. 샌프란시스코에서 그녀는 이대위 목사를 만났는데 그는 그녀에게 한 달 동안 부시 거리 Bush Street에 있는 한국 공관에서 머물 수 있도록 해준 사람이었다. 그 후에 윤씨는 로사와 마리아를 소녀들을 위한 고아원으로 데리고 가 거기에 있도록 했다.

그 이후 윤씨는 가끔 고아원에 와서 그녀를 보곤 했는데 그러나 그녀는 그 고아원이 좋았다. 윤씨가 김씨의 홉 농장에서 일하는 동안 고아원에서 떠나고 싶지 않았지만 결국 그들은 함께 살기 시작했고, 로스앤젤레스로 이사를 왔다. 그래서 그녀가 수산의 어머니를 만나게 되었다. 30년간의 결혼 생활 이후 윤씨와 이혼을 한다는 소식은 한인 사회를 뒤흔들었다. 그녀는 사람들이 얼마나 잔혹해질 수 있는가를 예상하지 못했다. 어떻게 30여 년간 자신과 자신의 가족을 돌봐준 그렇게 멋진 남자를 배신할 수 있느냐는 비난과 질책이 쏟아졌다. 그러나 어머니는 로사를 이해했다. 어머니는 멕시코로 팔려간 한국 사람들의 생활환경을 알리고 개선하려고 애썼던 남편으로부터 받은 편지를 통하여 메리다에 관한 모든 것을 알고 있었다. 아무도 로사와 이야기하지 않을 때, 어머니는 르사에게 말을 걸었으며, 로사를 향한 다른 사람들의 적개심을 누그러뜨렸다.

어머니는 파티에서 예전에 그녀를 비난했던 사람들과 자유롭게 이야기하는 로사를 보고 매우 기뻐했다. 어머니가 아는 한 로사는 열악했던 상황 속에 용기를 가지고 그 환경에서 벗어난 성공적인 이야기의 주인공이었다. 어머니가 만났던 많은 불행한 여성들 가운데는 학대받는 환경 속에서 사는 여성, 폭력적인 남성과 함께 사는 여성들이 있었다.

수찬은 어머니가 그날처럼 자랑스러웠던 적이 없었다. 어머니는 부유한 사람들, 가난한 마을 사람들, 교육받은 사람들, 교육받지 못한 사람들, 디기 오래 전에 온 사람들과 막 도착한 학생들 속에 둘러싸여 의연히 서 있었다.

196 년 캘리포니아 엔시노에 있는 필립의 집에서 어머니를 위해 "생신 축하 노래"를 부르며.

수산은 새롭게 깨달았다. 어머니는 평범한 할머니가 아니었다. 그녀는 그 이상이었다.

'나는 어머니가 내 머리를 계속 빗질하시던 저녁들을 두려워하곤 했다. 그때는 얼마나 어리석은 소녀였던지. 어머니가 내 머리를 다시 빗겨주시면 얼마나 좋을까, 그렇지만 이제 나는 기회를 잃어버렸다. 그 시절은 지나갔고, 그 무엇도 그때와 같아질 수는 없다. 우리가 거실 테이블에서 호두를 고르며 밤늦게까지 자루에 담았던 그 행복했던 나날들. 웃고 떠들어대던 날들 말이다. 이제 어머니는 티나의 머리를 빗겨즈시고, 그러면 티나는 조용히 앉아 있다. 비록 나는 그 시절이 그립지만. 오, 필선 오빠가 나의 발을 걸어 넘어뜨려 어머니에게 가져다 드릴 빨아 말린 빨래들을 한팔 가득히 들고 가다가 더러운 곳에 넘어졌을 때는 어떠했던가? 아, 나는 장난치다가 우리가 해야 할 일에 관심을 기울이지 않았다는 것을 당신이 아셨을 때의 그 얼굴을 쳐다보는 것을 제일 싫어했었지. 어머니는 그것들을 다시 빨아야 하셨고, 우리는 낄낄거리면서 도망갔었지……'

수산은 그날들이 그리웠지만, 다시 그 시절로 돌아갈 수는 없었다. 어머니는 그녀가 알고 있는, 옛 모습을 간직하신 그런 어머니가 아니었다. 수산은 어머니의 인생이 자신이 알고 있는 것보다 훨씬 위대하다는 것을 깨달았다. 마치 아버지가 그랬던 것처럼.

아버지를 대신해 대한민국의 훈장을 받게 되어 어머니는 한국으로 초청되었다. 그 여정은 많은 면에서 어려운 여행이었다. 일제 시대 조국을 떠난 이후 처음이기도 했지만 가족들은 어머니가 오랫동안 비행기를 타는 것이 힘들까봐 염려했다. 그때 어머니는 80세였다. 그러나 어머니는 한사코 61년 전인 1902년에 떠나왔던 고국에 가고 싶어 했다. 그때 어머니는 젊은 새댁이었으나, 지금은 바로 그 조국처럼 파란 많은 인생의 기억을 가지고 있는 할머니였다. 사실 그녀의 인생은 주권을 잃은 채 시작했던 대한민국이었다. 그녀의 남편이 도산이기 때문에, 그녀의 인생은 남편이 집으로 돌아오기를 기다리는 동안, 나라의 독립 투쟁을 위해 희생도 었다. 한번은 그녀가 눈물로 외로운 공간을 가득 채웠다고 기자들에게 말한 적이 있었다. 남편은 단지 영원히 떠나기 위해 잠깐 집에 들를 뿐이었다. 그의 독립활동은 끝나지 않았고, 어머니는 아버지를 떠나가게 할 수밖에 없었다. 사람들은 해방이 되어 기뻐했지만, 그 행복은 너무 짧았다.

나라는 민주주의와 공산주의라는 이데올르기로 나뉘어, 형제들끼리 서로를 상처내고 말았다. 그 대립은 폭력과 폭탄, 탱크, 총으로 바뀌어 자신의 형제와 자매들을 죽였다. 도산이 그렇게도 사랑했던 나라는 지옥으로 변했다. 도산이 살아 이러한 광경을 브지 못했던 것은 오히려 다행이었다. 신문들은 북한 군대가 남한을 향해 전진하여 서울을 함락하고 거의 부산에까지 이르렀다고 보도했다. 수백만 명이 피난행렬을 이뤘다 유엔군과 국방군이 다시 반격해 서울을 되찾았다. 평양은 폭탄으로 뒤덮였다.

전쟁은 3년 동안 지속되었고, 어머니는 그 전쟁에 대해 아무 말도 하지 않았다. 그 대신 어머니는 적십자와 피난민을 돕기 위해 세워진 한국 구호 조직(Korea Relief Society)과 같은 전쟁 구조 단체에서 자원봉사 활동을 했다. 어머니는 곧 한국이었다. 어머니는 체내에 한국의 아픔을 가지고 있었으며, 그 아픔 때문에 한없는 고통을 안고 살았다. 그럼에도 불구하고 자녀들에게는 그러한 짐을 지워주지 않으려 했다. 어머니는 단지 마음과 정신을 온통 전쟁으로 찢겨진 고국으로 보내는 배에 실어 보낼 물건과 옷가지, 약품, 담요 들을 싸는 일에 쏟아 부었다.

막내아들 랄프의 부축을 받아 김포공항에 내렸을 때, 어머니는 기자들에게 "도산은 갔지만 한강은 여전히 흐릅니다."라고 말했다. 그것이 어머니께서 하신 감회의 모든 것이었다. 한강은 일반적으로 민감한 한국 상황을 기억하고 이해하는 하나의 상징이었다. 기자들은 감회서린 그녀의 말 속에서 신랄한 은유와 비판의 느낌을 받았다.

한강은 평양 출신의 어린 여학생이 서울에 있는 정신여학교에 다닐 때, 무더운 여름날의 더위를 시원하게 식혀주던 곳이었다. 도산도 사랑하고 즐겨 찾았던 곳이었다. 어머니는 도산을 그리워했다. 한강에 관한 우회적인 언급으로 그녀는 도산과 도산이 위해 싸웠던 것과 그의 인생을 바쳤던 것을 추억해내고 있었다. 그녀에게는 한강이 남한에도 북한에도 속하지 않았다.

1938년 도산이 세상을 떠났을 때 그녀가 한국에 왔었다면 아마도 같은 말을 했었을 것이다. "도산은 갔으나 한강은 여전히 흐릅니다."라고. 그녀는 그때 식민 통치 때문에 올 수 없었다. 일본은 사람들이 도산에게 존경을 표하거나 심지어 그를 기억하지도 못하도록 하기 위해 도심에서 멀리 떨어진, 구석지고 초라한 언덕인 망우리 공동묘지에 도산을 묻었다. 그 후 이승만 정권 역시 도산을 후미진 곳에 그대로 내버려 두었다. 어머니가 이해하는 한, 그리고 수산이 이해하는 한 도산과 흥사단은 이승만 정권시절에는 한국 정치에서 배척되었다. 그러나 어머니는 개의하지 않았다. 도산이 언제나 이승만을 후원해주었음에도 불구하고 그때부터 이승만 사람들과 도산의 사람들이 서로에게 적대감을 가지고 있었다는 것은 공공연한 비밀이었다.

그러한 상황은 박정희 대통령이 집권하자 바뀌었다. 어머니가 박정희 대통령의 초청을 받아 한국으로 갔을 때, 박 대통령은 어머니의 손을 조심스럽게 잡고 의자에까지 인도해 줄만큼 무척 친절했으며, 적극적으로 그녀에게 경의를 표했다. 박 대통령에 대한 모든 비난에도 불구하고, 일본군대의 전직 장교였던 그가 어머니에게 보여주었던 친절 때문에 수산

1963년 이혜련 여사와 박정
희 대통령.
'박대통령은 어머니에게 무
척 친절했어요."

은 깊은 인상을 받았다. 이승만은 아버지를 방치했고, 그래서 어머니까
지 오랜 시간 소원한 채로 지냈지만, 아버지와 어머니에 대한 박정희 대
통령의 동경은 수산에게는 신선한 공기와 같이 느껴졌다. 특히 그가 어
머니에게 "만약 도산이 살아 계셨다면 우리는 분단국가가 되지 않았을
것입니다."라고 언급한 부분은 더더욱 그러했다. 어머니는 그것을 감사
했다.

처음으로 망우리 공동묘지 앞에 서서, 어머니는 기자들을 포함해 경
의를 표하는 모든 사람들이 눈물을 흘리는 가운데 "우리 필영(랄프)이
왔어요."라고 막내아들의 존재를 아버지에게 고했다. 아버지는 마지막
으로 집에서 떠난 후에 태어난 랄프를 한번도 본 적이 없었다.

<h1 style="text-align:center">18</h1>

망우리에서 도산공원까지

어머니의 방문이 있은 후로 망우리에서의 추모 행사는 해가 갈수록 더 커졌다. 아버지의 유해를 국립묘지로 옮기자는 이야기가 나왔다. 1966년 6월 필립 오빠에게 한국 국방부장관의 편지가 날아왔다.

애국지사 안창호 선생의 유해를 국립묘지로 옮기는 것과 그의 배우자를 위해 공간을 마련하는 것에 관하여, 만약 가족이 그러한 추도 행사를 열기를 바란다면 현정부는 이 사안을 힘껏 돕고자 하는 바입니다.

어머니와 가족에게는 정말 기쁜 소식이었다. 망우리 공동묘지는 외지고 지저분해서 추모자들과 존경하는 사람들이 가까이 다가갈 수 없도록 일본이 고의적으로 정한 위치였다.

그렇지만 이장은 곧바로 이루어지지 않았다. 1968년이 되자, 박정희 대통령은 망우리에 모인 수많은 군중을 보고는 도산의 묘는 국립묘지보다 더 좋은 자리로 이장해야 한다는 생각을 했다.

1969년 4월 21일, 어머니의 86회 생신에 어머니는 아버지를 위한 좀 더 나은 휴식 공간을 한국정부가 제공하려고 한다는 사실을 안 채, 조용히 숨을 거두었다. 어머니는 도산공원 추진위원회라고 불리는 단체가 일을 추진하고 있으며, 로스앤젤레스의 회장은 필립 오빠이고, 서울에 로스앤젤레스 협력사무실이 있다는 사실 이외에 시행 날짜나 장소 등 구체적인 것은 몰랐다. 어머니의 86회 생신은 성대한 축하파티가 없이 조용히 맞이했다.

어머니는 피곤하니 잠깐 낮잠을 자겠다고 수라에게 말씀하고는 영원히 깨지 않았다. 어머니는 일생을 그제서야 훌륭하게 마친 것이다. 수산은 그렇게 생각했다. 하지만 그것은 충격이었다. 수산이 마음을 가라앉힐 대까지는 오랜 시간이 걸렸다. 수산은 어머니가, 깊고 쉰 목소리가, 느릿느릿하며 침착한 어머니의 말투가 그리웠다. 수산은 어머니와 한국어로 이야기하던 일이 그리웠다. 이제 그 어머니가 세상을 떠났으니 한국말을 하는 사람은 아무도 없을 것이다.

수산은 문게이트에서 온갖 끝없는 자질구레한 일로 바빴다. 아들 필립도 문게이트에서 평범한 웨이터로 일을 하고 있었다. 외손자도 그의 진정한 보호자였던 할머니를 그리워했다. 티나 역시 할머니를 그리워했다. 티나는 대학에 진학해 멀리 떨어져 있었지만, 보스톤에서 자주 전화를 걸어, 집의 안부를 물었다. 티나는 할머니에게 편지 쓰던 일을 그리워했다. 티나는 멀리 가기만 하면 언제나 할머니에게 엽서와 편지를 보냈다. 할머니는 그것들을 받아보시고 기뻐했다. 이제 티나는 아무 데도 편지와 엽서를 보낼 곳이 없었다. 한번은 티나가 흥분한 목소리로 전화를 했다. 아시아 역사 수업시간에 하버드 교수가 안창호에 대해서 이야기를 했다는 것이다. 티나가 교수에게 당신이 말하는 그 사람이 바로 할아버지라고 이야기를 하자, 그 교수는 할아버지는 한국의 조지 워싱턴이라고 말했다고 했다.

티나는 할아버지의 이름이 처음으로 수업시간에 언급되는 것에 놀랐고, 유명한 교수들이 할머니가 언제나 말씀하시던 할아버지에게 그렇게 큰 존경을 보이자 흥분했던 것이다. "엄마! 난 빨리 전화하고 싶어서 혼났어요. 물론 장거리 전화가 비싸다는 것은 알지만 할아버지 얘기를 전해주고 싶었어요. 할머니는 바로 그분, 할아버지와 함께 있잖아요. 그렇죠, 엄마?" 하고 티나는 물었다.

수산은 "그래, 할머니는 할아버지와 함께 있어."라고 대답했다.

'그래, 사랑스러운 나의 딸. 할머니는 평화롭게 할아버지와 함께 계시려고 가신 거야. 너는 그것을 생각할 만큼 영리하지. 넌 정말 언제나 영리했지. 그리고, 여기에 있는 나는 어머니가 떠나가신 슬픈 나날들과 지나간 것들에 대해 생각하는 내 자신이 유감스럽단다. 이제 어머니는 언제나 함께 계시기를 원했던 아버지와 함께 계셔. 어머니가 살아 계실 때 좀 더 어머니를 행복하게 해드렸어야 하는데, 이제는 어머니를 애도하는 것 이외에는 아무것도 할 수 없는 나 자신을 질책하고 있어. 내가 정신을 차리도록 도와준 나의 아이야, 고맙다.'

한편, 로스앤젤레스에 있는 도산공원 추진위원회 회원들은 한강 남쪽에 있는 서울 강남에 위치해 있고, 면적이 8에이커 정도로 할당된 서울의 도산공원 건립 계획에 관하여 의논하기 위해, 엔시노 에비뉴에 있는 필립의 집에서 모임을 자주 가졌다.

1970년 11월, 서울시가 도산로와 도산공원 사업에 착수했다. 공원은 3년 후에 완공되는데 그 공원에는 기념탑과 동상과 함께 아버지와 어머니의 묘지 2기가 안치될 예정이었다. 필립은 어머니의 관을 이송하여 비행기에 실을 준비를 했고, 같은 비행기로 가족들이 타고 가기로 했다.

1973년 11월 10일 아침, 어머니의 유해를 운반하는 영구차는 오래 전 어머니의 모교였던 정신여학교 교정에서 멈추어 섰고, 스탠드와 운동장에는 사람들로 붐볐다. 사람들은 일생을 서로 떨어져 지냈던 위대한 애국지사와 그의 부인의 재결합을 지켜보기 위해 모여 있었다. 이제 아버지의 유해를 운반해올 시간이 되었다. 수산은 가족들과 함께 리무진을 타고 망우리로 갔다.

이장 행사는 망우리 공동묘지에서 진행되었다. 가족들이 지켜보는 가운데 아버지의 관이 열렸다. 아침 햇살이 관 속을 비추자, 어지러이 흩어져 있는 아버지의 뼈가 드러났다. 필립 오빠는 충격을 받아, 무의식적으로 소리를 지르며 무릎을 꿇었다. 이제 필립 삼촌보다 더 키가 커진 필립은 필립 삼촌을 부축하고, 계속 그를 붙잡고 있었다. 수산은 티나의 손을 꼭 잡았다. 이장 절차가 그렇게 고통스러울 것이라고는 아무도 예상하지 못했다. 한국의 풍속과 말을 잘 알고 있던 필립 오빠조차도 예상하지 못한 일이었다. 온몸이 얼어 붙은 듯 꼼짝도 않은 채 침묵에 잠겨 그들은 사람들이 아버지의 뼈들을 맞추어서 천으로 감싼 후, 새 관 속에 예의를 갖추어서 넣는 광경을 지켜보았다.

이장의식이 다 끝나자, 아버지의 새 관은 영구차에 실렸다. 가족들은 어머니의 영구차가 기다리고 있는 정신여학교로 돌아가기 위해 리무진에 올라탔다.

아버지의 영구차는 학교 교정을 돌았고, 어머니의 영구차도 아버지의 영구차를 뒤따라 돌았다. 그 장례 행렬은 한강을 건너 도산공원에 이를 때까지 계속되었다. 공원에는 수많은 인파와 역사적 사건을 증명해주는 도산의 추종자들이 기다리고 있었다. 두 영령의 유해가 묘소 앞으로 운구될 때, 군악대는 귀에 익은 장송곡을 연주했다. 사람들은 그 두 영령의 업적을 낮은 목소리로 속삭였다.

수산의 기억 속에서, 11살의 눈으로 부모님이 함께 계시는 것을 본 그날이 집에서 아버지를 본 마지막 날이었고, 어머니와 아버지가 함께 계셨던 마지막 순간이었다. 이제 땅속에서 두 분은 마침내 함께 계시게 된 것이다. 아버지가 그렇게 사랑했던 고국에서 아버지와 어머니는 일제의 통치에서, 칼에서, 총에서, 고문에서 해방된 것이다. 해방된 한국에서 함께 있는 것이 두 분의 평생 소원이었는데, 마침내 아이들 세대에서야 비로소 이루어졌다. 이 순간을 두 분은 지금 즐기고 계실 것이다.

어머니와 아버지가 보고 계시는 손자손녀들은 또 얼마나 건강하고 강인한가. 어머니는 그들 각각에 대한 특징들을 말씀하시면서 아버지에게 소개하고 계실 것이고, 아버지는 티나와 필립 그리고 필선의 아이들인 바비와 웨슬리, 파멜라, 랄프의 아이들인 수 엘랜과 새리 린을 바라보며 흐뭇하게 고개를 끄떡이고 계실 것이다.

어머니는 아버지에게 손주 필립이 큰 마음과 아이리쉬의 기질을 가진 장난꾸러기 녀석이라고 말씀하실 것이고, 아버지는 머리를 뒤로 저치시며 큰 소리로 웃고 계실 것이다. 아버지는 정일권 장군과 박경원 장군, 김종필 총리, 백낙천 국회의원 그리고 양택식 시장이 아버지에게 바치는 모든 헌사의 말들에는 주의를 기울이지 않으시고 무릎을 치면서 "하하하" 웃고 계실 것이다.

아버지는 필립의 아버지에 관하여 알기를 원하실 것이다. 그러면 어머니는 프랭크는 캘리포니아 남부를 전부 다 돌아다니며 주워 온 돌로 집 뒷마당에 바위 공원을 만드는 큰 마음을 가진 너그러운 해군이라고 말씀해주실 것이다.

그 행사는 21발의 예포와 진혼나팔을 마지막으로 끝났다. 동상제막식 행사가 조금 떨어진 공원 안에 세워져 있는 아버지의 동상으로 옮겨져 거행됐다. 사람들이 높은 대 위에 서 있는 동상의 가려진 막을 거두었을 때, 수산은 아버지와 전혀 닮지 않았다고 생각했다. 게다가 아버지의 팔 모습은 그녀가 수많은 영화에서 보았던 나치의 경례하는 모습을 연상하게 했다. 수산은 실망했지만, 그 경건한 분위기를 고려하여 속으로만 생각하고 있었다.

가족들만 따로 모인 장소에서 나치식 경례를 하고 있는 아버지의 팔에 관해 이야기를 나누었다. 수산과 수라와 함께 침대에 앉아 한글의 자

1970년 11월 10일 수산의 부모님 관이 나란히 놓여 있다. 오른쪽은 도산의 관, 왼쪽은 이혜련 여사의 관이다.

음과 모음을 가르치곤 했던 아버지에게 나치식 경례는 정말 어울리지 않았다.

수산과 수라를 재미있게 하기 위해 아버지는 책과 과일, 펜, 종이, 꽃 등등을 탁자 위에 놓곤 했다. 그리고는 딸들에게 그것을 보고 잘 기억해 두라고 했다. 그리고는 아이들을 방 밖으로 내보내고는 조금 후에 다시 아이들을 불러 탁자에서 없어진 것들을 말해보라고 했다. 이 놀이는 탁자에 있던 물건들이 모두 없어질 때까지 계속되었고, 그때가 되면 딸들은 웃고, 뛰고, 박수를 치느라고 지쳐버렸다.

아버지는 나치식 경례를 하는 그런 사람이 아니었다. 조각가는 좀더 품위 있고 고상한 아버지의 모습을 만들려 했던 것 같았지만, 아마도 미국에서는 어린아이에게까지 익숙한 문구인 "하이 히틀러"에 관해서 몰랐던 것 같았다. 필립 오빠는 망우리에서 도산공원에 이르는 긴 여정이

1973년 11월 10일 도산공원. 수산의 아버지와 어머니의 이장 행사에서.

마무리지어지는 이 순간을 맞이한 것이 기쁘다고 말했다.

도산공원이 마무리되기까지는 자기 방식대로 하길 원하는 많은 사람들과 주장이 다른 이들 때문에 사실 그다지 순조롭지 않았다. 흥사단의 몇몇 사람들은 공원에 5층짜리 사무실 건물을 지어줄 것을 원했다. 박정희 대통령이 필립 오빠에게 자신의 걱정을 표현할 정도까지 추진위원회는 여러 사안에 대해 의견 대립을 보였다. 그래서 이번에는 필립오빠가 박대통령에게 긴 편지를 써야만 했다.

…위원회는 이 프로젝트에 착수할 수 없도록 하는 많은 상황들을 해결할 수 없어서 꼼짝 못하고 있습니다. 저는 그 빌딩 위원회의 회장인 화신산업의 박흥식 씨로부터 편지를 받았는데, 그 편지에서 그는 일이 지연되고 있으며, 그가 그것 때문에 얼마나 비탄에 빠져 있는지를 언급했습니다. 저는 이 프로젝트와 관련하여 이루어졌던 발기회의에서, 각하께서 도산이 모든 한국인에게 속할 수 있도록, 흥사단은 뒤에 있어야 한다고 말씀하신 것을 분명히 기억합니다.

…그 위원회에 너무 많은 흥사단 단원들이 있어서는 안됩니다. 지금까지 대두되었던 많은 장애들을 극복하기 위해서 그것은 칸드

1973년 11월 9일 18살의 필립 커디가 서울 도산공원에서 박정희 대통령과 악수를 하고 있다. 필립 삼촌은 필립과 크리스틴을 박대통령에게 소개를 하고 있다.

"필립은 머리가 길었는데 나는 박대통령이 젊은이들이 머리를 기르는 것을 좋아하지 않는다는 이야기를 들었어요. 그 시절에는 경찰들이 가위를 들고 다니면서 거리게 다니는 더리 긴 젊은 남자들을 잡고 머리를 깎아 주었지요. 그러한 일은 내 마음속에 남아 있었지만 나는 그가 나의 어머니에게 얼마나 친절했었는지를 잊을 수가 없어요. 필립 오빠의 동료 리차드 박에 의하면 필립 오빠는 '우리 아버님을 어떻게 이런 허허 벌판에 모시는가' 하고 한탄했다고 합니다. 박 대통령은 '이 강남 지역은 장라에 제일 좋은 지역이 될 것이니까 염려 말라'고 했답니다."

시 고쳐져야 한다고 생각합니다. 만약 김종필 총리가 그 추모위원회의 회장이 된다면, 많은 장애는 없어질 것입니다. 제가 알기로 양 시장도 이 추모공원 사업을 위해 부지런히 애쓰셨지만, 협력이 부족하여 좌절하셨습니다. 저의 바람은 시장님께서 그 위원회 위원들과 만나서 그들이 제안한 5층 사무실 건물에 대한 생각을 철회시키고, 진정한 추모 공원을 짓는다는 원래의 건축 취지를 고수하는 것입니다. 한 가지 덧붙인다면 이러한 생각은 저의 형제 자매 모두의 바람이라는 것입니다.

　사실, 수산은 자세한 사항들에 대해 신경을 쓸 여가가 없었다. 그녀는 문게이트 일이 너무 바빠서 공원의 빌딩에 관해 세세하게 관여할 시간이 없었다. 필립 오빠가 그 일을 담당하고 있었고, 전통적인 한국 가정의 장남이 하는 것처럼, 훌륭하게 책임을 다하고 있었다. 그래서 수산은 그녀의 일생 동안 그랬던 것처럼 필립 오빠를 전적으로 믿고 있었다.
　어머니가 자식들에게 너희들의 아버지는 한국의 아버지였다고 누누이 강조했던 것처럼, 대한민국 정부와 국민은 아버지를 존경했다. 그는 지금 어머니와 나란히 누워 평화로움 속에서 진정한 휴식을 취하고 있을 것이다.
　그리고 최초의 금속활자를 발명해 낸 승려들과, 거북선을 만든 이순신 장군과, 한글을 창제하신 세종대왕과 같은 천재들을 탄생시킨 나라는 이제 더 이상 정체돼 있지 않을 것이다. 세계적 조류는 이제 한국을 향하고 있었다. 수산을 기쁘게 하는 것은 미국의 백화점에 일본제가 아닌 한국제 물건과 옷들이 넘쳐나고 있다는 것이었다. 그녀가 그것들을 살 때, 심지어 자부심을 느낄 만큼 기분이 좋았다. 수산이 학교를 다닐 때인 1930년대부터 친했던 친구들인 바니와 실비아는 최근 시장에 많은 한국제 물건들이 있는 것을 발견하고는 저녁식사를 하러 문게이트에 올 때마다 신나서 그 이야기를 했다. 그들은 한국에서 쏟아져 나온 수많은 옷가지들과, 신발, 가방 들에 매혹되었다. 접시와 가구와 전화, 텔레비전 수상기, 그리고 차들이 연이어 미국시장에 쏟아져 들어왔다. 그들은 마치 새 친구들을 만난 것처럼 상점 안에서 발견한 새로운 한국제품에 관해서 열심히 이야기를 했다.
　바니와 실비아는 한국과 한국 물건들에 대한 비공식적인 모니터 요원이 되었고, 수산이 상점들을 돌아다닐 시간이 없다는 것을 알기 때문에,

수산에게 그들이 발견한 것들에 대하 알려 주었다. 그들은 한국에 관한 신문기사를 수산에게 주기 위해 모았다. 그 기사들은 한국의 경제 붐과, 대우, 현대, 금성(LG), 삼성, 그리고 중동에서 길과 도시와 공항과 공장들을 세우는 모든 한국 건설회사에 관한 기사들이었다.

19

독립기념관

1970년대부터 한국은 발전하기 시작했다. 그 무렵, 새로운 미국 이민법이 생겼고, 그에 따라 한국 이민자들의 물결이 미국으로 밀려왔다. 몇몇 한국인들이 자주 문게이트에 왔다. 그들 가운데 한 사람이 한국에서 잘 알려진 〈코리아 타임〉지의 젊은 기자 민병용이었다.

민병용은 처음에 존경 받는 감리교 목사인 최목사에 관한 커버스토리를 쓰기 위해 문게이트에 왔다. 문게이트에서는 그가 25년간 로베트슨Robertson 한국 연합 감리교회에서 목사직을 담당한 것을 기념하기 위한 연회를 열었다. 〈코리아 타임〉지는 버몬트Vermont가와 올림픽 블루버드 지역을 중심으로 성장하는 한인 이민사회에 대한 흥미 있는 이야기를 찾고 있었다. 대부분의 새로운 이민자들처럼 민병용도 초기 정착민들에 관해서 단지 모호하게 알고 있었다. 민병용은 안씨 일가가 문게이트처럼, 그리고 오래 전에 이민 온 사람들의 모임만큼이나 환상적이라는 것을 발견했다.

수산은 그가 안씨 일가와 다른 초기 이민자들에게 진지한 호기심을 가지고 있었기 때문에 그를 금방 좋아했다. 그는 초기 이민자들과 새로운 이민자들 사이에 커다란 격차가 있다는 것을 알았다. 70년대 이후 새로 이민 온 사람들은 한국의 이민 역사가 1902년으로 거슬러 올라가고 득립운동에 자금을 조달했던 그들의 조상들이고, 농부였고, 하인이었으며, 그 결과 지금 여유로울 수 있다는 것을 알지 못했다. 수산과 그의 가족들은 캘리포니아, 하이와이, 와이오밍, 네브라스카, 시카고, 뉴욕, 워싱턴, 멕시코, 쿠바를 통틀어 지난 역사를 파헤치고 기록하는 그의 일을 도와주었다. 수산은 어머니가 돌아가신 이후 한국어 실력이 나빠져서 신문기사를 잘 읽을 수 없었다.

필립 오빠는 기사를 읽고 가족들에게 그 내용을 이야기해주었다. 필립 오빠가 영화 세트나 텔레비전 시리즈 "쿵후"를 찍느라고 너무 바쁘면, 수산은 윌리 송에게 그 기사를 번역해줄 것을 부탁했다. 한국에서 학교를 다녔던 윌리의 한국어는 유창했다. 그리고 윌리는 그들이 함께 자랐던 순수했던 어린 시절이 어떻게 기사화되고 있는지에 관해 매우 큰 관심을 가지고 있었다.

새로운 이민자들은 그들을 '1세대'라고 부르고 미국에서 태어난 아이들을 '2세대'라고 불렀다. 한편 1세대와 함께 미국에 온 어린아이들을 '1.5세대'라고 불렀다. 수산은 그들이 한국에서 태어났건 미국에서 태어났건 옛날에는 부모는 그냥 부모였고, 아이들은 그냥 아이들이었다는 것을 생각했다. 그녀의 부모와 형제자매들은 스스로 '1세대'라고 말하지 않았다. 그들 대부분은 미국에는 일시적으로 사는 것이었으며, 언젠가 한국이 자유국가가 되면 다시 한국에 돌아가기를 바랐기 때문에 그들이 1세대가 되는 것은 아무 의미가 없었다. 몇몇 사람들은 되돌아갔지만, 대부분의 사람들은 그들의 2세들이 한국인이라기보다는 미국인으로 성장했기 때문에 한국이 자유국가가 된 후에도 미국에 머물렀다. 2세대 아이들은 그때 30대, 40대였으므로 이미 미국인으로 살아가고 있었으며, 한국이든 어디든 다른 곳으로 가려 하지 않았다. '1세대들은' 늙었고, 그들의 아이들이 집이라고 부르는 낯선 이국땅에서 조용히 사라져 갔다.

1985년 LA에서 맞은 수산의 70번째 생일날. 왼쪽부터 크리스틴, 프랭크, 수산 그리고 '꾀보 필립'. 크리스틴과 피터 안(랄프의 수양 아들)은 약 백여 명의 사람들이 모였던 생일 파티를 준비했다. 크리스틴은 피터에게 손님 명단이 점점 늘어나는 것을 불평했다. 피터는 "이것은 세상을 위한 작별일 수도 있어! 전부 다 초대해!"라고 대답했다. "프랭크는 한인사회에서의 나의 모든 활동을 도와주었어요. 그는 나에게 시간과 공간을 제공해주었지요. 그가 내 남편이라는 것은 행운이지요."

　　수산은 미국 기자와 이야기를 할 때 자신을 2세대라고 언급했다. 그러한 구별은 단지 다른 사람들에게 좀 더 이해하기 쉽도록 배려한 것일 뿐이었다. 해군시절에 미국 기자는 그녀가 이민 2세대라는 것에 곤하여 크게 다루었다. 고의든 아니든 그녀는 별종別種이 된 듯한 기분을 느꼈지만, 평소에도 자신이 다르다는 것을 즐겼기 때문에 전혀 나쁜 일이라고는 생각하지 않았다. 다르다는 것은 그녀의 전 생애를 지배했고, 그래서 그녀는 '단지 다른 사람처럼' 되는 것을 상상할 수 없었다.

　　해군 제복을 벗어버린 지 30년쯤이 지나서 수산은 또 다른 무리의 사람들로부터 자신이 별종이라는 것을 다시 한번 알 수 있었다. 이번에는 새로운 2세대 아이들로 구성된 무리가 그녀를 다른 혹성이나 다른 시간대에서 온 사람이라고 생각했던 것이다. 왜냐하면 그들의 부모나 조부모와 달리, 자신을 단지 수산이라고만 소개하는 이 늙은 아주머니는 완벽한 영어를 구사하면서 "나는 너희들처럼 2세대 한국계 미국인이야. 나의 부모는 한국에서 왔고, 나는 로스앤젤레스에서 태어났어."라고 말했기 때문이었다. 아이들의 얼굴은 귀여웠고, 수산은 그들이 "네?"하고 반문하는 모습을 보는 것을 좋아했다. 수산은 그들의 얼굴에서 나름대로 정보를 캐내려고 애쓰는 모습을 역력하게 읽을 수 있었다. 어떻게 그럴 수 있지? 저 아주머니는 그냥 한국 아줌마처럼 생겼는데 자기가 여기서 태어났다고 말하다니, 어떻게 그게 가능할 수 있지? 내가 아는 모든 2세대들은 나와 같이 전부 아이들인데, 여기 이 나이 많은 아줌마도 자기가 2세대라고 말하네.

아주 오래 전에, 그들의 부모가 태어나기 훨씬 전에, 그들이 오기 이전에, 누군가 왔었을지도 모른다는 가능성을 새로운 세대들은 전혀 생각할 수가 없었다. 그녀가 설명하자, 아이들은 독립운동에 대해 매우 흥미를 보였고, 그런 이야기들은 수산이 좋아하는 주제 가운데 하나가 되었다. 수산은 이런 이야기를 해주기를 좋아하는 데다가, 어린아이들과의 대화도 좋아했다. 민병용의 기사 같은 스타일을 다루는 한국 신문들이 많아졌고, 이러한 이야기를 해달라는 요청도 훨씬 많아졌다.

1978년 필립 오빠의 갑작스러운 죽음으로 역사적 사실을 대신 말해줄 사람이 필요했고, 수산이 그 역할을 담당했다. 그녀는 가슴에 담은 이야기 보따리를 더더욱 풀어헤쳐야 했다. 그녀는 어머니의 물건과 자료와 함께 필립 오빠의 자료가 담긴 많은 서류상자들을 물려받았다.

이 서류상자들은 집안의 모든 방에 가득 차 있었는데, 티나와 필립이 전에 쓰던 방에도 있었다. (티나와 필립은 그때 셔먼 옥스와 산타 바바라에서 각각 따로 살고 있었다.) 그 상자들은 중앙통제국(CREF)과 미국회 도서관에 있는 엄청난 양의 자료들을 다루었던 수산을 압도했다. 수산은 어려운 일에 쉽게 두려움을 느끼는 사람이 절대 아니었지만, 어머니의 자료들은 정말 별의별 것이 많았다.

어느 날 그녀는 마침내 그것들을 열기 시작했다.

상자를 열자마자, 그녀는 긴 시간의 여정 속으로 빠져들고 말았다. 상자 안에 담긴 문서들은 1902년에서부터 시작되었다. 아버지와 어머니의 여권과 비자, 아버지로부터 온 수백 통의 편지, 상하이에 있을 때의 아버지의 일기, 수백 권의 책, 수많은 서예글씨들과 문화 유물, 아버지의 오래된 지갑, 어머니의 주소록, 수백 수천의 사진들, 많은 나라의 동전들, 밥그릇과 찻잔 세트, 성경책, 짧은 각반들, 만년필, 김구 선생의 글씨가 씌어진 태극기, 106 피구로아 집 현관에 세워놓았던 큰 태극기, 그리고 그밖의 많은 것들이 있었다.

이것들을 어떻게 처리하나? 수산은 진지하게 생각하기 시작했다. 그녀가 알고 있는 정보와 자료와 책들을 암호해독 하듯 조합하자, 수산은 어머니가 그 오랜 세월 동안 이 집에서 저 집으로 들고 다녔던 상자 안의 역사를 비로소 깨달았다. 어머니는 자신을 위해서가 아니라, 나라를 위해 이것들이 중요하다는 생각을 하면서 서류 한 장, 메모 한 가까지도, 모두 버리지 않고 모아둔 것이었다. 오랫동안 여행을 한 아버지는 여행 선물보다는 편지와 서류들을 가방에 넣어 가지고 돌아왔고, 어머니나 아이들은 전혀 그것을 불평하지 않았다. 그렇지만 프랑스 여행에서 돌아왔을 때는 가족 모두를 위해 아름다운 선물인 칠보 꽃병과 컵을 가지고 왔다. 그럼에도 불구하고 수산은 아버지가 여행에서 돌아올 때 어떤 것도 기대하지 않았다. 수산과 형제들은 보통 아버지는 아이들을 위해 언제나 여행 선물을 가지고 온다는 것을 모르고 지냈다.

상자 속에는 많은 사진들이 있었다. 사진 속에서 많은 흥사단 남자들이 서 있는 가운데 수산이 어머니 무릎에 앉아 있는 모습으로…… 다른 사진 속에서 그녀는 더 이상 어머니의 무릎 위에 있지 않았지만 여전히 많은 흥사단 사람들과 함께 있었다. 나머지 형제들은 어디 있었는지 의문이 갈 정도로 그녀는 자주 사진에 찍힌 유일한 아이였다. 나머지 형제들은 부끄러워 그랬나? 아니면 다른 일을 하느라고 그랬을까? 그녀는 아버지와 다른 흥사단 남자들이 사진을 찍을 때 한번도 빠진 적이 없었던 것 같았다. 그녀는 다른 사람의 아이를 바라보고 있는 것처럼, 사진 속의 꼬마 아가씨를 들여다보며 미소 지었다.

수산은 시간이 허락하는 한 계속해서 몇 달 동안 그 사진들을 살펴보았다. 여전히 대부분의 시간은 문게이트 일로 바빴다. 나머지 자료들과, 편지와 서류들은 대부분 한국어나 한자로 씌어 있기 때문에 다른 사람들의 도움이 필요했다. 그때 영어, 한국어, 중국어 그리고 일본어까지 유창한 흥사단의 조규환 선생의 도움은 절대적이었다.

그 후 3년 동안 그는 수산을 도와, 모든 상자 속에 들어 있는 아버지의 편지와 저작들, 그리고 아버지가 살아 있는 동안과 작고한 이후에 신문과 잡지에 실렸던 아버지에 대한 기사들을 확인하고, 분류했으며 구성했다.

이것들을 어떻게 처리할 수 있을까? 가족들은 다양한 의견들을 내놓았다. 그 중 한 가지 의견은 USC나 UCLA 혹은 하와이 대학 같은 대학 도서관에 기증하자는 것이었다. 도산공원도 이상적이기는 하지만 도산공원 측은 한번도 도서관이나 전시관에 대한 구체적인 언급이 없었다. 필립 오빠가 갑자기 세상을 떠나고, 그 다음해 박정희 대통령이 시해되면서 도산공원을 완공하려는 노력은 흐지부지되고 말았다.

한편, 독립기념관의 건립이 천안이라는 도시에서 진행되고 있었다. 새로운 독립기념관은 독립운동과, 상하이 임시정부와 주권 회복과 관련한 자료들을 전시할 장소를 제공했다.

많은 유명한 학자들이 그 프로젝트에 참여하고 있었고, 그 중 몇몇 사람들이 수산이 그 동안 해왔던 노력들에 관해 듣고는 노스리지로 찾아와서 아무도 알지 못했던 자료들을 하나하나 찾아내며 흥분을 가라앉히지 못했다. 그들은 1919년 2월 8명의 여성들에 의해 초안되어진 "한

국 독립을 위한 여성 선언" 원본을 보고 있다는 것에 감격을 느꼈다. 붓
글씨로 씌어진 발표문은 대중들에게 호소할 목적이었기 때문에 한문 없
이 한글로만 되어 있었다. 학자들은 그 전해에 일본의 문서들 속에서 일
본어로 기록된 발표문을 발견했기 때문에 그 존재는 알고 있었다. 그들
은 원본이 어디 있는지 모르는 채 일본어로 된 발표문을 한국어로 해석
했는데, 바로 그것이 도산의 서류들 가운데 있었다. 그들은 그 여성들이
일본 경찰을 피하기 위해 만주에서 도산에게 그것을 보관하도록 부탁했
을 것이라는 결론을 내렸다. 그 선언서는 다른 도산의 문서들과 같이,
한국을 침략하고 그 다음에는 만주와 중국을 침략했던 일본 군국주의자
들을 피해, 도산의 가방에 실려 미국으로 건너와 안전하게 보관된 것이
었다. 한국에서는 일본의 감시에도 불구하고 남겨진 많은 역사적인 문
서들이 한국전쟁을 치르는 동안 파괴되었기 때문에 도산의 문서들은 더
더욱 가치가 있었다. 그래서 한국 학자들은 안씨 일가를 설득하여 새로
운 독립기념관에 그 문서들을 기증해줄 것을 부탁했다.

또 다른 굉장한 발견은 당시 검열의 대상이 아니었던 벨기에의 무스
Fr.Meus 신부를 통해 김구 선생이 어머니에게 보냈던 태극기였다. 만
약 검열을 당했다면 일본 경찰은 다음과 같이 써 있던 김구의 붓글씨를
발견했을 것이다.

> …망국의 설움을 면하려거든, 자유와 행복을 누리려거든, 정력,
> 인력, 물력을 광복군에게 바쳐 원수 일본을 타도하고 조국의 독립
> 을 완성하자…
>
> 1941년 3월 16일 충칭重慶에서
> 김구 근증謹贈

수산은 비록 김구 선생을 만난 적이 없었지만, 그 분에게 특별한 혈육

의 정을 느꼈다. 그것은 아마도 어머니에게 보냈던 태극기에 붓글씨로 적혀 있던 그분의 메시지 때문일 것이다. 독립운동을 할 때, 아버지의 친한 동료 중의 한 사람이었던 김구 선생은 한때 아버지의 막내여동생 인 단신호와 약혼을 한 사이였다. 신호 고모는 다른 사람과 결혼하기로 결정했지만, 수산은 그녀의 고모부가 될 뻔했던 김구 선생을 친밀하게 느꼈다. 그래서 그가 1949년에 암살당했다는 것을 듣고는 매우 마음 아 파했다.

그는 해방 후 한국을 이끌도록 국민에 의해 뽑힌 사람이었다. 그러나 한국 사람들은 그들이 가장 지도자를 필요로 할 때, 정말 지도자를 갖지 못했던 것 같았다. 김구 선생은 남한만 투표하는 것을 반대했고, 하나의 한국을 위해 북한과 협상하려고 애썼기 때문에, 다른 사람이 아닌 이승 만에게 공산주의자라는 비난을 받았다. 이승만은 자신에 반대하는 모든 사람들을 공산주의자 혹은 공산주의 동조자라고 비난했다. 그들 중에는 가장 명석한 두뇌의 소유자였던 J.K.Duun(전경무), 한길수 그리고 워 렌Warren 김과 같은 사람들이 있었다.

11살의 수산은 FBI나 이민국이 무엇을 하는 곳이며, 왜 그들이 아버 지에게 따지는지를 알지 못했다. 수년 뒤 누군가가 미 이민국에 편지를 보냈다는 것을 알고 섬뜩함을 느꼈다. 편지를 보낸 사람은 아버지를 공 산주의자라고 고발했던 것이었다.

편지를 쓴 사람이 누구인지는 모르지만, 그들은 아버지가 미국에서 추방을 당하기를 원했다. 수산은 샌프란시스코의 국립문서 보관소에 있 는 그 편지와 조사 보고서를 빠짐없이 읽었다. 시카고와 샌프란시스코 관공서의 조사자들은 결국 아버지가 혐의가 없다는 것을 밝혀주었다. 그러나 그것은 너무도 호된 시련이었다.

결단코 아버지는 공산주의자가 아니었다. 『아리랑의 노래』(Song of Arirang. 우리에게는 '아리랑'이라는 제목으로 번역되어 널리 읽혀졌다.)라는 책에서 김산은 미국인 저자 님 웨일즈Nym Wales에게 "안창호는 공산주의자가 아니다."라고 말했다. 이 증언은 아버지와 함께 일하기보다는 중국의 공산주의자들과 함께 일하고 싶어 했던 한국의 민족주의자 김산으로부터 나온 것이었다. 수산에게 있어서는 그의 증언이 모든 것을 말해주고 있었다.

아버지가 집에 마지막으로 왔을 때, FBI는 아버지가 공산주의자라는 누군가의 거짓 투서를 받고 비밀 정보를 밝히기 위해 조사를 벌인 적이 있었다. FBI의 정보제공자가 이승만이었는지, 그의 한패거리였는지 아무도 확신할 수 없었다. 도산은 그것을 개의치 않았고, 그래서 아이들도 신경 쓰지 않았다. 수산은 이승만이 37번가 집에 와서, 어머니에게 종종 아주 정중히 인사를 하던 잘생긴 남자로 기억하고 있었다. 어머니는 언제나 그에게 맞절을 했고, 수산과 수라는 차, 과자, 과일을 내갔었다.

'왕공' 및 '찰스 리' 라는 사람들이 미국 이민국에 보낸 편지.
"안창호는 볼셰비키이니 주의하라." 는 내용이 들어 있다. (미 연방 자료 보관처)

　수산이 1944년 워싱톤 D.C.의 해군정보사무국(ONI)에 있었을 때, 미국회도서관에서 일하는 이승만 추종자였던 어떤 사람이 그녀를 다양한 행사와 모임에 참가하도록 초청했지만, 그녀는 매번 아주 조심스럽게 거절했었다.

　초청을 거절하기 위해, 그녀는 특별한 외교적 수완이 필요했다. 수산은 그녀가 절대 이해할 수 없는 이승만 사람들과 안창호 사람들 사이의 불화에 끼여들고 싶지 않았다. 또한 그녀는 두 조직 사이에 존재하는 적대적인 상황을 악화시키고 싶지 않았다. 그녀는 그 두 조직간의 불화가 언제 어떻게 시작되었는지 알지 못했지만, 도산이 만약 그때 살아 있었다면, 결코 그 추악한 분열이 계속되게 하지 않았을 것이라고 확신했다. 그 길을 회상하면서 수산은 "워싱턴에 있었을 때, 나는 좋은 한국인이 아니었어요. 나는 한국 사람들과 아무 일도 하지 않았고, 할 수 없었습니다. 나는 미 해군정보사무국에 있었기 때문이지요."라고 말했다.

　쏟아져 나온 아버지의 문서들 사이에서 나온 필립 오빠의 문서들을 정리하면서, 그녀는 필립 오빠가 이승만이 대통령직을 맡았던 1948년부터 이승만과 서신을 주고받았다는 것을 발견했다. 그 편지들은 그녀를 놀라게 했다. 필립 오빠는 이승만과 주고받았던 서신들을 그녀에게 말하지 않았었다. 물론 그녀에게 모든 것을 말할 필요는 없었다. 그녀는 필립 오빠가 무엇을 하든지 전적으로 그를 믿었으나, 후에 그녀가 읽을 수 있도록 편지를 남겨 놓았다는 사실에 감사했다.

　　대한민국
　　대통령 집무실　　한국 서울　1948년 12월 10일

　　친애하는 안선생님께.
　　축하 편지를 보내주셔서 감사드립니다.

본인은 우리 국민의 독립과 자유를 위해 평생을 헌신하신 구하의 아버지께서 당신의 평생을 통해 헌신의 대가를 지켜보지 못함을 매우 유감스럽게 생각합니다. 도산은 훌륭한 사람이었고 한국의 자유를 위해 그의 삶을 바치셨습니다.

한국에서 상업적인 거래를 하고자 하는 당신의 요구에 관해서는 이러한 사항을 담당하는 임영신 상공부 장관에게 편지를 쓰기 바랍니다.

본인이 개인적으로 모든 정부 사안들을 다루기 어렵다는 것을 귀하께서는 쉽사리 알 수 있을 것입니다.

하시는 모든 일이 잘되기를 기원하며.

대통령 이승만 올림

추신. 어떻게 하면 우리가 당신이 상업적인 거래를 하는데 가장 큰 도움이 될 수 있는가를 임 장관과 상의하겠습니다. 만약 당신이 한국에 영화 산업을 육성한다면 매우 유망할 것입니다.

이승만

필립 오빠는 아버지가 그에게 한국을 돕기를 원했던 것처럼, 조국을 위해 어떤 역할을 하기를 원했다. 그는 금전적인 어떤 대가나 그밖의 것을 기대한 것은 아니었을 것이다. 왜냐하면 그때 한국은 매우 가난했기 때문이었다. 그 다음 편지에서는 이대통령이 경제적으로 그를 도을 아무런 방법이 없다는 것을 분명히 하고 있었다. 가족들은 필립 오빠가 하고 있는 일에 대해 궁금해 하지 않았다. 가족들은 모두 오래된 습관인 어떤 종류의 보상도 없이 한국을 돕고자 하는 생각을 가지고 있었다.

한번은 안필립이 샌디에이고에 정박하고 있던 한국 해군 프리킷함의 모든 선원들은 초청했었다. 한국 군인들이 켄시노 에비뉴 집에 나타났을 대, 가족 모두는 반갑게 맞이했다. 모두들 그 쾌활하고 고마운 군인들을 위해 음식을 준비하는데 열중했다.

그것이 바로 그들의 방식이었다. 그래서 지금, 돈으로 따지면 어마어마한 가치를 가진 2천5백여 가지의 유품들을 독립기념관에 기증하라는 제안을 받았을 때, 가족 가운데 그 누구도 유품을 기부하는 것에 대해 다른 마음을 가진 사람이 없었다.

그들은 그 역사적인 유물과 문서들에 대해 어떠한 대가도 바라지 않았으며, 그렇게 하는 것이 단지 몇몇 사람이 아닌 모든 국민들에게 속했던 역사를 위해 그들이 해야만 하는 일이라고 생각했다. 아버지의 낙관, 일기, 편지, 담배파이프, 그리고 아버지의 성가집에 금전적 가치를 부여한다는 것은 있을 수 없는 일이었다.

3년간 자료를 정리한 노동의 대가는 약 4년 후 한국 정부가 독립기념관 기관식에 가족들을 초청했을 때 주어졌다. 불행하게도, 자료정리를 도와준 조규환 선생은 아버지의 문서들을 한국으로 보낸 후 얼마 안 되어 죽고했다. 그가 했던 일의 결과를 지켜보았더라면 정말 기뻐했을 것이다. 재능과 지식을 겸비했던 그분은 꼭 필요한 시기에 나타나, 문서를 독립기념관에 기증하는 일을 정말 쉽게 만들어 주고는 그 임무를 마치자마자 그가 왔던 것처럼 빨리 이 세상을 떠났다. 그가 한국 건축물을 완벽하게 현대적으로 구현한 독립기념관을 보았다면 한없이 기뻐했을 것이다.

득립기념관 부지를 서울에서 70마일 정도 떨어지고, 북대전에서 60마일 정도 떨어진 조용한 천안으로 정한 것은 정말 잘한 일이었다. 대전은 일본 경찰이 아버지를 감옥에 가둔 곳이었다.

수산은 독립기념관 단지에 들어섰다. 화강암으로 덮인 독립기념관은 그녀가 다 볼 수 없을 만큼 넓은 광장이었다. 거인의 날개 한 쌍과 같은 높다란 화강암 탑은 입구 바로 뒤의 하늘을 제압하려는 듯 우뚝 솟아 있었다. 좀 더 걸어 들어가 그들은 왼편과 오른편을 연결하는, 넓은 연못을 가로지르는 '자유의 다리'를 건너갔다. 그들은 물 속에서 한가롭게 헤엄치는 비단잉어를 보기 위해 멈추었다. 그 연못은 106 피구로아 시절로 그녀를 되돌아가게 했고, 아버지가 뒤뜰에 만들었던 연못과 그 연못에 가득했던 연꽃을 생각나게 했다. 그리고 아버지가 연꽃에 대해 썼던 편지는 길 건너편에 있던 7개의 전시관 가운데에 한 곳에 있었고, 그것을 보자 그녀는 그때 생각이 났다. 그 편지는 50년이 지난 후 바로 그 편지가 씌어졌던 곳으로 돌아온 것이다.

바로 그 순간 그녀는 바로 이곳이 아버지의 유품이 있을 가장 좋은 장소라는 강한 확신이 들었다. 그녀의 발걸음은 그 기념 유품들을 보기 위한 기대로 빨라졌다. 그때는 안씨 일가가 로스앤젤레스로부터 2천 5백여 유품들을 실어 보낸 이후 몇 년이 흐른 뒤였다.

안내원은 전시관 전체를 그들에게 안내했다.

전시관에서 보여지는 사실에 따라, 역사를 되짚어 가고 있는 수산에게, 그녀의 부모들이 살았던 그 슬픈 시절이 좀 더 분명해졌고, 좀 더 사실로 다가왔다. 그녀는 이제 부모들이 잃어버린 나라에서 어떤 일을 겪었는가를 더 잘 이해할 수 있었다.

갑자기 벽에 귀가 잘린 사람의 사진이 나타났다.

그 옆에는 팔이 잘려진 남자의 사진이 있었다. 그리고 목이 잘린 사진도 있었다. 그 사진은 그녀가 4살이었을 때 보았던 것과 똑같은 사진이었다. 그녀는 그 이후 그것을 본 적이 없었다. 한 번도 느껴보지 못했던 두려움이 어린 그녀를 엄습했고, 그때 그녀는 자신도 모르게 한 발작 뒤로 물러섰다. 1919년 그녀가 4살이었을 때 가졌던 처음의 이미지는 너무나 충격적이라 지워지지 않았으나, 그녀는 그건 진짜 있었던 일이 아니고, 단지 추악함과 두려운 감정일 뿐이라고 기억했던 것이었다. 그 사진 속의 만행은 마치 다시 한번 일어난 것처럼, 약 68년이 지난 지금, 사실이라는 것을 보여주고 있었다. 이번에는 공포 대신 분노를 느꼈다. 이제 그들의 칼은 더 이상 없다. 단지 먼 기억만이 남아 있지만, 그것을 기억하는 것이 중요했다. 그녀는 우리가, 인간이 얼마나 잔인해질 수 있는지를 잊지 말아야 한다고 생각했다. 아버지가 말씀하셨던 것처럼, 사랑과 존경은 모든 인류의 노력을 위한 근간이 되어야 했다.

제6전시관은 "임시정부 기념관"이었다. 그녀가 그 건물에 들어가자, 임시정부 기념관의 커다란 무대가 한쪽 끝에서 다른쪽 끝까지 펼쳐져 있었다. 조금 떨어져 바라보니, 무대 위에는 약 사십여 명의 사람들이 조명을 받으며 서 있거나 앉아 있었다. 수산은 가까이 다가갔을 때야 비로소 그 사람들이 밀랍 인형들이라는 것을 깨달았다. 세상에! 다리를 꼬고 두 손을 깍지 끼고 있는 아버지가 맨 앞줄에 앉아 계셨다. 그녀는 박수를 쳤다. 그녀의 얼굴은 밝게 빛났다. 그녀는 사람들을 돌아보고는 크게 소리쳤다. "아버지 좀 보세요!" 그녀는 하루 일과를 마치고 집으로 돌아오는 아버지를 가리키는 어린아이 같았다. 그것은 정말 유쾌한 놀라움이었다. 그러나 잠시 그녀의 얼굴에는 그녀가 보지 않았더라면 하고 바라는 무언가를 본 것 같은 느낌이 스쳤다. 아버지의 구두가 어울리지 않았다. 멋진 구두 장식은 아버지를 위한 것이 아니었다.

아버지는 언제나 여러 번 수선하여 끈이 닳은 오래된 구두를 신고 계셨다. 사실 무대 위에 묘사된 대부분의 사람들은 임시정부의 빠듯한 자금으로 인해, 상하이에서 밥 한끼도 때우기 힘들어 애를 썼던 사람들이었다. 수산이 '아버지 구두에 대한 불평'을 했을 때, 안내원은 그 실수에 대해 노트를 했다. (몇 년이 지난 후, 수산은 그 구두를 고쳐놓았다는 이야기를 들었다.) 잘못된 구두를 제외하고는, 아버지와 똑같은 형상을 만들어 놓은 일에 대해 수산은 매우 기뻤다. 아버지는 거의 어린 시절 그녀가 기억했던 모습 그대로였다. 수산은 말하지 않았지만, 밀랍인형으로 만든 아버지의 모습은 수산과 수라에게 달려와 번쩍 안아 양어깨에 올려놓으시던 시절의 아버지가 되기에는 너무 젊게 보였다. 그녀는 자신의 72살 먹은 눈이 속임수를 부리고 있는 것은 아닌지, 혹은 그녀가 순식간에 지나가 버린 시간의 파라독스에 붙잡혀 있는 것은 아닌지 의심이 들었으나, 지금 무대 위에 서 있는, 집에 오실 때마다 수산이 미합동역으로 달려가 맞았던, 그 남자가 수산의 아버지가 되기에는 너무 젊었다.

"아버지는 좀 더 자주 집에 오셨어야 했어요."

그녀가 밀랍인형을 향해 농담을 한마디 던지자, 그 관람객들 가운데 있던 한국 학자들이 큰 소리로 웃었다. 이렇게 아버지의 애국 동지들이 한군데 모여 있는 것을 보니, 그것이 밀랍 인형이든 아니든, 그녀는 집에서 멀리 떨어져 아버지가 했던 일을 좀 더 이해할 수 있었다.

"어머니, 여기 좀 보세요. 여기 김구 선생이 앉아 있고, 김규식, 박용만 선생도 저기에 있어요." 필립은 근엄한 인형들을 가리켰다. "그래, 맞아." 수산은 필립이 가리키는 대로 대답했다. "저기 이승만 선생도 있어." 그녀는 말했다.

수산은 아버지가 오랜 시간 같이 하였던 사람들의 이름을 인형과 짝 맞추면서 이야기해 주었다. 송병조, 이동녕, 박은식, 이상룡, 양기탁, 홍진, 손정도, 여운형, 조소앙, 신규식, 이시영, 이동휘, 노백린, 최자형, 김인전, 윤기섭, 장붕, 김붕준, 이강, 김동삼, 김좌진, 오동진, 유동열, 조완구, 차리석, 조성환, 김철, 조상섭, 김성숙, 장건상, 신익희, 박찬익, 김원봉, 유림, 황학수, 조경한, 지청천.

그녀가 클 때 들었던 이름들과 얼굴들을 모두 맞추는 데는 시간이 조금 걸렸다. 그리고 다시 한번 아버지의 편지와 문서들이 떠올랐다. 그녀는 그 얼굴들을 모두 기억해 두려고 애를 썼는데, 그녀의 지나친 행동은 함께 관람하던 사람들을 당황하게 만들었다. 그녀는 명단의 도움 없이 그들의 이름을 맞추어 그녀 스스로가 만족할 때까지 얼굴과 이름 맞추기를 계속했다. 그 사람들 모두를 기억하는 것은 중요한 일이었다.

수산은 이제 문게이트로 돌아간 후 그 임시정부 요인들의 아이들과 손자들에게 말해줄 더 많은 것들을 준비하고 있었다. 많은 애국지사들의 후손들은 상하이, 만주, 한국에서 전해 들은 많은 이야기들을 같이 나누고자, 사진들과 기념품들을 들고 문게이트로 찾아왔다. 그것들은 아버지에 대한 새로운 기억을 구성해줄 이야기였기 때문에, 수산은 언제나 그 이야기들을 반겼다. 11살까지의 기억이 수산이 가지고 있던 아버지에 대한 기억의 전부였기 때문에, 그녀는 모든 자료들을 통해 그 시절을 재현하며 다른 사람의 눈을 통해 보았던 아버지를 직접 만나보고자 했다.

많은 사람들이 상하이에서 아버지가 체포되었을 당시의 상황을 글로 쓰긴 했지만, 그 당시의 상황에 대해서 수산은 언제나 매우 관심이 많았다. 그래서 그녀는 상하이에서 온 사람들에게 그 사건에 대해, 들은 것이나 아는 것이 있는가를 물었다. 그녀의 끊임없는 호기심은 아마도 다른 사람들에게는 지나치거나 쓸데없게 보였을 것이지만, 그녀는 알링턴 홀에서 근무하던 시절, 자그마한 단서가 모이면 전체 퍼즐을 풀 수 있다는 사실을 깨달은 바 있었다. 그녀는 아무 의미도 없는 작은 단서도 놓치지 않았다.

질문이 없으면 대답도 있을 수 없었다. 그래서 그녀는 프랑스 정부가 그들의 중국 조차지(추측컨대 프랑스 영역)에서 일본 군대에게 아버지를 인도했던 행위에 대해 여전히 의심을 가지고 있었다. 프랑스가 왜 일본에게 아버지를 양도했을까? 일본이 대가를 지불했을까? 그렇다면 얼마를 지불했을까? 일본이 프랑스를 협박했을까?

그렇다면 무엇을 가지고 협박했을까? 일본이 무엇을 했든 간에, 만주사변에 관해 기만하는 것처럼 어떤 기만적인 행위가 있었음은 틀림없었다. 일본 군인들이 머크덴(중국 선양) 근처에 있는 자기들의 철르에 스스로 폭격한 후에 그것이 중국 군인들의 소행이라고 비난하며 일본 군인을 만주에까지 진격시키는 구실로 삼았다는 것은 비밀이 아니었다.

그녀는 특히 아버지가 대전 감옥에서 석방된 후 머물렀던 송터 시절의 이야기를 듣기 좋아했다. 그녀는 평양 부근의 평안도 언덕에 있는, 아버지가 아시아에서 가장 평화롭게 지냈을 그곳에 가보고 싶었다. 두 친구가 아버지를 위해 사주었던, 조용한 언덕 위 숲에서 아버지는 은거하면서 마을에서 자원해서 온 목수들과 일꾼들과 함께 육체 노동을 했다. 소문에 의하면 아버지는 스스로 만들 수 없는 물건들만 사고 나머지 물품들은 모두 산림 개척에서 나오는 나무와 돌들로 만들어 사용하셨다고 했다. 아버지의 건축지식이 해박해 인부들은 끊임없이 놀랐다. 아버지는 깨끗한 실내 화장실과 여자들이 일하기 편한 부엌이 딸린 일곱 칸의 방이 있는 작은 집을 지었다. 아버지는 별로 웃을 일이 덟음에도 불구하고, 방문객들이 웃을 수 있도록 현관문에 "빙그레"라는 글을 적어 두셨다. 만약 원래의 여행 계획이 틀어지지만 않았더라도, 어머니와 수라, 랄프, 수산은 적어도 짧은 시간 동안 아버지와 함께 그곳에 있었을 것이다.

반면, 아버지는 건강을 회복하고 쉬기 위해 집에 돌아올 수 있었을 것이다. 왜 아버지는 집으로 오지 않았을까? 송태에서의 아버지의 체류는 그다지 길지 못했다. 일본 경찰이 아버지를 다시 체포했고, 서울로 데리고 가서는 그 악명 높은 서대문 형무소에 가두었다. 그들은 아버지가 아무런 힘도 남지 않았음에도 불구하고 그냥 내버려두지 않았다. 심지어 아버지의 장례식에 참석하는 사람들의 숫자를 20명으로 제한했으며, 망우리 공동묘지로 몰래 들어가는 사람들을 체포했다.

일본 군대가 두려워했던 것은 무엇이었을까?

그들은 강압적인 방식으로 한 민족의 독립의지를 영원히 제거할 수 있을 것이라고 믿었던가? 한 나라 국민들의 의지를 꺾을 수 있다고 생각하게 만든 것은 무엇이었는가?

아버지는 국민의 의지를 믿었다. 아버지는 결코 일본이 지상에서 사라지기를 원하지 않았다. 그는 일본의 선한 국민들이 그들의 힘으로, 아시아에 있는 온순한 사람들을 학살하거나 불구로 만들기보다는 좋은 일을 하기를 원했다. 그보다 더 아버지가 원했던 것은, 일본이 독립을 갈망하는 한국의 주권을 존중해 주기를 원했고, 평화로운 이웃들처럼 한국과 일본이 살아가기를 원했다. 그러나 일본 정부는 그를 가만히 놔두지 않았다.

지금 그녀 앞에 아버지의 인생을 그대로 재현해놓은 이미지가 어린 여자아이로서 아버지를 기억했던 시절로 수산을 데려갔다. 그 시대착오적인 착각은 거의 현실처럼 생생했지만, 전시관 밖에서 벌어지는 리셉션에 참가해야 했던 수산은 이제 아버지에게 작별을 고해야만 했다. 전시관 밖의 무더운 여름 햇살은 그녀를 현실로 돌아오게 만들었다. 눅눅한 공기는 그녀의 셔츠를 젖게 만들었다. 천안의 여름은 로스앤젤레스의 가장 더운 여름날보다 훨씬 더 습도가 높았다.

수산은 시원한 그늘을 드리우며 축 늘어져 있는 버드나무를 찾아 연못 쪽으로 천천히 걸어갔다.

20

작 별

작별은 많은 형태로 다가온다. 1991년 수산의 노스리지 집으로 편지 한 통이 도착했다. 그 편지가 북한의 평양에서 왔을 것이라고는 전혀 예상하지 못했다. 그 편지는 "나의 이름은 김순철입니다."로 시작했다. 편지는 나의 어머니는 안신호이고, 나의 가족 사진을 동봉합니다. 라고 씌어 있었다.

"믿을 수 없었어요. 신호 고모는 오래 전에 돌아가셨는데…… 고모는 엄마와 비슷한 나이셨으니까. 오, 잠깐 기다려봐요, 잠깐만, 그건 고모가 쓴 것이 아니고, 고모 아들이 쓴 것이야, 나와 나이가 비슷할 것임에 틀림없어. 내가 한번도 보지 못했고 전혀 알지 못했던 고종사촌이야."

"나의 어머니는 1963년에 돌아가셨고, 1990년 조국의 해방을 기념하는 45번째 기념식에서 우리의 위대한 지도자 김일성 동지께서 다른 애국지사와 함께 국립묘지에 안장되신 우리의 어머니에게 최고 명예를 수여하셨습니다."라고 씌어진 편지를 그녀는 천천히 읽었다. 그녀의 사촌은 매 구절마다 김일성을 칭찬했는데, 수산은 왜 그러는지 의아했다. 사촌은 '마침내 나를 찾아낸 것이 얼마나 잘된 일인가'에 대해 그의 온 마음을 다해 표현하고 있었다. 수산은 사촌이 표현하는 그 감정에 공감할 수 없었기 때문에 어떻게 받아들여야 할지 몰랐다.

그녀는 어머니를 통해 들은 신호 고모에 대해 친밀감을 느끼고 있었다. 고모와 어머니는 아버지가 입학시켜준 정신여학교를 함께 다녔다. 어머니는 언제나 아버지가 병원에서 최후를 맞으실 때, 아버지를 돌보았던 고모와 고모의 아들 김순원에 대해서 이야기했었다.

이제 신호 고모의 다른 아들 순철이 수산에게 김일성의 생일 연회에 참석하기 위해, 평양에 와야 한다는 말을 편지에서 하고 있었다. 그는 편지에서 "우리의 위대한 지도자께서는 도산이 연설을 하다가 체포당했을 때, 만주 지린吉林에서 일본군으로부터 도산을 구했으며, 우리의 위대한 지도자는 그 사건을 그의 회고록에 기록해 두셨습니다. 우리의 위대한 지도자는 우리의 어머니가 안창호의 누이라는 이유로 내각의 관료로 임명하셨습니다. 제발 평양에 와 주십시오. 당신은 반드시 와서 우리의 위대한 지도자에게 감사해야 합니다."라고 말하고 있었다.

반복되는 간곡한 초청에도 불구하고, 평양으로 간다는 것이 수산에게는 매우 낯설게 느껴졌다. 그녀는 몇 해 전 문게이트로 찾아온 한 팀의 사람들이 그녀에게 평양을 방문할 것을 촉구했을 때와 같은 느낌을 받았다.

수산은 그때 그들의 초청을 거절했었다. 비록 평양은 한때 아버지가 사랑했고, 학생들에게 "그리운 옛날(Auld lang syne)"의 곡조에 맞춘 "애국가"를 가르쳤던 곳이었지만, 그녀는 평양에 꼭 가야 할 아무런 이유가 없었다. 일본의 침략이 있기 전에 아버지는 대성 학교에서 하늘과 땅과 물과 불을 상징하는 사괘에 둘러싸인 붉은 색과 파란색의 태극문양에 양과 음을 상징하는 태극기를 가르쳤다. 그것은 그때나 지금이나 한국의 진정한 상징이었다.

평양은 이제 완전히 다른 곳이었다. 아버지가 사랑하시던 태극기도, 어린 시절부터 불러오던, 아버지가 가사를 쓰셨다고 믿었던 애국가의 노래 소리도, 더 이상 그곳에는 없었다. 이제 그녀가 관심을 가지는 것은 평양이 아니었다. 대신 평양에서 그리 멀리 떨어지지 않은 대코산에 아버지가 지었던 송태 산장을 그녀는 알고 싶었다. 그 집은 아직 거기에 있을까? 어떤 모양일까?

그녀는 사촌에게 편지를 써서, 대전 감옥에서 풀려 나와 건강을 회복했던 숲 속의 조용한 장소였던 그 마을에 대해 물었다. 그곳은 베를린 올림픽에서 우승을 했던 마라톤 선수 손기정에게 축하 전보를 보냈던 장소이기도 했다.

평양에서 온 다음 편지에는 그 산장에 대한 언급은 없었고, 단지 그 위대한 지도자에 대한 칭찬만 더욱 늘어나 있었다.

"당신은 위대한 지도자께서 그의 회고록에 도산에 대한 존경심을 표했기 때문에, 반드시 생일 연회

1936년 무렵의 송태 산장

에 참석하기 위해 오셔야 합니다."라고 씌어 있었다.

수산은 답장을 보내서 그 회고록의 복사본을 볼 수 있는지를 물었다. 편지는 한 달이 지난 후 왔다. 그 책은 우송중이라고 편지에 씌어 있었지만, 책은 끝내 오지 않았다. 수산은 편지를 다시 써서 그 책을 절대 받은 적이 없다고 알렸다.

김일성의 80회 생일연회는 1992년 4월 15일에 수산이 참석하지 않은 채 진행되었다. 수산이 신문에서 그 성대한 잔치에 대한 기사를 읽었을 때, 그녀는 어떻게 김일성이 1927년에 만주 지린에서 감옥에 갇힌 아버

북한 평양에 있는 애국열사 기념공원에 있는 안신호
(도산의 여동생)의 비석. 김일성은 안신호를 여성 중앙
위원회 부위원장으로 임명했었다.

지를 구할 수 있었는가에 대한 의심이 들었다. 그때 김일성은 단지 15살밖에 되지 않은 학생이었다.

그 사실은 한때 정보 분석가였던 수산에게, 평양으로부터 온 접촉의 본래 취지가 무엇이었는가 하는 의심을 갖도록 하였다.

전세계에서 온 고위 관리와 인사들로 장식된 그 연회에 참석하지 않은 사람은 수산만이 아니었다. 오버도퍼의 책 『두 개의 코리아The Two Koreas』에 의하면, 남한의 노태우 대통령도 평양으로부터 그 위대한 지도자를 위한 연회에 참석해달라는 비밀 초청장을 받았다고 한다. 기대하지도 않았던 그 초청을 거절했던 이유는 수산과 달랐다. 노태우 대통령은 너무 순순히 북한을 따르는 모습을 보여주고 싶지 않았기 때문이었다. 노태우 대통령은 김일성 생일을 축하하기 위해 비밀리에 안기부장을 보냈다.

1992년 그녀가 필선 오빠와 올케 루실, 그들의 딸 파멜라와 아들 웨슬리와 함께 초청을 받아 서울에서 노대통령을 만났을 때, 그 누구도 김일성과 그의 생일연회에 대해 이야기하는 사람은 없었다.

수산은 한국에 머무는 동안 안기부 요원들이 왜 밀착하여 경호를 하는지 그 이유를 전혀 이해할 수 없었다. 그녀는 그 뒤 다시는 평양에 있는 고종사촌으로부터 어떠한 소식도 듣지 못했다.

21

에필로그

수산은 아버지와 함께 지낼 수 없었던 잃어버린 날들을 찾고 있었다. 그녀는 계속해서 그녀가 들었던 사건들을 재창조했다. 그리고 마치 자신의 인생에 있는 어떤 틈을 메우려는 듯, 그 이야기들을 연대순으로 그녀의 기억 속에 차곡차곡 넣었다.

수산은 모든 사람이 아버지를 자기보다 더 잘 아는 것 같았다. "상하이에서 너의 아버지는 매일 태권도를 연마하셨어."라고 그녀의 사촌 지미 김이 이야기하자, 크리스마스날 아침에 아이들의 얼굴에서만 볼 수 있는 그런 종류의 놀람과 기쁨의 불꽃이 수산의 눈에서 반짝였다.

아버지에 대한 좀 더 많은 기억과 정보를 기다리는 눈빛으로 그녀는 기다렸다.

"칼 같은 막대기를 가지고." 그 사람은 말한다. "칼이라고? 칼을 가지고 태권도를 해?" 지미 김은 주저하다가 말한다. "나는 도산이 칼 같은 막대기를 들고, 이렇게 휘두르는 것을 보곤 했어."라고.

그녀의 눈은 멀리, 저 멀리에 있는 다른 시간, 다른 장소로 옮겨간다. 그녀는 아버지를, 땀방울이 흐르는 아버지의 얼굴을, 아버지의 머리카락을 보고 싶다. 그녀는 아버지가 어떤 옷을 입고 있었는지 궁금하다. 아마도 하얗게 다려진 헐렁한 면 두루마기와 흰 바지를 입고 계시겠지.

그녀는 언제나 저 멀리 상하이에서 흰 벽으로 둘러싸여 있는 방에 있는 아버지를 본다. 그녀는 결코 거기에 가본 적이 없지만, 그녀는 마치 그녀가 거기 있었던 것처럼 느낀다. 그녀는 상하이의 프랑스 조차지를 떠올린다. 그녀는 그것을 천안에 있는 득립기념관에서 보았다.

그러나 그 그림은 완전하지 않다. 수산은 그녀 앞에 있는 증언자 지미 김을 바라보며, 좀 더 많은 정보를 기다린다. 그 방은 어떻게 생겼을까? 컸을까?

그 퍼즐이 지금 모아지고 있다. 그녀는 언젠가 아버지를 만났을 때, 아버지를 알아볼 수 있도록 모든 퍼즐 조각들을 기억 속에 넣어 가지고 가고 싶어한다.

이제 그녀의 외손자들 마이클 기티스Micheal Gittes와 줄리아 기티스Julia Gittes는 인생의 즐거움이다. 그들의 엄마인 티나는 매주 토요일 아이들을 데리고 와 저녁을 먹는다. 그들은 아기였을 때부터 줄곧 매주 토요일 저녁 식사를 할머니와 함께 하기 위해 왔다.

아장아장 걸음마를 하는 손주들이 왔을 때, 그 텅 빈 집은 아이들이 떠드는 소리와 장난감과 기저귀로 가득 차곤 했다. 그때는 그녀의 남편 프랭크는 알츠하이머씨 병에 걸려, 요양원에서 특별 간호를 받던 무렵이였다. 필립은 서울에 있는 연세대학교에서 한국어와 한국역사를 배우기 위해 서울에 가 있었다. 그래서 그녀는 집에 혼자 있었다. 수산은 손주들이 소란을 떠는 게 좋았다. 티나가 마이클과 줄리아를 돌보는 동안 그녀는 '한국식 미국음식'을 요리했다.

그들은 이제 둘 다 수산보다 키가 크다. 그리고 그들은 기름에 살짝 볶은 시금치와 완두콩과 간장으로 양념을 한 갈비를 좋아한다. 그들은 참기름을 발라 구운 김을 먹으며, 잡채와 쌀을 영원히 좋아할 것이다.

토요일 저녁 식사 이외에도, 수산은 '조부모의 날Grand Parent's Day'과 같은 날에는 마이클과 줄리아를 위해 학교 행사에 참석하는 것을 즐긴다. 학교 행사에 참여하는 것은 그 어떤 것보다 우선이다. 한번은 한국에서 방문한 고위관료들의 기자 회견에 참석하는 대신 줄리아의 학교에서 열린 조부모날 행사를 선택했다. 수산은 신문기자들과 텔레비전 카메라들과 기자 회견을 놓쳤지만, 그 대신, 커티스Curtis 학교에 가서 줄리아의 미술작품과 문학작품을 감상하고, 또 함께 학교를 들러보는 것이 몹시 즐거웠다.

2000년 6월 16일은 마이클이 커티스 초등학교를 졸업하는 날이었다. 학교 체육관이자 강당에서 열린 졸업식은 많은 대학 졸업식이 부끄러워할 정도로 화려하였다.

그 졸업식은 마치 할리우드의 거물들과 스타들이 참석하여 진행되는 아카데미 시상식과 같았다. 명예의 전당에 이름이 새겨진 농구 선수 제리 웨스트(Jerry West)는 수산의 앞줄 오른쪽 네번째 좌석에 앉아 있었다. 결코 지지 않는 로스앤젤레스 레이커의 팬인 그녀는 평소대로 흥분한 나머지 말을 잃은 채 멍하니 있었을 것이다. 그렇지만 수산에게 있어서 그전 "44번" 선수는 그 날 마이클의 상대가 되지는 못했다.

그녀의 눈은 푸른 졸업복을 입은 마이클을 바라보고 있었다. 세상이 불로 뒤덮이더라도 그녀는 그것을 알지 못했을 것이다. 그녀는 앞에 앉아 있는 키 큰 사람을 피해 좀 더 잘 보기 위해, 목을 쭉 빼며 좌석 끝머리에 앉았다. 그녀의 눈은 졸업 행진곡의 곡조에 맞추어 복도를 걸어가고 있는 마이클의 움직임을 따라가고 있었다.

수산은 미소를 지으면서, 계속 박수를 쳤다. 할머니만이 손자에게 품을 수 있는 참사랑의 모습을 보여주고 있었다. 한번은 마이클이 마틴 루터 킹의 날에 학교 숙제를 하면서 "나의 증조할아버지는 한국인들에게 마틴 루터 킹과 같은 분이었다."라고 썼다. 그 일로 선생님은 그의 어머니에게 전화를 했고, 그래서 티나는 그것은 사실이며, 비록 마이클이 한국인같이 안 생겼지만, 그의 증조할아버지는 위대한 한국의 애국지사였다는 것을 설명했다.

수산은 외손자가 그의 증조할아버지가 누구인지를 이해하고 있다고 생각했다. 도산은 마틴 루터 킹이 그랬던 것처럼, 어느 모로 보나 자유 수호자였다. 그리고 마이클은 그것을 올바로 알고 있었다. 그녀는 열두 살인 어린 꼬마가 가진 통찰력에 경탄했다. 그 통찰력은 도산을 단지 일본에 저항한 영웅으로만 보는 많은 학자와 정치가들이 지금까지 놓치고 있는 것이었다. 그녀의 아버지는 그 이상이었다. 아버지는 증오는 인간의 진화에 걸림돌이 된다고 믿으면서, 일본에 대한 증오를 넘어서기를 원했다. 조국의 독립에 몸을 바친 아버지 일생의 업적과 애국심은, 한국에 대한 사랑에서 나온 것이었다.

외손녀인 줄리아는 화가 이상의 실력을 가지고 있다. 그애는 사람들과 사물을 관찰하기 좋아하며 수산은 손녀와 같이 있는 시간을 즐긴다. 줄리아가 어느 날 자기의 이름을 한글로 쓰는 것을 배웠을 때, 수산은 기뻤다. 중학교 입학 신청서 가운데 하나인 자기 소개서에서 줄리아는 이렇게 썼다.

나의 이름은 줄리아 기티스입니다. 나는 1990년 2월 7일 세다르 시나이Cedar-Sinai 병원에서 태어났습니다. …내가 가장 좋아하는 과목은 미술입니다. 나는 유명한 화가와 여러 종류의 미술에 대해 공부하는 것을 좋아합니다. 나는 인상파 스타일의 그림을 그리기 좋아하고, 자연과 꽃을 그리는 것을 좋아합니다. 나는 또한 자연과 동물들의 사진을 모으는 것을 좋아합니다. 나는 내가 매우 창의적이라고 생각합니다. 가끔 나는 자연이나 야생의 그림을 보기를 즐깁니다. 나의 두번째 좋아하는 과목은 역사입니다. 왜냐하면 나는 사람들의 색다른 문화를 배우는 것을 즐아하기 때문입니다.

……학교에서 나는 농구와 축구와 배구팀에서 경기를 합니다. 내

가 가장 좋아하는 스포츠는 농구입니다. 학교 밖에서는 나는 여행을 좋아합니다. 내가 가본 곳은 하와이, 뉴욕, 보스턴, 네브라스카, 그리고 이탈리아입니다. 내가 가장 좋아하는 곳은 보스턴입니다. 보스턴 사람들은 매우 친절했고, 또 오래된 건물과 작은 상점들을 보는 것이 좋았기 때문에 보스턴이 좋습니다. 또 내가 보스턴을 그렇게 좋아하는 이유는 나에게 매우 익숙하기 때문입니다. 나의 아버지가 거기에서 자랐고, 어머니가 거기서 대학을 다녔으며, 나도 5학년 때 학교 수행여행을 갔었습니다.

내가 많은 다양한 문화에 관해 배우기를 좋아하는 이유는 내 안에 많은 다양한 문화를 가지고 있기 때문이라고 생각합니다. 나에게 있어 가장 독특한 부분은 한국인 부분인데, 왜냐하면 나의 한국 증조부가 매우 특별하기 때문입니다. 그의 이름은 도산 안창흐입니다. 그는 한국에서 국가적인 영웅입니다. 1910년 일본이 한국의 주권을 강탈했을 때, 그는 한국 자유 수호대를 조직했습니다.

일본인들은 할아버지를 감옥에 가두었지만, 그는 한국의 어국지사로 기억되고 있습니다. 그는 때때로 한국의 마틴 루터 킹어라고 불립니다.

올해 나의 엄마와 오빠 그리고 나는 리버사이드 시청 광장에 마틴 루터 킹 목사의 동상이 있는 곳에서 한 블록 떨어진 곳에, 안창호의 동상이 있는 곳에 갔었습니다. 여기에는 50년 이후에 가봉하기로 한 타임캡슐이 묻혀 있습니다. 오빠와 나는 50년 전으로 우리를 데려가 줄 그 캡슐을 여는 열쇠가 달린 명판을 받았습니다.

나는 미래의 내 삶이 너무나 궁금합니다. 타임캡슐이 열릴 그날까지 기다릴 수 없습니다!

'나는 미래의 내 삶이 너무나 궁금합니다. 타임캡슐이 열릴 그날까지 기다릴 수 없습니다' 라고 줄리아는 말했다. 수산은 그 구절을 생각할 때마다 웃는다. 그것은 그녀가 젊은 시절을 느끼곤 했던 그런 흥분이었다. 세상은 변했지만, 그렇게 많이 변하지는 않았다. 결국에는 세월을 견디어내어 한 세대에서 그 다음 세대로 넘어가는 것은 마음에 달린 것이다. 그리고 수산은 이제 자신의 인생을 구성했던 바로 그 사랑의 실체를 그녀의 손녀딸을 통해서 느끼고 있다.

아버지는 "자신을 사랑해야 남을 사랑할 수 있다."고 말했다. 아버지는 그의 형제 자매 동지들은 힘이 필요하며, 그 힘은 단결에서 나오며, 그 단결은 형제 자매들 동지 각자에 대한 사랑에서부터 나온다는 것을 알고 있었다.

수산은 자주 아버지가 남긴 명언들을 생각하고, 생각한 만큼 자주 한숨을 쉰다. 그때는 아버지가 말씀한 것처럼 행동하기 힘들었을 것이라고 그녀는 생각한다. 그녀가 내쉬는 한숨은 그녀를 옛날 어린 시절 축늘어진 가지가 있던 버드나무로 데리고 간다. 그 나무는 캘리포니아의 뜨거운 햇볕을 피해 아이들이 놀 수 있도록, 아버지가 심어놓은 나무였다. 그녀가 청소년이 되었을 때, 어린 아이였을 때처럼 가지를 흔들고 놀 수 없었다. 대신 가지가 흔들리는 소리가 들리는 그늘이 수산에게 조용한 피난처가 되어 주었다.

마이클과 줄리아는 2001년 8월 11일 캘리포니아 리버사이드에 있는 도산의 동상 개막식날 그들의 증조할아버지를 좀 더 알게 되었다. 그들은 그 행사에서 다른 5명의 아이들과 함께, 그날로부터 정확히 50년 이후에 개봉될 타임캡슐의 열쇠를 보관하는 사람의 역할을 맡았다.

그것을 운명이라고 부르든, 움직이는 역사라고 부르든 리버사이드 시는 98년 전 그곳에 거주했던 도산을 존경했다. 역사학자이며 리버사이드 시립 박물관의 큐레이터인 빈센트 모세Vincent Moses 씨에 따르면, 리버사이드는 한때 시트러스(감귤류의 과일) 산업의 중심지였는데, 그 규모가 캘리포니아의 골드 러시보다 훨씬 더 컸다고 한다. 그래서 그 번창하는 산업으로 인해, 한국인들이 이곳으로 왔는데 그 가운데는 도산과 혜련도 있었다.

도산은 하루에 혼자 800파운드의 오렌지를 땄었다. 그는 그의 동지들에게 "한국의 독립이 오렌지에 달려 있는 것처럼, 단 한 개의 오렌지라도 더 따야 한다."고 호소했다.

모세는 한 장의 사진을 보여 주었는데, 그것은 한국인들에게 마우 호의적인 알타 크레스타Alta Cresta의 목장 주인이던 코넬리우스 럼지Cornelius Rumsey에게 도산을 연결시켜주는 한 사진이었다.

동상 건립 사업은 리버사이드와 서울 강남구 간의 자매도시 결연 사업으로 시작되었다. 두 도시 간의 회담은 리버사이드에서 열렸는데, 초청되어 온 권문용 구청장은 도산에 대한 이야기만 할 뿐 다른 이야기는 하지 않았다. 그는 도산이 1903년부터 1904년까지 리버사이드에서 살았다는 것을 알고 있었다. 그는 러버리지 시장에게 약간 울먹이며 도산에 대한 이야기를 했고, 강남구 중심에 있는 도산공원을 자주 간다고 이야기했다. 그는 계속 도산 이야기만 했는데, 그때 한 사람이 수산에게 전화 거는 것을 생각해냈다.

전화가 왔을 때, 필립이 전화를 받았다. 흥분되어 전화한 사람은 수산이 있는지를 물었고, 필립은 어머니가 미용실에 갔다고 이야기했다. "지금 당장 수산을 리버사이드로 모시고 올 수 있습니까?"라고 전화한 사람은 물었다. 어떻게 된 일인지에 관해 황급히 설명을 들은 필립은 미용실로 가서 어리둥절해 하는 수산을 데리고, 한 시간 반이나 떨어진 리버사이드 시청을 향해 달려갔다. 수산이 나타나자, 권 구청장과 러버리지Loveridge 시장은 환한 웃음으로 맞이했다.

그들은 두 도시 간의 사업에 관한 이야기를 나누었다. 그 대화 속에는 문화적인 교류와 경제적인 협력에 관한 이야기도 포함되어 있었다.

언제 어떻게 동상 설립 계획이 시작되었는지 분명하지 않지만, 리버사이드의 도산 기념 사업회는 그 지역 사회의 지도자들 주재로 만들어졌으며, 동상 설립을 위한 기금 조달 활동을 벌였다. 전직 역사 교수였던 톤 러버리지Ron Loveridge 시장은 시 광장에 마틴 루터 킹 목사와 마하트마 간디와 함께 도산을 기념함으로써 얻어지는 지혜에 대해 알고 있었다. 그 사업은 로스앤젤레스에 있는 한인 사회의 지지를 얻었고, 나아가 뉴욕, 샌프란시스코, 시카고, 애틀랜타, 달라스, 휴스턴, 타코마, 호놀룰루, 유럽과 일본과 중국 그리고 한국인의 지지를 받았다. 김대중 대통령은 동상 설립을 위해 십만 달러를 지원하기로 약속했다. 미국과 전세계에서 모아진 사십여만 달러로, 동상 건립 사업은 진행되었다.

이제 도산의 동상은 샌디에이고의 유명한 조각가 김문경 씨가 구리를 이용해, 미국인과 한국인들이 모두 이해할 수 있는 형상을 만들어내는 것에 달려 있었다. 복잡했던 시절을 살았던 인물을 그려내는 것은 그리 쉬운 일이 아니었다. 도산은 교육가였고, 개척자였고, 오렌지 수확 노동자였고, 독립군이었고, 웅변가였고, 창시자였고, 대변인이었고, 철학자였으며 시인이었다.

수산과 필립, 그리고 리버사이드의 역사학자들은 오렌지 수확 노동자의 모습이 가장 적절하다고 생각했지만, 한인사회는 그렇지 않았다. 아버지의 모습에 관한 논쟁은 몇 달을 계속되었고, 마침내 조각가는 1925년 106 피구로아에 있는 빅토리안 현관에서 찍은 사진을 토대로, 교육자의 모습을 묘사하기로 했다. 덧붙여서 그는 도산의 인생에 있었던 다양한 모습을 묘사하는 6개의 동으로 만든 부조도 만들기로 했다. 시간이 촉박했다. 그래서 많은 사람들은 2001년 8월 15일에 열릴 개막식에 맞추어 동상이 완성될 수 있을지 걱정했다.

2001년 8월 11일 아버지의 동상은 마틴 루터 킹 목사의 동상에서 100야드 정도 떨어진 곳에 천으로 둘러싸인 채 서 있었다. 리버사이드 시

2001년 8월 11일 캘리포니아 리버사이드에서 열린 도산 동상 개막식에서.
왼쪽부터 권문용 강남구청장, 리버사이드 척 비티(Chuck Beatty) 시의회의원, 백영중 흥사단 단장, 강영훈 전 국무총리 , 마이크 홍 리버사이드 도산기념재단 이사장, 로날드 러버리지 리버사이드 시장, 이재달 한국 국가 보훈처장, 양성철 주미한국대사, 그리고 수산.
"미국땅에서 한국인으로서 동상이 세워지는 예우를 받는 것은 역사적인 사건입니다. 정말 그때는 나에게 있어 매우 특별한 순간이었어요."

광장에는 6백여 명의 리버사이드 시민과 한인동포들이 작열하는 햇볕을 가려줄 흰 텐트 아래에 모였다. 사람들은 손수건으로 땀을 닦았고, 팸플릿으로 부채질을 했다. 텐트 안에 좌석이 없는 사람들은 광장 주위의 나무 아래 서 있었다.

감명적인 연설이 끝나자, 모든 사람이 기다렸던 개막의 순간이 왔다. 리버사이드 시의 론 러버리지 시장, 찰스 비티Charles Beatty 시 의회의원, 권문용 강남구청장, 강영훈 전 국무총리, 이재달 국가보훈처장, 양성철 한국대사, 리버사이드 도산 기념사업회의 홍명기 회장, 흥사단의 백영중 미주위원장 그리고 수산은 벨벳 덮개를 열 장식끈을 잡아당겼다.

그 베일은 7피트 높이의 반짝이는 좌대 아래로 미끄러져 내렸다. 관중들은 순간 숨을 멈추었다. 그리고 나서는 커다란 박수가 일시에 쏟아져 나왔다. 그 박수는 존경과 경의를 의미하는 박수였다.

2001년 8월 11일 도산의 동상과 함께 한 수산.

"동상 건립 계획은 권문용 구청장이 리버사이드에 자매 결연 회담데 참석하기 위해 왔을 때 시작된 것입니다. 그는 도산이 리버사이드에 살았다는 것을 강조했습니다. 그가 이곳에서 한 이야기는 주로 도산과 강남구에 있는 도산공원에 관한 것이었습니다."

　사진 찍는 소리가 들렸고, 사람들은 동상을 바라보고 미소 지은 후, 서로를 향해 미소를 지었다. 그들은 악수를 하고, 포옹을 하고, 서로의 등을 두드렸다. 관중들은 작열하는 햇볕도, 긴 연설도 잊고 있었다.

　아부지Abuji, 아빠, 마침내 당신은 집에 돌아왔습니다.

□ 참고문헌

장리욱, 『도산의 인격과 생애』 서울: 흥사단, 1970
주요한, 『安島山 全書』 서울: 삼정당, 1971
도산 안창호 기념사업회, 『島山安昌浩全』 Vol. 1-14 서울 도산 안창호 기념
　　　　　사업회, 2000
「도산은 갔어도 한강수는 여전히 흐른다」 가정생활, 1963년 4월
홍창진, 「서대문 형무소…」 영남일보(한국 대구) 1998년 11월 12일
강경희, 「한평생 고생살이 어머니도 진짜 애국자」 조선일보, 2000년 6월 13일
김일성, 『회고록: 세기와 더불어』 평양: 조선인민민주주의공화국 노동당, 1992
김상태, 『윤치호 일기,1916-1943』 서울: 역사비평사, 2001
이명화, 『차리석: 생애와 독립운동』 천안: 독립기념관 연구센타, 1997
「독립운동 새 자료 나와: 대한독립여자선언서 사본」 미주동아, 동아뉴스,
　　　　　1983년 11월 3일
민병용, 『미주이민 100년(초기 인맥을 캔다)』 서울: 코리아 타임즈 출판, 1985
유일한 자서전 위원회, 『나라사랑의 참 기업인: 柳一韓』 서울: 동아출판, 1995
박재선 · 김형찬, 『나의 사랑 혜련에게』 서울: 소화출판사, 1999
이덕주, 『나라의 독립, 교회의 독립: 한국기독교 선구자 한석진 목사의 생애와
　　　　　사상』 서울: 기독교 문학 출판, 1988
이광수, 『도산 안창호』 서울: 태성문화사, 1959
윤병석 외, 『도산사상연구』 제7집, 서울: 도산사상연구센타, 2001
윤병석 · 윤경로, 『안창호 일대기』 서울: 역민사, 1995

Bamford, James. The Puzzle Palace. New York: Penguin Books, 1983
"Being Good Citizen Korean Wave's Goal" St. Louis Globe-Democrat.

(January 6, 1944)

Bix, Herbert P. Hirohito and the Making of Modern Japan. New York: Harper Collins, 2000

Budiansky, Stephen. "The Code War" American Heritage of Inventions &Technology. 2000

Chan, Sucheng. Quiet Odyssey. Seattle: University of Wash Press, 1992

Chang, Iris. Rape of Nanking. New York: Basic Books, 1997

Charr, Easurk Emsen. The Golden Mountain. Urbana: University of Illinois Press, 1961

Choy, Bong-Youn. Koreans in America. Chicago: Nelson-Hall, 1979

Chung, Kyung-a. "Daughter of Tosan Happy to See Father's 'House' in Independence Hall." THE KOREA TIMES, Seoul. August 15, 1987

Cole, Caroline Kozo and Kobayashi, Cathy. Shades of L.A. New York: New Press, 1996

Colker, David. "Building a 'Future' in 1948." Los Angeles Times, (September 4, 1999)

Cuddy, Philip Ahn. "Philip Ahn--Born In America" Philip Ahn Admiration Society Website essay

Cuddy, Susan Ahn and Sophia Kim. "The Story of the house at 954 west 37th Street." Korea Times Los Angeles Edition, (July 17, 1987)

Cuddy, Susan Ahn and Pak, Jacqueline. "Remembering Dosan Ahn Chang-ho, My Father" Los Angeles Korea Times, 3/13/1991

"Daughter of Korea's 'Abe Lincoln' Taking Gunnery at Air Base." The Pensacola News-Journal. (November 21, 1943)

Dunnigan, James F., Nofi Albert A. Victory At Sea: WWII in
          the Pacific. New York: Quill-William Morrow, 1995
Dyne, C. N. "Frank Sinatra and Sandra Giles a twosome at Phil Ahn's
          Moongate..." Los Angeles Examiner. (Feb. 10, 1958)
"First Korean WAVE." New Korea. [Los Angeles, CA] (April 15, 1943)
Gardner, Arthur Leslie. "The Korean Nationalist Movement and
          An Ch'ang-ho, Advocate of Gradualism." (Degree date: 1979).
          Ann Arbor: UMI Dissertation Services, 1999
Gittes, Julia "My name is Julia Gittes." An essay. (February, 2002)
Grieves, Forest L. Conflict and Order. Boston: Houghton Mifflin, 1977
Guttmann, Allen, Korea-Cold War and Limited War, Lexington, Mass:
          Heath, 1972
Haan, Kilsoo K. "Korean Is Sharply Critical." Sunday Standard-Times,
          September 16, 1945
Hamlin, Johnny. "'Round the Town with Johnny Hamlin."
          The Independent, (January 9, 1958; April 24, 1958; June 12,
          1958)
Haynes, John Earl and Klehr, Harvey. Venona: Decoding Soviet
          Espionage in America. New Haven: Yale University Press,
          1999
Holm, Jeanne. Women in the Military Novato, CA: Presidio, 1993
Holm, Jeanne. In Defense of a Nation: Servicewomen in WWII,
          Washington DC: Military Women Press, 1998
Independence Hall of Korea. Independence Hall Exhibits. Chonan,
          Korea: Independence Hall, 1997
Iriye, Akira. Power & Culture: The Japanese-American War 1941-
          1945. Cambridge: Harvard University Press, 1981
Kearns, Audrey. "Around Our Town-Moongate to Have Birthday..."

Citizen-News; (June 13, 1957)

Kim, Hyung-chan. Tosan Ahn Ch'ang-Ho: Profile of Prophetic
        Patriot. Seoul: Dosan Memorial Foundation; Korean American
        Historical Society; Academia Koreana, 1996

Kim, Warren Y. 在美韓人五十年史 [The Fifty-year History of Koreans
        in America]. Reedley, CA: Charles Ho Kim, 1959

Kippenhahn, Rudolf. Code Breaking. Woodstock: Overlook Press, 1999

Korean American Historical Society. "A Conversation with Susan
        Cuddy." In Occasional Papers, VOL. 4, 1998-99: 1-62. Seattle:
        KAHS, 1999

"Korean Descendant Carries On Fight Against [Japanese] As WAVE."
        St. Louis Star-Times. (January 5, 1944)

"Korean Girl, WAVE Ensign, To Serve Here." Washington Post.
        (October 23, 1943)

"Korean in WAVES." Erie Dispatch Herald. (March 5, 1944)

Lawson, Ted W. Thirty Seconds Over Tokyo. New York Landmark
        1953

Lee, Kapson Yim. "Noted Scholar Visits City to Recall Patriot's Life."
        Korea Times-Los Angeles Edition, 1986

Lee, Kyung-won. "The Underlying Saga of the Ahn Chang-ho
        Family." Korea Herald, 1988

Lee, K.W. [Kyung-won]. "The Better Half: Helen Ahn is the silent part
        of the Ahn Chang-ho legacy." Korea Times-Los Angeles
        Edition

Lee, Peter (ed.) and Baker, Donald; Ch'oe, Yongho; Kang, Hugh H.
        W.; Kim, Han-kyo. Sourcebook of Korean Civilization,
        Volume II, from the Seventeenth Century to the Modern
        period. New York: Columbia University Press, 1996

Lewis, Cherie S. "Koreans and Jews." The International Perspectives
          Series, no. 26. New York: The American Jewish Committee,
          1994

Long, Gavin. MacArthur: as Military Commander. Pennsylvania:
          Combined Publishing, 1969

Los Angeles Junior College, Junior Campus Yearbook, Los Angeles:
          LA Junior College, 1935

Lowe, Lisa. Immigration Acts. Durham: Duke University Press, 1996

Noland, Jane. "Kin of Korean Hero Proud to Be WAVE." The Atlanta
          Constitution. (March 27, 1943)

Obercorfer, Don. The Two Koreas:A Contemp History, Reading, Mass:
          Addison-Wesley, 1997

O' Brien, Pat. "Laboring for Freedom, an ocean away." The Press-
          Enterprise (October, 2000)

Oh, Young-jin. "Dosan' s Words for Me." Seoul: Mun Hak Sa Sang,
          December, 1972

Opie, Robert. The Wartime Scrapbook 1939-1945, London: New
          Cavendish, 1995

Parrish, Lex, Space-Flight Simulation Technology,
          Indianapolis:Howard W. Sams & Co., 1969

Pensacola NAS (Naval Aviation Station). "Only Korean Girl in WAVES
          Taking Gunnery Course Here" GOSPORT, November 19, 1943

Quinlan, David. The Illustrated Directory of Film Character Actors.
          London: B.T. Batsford, 1990

Rhee, Syngman. Japan Inside Out, New York: Revell, 1941

Schaller, Michael. The American Occupation of Japan: The Origins of
          the Cold War in Asia. New York: Oxford University Press,
          1985

Schiffer Publishing. Pilots' Information File 1944: The Authentic
        World War II Guidebook for Pilots and Flight Engineers.
        Atglen, PA: Schiffer Military/Aviation History, 1995

Shin, Hye-son. "Independence fighter's daughter devoted to Korean
        heritage." The Korea Herald[Seoul], November 12, 1998

Smith, Elizabeth Simpson. Breakthrough: Women in Aviation,
        New York: Walker, 1981

"Spotlight Fall On New Seaman." Sounding Off [Northampton, MASS]
        (September 7, 1943)

Sunoo, Sonia Shinn. "Korea Kaleidoscope: Oral Histories, Volume
        One." [초기이민] Korean Oral History Project Series No. 1.
        Sierra Mission Area, United Presbyterian Church, 1982

Takaki, Ronald. Strangers from a Different Shore. New York: Penguin
        Books, 1989

Thale, Jack. "American as Paul Revere--Korean WAVE Shows
        Gunners How." Miami Herald, (May 23, 1943)

Thun, Ellen. "Notes from Philip Ahn's Interview, 1978(?)".
        "Heart-warmer." unpublished manuscript, 1992

U.S. Department of Labor, Immigration Service. "Ahn Chang Ho
        under investigation." [Series of interoffice memoranda from
        Dec. 1924 to Feb. 1926, including the letters received by the
        Immigration Service on Dec. 15, 1924. The letters were
        authored by Kong Wong and Charles Hong Lee, alleging that
        Ahn was a Bolshevik.]

"USO Shows presents Philip Ahn." New York: USO Public Relations
        Department, 1968

Vickery, Martha. "The costs and benefits of a famous father."
        Korean Quarterly (Winter, 1999)

Wales, Nym [Helen Foster Snow] and Kim San. Song of Ariran:
     A Korean Communist in the Chinese Revolution. New York:
     John Day, 1941
Wolferen, Karel van. The Enigma of Japanese Power. New York:
     Vintage, 1990

큰바위 얼굴 가족들

뜨거운 여름을 나는 '버드나무 그늘 아래' 있었다. 늘어진 ㄴ뭇가지는 조용히 흔들렸고, 나는 무수한 그림자들을 그 흔들림 속에서 보았다. 굴곡과 저항의 역사로 얼룩졌던 1900년대부터 지금에 이르기까지 대한민국과 미국에서 도산 안창호 선생의 조국에 대한 사랑과 그를 기리는 어린 딸 안수산의 수많은 그리움과 일생에 대한 기억으로 가득 찬 『버드나무 그늘 아래』(원제: 버드나무 그늘 Willow Tree Shade)는 아름다우면서도 용기있고 명확한 삶이 무엇인지를 보여주고 있다.

도산과 그의 가족들, 이혜련 여사와 안필립, 필선, 수산, 수라, 필영은 마치 큰바위 얼굴 가족처럼 내게 다가왔다. 누가 도산의 삶과 업적을 모르겠는가마는 이 책에서는 의연하고 정직하고 스스로 실천하는 위인의 얼굴이면서도 동시에 아이들을 위해 버드나무를 심고 뒤뜰에 연못을 파고 연꽃을 심는 아버지로서의 모습이 고이 새겨져 있다. 도산은 감옥에서 딸 수산에게 보낸 편지에서 연꽃은 그대로 남아 있는지, 또 토란은? 하고 걱정하는 결 고운 감성을 드러낸다.

영원히 떠나기 위해 잠시 집으로 돌아오는 아버지로만 기억했던 어린 수산은 성장하면서 대한민국의 역사에 눈을 뜨게 되고 자신도 아버지의 정신을 따라 2차대전 당시 해군에 지원한다. 왜 아버지 도산이 득립운동에 몸을 던졌는지도 알게 된다. 그러나 그리움은 이해와 다른 것이다.

버드나무 그늘 아래에서 하염없이 아버지를 그리워하는 어린 수산의 모습은 지금 백발이 된 그녀의 가슴 속에 여전히 새겨져 있고, 이 책 전편에 녹아 흐르고 있다.

자그마한 이 동양 여성은 미국 최초로 해군 포격술 장교로 근무했으며, 해군 암호해독가로 2차대전에서 중요한 기여를 했으며 원자폭탄 비밀을 빼내려 하는 소련의 간첩망을 파악하는 결정적 공훈을 세운다. 책의 후반부에는 남편 프랭크와의 결혼, 첫딸 티나, 아들 필립의 출생과 삶, 그리고 레스토랑 문게이트의 시절이 담담하게 펼쳐진다.

안수산의 삶이 우리에게 던지는 메시지는 무엇일까. 지금 이 땅의 많은 이들, 무엇보다 의미있게 인생을 살아가고자 하는 이 땅의 여성들에게 그녀의 용감하고 명쾌한 삶과 끝없는 그리움에 대한 이야기는 참으로 소중한 메아리처럼 울려퍼질 것 같다.

이 책을 옮기는 내내 도산에 못지않은 큰바위 얼굴은 이혜련 여사라는 생각이 들었다. 도산과 결혼 이후 그녀는 남편이 없는 집에서 홀로 자식을 키우고 집에 찾아오는 유학생과 동지들을 보살피며, 도산의 뜻을 탓없이 헤아린 유일한 동반자였다. 지금 독립기념관에 있는 도산의 모든 자료도 바로 이혜련 여사가 모은 것이다. 아마 도산의 전생애를 기록하고 보호하는 하늘의 업무를 맡았던 것이 아닌가 고개가 숙여진다.

이 책은 저자가 서문에서 밝혔듯이 안수산의 삶을 기록하기 위해서는 아버지 도산의 삶을 기록하지 않을 수 없는 데서 출발한다. 그들 가족의 삶은 모두 도산의 행적에서 비롯되지 않을 수가 없는 것이다. 아마 독자들은 향기 있고 아름다운 한 권의 전기를 읽는 동시에 역사에 대한 인식도 새롭게 하게 될 것이다.

이 책은 몇가지 역사적 사실을 바로잡는 데에도 중요한 기록을 제공해 주고 있다. 예를 들자면 미국 최초의 이민 역사가 1903년이 아닌 1902년 이전으로 거슬러 올라가고 당시 대부분의 초창기 이민자들은 어려운 경제사정에도 불구하고 독립운동에 자금을 모아주었던 선구자들이었다.

세월이 가면 사람들은 많은 것을 잊는다. 그러나 역사를 잊는다면, 또는 과거의 오류를 되풀이한다면 도대체 역사가 무슨 쓸모가 있겠는가. 그 해답을 이 책은 조용히 전해 주고 있다. 역사는 죽은 학문이 아니라 미래를 예견하는 실용주의적 학문이라고 역사를 옹호했던 프랑스 역사학자이며 레지스탕스로 나치에게 총살형을 당했던 마르크 블로크의 말처럼, 도산은 조국의 광복과 미래의 역사를 위해 생애를 바쳤다. 해방 반세기가 지나서도 친일문제가 명백히 밝혀지지 않고 여전히 논란거리로 남아 있는 지금, 도산의 생애와 안수산의 투명한 삶은 역사에 대한 우리의 태도가 어떠해야 하는지를 증명하고 있다.

친일파와 친일변절자들을 슬픈 역사의 희생물로 이해하는 시선들이 왜 잘못되었는지를 알려주기 위해 파리 해방 후 프랑스 정부의 전쟁 부역자에 대한 실례를 들지 않을 수 없다. 파리 해방 후 나치에 협력했던 부역자들 가운데 1500명이 처형되고 14만 6천여 명이 기소되었다. 당시 프랑스의 '작가 및 극작가 협회'는 다음과 같은 질문서를 보내고 작가들의 답변서를 요구했다.

당신이 실제로 적의 선전에 봉사하지 않고 또한 당신의 글이나 연설, 행동이나 제스추어를 통해 적극적인 부역행위를 하지 않았다고 하더라도 수치스런 패배 뒤에 물리적이고 도덕적으로 점령기간 중에 협력을 가장하여 우리나라를 타락시키고 우리 국민들을 굶기고 우리의 생각과 문화, 자유를 질식시키고, 우리의 동족을 고문하고 인질을 총살하지 않았는가. 사적으로 또는 공적으로 당신은 우리 국민들이 준 신뢰에 기초한 프랑스의 지성으로서 당신의 의무를 제대로 이행하거나 진실로 가슴 속 깊이 우리가 지켜야 할 애국적 위엄에 부합하는 행동을 했다고 느끼는가?

　나라의 수난 시절에 작가와 지식인의 자세가 어떠해야 하는지를 『버드나무 그늘 아래』는 보여 준다. 아직도 우리는 일제 치하의 어두운 역사 속에 남아 있다. 국내 일부 지식인들 사이에서는 일본의 식민지 지배가 오히려 대한민국의 발전에 도움을 주었다고까지 말하는 사람이 있다. 태극기를 흔든다고 일본도로 팔을 잘랐던 그 시절의 잔혹행위에 대한 역사적 판단도 유보해 버렸고, 변절자들을 슬픈 역사의 불가피했던 희생자들이었다고 지나친 동정심마저 보인다면 이는 과거의 문제가 아니다 현재의 문제인 것이다.

　저자 존 차(한국명 차학성) 씨와의 오랜 인연으로 이 책을 옮기게 되었다. 저자와의 인연은 10년, 아니 훨씬 그 이전으로 거슬러 올라간다고 말할 수 있다. 1988년에 낸 첫 소설집 『언제나 갈 수 있는 곳』을 로스앤젤리스 책방에서 우연히 본 박인애 씨는 그 무렵 기자로 일하던 내 직장까지 비행기를 타고 날아왔다. 아직도 나는 그녀의 선선하고 맑은 모습을 잘 기억하고 있다. 인애 씨는 전기작가이며 번역문학가이던 저자에게 내 장편소설 『바다로 가는 자전거』를 이야기했고, 그때부터 우리의 고분은 시작되었다. ‘우연은 계획되어진 필연’이라는 말도 있지만 참으로 우연하게 저자는 『바다로 가는 자전거』에서 그의 누이로 뉴욕에서 활동했던 유명한 전위예술가 차 테레사(한국명 차학경)의 이미지를 발견하게 되고, 세상을 떠난 누이에 대한 기억과 그리움 때문에 『바다로 가는 자전거』를 번역하기 시작했던 것이다.

　이후로도 가끔씩 아주 드물게 우리는 만나곤 했다. 같이 밤을 새우기도 하고 소설의 무대인 포항으로 함께 여행을 가기도 하며 우리는 서로의 내부를 조금씩 등대처럼 밝혀내었다. 그것이 내가 부족한 실력이나마 이 책을 번역하게 된 가장 직접적인 이유이다. 그러다 보니 길고 간단치 않은 시간이 지나가 버렸다.

오랜 미국 생활에서 비롯된 능숙하고 유려한 문학적 표현의 구어체 원작을 한글로 옮기는 것이 몹시 힘들었고, 원작의 뜻과 정서를 훼손하지나 않을까 염려스러웠지만 그 이상으로 즐거움과 기쁨도 있었다. 도산과 안수산의 생애를 내 손으로 옮기다니, 스스로 자랑스럽고 영광스럽다. 캘리포니아의 뜨거운 햇빛을 피해 아이들이 놀 수 있도록 버드나무를 심었던 아버지 도산과 그 버드나무 그늘 아래에서 아직도 아버지를 기다리고 있는 수산의 얼굴이 환하게 보인다.

2003년 가을에

옮긴이 문형렬